李簡 著

李簡穿越小說

序

一天夜裏我做了一個夢，夢到自己坐在公共汽車裏。這是一趟回程車，乘客稀少，司機的座椅也空空蕩蕩。車窗巨大，通體由一整塊玻璃製成，視野良好，但夜色中一切又不甚明瞭。窗外的風景如同一副色調晦暗的古舊油畫在眼前閃過。

路邊的田野裏有一條綿長細窄的小道，有夜行人在趕路，他們去往我歸程的起點。夜路崎嶇，每個人都摸索前行，相互間保持距離，默默無語。

所幸，人人都有一支手電筒，或懸在頭頂，或拿在手中，但光線微弱，只能照見眼前的路。光圈集中在一點，遠近不超過一米。

目次

01 夢裏醉春光

每天早晨韋如絲都會被曾羨無弄醒，以各種方式。開窗、放音樂，撓癢、掀被子，間或近身起膩，奇招有，損招亦有。她是真的起不來，魂魄走進夢鄉深處，流連難回，非大力喚不肯歸。

醒後心有不甘，韋如絲含著牙膏嘟囔：「以後我的墓誌銘要這樣寫，『只羨諸葛春睡足，從此長眠不用醒』。」

曾羨無道：「我就說你腦子不夠使嗎！生與死、睡與醒都是相伴而生的，沒有生何來死？沒有睡又何來醒？一直睡不醒那就是死，沒有早晨的覺醒，如何能夠體會一覺天亮的黑甜？」

「說得好像你死過似的。」韋如絲斜了曾羨無一眼，「曾羨無，你不是好人，一點指望也不給我留。」

曾羨無笑道：「沒見過你這麼愛睡的。別光顧著睡覺，小心錯過投胎。」

「只要睡得香，何必去投胎？」

「你可應了我三生啊！」

「我說什麼你都信啊？你願意娶樹袋熊做老婆嗎？下輩子我要做隻考拉，一天睡足二十個小時。」

曾羨無恨道：「女子，小人。」

「哼哼哼呵……」，韋如絲怕牙膏流出來，仰起頭笑。

韋如絲匆匆收拾好自己和女兒麥子，把麥子送到社區的幼稚園，再趕著搭地鐵。

早晨的時間金貴，分秒必爭。

滿車廂的人，大家迫不得已貼在一起，靠臉上的冷漠維持安全距離。韋如絲看向車窗，檢視自己匆忙而就的妝容，還好，不像有什麼紕漏。

車窗裏有眾生相，眾乘客幽立於窗外的另一趟列車上，兩趟列車緊貼並行，以窗為界，一個在明，一個在暗。在明的車廂中眾人強打精神，容顏鮮亮；在暗的列車上，各懷心事，無聲無息。

列車在黑洞洞的隧道中隆隆向前，沿著既有的軌道，毫無顧忌地前行。

韋如絲拽牢吊環閉目，睡著是不可能的，思緒亂飄，柴米油鹽走過，忽然想起被曾羨無驚醒的夢，心道：「竟然做這種夢。春夢是什麼標準？這算不算春夢？」韋如絲悄悄笑了，有幾分羞。所幸這世上無人懂得全套的讀心術，必要時可以躲藏在自己心裏。

夢裏也是搭地鐵。

平日從萬壽路上車根本沒有位子，可夢裏有。一些人竟然有座位也不坐，手拉吊環東搖西晃，像是公園晨練進入狀態的氣功高人。這景象可太難得了，韋如絲毫不遲疑，就近坐下。

依照平日的習慣，目不斜視，知道旁邊坐著一位年輕的男士，但並不打算仔細端詳。一會兒就到站了，各奔前程，都是不相干的人。

地鐵不讓帶寵物，可竟然有一隻黃貓竄來竄去，一個年輕的女子立在原地嬌聲呼喊：「我的貓！我的貓！」

圍追堵截工程在車廂展開，參與的人頻頻失手，換取呼聲一片。

韋如絲不甚喜歡貓。貓是自私任性的傢伙，來去隨性，發情時除了叫得瘮人，更有可能一去不回。貓不理會主人的悲歡，只有自己的喜惡。

貓跟狗的差別實在是太大了，如果你注意過

狗望向你的眼神，你就會知道它們在試圖用靈魂和人類交流。但還是有許多人養貓，大概是喜歡這種具有挑戰性的關係吧，幾分溫情，幾分不確定。

偏偏旁邊這位是奇才，伸手一撈，貓就已經在他的懷裏，牙爪皆收，做乖寶寶狀。韋如絲不由瞠目望向男子和貓，貓的臉正對著她，老天！它竟然無聲地笑起來。

來而不往非禮，韋如絲不由得還了一個笑臉給貓。抬眼看鄰座，他正望著韋如絲笑。貓的笑充滿魅惑，可他的笑呢？滿是憐憫與溫柔。

韋如絲內心低呼：「我被春風罩住了！」

這個男子與她見過的任何人都不同，雖然外表樸素，但內蘊清華，風采卓然。同是血肉之軀，他卻熠熠生輝。

氣質如同花香，由內散發而出，抓捏不到，但卻籠蓋周身。

可惜，可惜沒有早些轉過頭來。馬上就要錯過，想再見都難。

「生輝男」笑言：「你不眨眼的嗎？」沒等韋如絲回答，他接著道：「到站了，咱們下車。」韋如絲根本就沒有想這是哪一站？自己要去幹嘛？隨他牽著手下了車，好像他們本來就是這樣牽著手來的。

下了車不是月臺，而是一大片田野，種的是一種齊腰高的從未見過的植物，葉子扁平，與地面垂直，就像在書本裏保存過，一串串果實殷紅、飽滿，像瑪瑙珠。

世上根本沒有這種植物，這是夢中的世界。

遠處是樹林，有人在林邊漫步，看著像是韋如絲的一個同事。這廝平日兢兢業業，鬧鐘一樣永不停歇，原來也有空閒時光。

韋如絲和「生輝男」牽著手在田野裏走，一直一直都走不到頭。這裏沒有太陽，但一切都是光亮的，華而不耀，就像這位「生輝男」。韋如絲像個花癡一樣，一心想往他的懷裏靠。

「生輝男」伸出手臂，將韋如絲環入懷中，輕喚著：「如絲，如絲。」

「你知道我的名字？」韋如絲有些納悶，但未予追究，只是抬頭問：「你叫什麼？」

「磐石。」他答。

「《孔雀東南飛》嗎！『蒲葦韌如絲，磐石無轉移』。」

「你記得？」「生輝男」驚詫。

「怎麼不記得！我從小學開始，語文一直學得超級好。」

「哦，這樣。」磐石不再說話，只是望著韋如絲，凝眸深望，然後緊緊把她摟住，低頭吻下去。

吻過韋如絲的男人已經有三個，他們都是愉快地接吻，在親切友好的氛圍中進行。可這個吻，讓韋如絲的心好痛，莫名的痛。像是丟失的最珍愛的東西重新回來，又好像珍愛的東西馬上就要失去。

而韋如絲沒有理由心痛。韋如絲斷定是磐石的情緒感染了她，因為他哭了。

磐石掉轉頭抹去眼淚，回身道：「如絲，我好高興，終於找到你。」

「高興還哭？找我幹嘛？你認識我嗎？我們見過嗎？」

「你怎麼問題一串？慢慢告訴你。」磐石愛憐地用雙手摩挲韋如絲的雙臂。

韋如絲對答案不好奇，她只想著磐石的懷抱，她的臉剛好可以貼到他的胸膛。韋如絲內心默禱：「就這樣抱緊我，一動不動站著就好；就這樣，化解掉內心所有的寂寥；就這樣，擁有天，擁有地，擁有他。」

場景轉換，月洗如練，夜寂無人。磐石將韋如絲舉起，雙臂伸直。韋如絲伸長脖頸低頭吻他，然後沿著他的身軀緩緩下滑，嘴唇卻沒有離開他的。

磐石的呼吸粗重起來，等到韋如絲雙腳著地，磐石將她輕放到草地上。

韋如絲期待著他的覆壓，磐石卻突然改了套路，小雞啄米一樣地吻她，嬉笑道：「麥子她媽，懶蟲旦旦，起床啦！」

韋如絲從夢中驚醒，定定神，方知此身何身。曾羨無膩上來，鑽進韋如絲的被窩，緊貼著她的身子，把鼻子埋到韋如絲的脖頸上，喃喃道：「旦旦，怎麼睡著覺還滿面春色的，叫老公我如何把持得住？」

「旦旦」是曾羨無對韋如絲的愛稱，「傻瓜旦」的「旦」。韋如絲曾憤而指出這是錯別字，曾羨無答曰：「凡男子可稱為傻瓜蛋，因男子確實身懷有蛋；而女子則不適合，應改為傻瓜旦，這事兒要分陰性陽性，漢語言還是應該更精細些。」

韋如絲只剩笑著追打他的份兒。

雖不是事事清明，但韋如絲不認為自己傻，她只是買東西不善殺價而已，更多的時候是不忍。沒奈何曾羨無偏喜歡這麼叫，韋如絲並不計較。

躲在他人羽下，省心省力。愛人不會因為你精明過人而心生憐惜，與一個事事洞明的人在一起好比赤裸相見。裸身問題不大，裸心呢？

韋如絲從枕下摸出手機看時間，看清後她忙丟下手機推曾羨無，急道：「快讓我起來！時間不早了。飯做好了嗎？麥子醒了嗎？」

「飯在桌上，麥子『在』醒著。」

賴床，是麥子的習慣之一。唉，這個鐘點兒，韋如絲起來都難，何況不足六歲的小兒？她們是家族性的嗜好，晚睡晚起。

曾羨無每日會比韋如絲早起二十分鐘準備早飯，日日堅持，實屬不易。

「夢究竟是什麼？怎麼會做這樣的夢？對羨無不滿嗎？渴望羨無之外的男人嗎？嫌生活單調嗎？」

雖不是每日三省身，但遇到不明之事韋如絲還是喜歡問個為什麼。她相信一句話：凡是不符合邏輯的事，肯定有不為你所知的原因。

實際上韋如絲很滿意於當前的生活。但潛意識呢？弗氏認為夢境大多與潛意識有關。可潛意識的事誰說得清?!

不等想明白，韋如絲已經來到單位，嗨，

李！嗨，張！打了一通招呼。同事們大都和氣，遇到有情緒的韋如絲會加以撫慰，撫慰不成則避免正面交鋒。同他們一起，韋如絲將度過平凡生活的又一天。

韋如絲不抱怨平凡，平凡中安寧多一些。

終究是個夢，很快就被韋如絲淡忘。暑期一過，麥子上小學了，生活一下子緊張起來。上學可不比上幼稚園，要在家裏吃早飯，還不能遲到。小學比幼稚園遠，到校時間比幼稚園早，一家人要更早起床。

放學後還有許多作業，不單是留給孩子的，每日還留給家長若干。不管家長官大幾級，誰讓老師拿捏住了全家的命脈。

麥子的表現卻出乎韋如絲的意料。看上去蠻靈的一個孩子，學習成績卻不好，特別是數學，別人都九十、一百地考，她卻只有七八十分。信心滿滿的韋如絲遭到了空前打擊。

成績，天大的事！當今這個時代，孩子可以好吃懶做，可以不知稼穡，可以目中無人，獨獨不能成績不好。一損俱損，在父老鄉親眼中這是他們整個家庭的失敗，哪怕她爹當了院士也是白搭。

而韋如絲最心疼的是麥子，小人兒自尊心超強，不用你多說，她早已把自己折磨得生氣全無，恨不得走路都貼著牆根。

曾羨無也著急起來，夜夜和韋如絲嘀咕，分析因由，商量對策。雖然韋如絲竭力安慰他們爺倆兒，說這只是因為剛開始，慢慢就會好的，咱們要充滿信心。其實她自己也是惶恐無助，整個人像是在無涯的海水裏淹泡著，不知何處是岸。

噩夢趁機糾纏上來。

是夜，韋如絲夢到自己來到一個諾大的庭院。正午，陽光正烈，寂靜無聲。這不是因為午休而造成的寂靜，而是這裏根本就沒有人。

韋如絲背後是一叢竹子，鬱鬱的綠，幾乎密不透風。她在那裏站了許久，一直盯著屋子看，這屋子韋如絲好熟悉，但散發著令她不安的訊息。

韋如絲不知道自己該不該進去。突然身後「撲啦啦」響，一隻顏色烏暗的鳥飛走了，嚇韋如絲一跳。原來它一直躲在竹叢中偷窺。

韋如絲順著鳥兒飛走的方向尋，一下子進入了森林。樹根，好多參天大樹裸露著樹根，像她在雲南旅遊時拍的照片。

雲南濕熱，植物生長環境好，樹冠大，樹根也不甘寂寞於地下，一些樹根盤鋪於地面，如龍蛇糾纏，予韋如絲以深刻印象。此刻，它們脫離了照片，進入了韋如絲的夢中。

樹根交互糾結著成就一條小路，頭頂的枝葉遮天蔽日。韋如絲順著小路前行，發現自己到了半山腰。一條河橫在面前，河上有吊橋，而韋如絲是要過橋的。

突然天降大雨，山間雲氣蒸蔚，韋如絲依然向吊橋邁進。

平時韋如絲是不怕吊橋的，確切地說是有些怕卻偏要嘗試的。凡是在旅遊時遇到的吊橋她都要走一走，遇上膽大的使壞亂跑亂晃，心裏也是恨得牙癢癢的。這會兒，周圍沒人，韋如絲可以不受打擾、放心大膽地走過去。

雨大，河水在橋下奔騰。走到橋中央韋如絲突然發暈了，在她眼裏，不是河水在往前流，而是橋在水上飄。

韋如絲無法邁步，雙腿發軟，頭發暈，只能緊握著濕冷的扶索，盯著河水呆立當場。

接下來的情形更壞，河水陡然暴漲，眼見要將橋沖斷。

韋如絲心念：「吾命休矣！」

突然有人從身後攔腰抱住她，快速將她救回岸上。睜眼一看，眼熟，正是磐石。

磐石抹了一把臉上的雨水，彎腰用身體替韋如絲擋住風雨，用手輕輕把貼在她臉上的頭髮撥到一邊，看著韋如絲的眼睛溫柔地說：「如絲，不要怕，沒事了。」

韋如絲蜷縮在他的懷中不動，內心安寧，嘴角上牽，露出心滿意足的笑。

磐石出現，光耀大地，天晴了，草綠了。兩

個人坐在松樹下的一塊大石頭上並肩喁喁。

磐石問道：「如絲，知道我是誰嗎？」

「知道，救苦救難觀世音。」韋如絲笑答。

「這怎麼敢？說正經的。」磐石不敢托大。

「地鐵上不是見過嗎？你告訴我你叫磐石，你還親過我。」韋如絲飛紅上臉，「怎麼會忘記？」

「再以前呢，再以前見過嗎？」

「沒有，以前沒有遇到過像你這樣特別的人，你這樣的人，一見難忘。」望著磐石的眼眸，韋如絲芳心蕩漾，她知道那是愛戀。

「喜歡我？」

「喜歡，很喜歡。」

磐石不再說話，只是緊緊地抱住她。韋如絲很享受這懷抱。

做了這樣的夢，白天想起來就會微笑。竟會夢到同一個帥哥，並與他纏綿蜜戀，雖然是虛幻的夢境，但也有一份悄悄的快樂。

韋如絲不打算把這兩個夢告訴曾羨無，以他們夫妻融洽的關係，這些夢本來可以當個玩笑說出來，但韋如絲有著莫名的隱憂。

韋如絲為自己找到了理由：胸懷坦蕩，是個好詞。你也許可以做到，但對方不一定能夠承當。

美夢可以喚醒好心情，情緒明顯好轉，信心也隨之而來。韋如絲對麥子付出了極大的耐心，有小小的進步都會鼓勵她。期末考試，麥子成績極好。韋如絲恍然：原來這個孩子對生疏的環境需要比較長的時間才能適應，一旦適應就會表現出色。

滿天烏雲散去。

這以後，隔上一段時間韋如絲就會夢到磐石。開始並不以為意，暗笑自己做夢像連續劇，一定是韓劇看多了。

但漸漸地，韋如絲開始依戀這些夢境，習慣於這種分裂的生活，甚至是享受。一個「她」陪著曾羨無和麥子，為人妻母，循規蹈矩，平凡地活在現實世界裏；另一個「她」與磐石在一起，無牽無掛，澎湃激蕩，織就一個個色彩繽紛的夢。

但韋如絲免不了納悶，甚至在夢裏她都會對磐石提出這樣的問題：「夢是什麼？為什麼我總是夢到你？」

02 側轉有世界

夢裏的磐石雙眼灼灼，如同星辰閃爍。

「哦，」韋如絲看著他的眼睛想，「我一定是因為這雙閃亮的眼睛才喜歡他的吧？」

略一思索，磐石答道：「如絲，我試著跟你解釋，你看你能不能明白。如果說我們生活的現實世界是主世界，那我們可以把夢稱為側世界。這兩個世界並行存在。

「這就好比一個物體，面朝著它，可以看到它面向你的部分，但背對你的那部分你看不到，因為目光不能轉彎。

「這就是主側之分。在現實世界中你認知世界的意識如果稱為主意識，那在夢裏的意識就可以稱之為側意識。

「你回想一下你過去的生活，那些過往的場景如今在你的腦海裏是不是都是虛化的，和做過的夢一樣？

「許多時候夢是你前世的生活片段經過拼湊以後的呈現，沒有被完全消散的記憶如暗流湧動，在主意識鬆懈的時候就會顯現蹤跡。

「所謂現實、所謂夢境，都是屬於你的世界，是你的前世今生。」

磐石望著滿面疑惑的韋如絲，接著道：「這

些你也許一時不能接受，但這兩種意識都是存在的，隸屬於同一個主體，同一個靈魂。」

說到這裏，磐石笑了一下：「啊，也許你還不承認有靈魂呢？」

韋如絲蹙眉望著他，點點頭：「嗯，我確實不知道有沒有靈魂，但我也不能確認這世上一定沒有靈魂的存在。我沒有實證，不能置以可否。」

「靈魂確實是有的，此刻站在你面前的就是我的靈魂。」磐石正色道。

韋如絲「嘿嘿」笑起來，道：「想嚇我嗎？我的膽子可大得很呢！小時候家裏人都去看電影，我卻喜歡獨自待在家裡。等他們都回來的時候我早黑著燈睡了，衣服都顧不上脫。」

說完韋如絲上前輕輕撫摸磐石的胸膛，隔著衣服她都能感受到磐石鼓脹的肌肉。

「唉，」韋如絲內心暗歎，「我喜歡他的胸膛。」韋如絲又用手背輕蹭磐石的臉，問：「這些都是靈魂嗎？靈魂也是很實在的嗎！我以為用手指可以穿過。」

韋如絲不敢用手心摸他，挨近磐石她就緊張，心跳，手心會出汗。她不願意磐石知道，那很沒面子。

「這就好比顏色。」磐石答道，「現實世界如果沒有光的照射就是漆黑一片，像南極黑暗的冬季。有了光的照射還要看物體能夠反射的波長。能夠反射所有光的物體我們看著就是白色的，反之，吸收了所有波長的就是黑色。顏色是人對物體反射的光的感知。但不幸的盲人因為沒有健康的眼睛作為接收器，不能接受反射的光，在他們的眼裏，這個世界就是黑色的。還有，不同的動物所看到的世界顏色也是不同的，因此所謂客觀世界在這個意義上來說是相當主觀的。每個人所感知的世界是主客觀交互作用所形成的，並不相同。」

磐石抬手輕輕撫摸韋如絲的頭髮，接著道：「而你就擁有一個良好的接收器，能夠接收我發給你的所有訊息，所以感受到我的情感、我的溫度。」

韋如絲若有所悟：「哦，就好像我去年過年時得了一場重感冒，味覺、嗅覺全部喪失，吃橙而全不知其味。不是橙變了，是我不能感知它了。」

「哈，我的如絲很有悟性！」磐石「呵呵」笑起來，「但這還是在較低的層次，嗅覺從根本上說還是屬於客觀世界。每個人的靈魂，類似於人們常說的主觀意識，才最終決定人對世界的認識。」

「人一死大腦即死，沒有肉體，靈魂何所附？」這是韋如絲長久以來的疑問。

「靈魂只是暫居在你的軀殼裏，大腦也只是供靈魂驅使的工具。肉體不可用時，你的靈魂自會搬家。」

「搬往何處？」韋如絲追問，她馬上就要得到終極答案。

但夢就在此時醒來，韋如絲空自嗟歎。

白日裏韋如絲就對自己慨歎：「到底是哲學系畢業的，當年沒修好的功夫，全在夢裏著補呢！」

韋如絲知道磐石主張的是二元論，而老師諄諄教導他們要做徹底的唯物主義者，唯心論、二元論，都是被徹底拋棄的。

韋如絲又問自己：「是磐石的主張嗎？是我自己思想的本真吧？只是在夢中借由磐石的口說出而已。我這個老實的學生也只有在夢裏才敢反抗老師。」

傳說他們哲學系每屆都會出一個精神病患者。哲學專業是冷門，韋如絲母校的哲學學科雖然在全國排名中位列泰斗，但規模很小，每級只招收三十名本科生。如此算來，精神異常的學生所占的比例就遠遠高於全校其他專業。

這也難怪，專業性質決定的。探究宇宙的終極真理，走得太深太遠，回不來了，所以大哲學家多有幾分怪異，有的甚至是很怪異。所幸他們那一屆各個正常，韋如絲有些些的害怕，難不成這個指標若干年後落到了自己的頭上？

有時從夢中回轉，韋如絲會迷瞪一陣，睜眼看四周幾秒，暗暗給自己定好位。身為羨無的旦旦和麥子的媽，如何起身，如何發出清晨的第一聲，如何半閉著眼晃向衛生間，那是有程序的，以異常驚擾親人是不當的行為。

這種恍惚大約和吸毒後的症狀有幾分相像，韋如絲好像漸漸有了癮，她渴望夜晚的到來。

睡前韋如絲會在心中默禱：「上帝、鬼神、世界上所有的物質、生物保佑我吧！讓我夢到磐石，我要夢到磐石，夢到磐石，夢到磐石。」

這亂七八糟的祈禱詞，多麼可笑！所以說做一個徹底的唯物主義者真的是一件太難的事，不由自主韋如絲就向不可知的力量求助了。

二人擁抱、接吻，但沒有進一步的舉動。磐石不再像第一次見面時那樣激動。更多的時候兩個人四處遊蕩。

他們手牽手飛翔。在夢裏，飛翔很容易，但還是要用些力氣，要像蛙泳一樣蹬腿。但蹬一下，可以滑行很遠，不似水中的艱難。

兩個人飛越山川，穿過叢林，出沒古堡大宅。他們不走正門，只從開著的窗戶自由出入，像一對精靈。夢裏的景色美不勝收。最妙之處在於各處無人，可以獨享風光。

每次韋如絲都很歡喜，但也有例外。兩個人來到了一處庭院門前，韋如絲認出正是自己以前夢到過的大宅。四周陰風森森，她轉過頭對磐石道：「這兒太冷了，咱們去別處吧。」

「如絲，進去看看好嗎？」磐石握著她的手輕聲道。

「不，不去。我怕冷。」其實韋如絲很少有這麼任性的時候，只要不是原則問題，一般都不會違逆對方的心意。磐石張了張口，似乎有話要說，但最終沒有說。磐石牽著她的手離開。移換場景後，韋如絲又活躍起來。

這些多彩多姿的夢對韋如絲的生活沒有產生根本性的影響。是啊，雖然曾羨無與磐石相比缺少了炫麗和神秘，但磐石只是虛相，曾羨無才是真實的存在。如果連現實和夢境都區分不開，那一個人基本就廢了。

除了這些夢，韋如絲的生活乏善可陳，只是偶爾尋些熱鬧。同學離婚後再婚，邀大家參加婚禮。

新娘年輕漂亮不消說，大家普遍的感受是結婚結早了。年輕時大家都缺銀子，份子錢就只有那麼一點點。如今都有能力封個大紅包，雙方皆大歡喜。

春寒料峭，韋如絲和幾個女同學議論著新娘冷不冷。許是年輕抗凍吧，饒是如此，新娘子裸露的肌膚也隱隱泛著青色。為了擁有一個美麗的記憶，也還是值得的。

其餘的注意力就全給了同學們的孩子。看看這個、望望那個，相差不了幾歲，各個活潑漂亮，哪個都讓人喜歡。韋如絲不由慨歎：「計劃生育還是有它的好處的，量少質好。看看娃兒們，一個賽一個。」

孩子們趁亂撒歡兒，婚禮熱鬧得有些亂哄哄的。韋如絲喝了些酒，人微醉，曾羨無把她扶回家，一路還念叨：「傻旦變醉瓜了。」

韋如絲撲到床上就睡了，省卻了所有的洗涮程式。

「呵，這家的院牆高比城牆，嚴絲合縫，固若金湯，定是存了千年不倒的初心。」韋如絲喟歎。

四角的炮樓比院牆更高出一大截。韋如絲站在西北角炮樓的高處往大路上眺望：啊，是誰家在娶親？好壯大的迎親隊伍，嗩吶聲嘹亮悠揚。

韋如絲好奇心起，縱身從炮樓躍出，身體平行於地面，翩然向迎親的隊伍滑行。

身披十字紅花、騎在高頭大馬上的不正是她的磐石嗎？這是民國的裝扮嗎！哪裡搞到的行頭？

見磐石臉上滿是喜色，韋如絲猛然醒悟：今朝此君是新郎！

「竟然捨我他娶！」韋如絲的心大痛，「原來也是負心郎。」

03 流螢舞清風

大鬧一場、攪壞他們的好事？這樣的事韋如絲做不來。她只會一種——默默離開，蜷縮一隅，悄悄舔傷。究竟要留些尊嚴，為自己，也為他。這不算優點，性格的局限性而已。

「究竟娶了誰？比我好多少？」心有不甘，韋如絲悄悄掀開轎簾，正對著一雙溫潤的眸子。新娘在無人處悄悄任性，私自撩起了蓋頭。

根本是個小姑娘，只有十四、五歲，稚氣未脫的臉有幾分蒼白。這一張臉看著太面熟。

韋如絲凝神細望，「哈，這不正是我嗎！」她恍然大悟，隨之大喜，一顆心落進胸腔，大笑道：「原來今天我要嫁給如意郎！」

新娘也對韋如絲笑，道：「嗨，等你呢，快進來！」

韋如絲拉住姑娘伸過來的小手進入轎中，魂魄被她的目光吸引過去，瞬間合二為一。

韋如絲用手指將轎簾支開一條縫，悄悄往外瞄。迎親的隊伍從南街的東大門進入園子，看門人大張著嘴巴樂呵呵地看著他們，僕婦夥計站在自家門口笑，小孩子追著轎子跑。

看樣子是到目的地了，真不容易，走了大半天了。韋如絲趕忙將蓋頭放下，挺直後背，端正坐姿。

進院子還要費一些周折，一個姑娘伸出手臂扶住韋如絲，悄聲叮囑她：「小姐，這橫在門檻上的馬鞍有些高，你走近後低頭就能看到。高抬腿。小姐隨芳兒說的做就不會出岔子。」

芳兒彎腰稍稍撩起韋如絲的裙擺，低著身子攙著她邁過放在院子中間滾熱的碳盆。韋如絲的動作沒有差池。眾人先是屏氣靜觀，然後哄然而笑。

「一拜天地！」

「二拜高堂！」

「夫妻對拜！」

婚禮就要結束，成為眾人注目的焦點從來不是韋如絲所喜歡的。直起腰後她不禁長籲了一口氣，抬起頭來。

紅蓋頭透亮但不透影，韋如絲看到她本來不可能看到的東西，對面的屋頂上有一隻火紅的狐狸，它篤定地望著院子裏的眾人，狐狸身上簇擁著團團火苗。

韋如絲不禁高聲叫道：「火狐狸！在屋頂上！」

主賓皆驚動，急急張望，但他們什麼也沒看到。

狐狸盯著韋如絲得意地笑，然後悠然轉身離去，身上的火苗像一列小火車，追隨在它身後遠去。

眾人嗡嗡嚶嚶。

「新娘子怎麼啦？看花眼了吧？」

「蒙著蓋頭能看到啥？」

「別是發神經了吧？」

「模樣如何還不知道，可別腦子有問題。」

縱然他們刻意壓低聲音，所說的話韋如絲也沒有辦法聽不到，她張口欲辯，忽然一陣風把蓋頭糊到臉上，堵住鼻孔，呼吸變得有些困難。

那是一個女人掃過來的眼風，女人坐在太師椅上，椅子對她來說有些高，她把雙腳擱在椅子前檔上。

韋如絲最怕坐這種椅子，邦邦硬，既不能

靠，又不能歪，得一直端坐，甚是辛苦。她喜歡沙發，可坐可臥。

這個女人的著裝有些古怪，樣式十分老氣，就像韋如絲參觀荊州博物館時看到的那件，叫什麼「鳳鳥花卉紋繡淺黃絹面棉袍」，古董的名字都很長，不容易記住。只不過她這件是棕色的。

荊州博物館的鎮館之寶是一具西漢男屍，躺在透明棺材裏。不敢說他是栩栩如生，但肌肉感還十足。重要部位覆著一塊布，許是出於對死者的尊重，不然就是為了生者心靈的潔淨度。

當天夜裏韋如絲就做了個噩夢，夢到男屍在棺材裏突然坐了起來，還甩甩頭發抖落掉防腐液，然後扶住棺材沿欲邁腿出來遊曳。

真嚇她不輕。

「天呢，」韋如絲內心歎道：「兩千年的東西還穿在身上！一動就會簌簌掉渣吧？」

韋如絲知道這位是她的婆婆，婆婆是成心扮老，女人容顏暗淡後，只能依仗威權來穩固地位了。

婆婆一臉沉鬱地看著她，強大的氣場壓過來，韋如絲發聲不得。

但婆婆自動消失了，所有的人都消失了。韋如絲發現自己端坐在一張雕花大床上，眼前群山連綿。原來洞房在山頂，這太有創意了！

山不高，但風景好，月亮又大又圓，好像就懸在山後頭。

螢火蟲舉著燈在樹叢草間明明滅滅。那種小小的、在日光下毫不起眼的蟲子，在暗夜中卻擁有自己的華耀。老天爺並沒有把所有的好都給了蝴蝶。

韋如絲不禁低吟：

多年以後
驀然回首
是否還會記得那點點流螢
陣陣清風
或許一切都已模糊
只有明月千里

「小姐，又背新詩呢？」

韋如絲扭頭看到芳兒站在床邊。「芳兒，去哪裡了？半天看不到。」

「給小姐倒尿盆去了，小姐剛才尿了半盆。」

「坐床這個規矩真夠折磨人的，大半天不讓人下床，我從早上到現在都沒尿尿，差點憋壞我。」

「先苦後甜，能忍才有幸福，是這個意思吧。小姐，我認真看過新郎了，堂堂亮亮，看著都晃眼。一看就是有擔當的男人，這下小姐有依靠了。老爺去世以後，咱們過得有多冷清。這一大家子人，以後有得熱鬧了。」

「你最會哄我。待會兒見到的如果是一個醜八怪，我非咬你不可。」

「那儘可以。可如果是個俏郎君，小姐可得賞我。」芳兒笑道。

「你想要什麼呢？」

「我也要個俏郎君。」

「呸！不要臉！小心叫人聽了去，不笑死咱們。」

「放心吧，小姐，沒人。」

真的沒人，連芳兒也不見了。山風起了，夜變得冷寂，韋如絲抱緊自己的雙肩。

「如絲，我來了。」

韋如絲抬眼看到磐石，趕忙下床迎上去，仰起臉望著他。磐石把韋如絲攬入懷中，他的身體緊緊貼住她。

男性溫暖的氣息「咻咻」侵襲而來，一股熱流在身體底端竄動，韋如絲閉上眼睛，也閉緊嘴巴，怕自己會呻吟出聲。磐石抱起她放到床上，將衣服脫下，胡亂丟到一邊。

磐石的身體褪掉衣服以後像是膨脹了，肩膀那麼寬，胸膛那麼厚，有著幾分野性，與穿著長袍時的樣子判若二人。

韋如絲心兒「咚咚」亂跳，卻不肯把頭扭開，她癡迷地望著他，男性赤裸的身體，從未見過的景象。

磐石緩緩進入韋如絲的身體。韋如絲不知怎麼來形容與磐石交合的感覺，才發覺語言原來如此貧乏。像天與地，日日相望，夜夜渴慕，終於天地合，剎那間日月無光；像高山傾入大海，激蕩起千尺浪。

韋如絲不停掙扎，似乎要從磐石的身下逃遁，但事實是她一直緊緊貼著磐石的身體，兩個靈魂藉著肉體糾纏在一處，不知究竟如何做才能與對方更親近，才能抵達彼此的最深處。

在磐石的推動下，他們從床的一邊移轉到另一邊，身體卻一秒鐘也沒有分開過。甚至韋如絲的頭已經空懸在床邊，她也沒有覺得任何不適。

歡愉裏裹雜著哀和痛，韋如絲一直低泣著，而肉體的歡樂卻一路向頂峰攀升。

愛的酣暢消減了心中的哀苦，掀開床幃看天空，月明星疏。

磐石沒有馬上入睡。他摟住韋如絲說：「我陪你說說話。」

「為什麼叫『如絲』？是你爹起的嗎？」磐石尋到話頭。

「是。我爹說女孩子要柔中有剛，像《孔雀東南飛》上說的——『蒲葦韌如絲，磐石無轉移』。」

「呵呵，那你就叫我磐石吧，這樣才能和你配成一對。」

「那有多肉麻，別人聽見會受不了的。」

「不教別人聽到，只你我兩個人的時候這樣喚我，好嗎？」

「我試試。」

韋如絲張張嘴，沒喊出來，還是覺得難為情。

磐石笑道：「慢慢來吧。」

他從背後摟住韋如絲，把臉埋到她的髮絲中，輕聲問：「你喜歡劉蘭芝？」

「不喜歡，任性又不會處事，且並未韌如絲。婆婆並未開口逐她，她卻自求下堂而去。不過是為了面子，置丈夫於何地？他本就左右為難，在夾板中過活。等到哥哥迫她嫁人，她既答應嫁了，為何見了一面焦仲卿後受不了譏諷又去尋死，害得別人空忙活一場婚事，幾家人跟著傷心氣苦。」

「哦？」磐石訝異了，「那劉蘭芝就沒有可取之處嗎？」

「也不盡然。她對於感情的執著還是感動著許多人。只不過他們兩人可以有更好的結局，可惜了。」

「如果真是那樣，你說他們的感情還會被千古傳誦嗎？」

「那一定不會。繁花似錦不過是場熱鬧，熱鬧過後自然會平靜下來，最多不過是有稍許失落。所謂刻骨銘心，必定是有殘缺，刀刻斧斫般的殘缺。殘缺造就遺憾，在心裏徘徊不去，日日用情填補雕琢，造出一份哀婉的美麗，感動自己，也打動別人。」

「你竟看得這麼透嗎？」磐石驚問，含著失望。

「我說的是別人，輪到自己誰能這麼清楚俐落？」

「我說也是，都能置身事外，那這世上還有活人麼？」

磐石把韋如絲的身子扳過來對著他，伸出手輕撫她的臉，眼裏是壞壞的笑，問道：「知道這句詩嗎？『金風玉露一相逢，便勝卻人間無數』。」

韋如絲把頭棼到磐石懷裏，輕輕點頭。

磐石哈哈大笑，道：「真是個聰明的女子，連這個都懂得。」

磐石低頭深吻韋如絲的額頭，用手輕輕地撫弄她的頭髮和後背，喃喃道：「你的背好滑。」

韋如絲忽然翻身起來，半跪在磐石身側，磐石有些納悶地看著她，壞笑道：「做什麼？行禮嗎？娘子甚是客氣，我方才也沒費多少力氣，況且也不是白費氣力。」

韋如絲急急搖頭，道：「不是啦，我要量量你的肩到底有多寬。」

「這就著急給夫君裁衣服啦？不急，正是一刻千金時。」磐石口中說笑著，人卻配合著平躺不動。

韋如絲伸手丈量：「一拃，兩拃，三拃……有三拃半呢，我的肩只兩拃多一點點，差那麼多。你得多用不少布料。」

「我是男人嘛！」

韋如絲微笑不語，躺回原位。她慢慢伸出手，試探著用指尖輕撫磐石，這赳赳男兒的胸膛，散發著不能抵禦的魅惑。

韋如絲心顫氣喘，磐石猛然翻身，再一次覆壓住她。

磐石睡了，有輕微的鼾聲。韋如絲枕在他的胳臂上，藉著月光看他，怎麼也看不夠。

只要韋如絲稍微動動，磐石就趕緊抬抬手臂，試圖摟住她，但只到半途就放下了，人又跌入夢鄉。她的磐石，在睡夢中也守候著她。

這一刻，永恆才好。

「著火了！快救火啊！」不知是誰打破這寧靜，磐石一躍而起，衝了出去。

磐石問來人：「哪裡著火了？大不大？」

那人喘息著回道：「十二少爺，是柴草垛，火不小！」

「夥計們抄傢伙，能盛水的都拿上，跟我來！」磐石大聲吼道。韋如絲也跟著往外跑。

所謂「烈火」，並不是隨便的兩個字。大火釋放出樹木生長全程中默默積聚的巨大的能量，恣意而行。

有風吹來，風並不大，但也足以助火勢，大火伸長了舌頭，近前的兩垛是松塔和松毛，每垛長六丈，高半丈餘，因為油性大，更顯情勢危急。

磐石揮手招呼道：「夥計們，往這兩堆柴火上澆！不然全保不住。」

「大家夥兒要快，搶的是時間，不能讓火燒大了！這柴草院緊挨著咱敦恕堂的西牆，如果引燃了敦恕堂，那就不得了了！」磐石吆喝著。

韋如絲又看到了那隻火狐狸，它立在火焰的

高處，正笑得前仰後合。

「壞東西，打死你！打死你！」韋如絲在地上尋石頭……「火，大火，快救火！」

韋如絲要去救火，但手腳似被繩索縛住，拼命掙扎也動彈不得。

「麥子她媽，快醒醒，做噩夢了吧？」睜開眼，曾羨無正俯身望著她。

沒有磐石、沒有大火，也沒有那個令她心生畏懼的老女人。韋如絲心裏念了一句「阿彌陀佛」，幸虧是做夢。

回回神，韋如絲對曾羨無說：「做夢著火了，想去救火又跑不動，急得我夠嗆。」

曾羨無笑道：「都是央視大火惹的禍，睡前你還跟我念叨，今天路過東三環，燒毀的配樓還是漆黑的，過了那麼久怎麼還不修復。看來是受刺激了，你還捶我，都把我捶醒了。沒事兒，沒事兒，平安無事，接著睡吧。」曾羨無輕拍著韋如絲的後背。

央視新址，不著火就很引人注目。每次經過那裏，仰望著那高大扭曲的構架，韋如絲腦袋裏就會蹦出四個字——天門洞開。她甚至想：「擺在金字塔邊上也許更搭調。」

稱呼這個建築為「樓」是很勉強的。這個空中積木是設計師自我夢想的實現，標誌著人類的任性所能達到的高度。不是哪個國家都會給建築師這種機會的，應該感激莫名才是。

曾羨無很快又睡著了。

曾羨無是外科大夫，每天都要處理血淋淋的傷口，骨折、燒傷、燙傷、車禍，都是急茬兒，工作強度很大。好在年輕體力好，日日幹勁十足，所以夜夜睡得香甜。

韋如絲沒有告訴曾羨無夢裏別的情節，這太不像話了，竟然在夢裏出軌。都怨頭天參加的婚禮，新娘新郎還換了一套民國裝，害她做這樣的夢。

還有李安的一份——張愛玲的原著是那樣的嗎？簡直把《色戒》拍成了情色電影。梁朝偉和湯唯演技驚人，當年惹得許多男女去追求新境界，韋如絲至今還在夢裏追。人們在心底有相似的渴望吧？

回味夢境，韋如絲覺得與磐石在一起的感覺不輸於《色戒》中的男女。夢假但情真，那是甘願付出自己性命的感覺。

韋如絲馬上覺察出不對，心道：「你可真行，拿夢境與電影比！空對空。真當真啦？再說那像新婚的小夫妻嗎？熟男熟女才做得出。還玩魂魄合體，床上戲，大火，還有什麼敦恕堂，寫小說呢?!比作家還有想像力。」

韋如絲在黑暗中搖搖頭，吁出一口氣，對自己道：「趕緊睡吧。明天是週一，還有一堆事等著呢。」

但這夢與以往的夢不同，似乎是曾經發生過的事。不少人都有過相似的經驗，來到某地，雖然是第一次來，但感覺自己以前來過，可以確知的是以前真的沒來過。或是身臨某一場景，就像看重播的電影，有沒來由的熟悉感。

韋如絲有些困惑，但真實的生活，那活生生的現實，輕易就能湮滅夢境，如果沒有，沒有那場偶遇。

04 白鞋映紅顏

高峰期的地鐵很擠，很擠也要去擠。通向羅馬的路很多，可韋如絲不去羅馬，她要趕去上班。

接連過去了三趟車，韋如絲次次往上衝，但回回敗下陣。人牆立在車門的邊緣，沒有踏足之地，也無空子可鑽。韋如絲身子單薄，面皮也薄，在這種情勢下毫無競爭力可言。

韋如絲望著遠去的列車歎氣，掏出手機看，所剩時間無多，縱使「長官」寬厚，遲到也足以令她難堪，每週有一次就足夠了。

韋如絲暗下決心：「下趟車，就是擠破頭也要上去。」

車來了，沒等下車的人走淨，上車的人就等不及地往裏擠，韋如絲也顧不得什麼「先下後上」的普世之理了，講完道理車就又開走了。身後有人擁著她往車裏推，如絲就著勢踏上車。

人是情境動物，講禮，但不把自己往死裏逼。滿車廂不相識的男男女女緊貼在一處，大家都知道是迫不得已，為著共同的目的相互原諒了。

韋如絲知道貼在她身後把她擠上車的是個男人，女人不會有那麼大的力氣，但她除了暗自慶倖，不會生出其他想法。

韋如絲望向車廂中部，果然那裏稍微鬆快些。她還有好幾站地，不能老待在門口，這裏流量大，總被人蹭來蹭去，甚不安穩。

韋如絲口中念著「對不起，讓讓，讓讓」，努力往深處走，她忽然發覺身後的男子也隨著她往裏走，口中也說著：「讓一下，請讓一下。」男子還伸出手臂護在她身側。

雖然擠，可也不想涉險，被人故意吃了豆腐就噁心了。韋如絲身子已經側過來，她轉臉瞄了男子一眼，想看出個究竟，誰知這一眼有如石破天驚，這個男子竟長著和夢裏的磐石一樣的臉孔。

「老天！究竟怎麼回事？」韋如絲慌了神，趕忙把頭轉了回來。

她握緊吊環，穩住自己，心思暗轉：「不對，一定是看錯了，太快了，一秒鐘都不到，也許只是有些像罷了。」

捱了片刻，韋如絲又把臉轉過來，二人眼神交匯，男子目光冷冷，如同所有的陌生人一樣，相互間不交流訊息，不給他人以任何可乘之機。男子將目光不經意地轉向別處。

如此倒方便韋如絲穩住心神，她緊盯著男子看了五秒鐘。

確實是太像了！男子也是高個子、寬肩，單眼皮，雙眸明亮，鼻管挺直。不是英俊瀟灑或風流倜儻這樣的詞彙能夠簡單形容的，整個人像個寶物，靜靜散發著光芒，立在人堆中很醒目，但他自己似乎並不覺察。

區別只是夢裏的磐石想起來像煙霧籠罩的虛像，而這個男子剃過的鬚茬根根可辨。

韋如絲心臟狂跳，她別轉頭，一面激動著，一面無地自容，好似見不得人的心事大白於天下了。

「究竟是怎麼一回事啊？」韋如絲的腦子幾陷入空白。

經過兩站地的思考，剩餘的理智給了她一個結論——「我定是以前在地鐵裏見過這個男子，在自己不覺察的情況下色迷心竅，偷了他的影像做春夢，在夢裏滿足自己不能見人的欲望。白日裏端得多好，像個十足的正經人，真我在夜晚出沒。」

男子在西單站下了車，他沒有再看韋如絲一眼。韋如絲一直用餘光留意著他的動靜，發覺他轉身後就抬起頭，盯著他下車的背影，看他在月臺上走路的篤定步態。

「連背影都是像的，」韋如絲對自己道，但她轉念一想又覺得不對，「在夢裏我見過磐石的背影嗎？好像沒有吧？可誰能記得夢裏所有的細節呢？總之我是個花癡，是潛伏在人民群眾中的好色之徒。嘿嘿嘿。」想到這裏，韋如絲不禁竊笑。

男子沒了蹤影，列車繼續向前。

韋如絲又覺得有幾分可惜，茫茫人海，恐怕再也難尋蹤跡了。可再遇到又怎樣？總不能把他捉回家吧？就這樣胡思亂想著到了單位，還好，只晚了兩分鐘，不算遲到。

領導交代了一天的任務，上午最重要的事是代表組織去醫院探望大前天剛生產的宗小晨。

宗小晨是韋如絲的同事兼好友，大學畢業後分到韋如絲所在的科室。她雖然比韋如絲小兩歲，但二人因性情相投，很快成了摯友，經常同進同出，甚至有人說她們倆有姊妹相。

但二人究竟不同，宗小晨是有志青年，兩年後宗小晨就去美國留學了，一直讀到博士，前年作為引進人才又回到原單位。

韋如絲在事業上是沒有什麼抱負的，她奉行的黃金法則是「腳踩西瓜皮，輕點地，到哪兒算哪兒。」文明些的說法就是隨遇而安。

求學路艱辛，宗小晨一直沒有要孩子。如今萬事穩妥，擺在眼前非做不可的事只剩下這一樁。夫婦二人在半年時間裏戒除一切惡習，鄭而重之行人事大禮，然後如願以償。命運依照強人的時間表運轉。

宗小晨顯現出為人母的明顯特徵，孩子微小的舉動都會引起她的興奮，雖然在別人看起來都是極平常的事。宗小晨的話也比以往多許多，不像個女科學家。

「我兒子不愛哭，吃飽了就睡。我的奶水還不夠，得加奶粉，就這一針筒，管子壓在我乳頭上，他連管子帶乳頭都含到嘴裏，一會兒就喝完了。」

「天天帶他去游泳，看，這是他游泳時拍的。」到底是羊水裏泡大的，一點都不懼水，悠然自得。

韋如絲笑著道：「哪像剛出生的孩子？把救生圈摘了也沒事吧？」

「那不就壞菜了，肺泡已經打開了。」當爸的急道。

「哈，看他那物件有多大啊！」韋如絲指著攝像機的螢幕樂。

水溫一定不錯，小雞雞在水裏舒展飄蕩著。

「流氓！」同來的女伴笑罵道，大家哈哈齊樂。

韋如絲捧著他的小腳丫撫弄，這麼小，粉嫩的，恨不得咬一口。

從沒走過路的腳，乾乾淨淨。

晚上同曾羨無躺在被窩裏，韋如絲說：「咱們再要一個吧，小孩子太可愛了。」

曾羨無答：「做夢吧你，再生一個你就開除公職了！再說麥子一個就已經耗得咱們精疲力竭了。」

韋如絲只得承認這是事實，歎道：「也不知是咋搞的，當年我媽養了我們三個，我爸除了上班什麼都不幹，連搭把手的人都沒有，也沒聽我媽吆喝有多辛苦。現在只一個孩子我們就招架不住了。真是一代不如一代。」

「現在的孩子都是天兵天將再世。」曾羨無回道，然後沒了聲息，他就是有本事在五秒鐘內睡著。

韋如絲過了一會兒才睡，她想起了早晨遇到的「地鐵男」，真是奇了，怎麼會有這樣的事呢？她暗自又笑話了自己一陣：超級花癡啊。

睡著後韋如絲又做了夢。

她夢到張茉莉生了個兒子。韋如絲跑去要抱孩子，婆婆伸臂擋住她，道：「我們敦恕堂的長孫，隨便給人抱的嗎？你自己的呢？要穀自種，要娃自養。進門就帶一場火，還以為你有多大能耐呢？結果倒好，兩年了也不開懷。你弟媳婦都生到你前面去了。」

韋如絲灰溜溜地從屋裏走出來，在院子裏發呆，心道：「沒有月信，怎麼會有孩子呢？」

韋如絲站在海棠樹下，剛冒頭的嫩芽真惹人憐，她伸手輕觸。

婆婆不知何時跟了出來，大喝一聲：「別亂動，去年你動了那棵石榴樹，石榴樹就沒結多少果，石榴又小又硬，你別再把海棠也禍害了。汪嫂，快栓根紅線在樹上。」

汪嫂應聲而至，一根，兩根，三根……紅線滿樹，滿樹紅線瞬間變成了一簇簇紅亮的海棠。

韋如絲大聲叫：「娘，娘，好多果子啊！」

「茉莉你可真行，剛生完孩子就敢出屋啊。」韋如絲透過枝葉看見站在對面的張茉莉。

張茉莉冷哼一聲，不屑道：「這也能糊弄人啊？又不是你結的果子。」

「如絲從不糊弄人。」磐石扶住韋如絲的肩膀站到她身後，他看向韋如絲，興沖沖道：「我帶回來了郎中。」

韋如絲扭過臉看向他身後，那裡竟然站著一個印度苦行僧。

僧人高、黑、瘦，面容沉靜，他盯著韋如絲看，靜默片刻後開口：「不見天，不見地，不見鐵，煮水喝七日。」

言畢翩然而去，見了圍牆也不閃避，輕鬆穿過。

「出診費也不要？出家人到底不同。他說的話是什麼意思？」韋如絲瞪著眼看磐石。

磐石略加思索，道：「我知道了！」他牽緊韋如絲的手，「如絲，跟我來。」

二人來到一片玉米地，天已擦黑。按韋如絲的經驗，夏天玉米才能長這麼高，但夢裏的季節不循規矩，隨意轉換。

磐石蹲下身子，道：「你看這些長在外面的根，上面有玉米葉遮蔽不見天日，下面沒有著到地，我再用手掐下來，不就是『不見天，不見地，不見鐵』嗎？」

「你真是太聰明了！」韋如絲無限欽佩。

芳兒用漆盤端來「三不見水」，道：「小姐，最後一副了，也不知那印僧是不是在胡扯。」

「管它，從來有病亂投醫，反正也不難喝。」韋如絲端起碗一飲而盡，只半日便覺得下體「濕嗒嗒」地不好受，她躲到無人處檢視，褻褲上現斑斑暗紅血跡。她手握褻褲，在屋內兜兜轉轉，覺得哪裡都不是適當的地方，端起木盆往園子外面走，全然沒有意識到這是更顯眼的事情。

河邊洗衣服的村婦都回家做晚飯去了，周圍很靜，只有河水流淌的聲音。

沾染了血跡的白色衣物不好洗，韋如絲用了香皂，她把鼻子湊到香皂上聞，姊妹牌香氣宜人。

正在埋頭苦幹，突然聽到「刷拉拉」的聲音，回頭一看，一條毛皮斑駁的癩皮大狗從玉米地裡鑽出來，眈眈地盯著她看，耷拉在外面的舌頭不停地流著涎水。

野狗是常年在亂葬崗上混的。夭折的孩子，不能埋在家族的墳地裏；還有命喪異鄉的無名百姓，都葬在那裏。他們的棺槨薄，坑又淺，輕易就被野狗攻陷了。

這些狗是吃人肉的。天已黑濛濛，韋如絲的心揪成一團，她埋下頭，盡力不讓餘光看到狗，似乎這樣狗就不會注意到自己。

「如絲！如絲！你在這裏嗎？」傳來磐石的呼喊。

——真是大救星！韋如絲連忙站起來向他呼喊招手：「我在這裡！」

狗看有人來了，有些不甘心，它盯著二人仔細衡量了雙方力量，選擇轉身鑽回玉米地。

「幹嘛自己跑到河邊洗衣服？為什麼不交給芳兒？再說園子裏有井水啊！」磐石握住韋如絲

冰涼的雙手塞進他的懷裏。

韋如絲羞赧地笑。磐石瞥了一眼盆裏的衣服，急問：「你來月信了？真的嗎?!真的嗎?!」

看韋如絲點頭，磐石一把把她舉起，大叫：「我要當爹啦！我要當爹啦！」

「這還八字沒一撇呢，你別嚷嚷，別叫人聽見。」韋如絲在他頭頂急道，但雙腳不踏實地，做不了自己的主。

磐石舉著韋如絲跑了一圈，等興奮勁過去才把她放下來。

「我來洗，你現在不能著涼。」磐石蹲到河邊，雙手插入盆中。

韋如絲左右張望著，急道：「別叫人看到，不然就成笑話了，哪有叫男人洗衣服的？還是女人褻衣。」

「那怕什麼？因為你被人笑話，不寒磣。」磐石接著道，「洗完帶你去買東西，今天是初六，鎮上有集，我要送你一個禮物，我的如絲終於成人了。」

恍然間進入一個集市，人來人往，穿梭不止。甚至有人撞到韋如絲，但他們都似茫茫不覺，照舊前行。

吃穿用，樣樣齊全。磐石問韋如絲想要什麼，她歪頭想想，答道：「來一盒胭脂吧，要上好的，貴的。」

磐石大笑，道：「這千村集還有上好的胭脂嗎？真是個土包子。起碼要到威海才行，不然下次去濟南進綢緞的時候我再給你帶。」

「不，」韋如絲頓腳，「就今天，別的時候哪裡的都不行。」

「剛成人就長脾氣啦。好好好，就今天，上好的千村胭脂。」

二人相視而笑。韋如絲忽然注意到一個身著孝服的女人也在看胭脂，她站得離磐石太近了，可跟前不是那麼擠啊？她是挑東西挑入迷了。

磐石也覺察出不妥，趕忙往一旁閃了閃，還多看了她兩眼。

這個女人，不由人不盯著看。她不是漂亮，

但自有一種奪人眼球的氣質，是風情吧？一種只可意會不可言傳的吸魂大法，屬少數女人的天賦異稟。

這一定是「小白鞋」了，韋如絲記起張茉莉說過千村鎮上有一個寡婦，獨自帶著一個孩子，沒有什麼生產能力，卻有經濟來源，都是附近的男人供養她。

為什麼叫她「小白鞋」？是因為在這塵埃滾滾的鄉間，她愣是能讓一雙孝鞋日日保持雪白。張茉莉還說，小白鞋風騷得很，千萬要看好自己的男人。

名不虛傳，韋如絲妒忌之，羨慕之。

仔細看，小白鞋不能算是出色的美人，身材不高，下巴偏短，鼻頭鼓鼓，一張臉團團如小號滿月，但勝在皮膚白皙，背板挺直，胸脯飽滿。她的那種飽滿恰到好處，柔軟中含著堅實。

許多奶過孩子的村婦，雙乳水袋一樣墜在胸腹之間；而未婚的年輕女子則緊緊裹上束胸帶，以初長成的蓓蕾為可恥之物。小白鞋與她們都不同。

小白鞋一雙圓而亮的眼睛隨時可以積蘊情意，眼風流轉靈動，看你一眼就像是在你臉上輕輕撫摸了一把。

小白鞋笑著對磐石說：「你是德屹少爺吧？我是不是踩著少爺的腳了？」

「沒有，沒有。」磐石忙道。

「給少奶奶選胭脂呢？真是個好男人。」小白鞋轉而扭過頭對韋如絲說道：「少奶奶喜歡什麼顏色的，偏粉紅的還是大紅的？少奶奶不適合大紅的，因為少奶奶還像個小姑娘，我看這粉紅的適合些。」

果真，韋如絲也中意不太豔麗的顏色，還有衣服的樣式，並不喜歡過於花俏的，她喜歡不顯眼的、悄悄的、別致的美麗。

「好吧，就這盒吧。德屹，我就要這盒。」當著別人韋如絲不叫他磐石。

磐石去付錢，小白鞋盯著他的背影看。韋如絲心道：「我的磐石也是引人注目的一等人才啊！」

韋如絲接受了小白鞋的建議，算是受領了她先釋放的善意，覺得出於禮節，必得與她聊上幾句。

不知何時小白鞋手上多了一隻柳條筐，筐裏靜靜臥著一隻大公雞，頸毛和尾羽在陽光的照射下閃爍著漂亮的金屬光澤。

韋如絲指著公雞問：「幹嘛在公雞腿上拴紅線啊？」

小白鞋突然慌亂起來，剛才似能掌控全局的鎮靜蹤影全無，她含含糊糊地說：「誰知道？賣雞的拴的，他們全喜歡這麼幹。」說完招呼也不打就走了。

韋如絲自言自語道：「這個女人真是有幾分奇怪。」

05 黑白兩無常

買完胭脂二人繼續在集市上逛。

一個婦女在地上擺攤，她賣的東西很特別，黑色的紙衣紙裙，裁剪精緻，平攤在地上。

一陣風颳過來，風不算大，但吹動紙片的力量還是有的，可紙衣紙裙緊貼住地面不動，背部好似生了壁虎爪上的吸盤。

韋如絲蹲下身子細看，輕易就把一條紙裙拿了起來，並未扯爛。漂亮是漂亮，可是不實用啊。她不由得嘀咕道：「這種衣服誰買啊？」

「不愁，我的貨好，有人要，供應不及呢！」女人帶著幾分氣，瞟了韋如絲一眼。

賣東西的從來都是極力維護自己的貨品，買東西的做相反的事，古來如此。

從集市回來，行走在田野間的道路上，四周無人，只有鳥叫蟲鳴。磐石牽住韋如絲的手，十指相扣，連接起兩顆心。他們都靜默下來。

韋如絲側轉頭看向磐石，他也正看著韋如絲，那一雙明亮的眸子中盛了多少情意啊！

磐石把韋如絲的手拉至唇邊，輕輕吻了一下手背，然後鄭重地把韋如絲的手緊貼在自己的胸口上。韋如絲像被流彈擊中，內心激蕩，卻像木偶一樣無以應對，只好裝作若無其事，看向密密層層的玉米地。

二人從東門進入園子的南街，老遠看到一頭騾子拴在敦恕堂的大門口。近前細看，騾子神情委頓，一定很不舒服。一個四十歲上下的男人正蹲在騾子側面仔細查看它的後腿。

磐石上前打招呼：「二兩叔，整治騾子呢？」

那人抬起頭，笑言道：「少爺回來了。這騾子後腿脫臼了，我看看能不能整好。」

錢二兩可算名不副實，一張臉胖嘟嘟的，彌勒佛一樣地笑著。

磐石湊到跟前蹲下，饒有興趣地問：「咋樣整治？我也學學。」

錢二兩道：「少爺學這幹嘛？這不是什麼好活兒。我們做騾馬生意的學這個是為了萬一牲口在集上出了狀況，臨時處置一下，求能賣個好價錢。少爺身份尊貴，不用沾這個。」

磐石笑道：「什麼身份不身份的，現在都講平等博愛呢。」

錢二兩抬眼看著磐石道：「少爺，不論怎麼講，咱們到底不同。再說這活兒危險，這頭騾子上個月還啃了張二的背，脾氣暴咧。要緊是它別尥蹶子，踢著了就了不得。」

磐石道：「不怕，我身手靈活著呢，躲得快。」

二人說完就開始忙活。

韋如絲看他們先是用長長的布條將騾子出了問題的關節緊緊裹住，然後往布上澆白酒。一直到這個時候，騾子都很合作，一動不動。

韋如絲搞不懂的是接下來的步驟，有人遞上火種，他們竟點著了騾子腿上的布條。

火「忽」的竄起來，騾子受驚躍起，縱使是只有三條腿管用，它也夠猛。韋如絲在一旁驚呼，想衝過去幫忙，但人卻釘在原地，一動不動。她心裡模模糊糊地覺得：只要我不動，周圍的一切就會全部停留在原處。

反應快的是錢二兩，他一把推開磐石，生挨了一蹶子。騾子掙脫轠繩狂奔而去，它的腿確乎是治好了。

血，錢二兩流滿血的臉直對著韋如絲的臉，幾乎要貼上來，他的眼神怨毒，與剛才全然不同。

錢二兩直勾勾地盯著韋如絲，幽幽道：「宋家欠我的，打算什麼時候還啊？我等得已經夠久了。」

他指著自己的眼睛又道：「少奶奶，你看我這眼睛有多紅！亂葬崗野狗太多了，睡不踏實，真想好好睡一覺啊。」

錢二兩說著頭一歪，腦袋「嗵」地一下滾落在韋如絲腳下，努著嘴支地做足，想靠韋如絲近一些。

韋如絲魂飛魄散，轉身就逃。邊跑邊回頭看，發現錢二兩腦袋已回復原位，正緊追自己不放。

再回頭看，錢二兩身旁突然多了兩人，一個著黑，一個著白，皆是長衫，白高黑矮，三個人一起追過來。那黑白二人還不忘了相互逗趣，一路笑鬧，似乎擒住韋如絲完全是小菜一碟。

韋如絲發動全部智慧，東躲西藏，但始終不能擺脫追捕，眼見他們包抄過來，將她堵在假山石後面。

韋如絲嚇壞了，想叫叫不出來，心臟「砰砰砰」狂跳不止。猛然醒來，發現自己是趴著睡的，身體的重量幾乎全部壓在了左胸上。

翻過身，裹緊被子，韋如絲往曾羡無身邊挪挪，尋些依靠。躺了一會兒，心跳漸漸平復。

她睜眼看著黑洞洞的天花板，費力思索：「怎麼又做噩夢？真是沒來由。可能因為生理週期激素的變化吧，快來『好事』了，這兩天有些煩躁。」韋如絲自己都知道這解釋太牽強了。

「夢都是反的吧？聽人說夢見血會有財運，明天應該去買彩票才是。」韋如絲以前最多中過五十大元，歡欣鼓舞後再買，結果可想而知，收益全部輸掉還附帶損失一小筆。

「啊，又借了地鐵男一次。上帝，請饒恕我的貪戀吧！誰讓你把此人造得如此美好？按聖經所言，人類本就發源於對誘惑的不能抵禦，弱點人人生而有之。而所有的誘惑都是上帝造的，我輩無力抵抗。」韋如絲輕易原諒了自己。

剛做的夢，新鮮出爐，可以把整個夢完全憶起。

「都結婚了才來月信，發育可夠晚的。」

韋如絲當年也晚，是班上最後一個，看別的女生上體育課的時候可以「見習」，免做劇烈運動，心裏好生羡慕。當年心裏一定是著急了，所以才會這樣映射到今日的夢中吧？

「和上一個夢能連上呢！又多出了一個小白鞋，一個錢二兩，行，光名字就有趣呢！這夢如果能接著做就好了，不用費腦筋，記下來就是一本小說。」

韋如絲歎自己的才華白日被掩蓋，夜裏大放異彩。

韋如絲試圖對夢做出合理的推斷：「前一段出差去了威海，因為開車去，之前用谷歌查了山東地圖，所以夢裏就出現了山東的地名。千村？確沒有印象，那是夢中的集市，允許虛構。」

有必要上趟廁所。韋如絲進了衛生間，沒有開燈，將窗簾撩開，坐在馬桶上望向窗外。

這個城市的喧鬧終於停止了，但靜不了幾個小時又會甦醒，韋如絲暗自琢磨：「如果城市是有知覺的生命體，一定會覺得辛苦極了。」

在這個擁擠的城市裏，真要有了傷心事，想找一個無人之處大哭一場都要費一番心思。外面烏煙瘴氣，躲到家裏，鄰裏人犬之聲清晰可聞。

忽然樓上有了動靜，韋如絲知道這對夫婦只有一個女兒，明顯是男主人夜起方便。「嘩嘩」之聲直瀉頭頂，男人氣力十足。韋如絲無處可逃，獨自一人忍受著無人知道的羞辱，徒歎嗚呼哀哉！

昏昏沉沉進了地鐵，韋如絲睜大眼睛四處看，她心底是有份希冀的，她盼望能再一次遇見「地鐵男」，自己又沒有其它的想法，只是想養養眼，不為過。但無論如何留意，「地鐵男」如同恒河水帶走的一粒流沙，其人蹤影再難尋覓。

天氣漸漸轉冷，日頭也早早下山安歇，等到下班後韋如絲接了麥子放學，天就擦黑了。

小孩子就是精力旺盛，一天的辛苦壓不住逃離校園後的興奮。來到樓前，麥子看到一隻貓從地下室的氣窗裏鑽出來，她猛地沖過去，貓機靈得很，一揉身子又鑽了回去。

很快貓又在氣窗的另一頭探出腦袋，韋如絲叫住麥子，道：「你可別嚇唬它了，它是隻流浪貓，夠可憐的了。」

藉著即將閉幕的天光，韋如絲有些狐疑地盯著貓看，心道：「這隻黃貓和夢裏地鐵上的那隻貓太像了，我原來是把它拽到夢裏了。就地取材，倒也方便，目光所及，掃描到誰就是誰。地鐵男也是這樣被我搜羅到的吧？」

娘倆兒拐進樓道。這棟樓共二十五層，一層十戶，合計二百五十戶，韋如絲算過，她的鄰居多則上千，少則八百。

眾人習性不同，有人夜伏晝出，有人則相反。加之租戶眾多，流水一樣地換，除了少數有緣人，老死不相往來，看誰都像是初見。

一個老人抱著一隻紅棕色的博美犬進了電梯，大概剛遛完狗回來。

狗很漂亮，尖尖的嘴，溜圓的眼睛，毛茸茸的，形容嬌俏，活像動畫片裏的狐狸。韋如絲不由得想：「如果幻化成人，一定是個美人。」

人多，電梯幾乎站站停靠，博美總是掙扎著要從主人懷中掙脫。主人輕聲哄著：「別著急，不是咱家，再等等。」

電梯到了十一層主人才放開狗，博美快速從剛剛開啟的門縫鑽出去，熟門熟路地往家裏跑去。

麥子同所有的孩子一樣喜歡小動物。她一直盯著博美看，韋如絲知道麥子想摸它，但因為不認識狗的主人，她不好意思。

「媽媽，咱們也養隻狗吧，小狗多可愛啊！」麥子仰著光潔的小臉看著韋如絲。

「萬萬不行，還要伺候它拉屎撒尿！除非它光吃不拉。光養你媽媽就快累死了。」

養一個孩子怎麼那麼多事啊？只要麥子一出現在韋如絲周圍，韋如絲就像被使喚丫頭附身一樣，忙個不停。

「我就知道媽媽會這麼說，每次都這樣。」麥子不高興了。

「媽媽給你買個電動狗吧，既不拉屎也不撒尿，還不用辦狗證，一樣汪汪叫。」韋如絲趕緊哄她。

獨生子女時代，滿街都是心肝寶貝。誰敢讓孩子不高興啊？那是個別膽兒大的，屬統計學上的離散點。

「不要，那是假的。我要真的小狗。」

「不行，等你長大結婚成家了自己養吧。」

「到時媽媽不許管我！」

「不管，一定不管。」

「我要養兩隻，一大一小。」

「隨你，滿屋子都是大小便。」

「媽媽最壞了。」麥子笑了，韋如絲也忍不住笑起來。

這個孩子好哄，沒有認真跟韋如絲生過氣，不似許多女孩子愛耍小性。但願將來她也保持這稟性，這是女人令自己幸福、使家人安寧的根本。

洗洗涮涮，沒完沒了，這是韋如絲在家裏的主要工作。

人類進化得不合理，太愛乾淨了。恨不得還是穴居時代，吃飽了就睡，當然吃不飽也得睡，可起碼沒這麼麻煩。再養條狗，還得伺候它，乾脆就不活了。

太累了，吃完飯就沒閑著。自打有了麥子，韋如絲連整套的電視劇都看不上，逼急了會去買盜版韓劇看。韓劇人美服裝美更有純情之美，韋如絲可以愛得死去活來，哭個昏天黑地，然後關上電視安然入睡。

韋如絲靠在沙發上打算歇口氣再繼續，要加緊速度，她急著幹完活後繼續獨對完美無瑕的裴勇俊。

「咦？麥子到底有了一條狗！」韋如絲立在

遠處看。

狗渾身長著黑色的長毛，胸口和四隻爪子卻是雪白的，個頭還挺大。麥子坐在地上，狗也坐著，狗的坐姿端正標準。

麥子把頭靠到狗身上，狗也朝她歪歪身子，方便撐住麥子。

「麥子，誰給你買的狗啊？」韋如絲奇怪地問。

麥子抬起頭。呀，不是麥子，是小石頭，自己的兒子。

「我怎麼還有一個孩子？」韋如絲有些不明白，麥子是獨生子女啊！但似乎這是不容置疑的事實。

「娘，這是咱家的黑炭啊。」小石頭站起來。

韋如絲把他抱起來親了一口，這小臉，太好親了。「看你身上髒的，總愛坐在地上。」韋如絲邊說邊輕輕為他撣去身上的塵土。

「娘，黑炭連肉都不吃。」小石頭摟著韋如絲的脖子說。

「病了嗎？」韋如絲低頭仔細打量。

黑炭那一雙幾乎純黑的眼睛正灼灼地望著她。韋如絲真受不了它的眼神，簡直像一個人在看著你，讓她懷疑狗皮下裹藏著的究竟是誰？

黑炭用鼻子輕點韋如絲的鞋面，這是類似於親吻的動作，然後迅速躺倒在地，側翻著身子等韋如絲撫弄他。韋如絲騰不出手來，只好用鞋尖輕觸它。

「不像啊，黑炭精神好著呢。你怎麼知道它不吃肉？哪有不吃肉的狗。娘的小石頭，娘告訴你吧，這天底下所有的狗都吃肉，除非它病得不行了。」

「就是不吃，剛才我出來找黑炭，它正在追一隻貓，貓碰翻了菜碗，燉肉撒了一地，黑炭看著，不讓貓吃，它自己也不吃。」

「哦？那真是太奇怪了。」不知黑炭是怎樣修煉成這樣的，逃脫了一般規律，它真的是條狗嗎？

小石頭道：「黑炭就是乖，和小石頭一樣

乖。」小石頭邊說邊撲下身去夠黑炭，韋如絲被他帶得斜著身子，幾乎要傾倒。

孩子一下子被人接過去，一個男子道：「嫂子，和小石頭玩兒呢。」

韋如絲直起身來，是宋德嶽，磐石唯一的兄弟。

這個小子發質好，絲絲分明，半長的頭髮，梳著中分。園子裏許多老少爺們都剃光頭，或是簡單的平頭短髮，他卻一枝獨秀。這種髮型擱在別人身上會很土氣，或者是流氣，他卻顯得有幾分瀟灑。

宋德嶽天生有著壞小子的氣質，不是真的壞。他不害人，只是任性，加上善於討巧，讓人無法把握，反而有幾分意外的歡喜。

「往哪裡去？」韋如絲喝問。長嫂如母，知道管他不住，還是要盡職盡責。

「好嫂子，小聲些，不要教茉莉知道，打一轉就回。」宋德嶽臉上露出孩子般的祈求，看了難免會心軟。

「去找小白鞋對吧？她不是只和你一個人好，你不要當真。走動得那麼勤，小心被茉莉知道，鬧得你不得安生。娘不是常說『常在河沿走，哪有不濕鞋』的嗎？」

「不會叫她知道，我小心著呢。放心吧嫂子，我也不會認真的，小弟自有分寸。」宋德嶽說罷用新剃的下巴貼上小石頭的臉蛋，連紮帶親，小石頭「咯咯」笑著使勁躲他。宋德嶽把孩子交還給韋如絲，笑嘻嘻地走開了。

韋如絲目送著宋德嶽。陽光正烈，有些晃眼，韋如絲不由垂目，看到石子甬道上落著他的影子，矮矮的，頭部有一個核桃大的洞，陽光從這個位置透過來，隨著他的步伐晃動著。

韋如絲心裏一驚：「定是被太陽晃花了眼。」急忙抬頭尋他，宋德嶽已經不見了，偌大的庭院靜悄悄的，如果沒有日光，簡直像子夜。

「小姐救我……小姐救我……」突然傳來似有似無的呼救聲，低低的，幾不可聞。

06

芳心比天高

「芳兒？是你嗎？你在哪裡？」如今在園子裏，除了芳兒不願改口，一直叫韋如絲「小姐」外，沒有其他人這樣稱呼她了。韋如絲四處張望，並沒有人。

「當然是我啦！」韋如絲轉過身來，芳兒正站在韋如絲的身後，挺著尖尖圓圓的肚子。

韋如絲急問：「怎麼啦，芳兒？有什麼難事嗎？」

「有什麼難事？」芳兒狐疑地望著韋如絲，忽然「嘻嘻」笑起來，「有啊，就要生了，小姐要教我怎麼生孩子。」

「就喜歡開玩笑！還叫我救你，那麼嚇人的叫，我還以為你快沒命了呢！」韋如絲鬆了一口氣，嗔怪道。

「我沒叫小姐救我啊？」芳兒一臉納罕。

「得啦，得啦，現在你長輩份了，怎麼說都是對的，我辯不過你，也不敢辯。算我聽錯了。」

「饒了我吧，小姐，我就是成了祖奶奶，在你這裏也是丫頭。」芳兒苦笑道。

「簡奶奶。」小石頭抬頭叫她。芳兒應了一聲，摸了摸他的頭，笑著摸著自己的肚子道：

「太大了，不能抱小石頭了。」

轉過頭，芳兒對韋如絲說道：「這小石頭太招人喜歡了，真想搶過來據為己有。瞅那一雙眼睛，雖然不算大，可又黑又亮，骨碌碌地轉。」

「想要就給你。」韋如絲笑道。

「誰敢要？你的命根子，你就是捨了命也不會捨小石頭。」芳兒扁著嘴說。

韋如絲笑，托托她的袖子，道：「你這件衣服這麼肥，誰的呀？」芳兒穿著一件老舊的黑色偏襟夾襖。

「太太的，她說不用做新的了，省一個是一個，統共就幾個月。」

「也是。不過真夠難看的。」

「哪有漂亮的孕婦？女人這個時候最醜了，穿什麼都一樣。」

韋如絲抱著小石頭和芳兒並肩進了屋。栗嫂接過小石頭，侍弄他躺下睡好，兩個人到東屋說話。

「八大爺待你好嗎？」韋如絲問道。

「還不錯。」芳兒答得簡短。

「應該不錯。八個人裏數你年輕，也數你長得最好看，要是這回你給他生個兒子，就再也沒人比得過你了。」

「小姐，說也奇怪，八老爺娶了這麼多房，怎麼就沒有一個人給她生個兒子呢？十幾個，全是姑娘。」

「命唄！命裏註定如此。八大爺就是想要個兒子，別的堂號頂多娶三房，八大爺娶了八房。誰知道花了許多銀子，費了許多力氣，全白搭。娶一次老婆賣一塊地，嫁女兒還得陪嫁，田越來越少，這樣下去，以後也剩不了多少了。」

「可不是，現在還來敦恕堂蹭十老爺的大煙抽，如果光景好，八老爺也不會幹這樣的事。」

韋如絲心裏轉過壞念頭，不由嘿嘿樂出聲來：「八大爺有五十好幾了，可也真行，青春不老，枝繁葉茂。」

「小姐學壞了，以前還文雅得很，背新詩，唱古詞，現如今也會胡說八道了，定是我那大侄子教壞的。」芳兒回擊道。

「『大侄子』，」韋如絲學著她的語氣，「呸！不怕折了壽！」韋如絲說著白了她一眼，兩個人一起「咭咭」笑起來。

「我記得以前你管我要俏郎君，原來八大爺就是你的俏郎君，認真講，八大爺真有氣派。」韋如絲抿著嘴笑。

「誰又比得過德屹少爺？少有的人才，像頂著三百尺陽光。」

「芳兒你這話講得真好，我怎麼就沒想起這種比方呢？每次看到他的時候我都覺得心裏亮堂堂的。你要是讀過書，可以考秀才了。」

「考也考不過小姐，我這個人沒頭沒腦的。我……」芳兒似有話說，但終於沒有說，她轉了話頭，「小石頭最近長了不少，小臉兒也比從前圓了。」

「媽媽，我寫完作業啦，該洗洗睡了。」韋如絲睜開眼，是麥子撲到她身上。看看窗外，天已經黑透了。

數秒鐘後魂魄歸位，韋如絲搞清了狀況——她在沙發上盹著了，還做了個夢。她看看身上的薄棉毯，定是曾羨無給她蓋的，這個同志還是蠻體貼的。

韋如絲趕緊起身，伺候麥子洗漱上床。忙活完已接近十點鐘。「還可以看兩集韓劇！」韋如絲笑著劈手從曾羨無手裏奪過遙控器，「可算輪到我了。」

突然門鈴聲響起，夫妻二人對視：「誰啊？這麼晚了。」

曾羨無從門鏡裏瞄出去，趕緊開了門。

曾羨有蔫蔫地走進來，一屁股坐進沙發裏，似乎已脫了力。這是少見的光景，平常他總是笑嘻嘻的。

「怎麼啦？遇到難辦的事啦？」夫妻倆齊問。

「梅子下午來了一個電話，說是要離婚。」

「啊?! 你們兩口子不是挺好的嗎？出了什麼問題？」韋如絲驚問。

「世事難料啊。我也以為我們兩個人不會有

問題，誰知半路翻車，梅子變心，找了別人。」

「啊?!那個男的是幹什麼的？」韋如絲問。

「你淨問些無關緊要的問題。無論對方是誰，變掉的是梅子自己的心。」曾羨無皺眉道。

「聽說是做生意的，生意一般，不過人長得帥，好像還比梅子小五六歲。」曾羨有答道。

「這也太懸了吧，比梅子小那麼多，絕不是穩定的組合。」韋如絲道。

「真沒看出梅子是這樣的人，平時只不過喜歡鑽個牛角尖，讓她一下也就過去了，原來還沒譜。」曾羨無替弟弟忿忿不平，他接著問道，「你自己是怎麼打算的？這不是小事，要考慮周全了。」

「除了珊瑚，也沒有什麼周全不周全的。我開始不想離，我怕珊瑚受不了。」曾羨有低頭捧住腦袋，「這事兒有一段了，我一直沒跟你們說，梅子她媽那兒我去了好幾趟了，開頭老太太態度還好，說會幫我勸梅子，這兩次去都沒好臉色了，估計他們家裏人的意見已經達成一致了。梅子說不要珊瑚，可能是想為那男的再生一個，兩個孩子不好帶。」

六世達賴倉央嘉措有詩云：「野馬跑到山上，可用套索捉住。情人一旦變心，神力也難回轉。」真可謂情變真經，活佛是參透了。

曾羨無一下子激動起來：「連孩子都不要了！遇到為所謂愛情放棄孩子的女人我就覺得不能理解，怎麼就忍心！愛情有多偉大？說到底不過男歡女愛。這女人不知咋想的？總有一天她的荷爾蒙分泌減弱，那時候她會後悔的。總不能一天到晚和男人待在床上吧？」

僅僅是男歡女愛？人一激動，就容易劍走偏鋒。

「男的不要孩子就能理解啦？你這是什麼標準呀？」韋如絲只針對前半句，這當口兒不與他計較。

「你看電視上動物世界裏都是這樣，大部分還都是母的獨立撫養幼仔呢！這是大自然的選擇。」曾羨無振振有詞。

「真是動物世界這事兒就好辦了，發情有季節性，不會干擾養育孩子。」韋如絲頓了一下，接著道，「哎，咱倆這是扯哪兒去啦?!羨有，趕明兒我去找梅子談談，平時我倆還算合得來，也許還有轉機。」

「嫂子，算了吧，那只是場面上的應付，真有事也沒告給你聽啊。」曾羨有理智尚餘。

「可羨有你平時根本沒怎麼帶過孩子啊！這可夠你一嗆啊。」

「我其實已經下決心自己帶孩子了，我怕女孩子跟繼父在一起不方便，萬一出事兒我就該後悔了……」

「那倒也是。以後你常來家坐坐，你們哥倆一起吃吃飯、聊聊天，你有事兒孩子可以放我這兒，兩個孩子也是個伴兒。放寬心，沒有人過不去的山。」

「那就先謝過嫂子了。」曾羨有情緒依舊低落。

情感困境不同於經濟困難，純屬個人體驗，沒有誰能真的幫到誰，完全靠自己抗過去。非得等到新歡覆蓋舊愛，才會醒悟原來自己一直守著的不過是個千年屍殼。

曾羨無擁著韋如絲入睡。睡前對她發誓：「旦旦，我永不會與你離婚，我不會讓麥子經歷家庭離散之痛。世界瞬間崩塌，孩子承受不起。」

「也許咱們是站著說話不腰疼，不身歷其境很難體會婚姻不睦的艱辛吧。」

「也許是吧，也許，誰知道他們……」曾羨無聲音低下去。

「小姐，你起來，我有話跟你說。」剛要睡著，卻被人叫醒。

夜色中韋如絲辨出是芳兒拉著她的手，她示意韋如絲起床跟她走。韋如絲怕擾了磐石的酣眠，悄悄起身，隨她來到院子裏。

「小姐知道我真心喜歡的人是誰，對吧？」芳兒巴巴地望著韋如絲。

「你莫不是瘋了？半夜裏黑燈瞎火摸過來，

就為了問我這個？也不怕閃著肚子裏的孩子！」

「小姐是睡糊塗了吧？這不是下午嗎？今天是陰天，可也沒陰成黑天啊。」

韋如絲抬頭看天，是下午，霧濛濛的天空飄著雨絲。她們二人正坐在風雨廊下，濕不到身子。

「小姐，我有話必須說給你聽，不然我真的會瘋，憋瘋了。」芳兒的臉和這天色差不多，愁愁慘慘。

初春的雨還裹挾著充分的寒意，韋如絲完全清醒過來，問道：「你還想著冷成？」

看芳兒點頭，韋如絲冷冷道：「早幹什麼去了？這會子後悔了？你若不提這話頭我還不好意思說，你既然提了，我憋在心裏這許久的話也往外倒倒。

「當時我就被你弄得滿心糊塗，明明兩個人好好的，怎麼就變卦嫁了八大爺？八大爺也沒迫你嫁他啊？

「冷成是多好的小伙子，外表不用說是一等的，就說冷成的心思不比哪個細密？冷成替園子裏各個人選得布料哪個不說好？特別是太太奶奶的，人人都適合，人人都滿意，那可是不易。

「冷成是用了心的，在你身上用的心就更不必說了，你可算是把冷成坑苦了，有一陣子失魂落魄的，連帶著對敬福堂八大爺一家子都有了不滿。

「冷成是德屹倚重的人，寶成號基本就靠他撐著。早前我還想你們兩個若是成了，就把西廂房騰出來給你們住，我們兩個依舊可以住在一個院子裏。

「八大爺下了聘禮後，一夜之間你就和我生分起來，不肯再和我說什麼。我想你是長了輩分，不稀當理我啦。十太太是說好，可熱情得過了火，簡直就不像是真的，我都以為她是誠心要拆開咱倆。」

韋如絲有滔滔不絕的架勢：「冷成是個不錯的小伙子，可惜你要當娘了，沒機會了……」

芳兒截斷韋如絲的話，緩緩道：「小姐，我

是什麼機會都沒有了，連活命的機會怕也是沒了。」

「哪至於？你也不必怕，生孩子沒有那麼危險，你見咱家誰是難產死的？」

韋如絲雖然心裏有氣，還是要安慰芳兒，到底月份大了，「榮嫂接生很有一套。再說還有我德峰哥，德峰哥的方子靈，產後調理吃德峰哥的藥最好了。」

「不，我不是怕生孩子，我哪有那麼嬌氣？我是怕，怕……唉！」芳兒又頓住。

韋如絲可是著急了，道：「哎呦我的奶奶，到底什麼事？能不能痛快點？會有什麼大不了的事？這不還有我嗎？我不成，還有少爺啊！你欠了別人高利貸？還是你娘又病了？」

「都不是。」芳兒下了決心，繼續說下去，「我也許懷了冷成的孩子。」

「什麼？」「晴天霹靂」這個詞都難以形容韋如絲吃驚慌亂的心情。她一把抓住芳兒的手臂，卻發現她在不停地抖，不能控制地抖。

「芳兒，芳兒，」韋如絲好心疼她，站起來摟住她，芳兒將頭抵在韋如絲身上抽泣起來。

「芳兒別怕，你容我慢慢想想，看看有什麼法子。」其實韋如絲腦子都懵了，哪裡有什麼法子。

定定神，韋如絲問道：「到底是怎麼回事，你仔細說與我聽，我幫你算算日子。也許不是呢，虛驚一場。」

「我也不能確定，只是感覺是。」

「什麼時候發生的事？」

「我娘生病，我回娘家那次。」

「那時你剛嫁給八大爺沒多久。」

「就是那時節。我回娘家第三天，冷成也去了，說是小姐和少爺讓他去看看有什麼能幫上忙的。」

韋如絲凝神回想，道：「我沒有讓他去，少爺恐怕也不會讓他去。那前後就怕冷成傷心，哪敢讓他同你照面！」

「我當時也奇怪，但沒有多問。我爹娘見是

敦恕堂的人就對他很熱情，那天是十六，有集，我爹跑去集上割肉。冷成對我娘說有事要和我談，就和我去了東廂房。我們一直是相互喜歡的，事情就那樣發生了。」芳兒低聲道。

「芳兒，你真是膽大包天啊，什麼都敢做，我還真是小看了你！」頓了一下，韋如絲接著道，「既然喜歡冷成為什麼嫁給八大爺？又沒人迫你？」

「冷成說他去也是要問清楚這件事。」

「到底為什麼？那個時候兩個人那樣好。」

芳兒抬起頭挺直身子，看著韋如絲，緩緩道：「小姐，我說出來你別生氣。我是好強的心，這你一直都知道。就是剪個鞋樣我也要比別人剪得好，樣子要齊整，做成的鞋也一定要合腳。不然我寧肯剪了重做。

「我不甘心一輩子都是丫頭。我知道小姐待我好，我打十二歲上跟了小姐，你我二人情同姐妹，但到底不同。就算是嫁給冷成，還是下人的老婆，不能與小姐比。」

「咱們兩個比什麼啊？這是一落胎就註定的事情，誰也不能改變。」

「以前我也這麼想，但自打隨小姐來到了宋家，我的想法就變了。小姐還記得你剛過門時十太太說過的話嗎？十太太說，宋家祖上就不用丫頭，小姐帶個丫頭來就不合規矩。這要擱在民國初年還不成，現在是規矩壞了，園子裏別的堂號也開始用丫頭了。咱們敦恕堂也就算了，不追究了。」

「那是因為曾祖爺爺一中進士就娶了他的貼身丫頭為妻，高祖爺爺怕家裏再出這類不能管控的事情，所以定下這個規矩——宋家只許用老媽子，不得用沒結婚的丫頭。如今日子久了，時移世易，南北八堂各自當家，許多規矩都變味了。」

「就是說宋家這一園子的老爺、少爺、哥兒、姐兒都是丫頭的後人。」

韋如絲稍作遲疑，答道：「這麼講也沒錯。」

「曾祖奶奶做得我也做得，機會給了我，我自然要抓住，所以我決定嫁給八老爺，這是改變我身份的唯一機會。」

韋如絲一時無語。她不知道芳兒一直存著這麼高的心思，心裏覺得不是滋味，冷冷道：「就是當八姨太你也願意？」

「八姨太也比丫頭尊貴。這樣我也能長久留在小姐身邊，心裏踏實。嫁了冷成就不一定了，換了東家我就得跟著走。」

芳兒這理由讓韋如絲動容，原來她是戀著自己。

靜默了片刻韋如絲道：「你有權做出自己的選擇，但你不能隨意反悔。如今這局面如何收場？」

「我收不了場，我是活該，大不了一死。我今天來只是想和小姐把話說明白，日後也好讓小姐心裏清清楚楚的，知道我是怎樣來的，又怎樣去的。」芳兒面容淒絕。

07 盛宴常常有

韋如絲一把摟住芳兒，急道：「千萬不要往絕路上想！你的月信一向不是那麼準，是誰的還不清楚呢。先把孩子生出來，孩子沒有罪過。走一步看一步，也許就是八大爺的也說不定。不就那麼一次嗎？」

「但願不是冷成的，可其實我又希望是。我沒得到他的人，得個孩子也好。」芳兒的聲音在濕冷的空氣中抖著。

「我的奶奶，千萬不要再胡說八道！那是要命的事，真個是捅破了，在這園子裏你再無容身之地，我和少爺也護不住你。」韋如絲心急如煎。

「一人獨對春雨，有些許惆悵吧？」磐石突然出現在面前，微笑著看著韋如絲，「這天氣還是有些涼，出來這麼久，小心受寒。」

韋如絲環顧四周，芳兒不知何時走掉了。

磐石手裏拿了一件夾襖，披到韋如絲身上，順帶在她的額頭輕輕一吻。韋如絲心弦一顫，但依舊沒有說話，只是怔怔地望著他。芳兒的事像鐵坨一樣壓在胸口。

「看這小臉肅靜的。有心事？」

「我……。」韋如絲不能告訴磐石，事情非

同小可，他會為難究竟持何立場。再說芳兒不會願意讓磐石知道的。韋如絲低聲道：「我不想說。」

「不想說就不說，自己存好了。」磐石笑望著韋如絲，接著道，「趕緊回屋吧，別著涼了。我去賬房找慶祥叔商量給五大爺祝壽的事。」

「『我不想說』，」曾羨無吃早飯的時候打趣韋如絲，「日日有瞞我的事，夢裏差點交代了，我還試著接你的話茬，我說，『說吧，想說什麼說出來，說出來就痛快了。』你不理我，翻個身又睡了。呵呵，現在沒空審你，晚上回家再說，一定要從實招來。」

「你小子太壞了，想趁我不備鑽我空子。哼，打死我也不說。」倆人「哈哈」樂起來，麥子也跟著笑，用餐氣氛愉快。

口中笑鬧著，內心卻雜蕪一片，這些夢開始讓韋如絲感覺心驚了。已經成系列了，不能以偶發解釋了。有誰這樣做夢啊？自己是不是腦子出了問題？

韋如絲以前的夢情節也比較複雜，但醒後細節不一定能完全回想起來，而且常常是些莫名其妙的夢。

比如夢到自己正在如廁，尼古拉斯・凱奇把手紙送到面前，這太搞笑了。

韋如絲一度非常迷戀尼古拉斯・凱奇，收集了他當時幾乎所有的電影，包括國內盜版和托人從美國買回來的原版光碟。夢裏有他很正常。

再比如韋如絲夢到自己開車，國家主張改革開放的領導人坐在後排，老人家前傾著身子和韋如絲閒聊。

在夢裏韋如絲很會和領導搞好關係，現實情況是韋如絲見了領導就周身不適，恨不得繞道三里。領導沒問題，是她自己心裏面計較。

另一次，夢到隨單位的女領導陪同非洲某國的副總統吃飯。韋如絲不擅飯局上的應酬，埋頭苦吃，一性別趨於中性的女幹部厲聲喝道：「新上的菜，你不該吃第一口！」

韋如絲忙道歉：「對不起，對不起，我沒注

意。」外交無小事，這讓韋如絲更加慌亂。

好玩的是飯局即將結束時，西裝革履的副總統笑著說：「吃完飯我刷碗。」

大家夥兒急急立起，齊道：「不用，不用，那怎麼使得？」

後來幾天，想起這個夢韋如絲就樂不可支：多好的黑人兄弟啊！

韋如絲還夢到過一個美麗豐滿的異國女子，因為年輕時的一次偶遇，愛上了一個住在中國深山裏的少數民族小伙兒，茲茲念念不忘。

女子功成名就後返回中國，與已步入暮年的情人載歌載舞，熱情火辣。舞者赤裸足踝上黑皺的皮膚清晰可見。

這樣的夢夠美夠浪漫。

但這樣張三李四有名有姓、情節先後有序、漸次鋪開的夢真的沒做過。而韋如絲之所以能夠清楚記得所有的人物、對話，就在於她有熟門熟路地感覺，好像複習認真學過的功課。

不管是做完夢就起床，還是夢醒後再度沉睡，韋如絲都幾乎能完全憶起所有的情節。

自己到底是怎麼啦？被外星人襲擊啦？身處無人所知的困境，無處求助，解救自己還得靠自己。上班的時候韋如絲悄悄上網查了關於做夢的資料。

資料顯示：有人會重複做同樣的夢。比如有人總夢到考試，答案處永遠是空白；還有人頻繁夢到父親挨打，他在一旁看，束手無策，淚流滿面；有人還多次夢到身上纏著很多蛇，寸步難行。網上說這樣的情況說明心理上有一個結沒有打開。

這話也不能盡信。韋如絲就數次夢到考試，而且還都是數學考試，數學是韋如絲最怕的科目。有時是在中學，有時是在大學，無論發生在哪兒，都是快考試了，而韋如絲由於不聽講，作業也沒做，壓根就什麼都不會。

這種夢每次都會在有如末日降臨時驚醒。醒來回過神，韋如絲都會在心裏念一句：「阿彌陀佛，幸虧不是真的。」

這不是沒有打開的結，這是焦慮的印記，遭遇壓力，類似的感覺就會在夢中重現，並藉由夢境舒緩壓力。當然這是韋如絲的解釋，不具權威性。

有人也會做成系列的夢。有個女孩夢到自己暗戀的男孩，第一個夢是在遠處看他打球，第二個夢是發現男孩用眼神鼓勵她追求他，第三個夢是兩人擁有了地下戀情，第四個夢是戀情公開遭到老師的痛批。

這種夢完全是夢者白日夢的映射。

還有一個男孩小的時候做夢，夢到自己和小夥伴在一個空地上玩，說要在這裏建個飛機場。等到他大學畢業後又夢回那個地方，那裏真的建了飛機場。這個夢說明一個男子漢長成了。

這就好辦了。就是說也有人會有系列夢境，並不是韋如絲一個人獨有的，這就不怕了。人生而孤獨，又何其懼怕孤獨。

只不過韋如絲的夢更複雜細緻。這沒什麼，只有更好，沒有最好。

起初韋如絲是因為總是夢到別的男人，不好意思把夢講給曾羨無聽，後來則是有些懼怕，怕自己真的出了問題，害家人擔憂，所以一直沒對曾羨無說。

現在韋如絲也沒有告訴他的打算。韋如絲總覺得不妥，哪裡不妥又不確知，就這樣隱瞞下來。韋如絲給自己的理由也很充分：「沒有思想犯。況且我也沒想，都是它們自己冒出來的。」

「以民國為背景，那是夢的偽裝，假裝與己無關。嫁與大戶人家，這反映了自己內心有攀上高枝做鳳凰的念頭。白日裝清高，都快把自己騙了。」

韋如絲心歎：「瞭解自己都很難，瞭解他人，難上加難。能夠相互尊重就算不錯了。」

上大學時看過佛洛德的書，韋如絲雖不認同弗氏將一切都歸於性本能的理論，但多少知道了一些弗氏的夢的解析方法。照貓畫虎唄！

晚上曾羨無回來，並沒有追問韋如絲夢裏的事情。誰會把夢話當真！就算問了韋如絲也會搪塞他，沒法開口，簡直形同移情別戀。

臨睡前，曾羨無突然想起來家裏的大事，對韋如絲道：「我爸媽要過生日了，雖然不是整日子的大壽，但我還是打算好好過過。最近因為羨有的事爸媽挺煩的，大家熱鬧熱鬧，調節一下老兩口的心情。」

「你說你爸媽也真是趕巧，生日竟在同一天，天生的一對。也算是給兒女省事了。」

「我看是天生的冤家，吵吵鬧鬧一輩子，勸都勸不住。」

「這也是一種緣分，他們早已經習慣了這種模式，分開還不行呢，互相惦記。」

「緣分和緣分不同。好的叫善緣，壞的那叫孽緣。真說不清楚我爸媽是善緣還是孽緣。」

「當然是善緣了，不然怎麼有麥子她爸？」

「這也不一定。好比我要去上海，無論是乘火車、搭飛機，還是騎車、步行，怎樣我都會到的。」

「你還挺有辦法，」韋如絲樂，「我明天去訂餐館，臨近日子再找，連大廳都不會有位子了。這餐館開一家火一家。」

「民以食為天，餐飲業自古興盛，文人吃好了壁上題詩，俠士喝高了上山打虎，都是最高境界。再說這些年大家的腰包比從前鼓了許多，哪像我小時候五分錢都是筆財產。」

「可我總覺得錢緊。」

「咱們是要攢錢買房子啊。麥子大了，咱們得給她改善居住環境了。」

「房價總漲，攢錢的速度跟不上漲價的速度。」

「不怕，有漲就有落，環顧全球，都是這個規律。鐵律。」

「我可沒有那麼足的信心，我們走的是自己的路，獨步全球。」

「你這小女子記性不好，前年可是落了一陣子。」

「那麼短的時間，稍縱即逝。再說總以為房價還會跌，誰想一下子又升上去了。調而不控。」

誰也沒有前後眼啊？除非再活過一遍。」

「有前後眼的那是神仙。」曾羨無笑道。

聊完家務事，曾羨無摟著韋如絲溫存了一番，韋如絲安然入睡。

「長壽餃子短壽麵，長壽餃子短壽麵。」小石頭踏著自己口中的節奏繞著桌子跑。

「快些閉嘴！別叫婆聽了去。」韋如絲一把扯住小石頭，問道：「誰教你說的？」

「娘教的嘛！」

「胡說，明明是『長壽餃子迎壽麵』，你快給我記好了。」真急死韋如絲。

小石頭眨巴著眼睛看著她，道：「娘，差不多嗎！」

「差多了！迎壽是在過壽的前一天，這一天全家吃麵條，祝福五爺爺長命百歲，壽命像麵條一樣長長的，這也叫暖壽。短壽是相反的意思。大了你就懂了，現在給我記清楚就好。」

「娘，我知道了，長壽餃子迎壽麵。」小石頭是很乖的孩子，乖得讓人心疼。韋如絲並不願意他這樣，小孩子就是應該不懂他人臉色，有著稀裏糊塗的快樂才好。

「明天不光有餃子，咱們吃大席，八大碗，八小碗，小石頭要多吃啊，快些長成男子漢。」磐石蹲下身和小石頭說話。

「嫁到這裏倒不愁沒熱鬧，」韋如絲笑道，「園子裏差不多一個月吃一次大席。凡六十以上的，無論老太太、老爺、太太，年年都要祝壽，還有娶媳婦，再加上年節，筵席不斷。何瞎子和劉瞎子兩家，我看就住在這園子裏都成。省得背著弦子鼓顛來跑去的。」

「唉，只是累壞了慶祥叔和蔡當，每次掌勺幾乎都少不了他倆。慶祥叔歲數大了，可不去又不合適，顯得咱敦恕堂小氣。」

「沒法子，誰讓他們是御膳房的手藝。老話講：三輩學穿，五輩學吃。咱家正該講究吃呢。」韋如絲說著走到鏡前坐下，用梳子沾了點桂花油，整理滑下來的髮絲。

初夏的天氣，略微有些熱，大體還算適意。

女眷都在客屋裏，裏外三間都擺滿了。

韋如絲不喜熱鬧，進堂屋行過禮後就預備去西屋坐。一屋子的女太太，都是長輩，在她們面前吃東西，會食不知味的。

七太太叫道：「我說德屹媳婦，怎麼老是那麼怕羞呢？還像個女學生似的。」

八太太道：「人家本來就是女學生，上過女中的。連身子都還嬌怯怯的，哪像生養過的？風吹就能倒。」

老太太道：「她面嫩，你們就饒了她吧。」

眾太太的聲音像是從雲端飄下來：「是啊，饒了她吧，是個可憐人啊，可憐人。」

韋如絲心道：「我哪裡可憐了？不就瘦點嗎？我是骨架小。」

韋如絲抬眼看四周，太太們都在埋頭吃飯，沒有人望向她。每個人都畫著京劇臉譜，濃墨重彩，看不出本來面目，老太太畫成了白娘子的模樣，七太太是小青蛇，八太太裝扮成法海。

「一會要上場演戲嗎？那麼老的白娘子，許仙不會喜歡的。」韋如絲不由得微笑，道：「孩子太鬧，我就在西屋，有事吩咐我。婆，七大媽，八大媽，你們吃好。」

何瞎子帶著老婆和兒子，劉瞎子帶的是他的女兒。他們坐客廳門口，正咿咿呀呀地唱。三弦配大鼓，湊不出喜興的調子，淒苦哀絕的曲子倒能演繹得盪氣迴腸。

男人們都在院子裏臨時搭的席棚裏，猜拳敬酒，鬧哄哄一片。屋裏屋外，百十口人，打招呼都來不及。宋家繁榮昌盛。

八老爺宋世清身邊圍了一群人，輪番向他敬酒。壽星五老爺宋世茂閑在一邊，坐在那裏憨笑，被搶了風頭也不以為意。

「老八，沒白上勁，終於有了兒子，精衛填海、愚公移山，不過如此。這孩子應該是德字輩最小的少爺了，除非老八再接再厲。」四老爺宋世匯道。

大家笑，齊道：「老八身子結實，一定沒問題，可以繼續披掛上陣。」

「滿嘴胡唚！」八老爺笑罵道，「話都不會說，一身披掛何以上陣？」

眾老爺哄笑一團，喝了酒就忘了平時的尊嚴排場。

「老八你是得意忘形，嘴上沒個把門的了。小心旁邊那一桌子小爺被你拐帶壞了。」說完六老爺宋世江舉起杯，「我也不過是一兒一女，怎樣也趕不上你了。恭喜啊！」

七老爺宋世泓樂呵呵道：「我們德樓是獨苗，沒有個伴，日後德樓上年紀了，德村還年輕，還要這個小老弟多多照應。」

三老爺宋世芳顫巍巍舉起杯，道：「北四堂都敬完了，輪到我們南四堂了。我帶個頭，祝小侄子長命百歲。」

十老爺和十一老爺也分別過去敬了酒。

八老爺來者不拒，一杯杯灌進去，他是真的高興，大聲吆喝著：「再過半個月我兒子就滿月了，我請大夥喝滿月酒，一定喝個痛快。」八老爺的舌頭打絆，已經不太靈光了。

張茉莉道：「瞅屋外那一群老爺，喝得忘了形。不過生了個兒子就樂成那樣。凡事得來的太容易就不知道珍惜，非得盼得伸長了脖子才好。德嶽就是太早得兒子了。」

說著張茉莉「嘰嘰咕咕」笑起來，她是心裏得意，頭胎就生了兒子，還趕在韋如絲前面。

張茉莉往堂屋瞅瞅，附到韋如絲耳邊，道：「老太太平時盤腿坐在炕上不動，兩條腿幾乎都伸不直了，敬恕堂和純恕堂對門，也得用轎子抬過來。」張茉莉呼出的氣搞得韋如絲耳朵癢癢的。

韋如絲答：「老太太那一輩人只兄弟兩個，大爺爺娶了一房，爺爺娶了兩房，統共三房，如今五個人中只剩她一個，年紀太大了，能這樣算不錯了。」

張茉莉瞬間轉換話題，道：「知道嗎？劉瞎子的女兒是撿來的，他沒討過老婆。」

「真的嗎？長得還挺像呢。」

「就是這樣，誰養的就隨誰。」張茉莉在腋

下摸了摸，道，「呀，我忘了帶手帕，我回去取一下。嫂子，幫我看一會兒培皓。」

「好。」韋如絲走到院子裏找到培皓，他正用木棍攪和魚缸。魚都沉到了水底躲他，他使勁踮起腳尖往裏夠。

「培皓，小心些，別跌進去。」韋如絲將他拉開，帶到屋裏，和小石頭坐到一處。

「快吃些東西，吃飽了再玩。」韋如絲給他盛了碗百合羹。

小孩子待不住，只一下又跑出去。韋如絲只好帶著小石頭也跟出去，兩個孩子一直跑出大門，來到了中街。

咦？張茉莉怎麼從斜對門的敬福堂出來啦？韋如絲笑道：「茉莉，你上哪裡取手帕去了？難不成是到寶成號現買來了？」寶成號在敬福堂的東側，緊挨著。

中街最熱鬧，不光有寶成，還有賣日雜的萬順成和賣藥的寶安堂。而敦恕堂在前街，張茉莉怎麼在這兒？

08 可憐命如紙

張茉莉一臉的神秘緊張，壓低聲音道：「我跟著冷成來的。我出大門時他就在我前面，我看他鬼頭鬼腦的，就悄悄跟在他身後，他果然是去找八姨太，我親眼見他進了八姨太的屋子。

「八姨太還在月子裏，冷成一個大男人去做什麼？肯定是趁著這會子大家夥兒都在純恕堂熱鬧，家裏沒什麼人，去會她。我一直就覺著冷成和八姨太關係不尋常，這回可叫我抓住了。這一園子的人，誰也別想矇我。」

「茉莉，」韋如絲感覺一陣虛弱，「這可不能瞎說。」

「我張茉莉從不瞎說。你肯定是不會管的，八姨太同你好得跟一個人似的。我去告訴八大爺。」

「茉莉，別這樣。」韋如絲央求道，聲音那麼小，連她自己幾乎都聽不到。

張茉莉一把拉過培晧的手，回了純恕堂。繡花鞋的後跟釘了木片，「噠噠噠噠」，快速敲打著厚厚的石板路。

韋如絲腦子都空白了，她從來不是能夠急中生智的人，專擅事後恍然大悟。

「怎麼辦？怎麼辦？對，我應該去告訴芳

兒，讓冷成趕緊走掉。」但韋如絲並沒有前進半步。

韋如絲心裏有另外的聲音，冷冷道：「不能去，別人會以為你和芳兒是一夥兒的，願意芳兒和冷成好，甚至還會說你一直幫著撮合他們，到時你百口莫辯。」

韋如絲呆愣愣站在那裏，小石頭去了哪裡都不知道。眼看著一大隊人從純恕堂急匆匆走出來，好像學運時的遊行隊伍，各個神情激憤。八老爺一路搖搖晃晃，磐石攙著他。

韋如絲滿心慌亂跟在最後面，進了敬福堂。五進的院子，芳兒住在最深處。韋如絲立在芳兒門外，不敢再往裏走。門大敞著，韋如絲看到芳兒和冷成錯愕的臉。並無不堪入目之事，但二人的親密關係顯露無疑。

八老爺一進去就被門檻絆得險些摔倒在地，磐石忙把他扶到椅子上坐好。八老爺埋頭痛哭，涕淚俱下，「你呀，你呀，辜負我啊。」反反覆覆地念叨這一句話，看得人辛酸。

三老爺哀歎：「實是不成體統，丟人啊！」

十一老爺的聲音「嗡嗡」作響：「來人，把冷成綁起來！」有夥計上來執住冷成的雙臂。

七老爺劈手去搶孩子，孩子吃痛，「哇」地哭出來，芳兒趕忙鬆手。七老爺將孩子高高舉起，怒道：「我摔死這個兔羔子！」

芳兒撲上去大聲哭喊：「救救我的孩子！誰救救我的孩子啊？」

十老爺拼命護住孩子，磐石上去接過。磐石緊緊抱著孩子，生怕再被誰搶了去。

十老爺道：「七哥，先消消氣。還不知道究竟是誰的，是咱宋家的血脈也說不定，養養看，出了模樣就清楚了。咱總不能摔死自家的孩子，對吧？」

五老爺道：「到底是老八自己的事，他今天醉著，等他醒了再說。」

六老爺急得咳起來，斷斷續續地說道：「八、咳咳、八姨太我看也先綁起來，咳咳，等、等八弟醒來再發落。這要擱在以前，不被人沉到大水泊裏，自己也沒臉活了。」

有夥計出來尋繩子。芳兒從屋裏衝出來，她並不看韋如絲，哭嚎著往院外跑，韋如絲跟在後面，竭盡所能地追她：「芳兒，你停下，你這是去哪兒啊？」

芳兒是裹過又放開的半大腳，韋如絲根本追不上。

敬福堂東面是一個菜園子，也種著些果木樹。一群半大的孩子正在偷吃酸杏硬桃生蘋果，精靈一樣攀在樹上，每個人都穿著俠客、盜賊都喜歡的夜行衣。小孩子就是這樣，正經給他們又不好好吃。也難怪，從來禁果最好吃。

韋如絲心道：「不知誰家的孩子，也不回家睡覺。」黑暗中看不清面孔。

韋如絲站在菜園邊，失去了目標，茫然四顧。月圓之夜，月光落滿大地，灰白慘澹。

菜園子北邊有一口井，忽然看到芳兒從井裏探出頭，笑嘻嘻地向韋如絲招手，道：「小姐，過來。這井裏可不賴，水又涼又甜。可你得直接喝才行，打回家燒開了再喝，味道就變了。」

韋如絲走到近前心疼地看著她，道：「芳兒，你頭髮這麼濕，可別著涼了。快上來，跟我回家，我拿手巾給你擦擦。」

芳兒笑道：「不用，小姐，一會兒就又濕了，我得不停地下去喝水。再說我也不能跟小姐回去，我還得照看小石頭呢。」

韋如絲急問：「小石頭在哪兒？」

芳兒用手捋捋頭髮上的水，漠然道：「在井裏啊！」

韋如絲大驚，跌跌撞撞奔過去，趴在井沿上往井裏張望，什麼也沒有，連芳兒也沒有，只有她自己張惶的臉印在水面上，隨著水波輕微蕩漾。

韋如絲大叫：「小石頭！小石頭！」

聲音太大，把自己都喊醒了，奇怪的是曾羨無酣眠依舊，完全不受韋如絲的驚擾。

韋如絲重新閉上雙眼，在黑暗中惶恐莫名。外面風聲呼呼，奇怪的五月天。

回想夢境，韋如絲暗自尋思：「難道芳兒投井自殺了？難道由於自己的不作為害死了一個夢中人？罪過太大了。這是夢裏的事兒，如果是真的，自己究竟會如何做？」

尋常百姓難得遇到大是大非、定要二選一的關鍵時刻。大部分的事情既不是紅、也不是白，只是平常事，相關各方都有自己的標準，沒有絕對答案。

利益衝突時，選項歸結起來無非兩個：利己或利他。如何選？一個夢就昭示了韋如絲內心的選擇。

「不要怪我，俺不過是升鬥小民。英雄有，但不是我。」可韋如絲內心還是不安，芳兒慘白的臉一直在眼前晃，拂之不去。

韋如絲常與曾羨無笑談：「就是政府讓我生我也不生了，我已經沒有多餘的愛了，我所有的母愛都給了麥子了。」

可這夢裏的孩子，韋如絲明顯是愛著的，他是那麼牽動她的心，與麥子無異。在夢裏愛著，醒來竟還有幾絲牽掛。

韋如絲有倆個版本的磐石，現代版、民國版，也許哪天還會冒出清代版、明代版。電視臺不就是這樣天天編排故事嗎？

看電視時韋如絲常常能猜出下個情節和最後的結局。就算是導演苦心埋下的伏筆，也會被韋如絲發現，生造出的欲言不言、刻意的不經意，足矣。

曾羨無為這個很佩服韋如絲，常說：「旦旦可以去做導演。」

導演韋如絲做不來，那個工作太複雜，要充當一個龐大團隊的領袖，須裏外周旋，通上統下，關鍵是還得弄來足夠的銀子。韋如絲覺得自己能管好自己的事就不錯了。

相通的情感，共同的人性，既有的文化，加上創作的禁忌，形成了差不多的套路，不難猜。但韋如絲猜不到何時會做何樣的夢，雖然是自己的事，但她完全不能決定。

隔夜韋如絲又夢到自己在井邊徘徊，探頭往

井裏看，什麼都沒有。天很黑，韋如絲尋了蠟燭來，還是照不到井底。韋如絲背靠著井臺坐下，低頭悶想，想不出所以然，又擎著蠟燭往井裏照。

韋如絲想起小時候家裏養的公雞也曾像她這樣。公雞是從雞圈裏逃出來的，韋如絲去尋它，看到它發現了廢井黑黑的洞口，韋如絲靜立不動，好奇它會如何。

公雞小心翼翼接近井口，然後屁股蹲下去、伸長脖子探頭往井裏望，看看、抬起頭，再看看、又抬起頭，如此反覆幾次，然後小心翼翼轉身離開。

韋如絲既驚詫又感覺好笑，原來雞與人的差異沒有想像的那麼大，行為模式何其相似，以至於她完全能瞭解那隻雞彼時彼刻的思維路線和感受。

人類反覆無常，按己需設立道德標準，從雞的角度看卻是無恥小人。將初生的雞娃捧在手心，滿心歡喜，幾乎是愛了；而一待羽翼豐滿，便持刀相向，毫不留情，除非是產蛋的母雞，有利可圖。

予生予死，形同上帝。

韋如絲也是其中一員，雖有不忍，亦覺不妥，但終究要做幫兇。人，半神半獸，看你往哪裡去。

井裏除了一片黑魆魆，什麼也沒有。韋如絲打算下井裏看個究竟，於是坐到井臺上。

「如絲，不要下去，危險！」現代版的磐石出現了，襯衫長褲。磐石抓住韋如絲的臂膀，韋如絲停下來看著他，道：「咦，許久沒見你穿這樣的衣服了，換來換去的，不嫌麻煩嗎？」

「不麻煩，快把身子轉過來，我們離開這裏。」

韋如絲聽話地隨他離開。抬眼再望，風景如畫。

「羊卓雍錯?!」韋如絲驚問。

「是，這是你最喜歡的地方，對吧？」

韋如絲立在海拔近五千米的岡巴拉山頂看下

去，藍水晶一樣的廣闊湖面沒有一絲波紋，這邊的藍淺一些，那邊的藍深一些，還有一些地方是乾淨的灰藍。

湖邊有成片的油菜花，黃燦燦的。近旁的山是綠色的，靜靜地圍繞在湖水的周圍；遠山覆蓋著皚皚白雪。抬頭看，是登梯可及的堆卷白雲。

五色經幡隨風飄搖，心卻安靜下來。一種靜謐的氛圍包裹著身體與靈魂，世間的喧囂到此止步。

湖中沒有人，水邊也沒有，雖然身邊有其他遊人，但相互都不說話。一輛越野車停在韋如絲身後，跳下來一個胖壯的漢子，他大力關上車門，然後掃了一眼羊湖，立時收住了所有的動作，自言自語道：「媽的，這是人待的地方嗎？」

這開天闢地就存在的聖景令韋如絲想哭。藏人定是因為這幻境般的美麗而對神的存在從不置疑。

韋如絲和磐石並肩立在山巔。「真美，美得不能置信。在這裏住，不論是否得道，都已經是神仙了。」韋如絲喃喃道。

「是有人在這裏修行。湖邊有座尼姑庵，但在這個位置看不到，湖很大，得轉過那座山才能找到她們。」磐石微笑道，然後牽著韋如絲的手說：「去那邊坐一會，有些累了吧？」

「不累，一見到你我就感覺不到累了。」

「又不是第一次見，還像小姑娘那麼興奮，傻得你！」磐石笑著坐到地上，後背抵著一塊山石，示意韋如絲靠到他懷裏坐好。磐石身上有一種氣息，聞著從心底歡喜，韋如絲悄悄深吸一口，心曠神怡。

磐石用雙臂攬住韋如絲，像攬著珍寶。

「我要一直一直這樣靠在你懷裏，不吃不喝不動。」韋如絲低聲道。

「行，隨你，只怕你堅持不了那麼久。」磐石笑道。

靜了片刻，磐石道：「如絲，最近是不是總做些不好的夢？」

「是，」韋如絲悶悶地應了一聲，道，「我做了好多夢，幾乎可以連在一起，夢到嫁給你，當晚卻著了場大火。夢到二兩叔和黑白無常一起追我，我拼命逃。夢到芳兒闖禍被人知道，我就在當場卻不去救她。每個夢都好長。

「我最著急的是不知道芳兒到底怎麼樣了。剛才我趴在井口往裏面看，就是想知道芳兒究竟在不在裏面。芳兒還說小石頭也在井裏，嚇死我了。

「小石頭如果出事了，我就不活了。咦？我沒記得和你生過孩子啊？怎麼回事？啊，我糊塗了！好像是和另一個你。是你嗎？還是我做夢夢到的？我搞不清了，哪個是夢？哪個是真？我混起來了。你讓我好好想想。」韋如絲捧著腦袋苦想。

磐石抬起右手按住韋如絲的額頭，讓韋如絲將頭靠在他的胸前，然後輕輕揉壓。韋如絲覺得安心舒適，閉上了眼睛。

磐石道：「都是我，也都是夢，不要記掛在心上，醒過來就統統忘記吧。」

韋如絲閉著眼睛道：「我也想忘記，可忘不掉，那些夢太像真的了。醒來後我甚至不能原諒自己，好像還害得芳兒跳了井。心裏總是不落忍。」

「你的腳那麼小，跑不快的，院子那麼深，根本來不及，不要再責怪自己了。」磐石柔聲道。

「不是腳小，是心眼小，怕別人說我，怕芳兒連累我。咦？我沒告訴過你那個夢，你是怎麼知道的？」

磐石愣了一下，道：「猜得唄！你說你的腳小不小？鞋是成人碼的最小號吧？」

「屬於正常值。」韋如絲歎口氣接著道，「如果能接著做那個夢多好，就知道芳兒究竟怎樣了。」

「如絲，那只是個夢，不要再糾纏在裏面，催生煩惱。所有活著的人都會死去，而生命的盡頭不是結束，是新的開始，是靈魂輪轉的新起點。」

韋如絲撇撇嘴，道：「異端邪說，不能置信。既如此，為什麼人人懼怕死亡？」

「恐死是因為人不瞭解死後的世界，那是對未知世界的恐懼。如果知道了死後將會發生什麼，沒有人會懼怕死亡。」磐石靜靜道。

「如果死後的世界那麼好，為什麼人人求活？當然有個別想不開或者說想開了輕生的不在此列，但絕大部分人無論怎樣都是要苟活的，可見生比死好。」

「這個自然，人生好比一趟旅行，買到票並不容易，需要很多條件，所以人的生命是珍貴的。登上這趟列車，沿途風景好壞俱有，人人都在想前面也許還有更好的風景，懷著希望，自然捨不得下車。只可惜，人人都要下車。」

這話真讓人洩氣，為什麼不假裝不知道人生只是短暫的生涯呢？實話從來都是這樣讓人懊惱。

韋如絲黯然道：「是啊，終歸會下車，皮囊不能用時，就得下車換新的，開始另外的旅程。對吧？」

磐石輕輕吻了一下韋如絲的頭髮，道：「是這樣，但你不要因為生命不能永恆而失望難過。人們出外旅行的時候為什麼有好心情？是因為有旅者的心態，不想久留當地，不會執著於沿途的人與物。

「且行且看，以旅者的眼睛看世界，於破敗之處發現殘漏之美，在蒙昧之地感受原始風光。放開心胸，就會有輕鬆快樂。」

磐石說的話有些玄奧，但似乎也有讓人同意之處。

韋如絲沉默片刻想起一個久在心裏的疑問，道：「生，而知之者沒有見過，但死，而知之者是確有的事。我一直都很納悶，試想有誰真的死過？但死亡來臨之際，當事人怎麼都會確知自己將死而留下最終遺言？」

「因為在死前人們會聽到明確的召喚，會在剎那間明白一生的對錯，知道了自己該往何處去。」

「所以才會有『其言也善』，對吧？」韋如絲回轉頭望著磐石的眼睛：「死後的世界究竟是怎樣的？請告訴我。」

09 信我所願信

磐石並不看韋如絲，他眼裏映照的是湖光山色。「到時你就會知道。如絲，活在當下，好好過每一天。」

韋如絲醒後暗歎：「這叫什麼夢？根本就是在同和尚說話，或者我有做尼姑的潛質？在夢裏討論這麼嚴肅的問題，白日是想都不會想的。」

一日三餐，麥子、老公，這才是最重要的，韋如絲無暇它顧。前提是沒有人足夠耀眼，耀眼到攪動心弦。

韋如絲送了麥子去學校，再趕去上班。她快步沿著臺階下行，習慣性地看向月臺右側，還好，沒列車到站。

北京地鐵裏日夜人潮洶洶，黑壓壓如蟻群，細辨之下人等各色，參差多態，藉由龐大交錯的地下工程，湧向城市各處。

韋如絲放緩腳步，忽然有人擦著她的肩膊衝過去，她正要抱怨「好個冒失鬼」，卻發現奔跑的正是「地鐵男」，舊舊的雙肩包在他背上顛動如兔。

韋如絲的心「怱通」一跳，雙目不由得繫在他身上，「他這是去趕那趟車啊？至於那麼急嗎？車還沒到站呢。」

綜合眼睛收集到的資訊，韋如絲猛然意識到月臺上發生了不尋常的事，月臺右側聚滿了人，不像是候車的隊形，明顯是在圍觀。

一般遇到熱鬧，韋如絲都會躲開，她不喜熱鬧，因不愛衝突。任何人之間發生衝突都不好，傷心傷肝，弄不好還會禍及自身。但眼見「地鐵男」鑽進人群，她不由自主也跟過去。

韋如絲心裡這時難免納悶：他的眼睛怎麼那麼好使，好似先知先覺呢？

鐵軌之間的水泥板上斜躺著一個年輕的女子，更令人心焦的是女子懷裏還摟著個嬰孩兒。孩子並沒有哭鬧，只要身處母親懷抱，世界哪個角落都是安逸的。

兩個穿制服的人也在下面，是站務員，職責令他們奮不顧身。女人顯見是心意已決，任憑眾人使出手段，她只是不起，對近身的人亂踢亂咬，口中謔謔出聲。

「地鐵男」跳下了月臺，眾人一陣驚呼。

有人起哄：「啊哈，又跳下去一個！」有男子怪聲叫道：「她老公來救她了！」

列車的燈光已從黑暗中射過來。眾人驚叫：「車進站了！進站了！」眼見要血肉迸濺，韋如絲只覺得涼氣從頭頂擊穿到足底，雙頰冷氣森森。

「地鐵男」彎腰去抱孩子，女人不撒手，一個站務員使勁掰開她的手，另一個大力按住她的腿。「地鐵男」趁著女人一鬆勁的功夫把孩子搶到手。從未共過事的三個人因著共同的、急迫的目的配合默契。

韋如絲半跪在月臺邊緣，伸出雙臂接過孩子。孩子大睜著眼睛看她，意識到自己被陌生人抱著，終於感覺到危險，放開嗓門「哇哇」大哭。

聽到孩子的哭聲，女人慌忙起來，高抬腿往月臺上爬，口中嘶喊著：「把孩子還給我！還給我！」

月臺還是比較高的，女子矮小，跳下去簡單，上來並不容易。「地鐵男」和站務員合力把她往上掀，女子四肢並舉爬了上來，待一立起身，劈手就奪孩子。

韋如絲不敢把孩子給她，眼見此女子行為異於常人，唯恐她把孩子扔到車輪下，那就糟糕透了。韋如絲立起身想跑，但女子強壯靈活，加之護子心切，如餓虎般撲過來。

韋如絲被她按在地上，除了緊抱著孩子，閉著眼睛胡亂蹬腿，到底發生了什麼她根本顧不上知道。

韋如絲對自己還是有些要求的，她願意舉止優雅大方，就算做不到，故作鎮靜也是好的。活這麼大，她從未如此狼狽過。

還好時間並不長，韋如絲感覺身上沒有了覆壓就睜開眼：女子已被人控制住，她坐在地上嚎啕大哭，不知是失望還是傷心。公安也及時趕到，女警員抱著孩子。列車停靠在近前，看來是及時剎住了。

人群圍攏得更密了，每個人都想知道這場騷亂的前因後果，相互問著細節，做著種種猜測。有個滿臉滄桑的男子蹲下身詢問哭泣的女人，滿臉關切，眼含熱淚，很快他自己就泣不成聲。看情形又不像是女人相識的人。也有許多人對著韋如絲指指點點。他們是有些興奮的。

韋如絲只想趕緊逃離現場，她站起來試試胳膊腿，無大礙，只是從脖子到下巴火辣辣疼。有好心的姑娘把包遞還給她，韋如絲咧嘴笑一下接過。米色的背包已被踐踏汙損，她隨意拍拍挎到右肩上，還好，損失的不是人。

有人扶住她手臂，她凝神看，是「地鐵男」。

太尷尬了，竟然在這樣的場合以這樣的面貌讓他看到。「天不憐我！」韋如絲心中哀歎，對著「地鐵男」苦笑一下，轉身欲走。

「你脖子受傷了，我帶你去買藥。」「地鐵男」聲音關切如暖春，難以抗拒。

韋如絲低著頭，隨他穿過人群往外走，循著出口上到了地面。韋如絲悄悄以手作梳，盡力攏順頭髮。

坐在藥店的椅子上，韋如絲從包裹掏出粉餅盒，竟沒有碎。她從鏡子裏審視自己的脖子，四道血痕從下巴貫穿脖頸直到鎖骨。韋如絲心道：「完全是本能的搏擊，手本來就是爪子，關鍵時刻使出，還是很管用的。」

「地鐵男」買了一管藥膏，他示意韋如絲揚起脖子。

韋如絲急擺手，道：「我自己來。」

「地鐵男」輕輕道：「你又看不到。讓我幫你，聽話。」

韋如絲乖乖仰起頭，「地鐵男」的呼吸就在近前，她閉上了眼睛。

不知是因為此人手法輕柔，還是自己心神不屬，或者藥膏神奇，韋如絲竟不覺得如何疼了。

二人已如此近距離接觸，實在有必要問一下姓字名誰。韋如絲道：「你好勇敢啊，竟然敢跳下去，列車隨時會進站，你不怕被撞著啊？」

「我都快怕死了，所以才去搶孩子，救一個算一個。那女人太瘋，踢得我生疼，我本來對把她救上來沒抱希望的，正琢磨著該撤就撤，誰想她自己往上爬了。到底是當娘的，捨不得孩子。」說完他挽起褲腿，往脛骨青紫處塗藥膏。

韋如絲看了只覺得心『絲絲』地疼，但不敢表露，只是納悶自己心軟，笑問道：「敢問英雄尊姓大名？」此人直白坦蕩，好感直線上躥。

「地鐵男」猶豫了片刻，道：「我叫張三。」

韋如絲愣了一下，問：「真的假的？」

「地鐵男」笑道：「你就當做是真的吧。」

韋如絲不由得冷笑，道：「張三？哼哼，那我叫李四，我還有個弟弟，叫王二麻子。」

張三略顯尷尬，看著韋如絲，眼神中有歉意，道：「不過是個代號。就算把茉莉花叫做土豆，它也一樣會散發芬芳。」

「不要偷換概念！那同你不是一回事！難道你是特務？做秘密工作的？必須嚴守組織紀律？那也要編個像樣些的名字糊弄別人啊。張三？泛指時確是個平常的名字，真要具指到一個人，那就太顯眼了。」韋如絲斜眼看他，竟然以為別人傻，夠蠢。

張三轉移話題，殷殷道：「你這個樣子還去上班嗎？不然休息一天吧。」

韋如絲表情冷漠，道：「我自然要去，不然『組織』不給我工錢。」

她拿起背包，自顧自走出藥店。張三默默跟在後面。

高峰期還沒有完全過去，但車內鬆快了些。韋如絲知道張三也隨她上了車，但她故意不看向他。

十幾個小學生也在車上，應該是去軍事博物館參觀。也就二三年級，個子小，扶不到吊環，相互依靠著。

老師緊盯著每個孩子，數次大聲道：「安靜！這是公共場所，同學們要安靜！」但孩子集體出遊時心情都太好，你捅我一下，我還你一下，嘰喳嘻哈聲不斷。

祖國的花骨朵當前，可韋如絲心情不能好轉，她感覺很不爽，好像戀愛中遇到冷遇的一方，傷了自尊，滿腹怨尤。

韋如絲低頭看著腳面，一直在腹誹：「臭狗屎！臭狗屎！臭狗屎！還張三張四的，好像我要把他怎樣？誰稀罕知道你的名字啊？你以為自己是誰？天上的星星嗎？臭狗屎！」

韋如絲知道有一半的「臭狗屎」是用來罵自己的，這樣一個對自己滿懷戒心的人，自己竟然常常借到夢中做故事的男主角，夢假但情真，費了多少情緒！她也知道，這麼罵人家不對，對張三來說她只是個陌生人，對陌生人持有警惕也是應該的。人家又不知道她那些夢！

「今天我要再夢見他我就不叫韋如絲！老天爺你幫幫我吧，以後我不要再夢見這張臉。您老人家把裴勇俊借我用用好不？」

祈禱發生效力，韋如絲當晚果真沒有夢到張三，她夢到了舊日的花朵。

夜晚的夢中童音嫋嫋。

「張一鱉，張二龜，張三打鼓，張四吹，張

五戴著個白孝帽，張六穿著個白孝袍，張七提溜個小尿罐，張八一腳揣兩半，張九說——留給張十好要飯。」

小石頭放學啦！韋如絲忙迎了出去。每次她都在家裡盼著孩子從學校回來，雖然就在街對面，也忍受著分離。

誰想一出門，擋在面前的卻是張茉莉。茉莉面上的顏色不好看，冬季的風裹著近海的濕氣，又冷又硬，屋外待久了，臉上常常是這個顏色，似未及成熟就遭了霜凍的青番茄。

韋如絲忙道：「茉莉，你是不是穿少了，快進屋來。」張茉莉不接言，只是斜睨著小石頭，小石頭被這陣仗嚇到，噤聲縮身立在一旁。

「怎麼啦？」韋如絲感覺氣氛不對。

張茉莉把目光轉到韋如絲身上，緩緩道：「嫂子，這回你算是親耳聽到了吧？小石頭這樣編派我，你和大哥就不管嗎？」

韋如絲迷惑地看著她，想這是唱得哪一齣啊？猛然醒悟茉莉本姓張。

韋如絲知道小石頭的膽子沒有那麼大，忙笑著道：「茉莉，你一定是誤會了，小石頭只是順口瞎說的；再說他只知道你是嬸嬸，連你姓什麼都不一定知道呢！」

「嫂子，你這個人什麼都好，就是太護犢子。誰的孩子誰不疼啊，可總有個分寸吧？只要是你的人你都護著，只除了你自己的閨女。上回芳兒和冷成明明有事，就在你眼皮子底下發生的事，你卻裝作什麼都不知道。你早說出來多好，或者你不說出來，管管他們也好啊。你就知道自己充好人，可坑苦了八大爺。嫂子，你該長點記性了，小石頭你現在慣著，慣壞了性兒，將來如何了得？娘不是常說：『小樹靠廓，小孩靠說』嗎？」

「茉莉，你聽我說，不是那樣的，」韋如絲覺得口乾，「芳兒的事我真的不知道。」

「我倒是想相信你，可你說這一園子的人有誰信啊？」張茉莉撇嘴。

是啊，人們都揀自己願意相信的去信，事實

怎樣是另外一回事，或者說這世上根本就沒有所謂的事實，因為甲眼中的世界與乙眼中的世界並不相同。

想到這兒韋如絲就很氣餒，不想再解釋什麼，只是望著張茉莉苦笑。

「唉，我就說是這樣吧，你一句也捨不得說小石頭，更甭說打他了。你的偏心眼是出了名的。」

「我……」韋如絲心裏沒氣，下不了手，但張茉莉這關是必須過的，韋如絲板著臉道：「小石頭，快給嬸兒道歉，說以後不敢了。」

小石頭巴巴地看著自己的娘，然後轉向張茉莉，低著頭小聲道：「對不起，嬸兒，我以後再也不敢了。」

張茉莉哼了一聲，道：「嫂子真會打發人，我算是領教了。嫂子可要記得，種瓜得瓜，種豆得豆啊。」

眼見對話沒法進行下去，韋如絲領著小石頭預備離開，前院忽然傳來培晧響亮的聲音，如同背書：「張一鰲，張二龜，張三打鼓，張四吹，張五戴著個白孝帽，張六穿著個白孝袍，張七提溜個小尿罐……」

張茉莉聞之色變，氣道：「都是小石頭教的，培晧沒心眼，被人耍了也不知道。」

「茉莉，你這話就沒道理了，」韋如絲不怕自己受委屈，但不能容忍小石頭被冤枉，「怎麼都是小石頭教的了？小石頭比培晧小差不多三歲，要說有人教，也應該倒過來才對。」

「我自然知道培晧是什麼樣的孩子，人好人歹是看歲數的嗎？培晧憨，小石頭的心眼九曲十八轉的，哼，叫心眼墜得都不長個兒，培晧什麼時候也不是他的對手。」張茉莉氣道。

「什麼對手不對手的，根本是親兄弟，和睦才是第一重要的，做長輩的怎麼先分了彼此？離間了兄弟情分，罪過就大了，『家和萬事興』，這也是娘常說的。」

張茉莉氣結，道：「哼，倒是我的不是了，豬八戒倒打一耙，我找娘說理去。」

韋如絲心裏一緊，站在原地看著張茉莉氣哼哼地往院外走，張茉莉走到月亮門前忽然回轉頭，展露迷人笑顏，向韋如絲招手道：「快跟上來啊！」

韋如絲急忙上前，與張茉莉並肩同行，問道：「你說娘為什麼從來都護著你？你們感情一向都好，與我卻總像隔著什麼，我也想和娘親近，可就是親近不來，油與水一樣不能混到一處。」

張茉莉歎口氣，道：「你要日日都這麼直話直說就好了。我和娘都是直腸子，高興不高興都擺在臉上，哪像你？老端著架子，好像比我們高明多少，看著就彆扭，怎麼親近？也是緣分吧，我和娘投緣，看著娘我就覺得親。」

韋如絲無奈道：「有緣則近則信，無緣，再熟也是生分，勉強不得。」

一進十太太房間，韋如絲看到小石頭跪在地上，心裏好生奇怪，道：「娘，你好嗎？我給娘請安了。小石頭，你倒跑得比我快，今天怎麼這麼大規矩，知道跪著給婆請安了？」

十太太正盤腿坐在炕上，對著窗戶拿著蠅拍，藉著最後的天光打蚊子。吳嫂在一旁真誠地說道：「十太太眼睛真尖，比年輕人的還好使。十太太耳朵也靈，一隻蚊子飛過都能聽見。」

「那麼大的聲兒，誰聽不見啊？你就知道揀好聽的說。」十太太撇嘴，她轉過臉，對著培皓道，「培皓，把你剛才的話再說給你大媽聽一遍。」

培皓看看周圍，低下眼皮小聲說道：「昨天在學堂聽張小春和培寶說沙柳村河裏發現具女屍，昨天一早撈出來就放在河邊的窩棚裏了。他們說今年夏天沒發大水，這個女人不是投河自盡的，就是被人謀害的。

「他們還說今天縣裏派人來驗屍。小石頭今天中午和我們一起去上學，我們在路上告訴他的，他聽完轉身就走了。」

「那你怎麼不跟去啊？」張茉莉問道。

培皓答：「我不敢，娘也不會讓去的。」

十太太對著韋如絲道：「你說這還得了了，竟然去看驗屍，驚著怎麼辦？把不乾淨的東西帶回家怎麼辦？如絲啊，你是外表看著明白，內裏其實糊塗。挺好的孩子，撂在你手裏就走樣。他年紀小膽子卻這麼大，照這樣下去，遲早要闖大禍。」

韋如絲道：「不會吧？娘是不是搞錯了？小石頭下午去學堂上學了，放學後按時回家的。」

「我搞錯了？難道大傢伙都搞錯了？如絲，咱敦恕堂可不是這麼教孩子的，做了就得承當，靠撒謊矇人，過得了一時，過不了一世。哎呀，怨不得別人總說你偏心，今天我可算是信了！」十太太氣道。

立在一旁的吳嫂笑道：「十太太，消消氣，飯還沒吃完呢。」說著伸手摸了摸碗，道：「呀，都涼了，我端回小廚房熱熱去。」

「熱什麼？不吃了！誰還吃得下？竟然去看驗屍，真噁心死我了！」十太太伸手向脖子後面解下飯單，往炕上一摔，然後一擰身子，面壁而坐。

韋如絲忙道：「娘，小石頭惹娘生氣了，我先跟娘陪個不是，都是我管教不嚴，讓娘擔心了。小石頭，快給婆認錯。」

小石頭伏地磕頭，道：「婆，我錯了，以後再也不敢了。其實根本也沒有什麼女屍，是一頭淹死的豬。」

宋德嶽「呵呵」笑起來，俯身到炕前，道：「什麼大不了的事？我的親娘啊，不要生氣了，氣壞了身子可怎麼得了？」

十太太面色稍緩，道：「我不是生孩子的氣，我生的是大人的氣。俗話說『子不教，父之過』，可依我看當娘的才應當承擔更大的責任，哪個孩子不是見天價守著娘啊？

「如絲啊，管教孩子一絲一毫都不能放過，你爹常講：『九層之台，起於累土』，『千里之堤毀於蟻穴』，『積小才能為大』，這些都是老輩傳下的話，不能忘啊。」

眾人齊道：「娘說得對啊！爹也英明啊！」

一屋子的人都搖擺著舞起來，每個人臉上都戴著一摸一樣的面具，對著十太太齊唱頌歌，場面壯觀。十太太坐在炕上坦然受領，含笑擺手。

十老爺從煙塌上起身，打了個哈欠，道：「又不是聖人，怎麼當得起這些個贊詞？快散了吧，過日子又不是演戲。」

10 革命流血事

韋如絲對曾羨無和麥子只說了故事的一半，以解釋脖子上的傷痕是如何得來的。故事裏有尋短見的女人和孩子，有奮不顧身的站務員，還有眾看客，但沒有張三，代之以無名英雄。她恐怕自己一提起張三來面色就會發生變化，語氣也會異樣。

對一個陌生人滿懷怨氣明顯是不正常的，這事不好解釋，最好就不留解釋的機會。

已是夏末，韋如絲有兩個月又二十一天沒遇到過張三，也沒再夢到敦恕堂。日子過得很平靜，反而感覺有些缺憾。為什麼會這樣呢？韋如絲願意自我剖析：「本性喜新，喜變，喜刺激，但膽子小，又懶，畏懼生活真的有變化，在遠處看看就好，波瀾不驚。可一旦缺少適度的刺激又嫌單調。」

一下到地鐵裏，就嗅到地鐵特有的混雜氣味，不潔淨，也不是特別難聞。風從地下往地面鼓，韋如絲的淺藍綢裙糊到腿上，雙腿不粗不細，線條圓潤筆直。低頭看，她自己是滿意的。

「李四，你終於出現，我在等你。」男子低低的聲音，長號般的震盪力，極易辨識。

韋如絲忙抬頭望，張三手捧一束黃玫瑰倚在

通道的牆壁上，臉上笑容燦爛。

「呵呵，原來是張三先生，許久不見。」韋如絲心裏驚喜，但語露嘲諷。

張三看著她的眼眸，道：「韋如絲，我知道你趕著去上班，時間緊，我只是想說幾句話，不會耽誤很久。」

韋如絲睜大眼睛，問道：「你怎麼知道我的名字？你利用特權查的？」

張三笑，道：「我沒有那種特權，我以前聽過你朋友在車上叫你。」

「這樣啊？怎麼就沒朋友叫你呢？」

「那是一定有的，你沒聽到過而已。」張三接著道，「上次我沒有告訴你我的真實姓名，心裏一直感覺很抱歉，總覺得應該跟你解釋一下。我不告訴你名字不是因為不信任你，我實有不得已的苦衷。我恐怕以後也不能告你我的名字，只有請你多多原諒。」

「這種情勢很特別啊，我一時不知該持什麼態度面對。」韋如絲淡淡道。

張三面容真誠，道：「持什麼態度都沒關係，只要你能感覺好些就行。我就是想說這幾句話，我還要趕去辦別的事，今天不搭地鐵了。」

「我是否感覺好並不打緊，你我本就不相熟，也不相干，你實不必如此費心。」韋如絲心存感激，但不願顯露，怕自己又落到下風。

「但我知道你心裏已經原諒我大半。」張三笑著把玫瑰塞到韋如絲懷裏，「聊表歉意。」

不論怎樣的女人，都樂於接受心儀男子送來的鮮花，那是好感、關愛或愛慕的明示。韋如絲含笑埋首花叢。

張三笑著揮揮手：「我走了，再見。」

韋如絲不想一直立在原地目送張三的背影，那也顯得太傻了。她轉身加快腳步往更深處走去。

白日遇見張三，夜晚就夢回敦恕堂，二者之間存在明顯的相關性。張三總是能牽引她在夜晚拐向側世界的小徑。

這一夜隨著夏末少有的夜雨潛入夢中的，是

文體老師章西前。章老師扭擺著腰肢，款款地從月亮門轉進院子。

韋如絲立在窗前歎：「一個大男人，這樣走路，若不是天生如此，真是故意不來。」

磐石笑著迎出去。韋如絲吩咐栗嫂在客屋給兩個人擺好一桌飯。

磐石道：「夥計，就這兒吧，咱哥倆不去賬房了，那兒人多嫌亂。」

章西前道：「都聽哥哥的。八大堂輪流做校長，我最喜歡敦恕堂主事兒，能常常來找哥哥喝酒了。」

磐石道：「見你來我也很高興，章老師是文化人，哥哥喜歡同你說話。」

章西前忙擺手，道：「論文化我怎麼比得過哥哥？不過混口飯吃。連培晙我都比不過，培晙心思透亮，淘氣都讓人喜歡。」說著他低頭「嘻嘻」笑起來，帶著幾分不好意思，道，「他給我起了個外號，叫我『章老婆』。」

磐石聽了忙道：「這個鱉羔子，我非打他不可！章老師海涵，別跟他一般見識啊。」

韋如絲在西屋聽了忍不住咧嘴無聲地笑，想想章老師的行為舉止，真貼切呢。小石頭看娘笑，膽子大起來，用手捂住嘴也樂，韋如絲揚起手作勢要打他，小石頭把腦袋埋到娘親懷裏。

「哪裡會生氣？逗得人哈哈笑呢！」章老師接著道，「培晙給我們許多人起了綽號，還編成套，念起來琅琅上口。不信哥聽聽啊——小黃容，拐子吹，許大鼻子，楚大嘴；喬大腚，王大牙，張了歪子，春地瓜。」

韋如絲在心裏尋思：「培容是敬義堂五少爺宋德根的次子，培吹是純恕堂八少爺宋德崇的長子。這二人縣中學畢業後滿腔熱情地投入到宋家的教育事業。培容面色不好看，屬於怎麼吃也沒有改善的那款；培吹有些羅圈腿。

「許冠武老師的鼻子像個大蒜頭；至於楚老師嗎，樂起來可不臉上就只剩下一張嘴了。剩下的『喬大腚，王大牙，張了歪子，春地瓜』估計是小石頭的同學了。」

韋如絲使勁憋住笑，小石頭彎著腰滾到床上。

磐石高聲道：「小石頭你這個兔羔子，快出來給章老師道歉。怎麼能拿老師開玩笑呢？太沒規矩！」

小石頭立時膽怯，緊張地盯著娘的臉看，韋如絲朝他擺擺手。

「別，德屹哥，」章老師音色柔和如明媚的女子，「我沒有生氣，剛才許冠武老師還跟我在屋裏聊，我們兩個笑了一大陣子。培晙腦袋瓜就是靈光，能抓住每個人的特點。

「男孩子淘氣很正常，德屹哥你不要過於嚴苛他。我這兩天總在想我們中國人是不是太過死板了，君臣父子的，規矩太多。如果多一些血性男兒，像張學良將軍這樣的，日本人也就不會這樣長驅直入，占我山河了。」

「老弟你糊塗了，忘了東三省是誰丟的了嗎？」宋德屹歎道，「張學良是任性，不是血性。」

「張學良應該是有不得已的苦衷，一定有我們不瞭解的隱情。從情理上來說，他本應死守東北，他也有那個實力，但他卻把自己的地盤拱手相讓給殺父仇人。解釋不通啊！」

「還要解釋什麼？不過是一己之私心！他想保存東北軍的實力嗎！」磐石怒道。

章老師依舊平心靜氣，道：「我看這樣也有好處，不然蔣介石總把寶貴的兵力用在剿除共產黨上，那不是幫日本人的忙嗎？」

「共產黨除了搗亂能幹什麼？共產黨的力量足以對付日本人嗎？僅剩三萬紅軍，局促於西北偏遠之地，一個人一桿槍都合不上，拿什麼打日本人？」

「但共產黨是堅持抗日的，多一個中國人抗日就好過少一個。況且共產黨在老百姓中很有號召力啊。」

「共產黨打的就是窮人牌，不分青紅皂白，專門打殺有產者，這就是他們說的民主嗎？這就是救國嗎？破壞了社會的倫常秩序，國民政府自然要清剿。況且就我看來，共產黨是有很強的政治企圖的。」磐石放下酒杯，抬眼深看了章西前一眼，接著道，「夥計，你很同情共產黨啊！」

章老師訕笑道：「我這個人沒什麼心眼，心裏有啥就說啥。在哥這裏就更放鬆了。」

「國家是有弊端，可那是百年的積弱，不能全算在蔣先生和國民政府身上。『九一八』以來這五年，國民政府修公路，造武器，是在韜光養晦，是在積蓄力量。日本人豈不知道？這下他們可高興了。歷史好比是三歲的孩子，輕易被強人拐了去。」

磐石哀歎一聲，接著道，「如果亡了國，咱們就都是亡國奴了。滿洲的百姓連中國話都快不讓說了。」磐石端起酒杯一飲而盡。

「德屹哥真是雅量啊！」章老師讚道。

「雅量？不敢當！夥計你知道何謂『雅量』嗎？大雅盛酒七升，中雅盛酒六升，小雅盛酒五升。」磐石已有幾分醉意，「要依次飲盡這大中小三雅酒，就是一十八升酒，那才算是雅量。哥哥我成嗎？肯定不成。我看就是武松也不成，這個詞造出來就是為了唬人的，呵呵呵。」

章西前「嘻嘻」笑起來，道：「那海量豈不是更了不得了？」

「不管雅量還是海量，夥計啊，就當今天哥喝多了，哥說句掏心窩子的話，哥知道你到底是什麼人，在哥這裏說說就罷了，在別人跟前兒就要小心一些，那可是要殺頭的。在上課的時候更要注意。」

「我會當心的，德屹哥放心吧。」章西前起身，道：「哥，天晚了，再喝明天的課就上不了了。哥也早些歇息吧。」

「好，咱兄弟倆改日再敘。」磐石進屋向韋如絲要了一個提燈點上，送走了章西前。

磐石回到屋裏，韋如絲忙問：「章西前真的是共產黨嗎？」

磐石點點頭，道：「十有八九。我心裏也不能確定，只是試探了一下，他並沒有否認。」

「這可怎麼好啊？地下黨竟然藏到了咱們園

子裏，被人知道可不得了了。」韋如絲心裏有幾分慌亂。

「不要怕。」磐石道，「處得兄弟一樣的人，我不會去告發他。咱們不說，就不會有人知道。章西前是個不錯的人，不能以政見不同區分人的好壞。」

小石頭已趴在床上睡著了，磐石抱起他預備送到西屋去，韋如絲彎腰拿起小石頭的鞋子跟著他。客屋的罩子燈靜靜燃著，嚇人的是燈光下赫然坐著兩個人。

磐石驚問：「培容，培炊，這麼晚了，你們倆怎麼在這裏？」

兩個年輕人的面龐上滿是堅毅，都竭力挺直後背支撐自己。二人齊道：「我們要革命！我們要抗日！」

磐石道：「你倆等一下。」韋如絲和磐石忙把小石頭送到西屋安頓好，然後折返回客屋。

「啊，十二叔，十二嬸兒，你們上座。」培容、培炊起身讓座，尚未忘了禮數。

「怎麼突然有了這樣的念頭？」磐石問道。

「不是突然。」培容在燭光下的臉色更不好看，像生了肝病的人，暗淡無光；單薄的雙唇像極了他多病的母親。臉上沒有一絲笑容，整個人如同繃緊的弓弦。

「十二叔，你沒見到街上來自東三省的流民嗎？你沒見到倒地的餓殍嗎？你沒見過濟南街頭招搖過市的日本人嗎？那些流浪的孩子搶食一塊餅子時大打出手，你看到不悲哀心痛嗎？野狗啃食屍體時你不恐懼嗎？下一個難道沒有可能是我們自己嗎？

「這根本是無能的政府，腐敗的政府，不合格的政府，不該被推翻嗎？十二叔，難道你不想革命嗎？這是時代的潮流，正滾滾而來，誰也阻擋不了。」

培炊神情激動，臉上閃著神聖的光芒，他熱切地盯著磐石的臉，道：「十二叔，加入我們吧！要快，要趕緊，晚了就來不及了。」

磐石看看韋如絲，苦笑了一下，轉過頭對他

二人道：「你們要革誰的命？你們忘了自己的身份了嗎？五老爺、六老爺，還有你們的父親母親，他們是什麼立場你們想過嗎？」

培容臉上是輕蔑的神情：「十二叔，原以為你和他們不一樣，以為你是一個從大處著眼的人，知道以國家的前途為重，所以才來找你加入我們。原來也這樣斤斤計較。

「革命者與舊勢力本就水火不相容，一個革命的人再也不會在乎這些婆婆媽媽的事情。犧牲是勢在必然的事情，但我們挽救的是中國，是四萬萬同胞。不過起初的瞻前顧後也是難免的，十二叔，你可以再仔細思量，我們等著你。」

磐石神情凝重，道：「謝謝你們這樣看得起我，我也同你們交個底。我同你們不一樣，整個敦恕堂實際上是壓在我的肩膀上的。我不會隨便走開，不管為了什麼主義。在我看來，這也是男人的擔當。我這個人沒甚出息，見不得血淋淋的場面，取人性命的事我幹不來，知道廚房宰雞屠鴨我都要繞著走。需要我幫忙的地方可以來找我，錢、糧都可以，我能做的都會去做。」

培容同培昳交換了一下眼色，二人站起來。培容道：「革命沒有一帆風順的。十二叔你再認真想想，我們會再來。」

培昳笑道：「真是不好意思，天這樣晚了，十二嬸兒，耽誤你休息了。」

韋如絲忙道：「還不算晚，我反正也沒什麼事。你們有空來玩。」

培容冷笑道：「哪裡還有功夫玩！」說完拉著培昳轉身消失在夜色中。

韋如絲長出了一口氣，道：「怎麼會有這麼奇怪的孩子？」

磐石道：「現在這樣的人不少，只是沒想過會在咱們園子裏出現，還一下兩個。」

韋如絲突然大叫一聲，直瞪瞪看著磐石身後。磐石驚問：「如絲你怎麼啦？」

培容和培昳不知何時折回，一人執磐石一條臂膀，喘息道：「十二叔，我們革命，一同去！」

他二人喉嚨處都有一條齊刷刷的口子，往外汩汩冒著鮮血，洇濕了胸口，流到褲子上，順著褲管滴滴答答往下掉。

磐石忙用手去捂培容的脖子，眼見不管用，又轉而去捂培欣的。

「到底怎麼搞的？」磐石大喊，聲音嘶啞。「抗大轉移到山裏，我們兩個人夜裏站崗時被敵人摸崗了。」培欣淡淡道。

他二人擺頭甩掉磐石的手接著道：「十二叔，沒關係，革命難免流血犧牲。」

磐石仰天哀嚎：「我不要你們犧牲！我要你們好好活著！老天，誰來救救他們啊？」

韋如絲就這樣被噩夢驚醒，在夜雨聲中抱緊自己的雙肩。

有人革命，就有人被革命，死掉的不全是該死之人，無力擺脫裹挾而無辜喪命的更多些。

「革命」，這兩個字實在是有股血腥氣，韋如絲不喜歡，但整部人類史就是「革命」史，踏著同類的血泊，走向文明。

11 槍彈利過命

因為照顧麥子，空閒時間很少。可笑吧，就一個孩子還嚷嚷。可天知道，人盯人很辛苦的。韋如絲一直堅持睡前閱讀的習慣，這是最後的領地了。

韋如絲手捧《日本人記憶中的二戰》，大聲叫道：「氣死我了！」

「怎麼啦？」曾羨無放下手中的報紙，扭過臉問她。

「你看這一段，」韋如絲把書遞給他，「從南京回日本的鬼子兵說，把手伸進女人身體裏能伸到腋窩。真不是人！」

「真太他媽的了！」曾羨無看完把書丟到一邊，氣得拍床。

韋如絲邊伸手撿書邊道：「或者說簡直就是人，沒有哪種生物比人類更壞了。」

曾羨無問道：「你說和平年代彬彬有禮的人，在戰爭中為何會獸性大發？」

「因為有獸性潛伏在體內，人性是善惡的混合體，視環境而動。人性複雜到連我們自己都看不清。」

「人類有跟隨集體行動的盲從天性，跟隨集體行動會有安全感，個體間相互肯定、自我放大，匯成洪流，感覺擁有了團體的巨大力量，所以肆無忌憚，釋放獸性。唯一能制止獸性的就是個人的良知。」

「個人的良知又是什麼？我只知道我的良知就是痛恨日本人，把中國人禍害慘了！如果哪一天再次爆發中日戰爭，新仇舊恨一起算！」曾羨無咬牙道。

韋如絲笑道：「哈，還熱血青年呢，跟我外甥似的，見別人開日車都生氣，恨不得砸了。」

「砸車的年紀已經過去了，不買就是了。」

看了這樣的書，顯然是不能馬上就入睡的。韋如絲這個人沒甚出息，稍受刺激就會睡不安穩，茶不行，咖啡不行，有心事也不行。

曾羨無已有響亮的鼾聲，韋如絲更加睡不著，思緒不受控制，如脫韁野馬。翻來覆去，頻繁地上廁所。

最後一次看表，已經是凌晨兩點多了。迷迷瞪瞪地，人似睡似醒，忽然聽外面有嬉笑聲，韋如絲走到窗前低頭往外看。窗戶上半截糊著窗紙，可以支開；下半截是固定的，鑲著玻璃。

院子裏是門房姜肉蛋和挑腳齊大個。地上還有殘雪未化，但已近春節，不那麼凍得難受了，二人在暖暖的陽光下說笑著。

齊大個身高在一米九以上，骨大身寬，一堵牆一樣立在那裏。齊大個與姜肉蛋並肩而立，這樣的景象會令觀者慨歎：人與人之間的差異確實存在。

姜肉蛋嚴重名不副實，細瘦如猴。齊大個問道：「肉蛋兄弟，說來奇怪，你怎麼能有這麼個名字呢？」

姜肉蛋痛說成長史：「我小時候可是胖得稀奇，人見人愛，大媽大嬸都愛捏我的腮幫子，搞得我三歲還流癡水。誰知道越長越瘦，只剩下名字了。」

盛世都有遺跡，是懷想的憑依。

齊大個拍拍姜肉蛋的肩膀，道：「肉蛋兄弟，再不長點肉，改名算了。」

「我為什麼改名，身體髮膚還有姓名，都受

之於父母，那能隨便改嗎？像你，別人都叫你『大個兒』，連自己本名是什麼都忘了吧？」姜肉蛋回道。

「你個猴子，就雞巴一張嘴巴厲害，生怕別人不知道你長了嘴，連我都敢耍，看我不收拾你這個兔羔子！」齊大個兒說著，單手攔腰把姜肉蛋抱起，用胳臂夾住橫貼在胯上。

姜肉蛋抓住齊大個的衣角不敢撒手，笑著討饒，道：「齊大哥，快放我下來，再也不敢了！」

「再敢是什麼？」

「再敢是齊大哥的孫子。」

齊大個興起，沒有馬上放手的意思，還原地繞起圈來。姜肉蛋想是被轉暈了，不好受，嚷道：「操你娘！齊大個，要是爺爺惱了，今後你誰也甭想見！」

韋如絲在屋裏不禁微笑。宋慶祥走進院子，齊大個忙將姜肉蛋放下來，把臉上的笑收住，雙手垂在兩側，恭恭敬敬道：「慶祥伯，正等你老人家呢。」

宋慶祥手持煙斗，並不答話，一絲不苟往裡加煙絲，加好煙絲卻不著急點上，抬眼問道：「是為了供品那趟活吧？」

齊大個笑道：「是，慶祥伯，我算計著日子到了。」

「其實今年本不想把這個活給你的。不是你做的不好，是覺得你太辛苦了。咱家又不是沒有馬車，犯不上每年讓你用兩條腿走那麼遠的路。再說東西沉，你看你後脖頸子上那個包，都快有雞蛋大了。」

「慶祥伯，我做慣了，沒事的。家裏也等錢好過年。我們家的人都像我，能吃，我不多幹點，連飯都吃不飽，慶祥伯就把這趟活兒給我吧。」

「好吧，等會兒少爺回來，請少爺示下，應該沒啥問題。路上注意，世道不太平。」

「哈，我這身板，十個八個都能對付。」

「哼，再壯你也抵不過一顆子彈。」

「行，我在意著，慶祥伯放心吧，五天准回來。」齊大個兒滿心歡喜，笑眯眯地看著姜肉蛋。姜肉蛋使勁棱了他一眼，道：「美得你不知東南西北。」

韋如絲把頭髮梳好，然後將罩在肩上的白綢巾輕輕扯下來，仔細揀拾上面的落發。再抬眼看，宋慶祥還立在屋外，姜肉蛋跟在旁邊，齊大個不見了。二人面上都顯露著激動不安。

宋慶祥叫道：「十二少爺！十二少爺！」

粟嫂從小廚房走出來，問道：「慶祥叔，什麼事？我給傳一下。」

磐石聞聲在堂屋高聲道：「慶祥叔，請進來吧。」

宋慶祥一進屋就急道：「十二少爺，齊大個被日本人打死了。」

磐石「啊」了一聲，急道：「你說什麼？在哪裡發生的？幾時？」

「兩天前的事，齊大個出煙臺城二十里，遇上一隊日本兵。齊大個挑著貨跑不快，就躲到了路旁地裏的豆秸堆裏。他害怕就抖，豆秸也抖，日本人發現了，知道裏面藏著人，也不多說話，犯壞放了一把火。活人怎麼忍得住火燒？齊大個跳起來跑，身上著著火，日本人看他跑遠了，開槍把他打死了。」

韋如絲聞聽此言，顧不上許多，掀開門簾走出來。宋慶祥盡力讓自己保持鎮靜，向韋如絲彎腰致禮，道：「少奶奶好。」

韋如絲身上發軟，趕緊坐到椅子上，問：「慶祥叔，消息確切嗎？」

「確切，」姜肉蛋接過話頭，答道，「北村的周邦子同齊大個一起去的煙臺，周邦子東西少，跑得快，躲到了樹林裏逃過去了。齊大個捨不得咱家祭祖的年貨，不肯丟下擔子，結果丟了命。」

磐石咬著牙道：「可惡！看來是真的來了。」

「以後真的沒有安生日子過了。」宋慶祥道。

磐石低頭思量了一會兒，道：「慶祥叔，咱

們去老爺那裏，商量一下齊大個身後的事，還有祭祖的年貨如何補辦。日本人在咱們地盤上折騰也不是一年兩年了，只要不打到咱們門口，這年還是要過的。」

磐石走到韋如絲身邊，看著她道：「你好好歇著，別想太多了。」

韋如絲一個人坐在那裏，害怕又慌張，盤算躲到哪裡才安全，可以逃脫日本人的禍害。

突然火狐狸出現在眼前，它扶著門檻伸頭朝裏看了一眼，然後跑到院子裏跳著腳叫道：「來吧！來吧！」身上的火苗也跟著上下竄動。

大步走進來的是齊大個，他彎腰抄起火狐狸，火狐狸笑眯眯地偎進他懷裏，齊大個身上「呼」地著起火來。

韋如絲大叫道：「你快放下它！」

「不怕，少奶奶，我已經不怕燒了。」

「你死了嗎？」韋如絲疑惑地問。

「少奶奶說笑，我怎麼會死呢？我這身子骨，就是老天爺死了我也不會死。我從煙臺辦回年貨了，四鮮果、四乾果、四蜜餞一樣都不少。不過香蕉比去年的小，青梅顏色有些暗，桔子也不夠新鮮。街面上挺亂的，許多東西市面上根本就沒有，我看煙臺櫃上是盡力了。」

「我知道，你也盡力了。」

齊大個眼圈一紅，道：「少奶奶，我是真的盡力了，日本人還在我身後放槍，嚇死我了，可我沒丟咱家的供品。這不，剛交了帳，我得回家看孩子去了。」

齊大個一下子從腰裏掏出一個撥浪鼓，笑道：「在煙臺買的，給我家大姐的，我這丫頭十八了，還是不開竅，就喜歡這些玩意兒。」

韋如絲道：「快回去吧，省得家裏人惦記著。」

齊大個轉身走出去，剛到院子裏就撲跌在地上，懷裏的火狐狸也摔了出去，疼得「唧唧」叫，縮到了一邊。齊大個趴在那裏一動不動，韋如絲的眼淚「刷」地流出來，她知道齊大個死了。

柱子撲到齊大個身上大哭，叫著：「爹啊，爹啊，怎麼不管柱兒了？」

傻大姐在一旁搖著撥浪鼓，發覺怎麼搖也蓋不住柱子的哭聲，她伸手打了柱子一巴掌，氣道：「你真討厭！你的聲音太大了，吵得撥浪鼓的聲兒都小了。你就哭吧，爹不給你餑餑吃！」

韋如絲心疼這兩個沒爹的孩子，滿腔的悲化為憤，抄起屋裏的笤帚，衝到院子裏兜頭去打那隻狐狸。

火狐狸身段靈活，一下子閃開了，它跳到樹上冷哼道：「為何打我？干我何事？我不過是個通風報信的。」

「打你是因為你報錯信！你為何要提前一年報？只有一年安穩日子了，你為什麼不讓我安安生生地過？」

「難道要日本人來家之後我再報嗎？那如何能顯現我輩的先知先覺？要我們表現得像人類一樣蠢嗎？再說你要是今晚上不看那本書不也就沒事了？」火狐狸在樹上氣道。

韋如絲舉著笤帚愣在那裏，心道：「那倒也是，也許不該打它呢？」

「打我幹嘛？還要打？手舉得那麼高幹嘛？」曾羨無抓住韋如絲的手，韋如絲睜眼看他，疑惑道：「我打你了？」

黑暗中曾羨無看她不再具有威脅性，一下子趴到枕頭上，嘟囔道：「把我當鬼子了吧，我就擔心你今晚上會做夢，果真。你現在越來越會做夢了，再這樣下去，我得考慮分床睡了，不然做手術時精力不濟會出事的。」

韋如絲趕緊賠笑道歉：「對不起！對不起！真的不是故意的，我錯了。天還黑著呢，趕緊睡吧，還來得及睡個回籠覺。」

韋如絲想起自己睡著覺還「劈了啪啦」胡亂捶打曾羨無、把他從酣睡中驚醒的情形又覺得好笑，不由得「呵呵」笑起來。

曾羨無氣道：「還笑！睡在你身邊太危險了，趕明兒我得穿上鐵布衫睡了。」

韋如絲嘻嘻笑道：「咱家只有金鐘罩。」

「好，我這就戴上金鐘罩，看我如何修理你！」

曾羨無壞笑著作勢撲上來，韋如絲連忙討饒，這一折騰還不天明了？

曾羨無躺好，很快又有了鼾聲。

韋如絲心道：「這個傢伙，還說睡不好！」

12 歡喜要過年

早晨刷牙時狠命乾嘔，臉都漲紅了，眼中還汪著淚。韋如絲知道這是夜裏沒睡好的緣故。韋如絲胃淺，不適常常先體現在胃上。見不得也聞不得什麼噁心的東西，甚至過於芳香的東西也不行，馬上就有反應，甚至把剛吃的東西吐出來。

單位的老前輩諄諄教導韋如絲：「你這都是慣出來的毛病。當年『四清』的時候我們在鄉下，湯上漂著一層蒼蠅，吹吹喝。」

這真令韋如絲慚愧，可慚愧並不治病。

上班時要過一個天橋，必會見到一個趴在木板上乞討的人，他下肢有嚴重的殘疾，細如柴棍，不足以支撐身體。為了行動的方便，木板下安有小小的輪子。但他究竟如何上下天橋的，韋如絲不得而知。

為了顯露自己不得已的苦楚，他常常把褲腿高高挽起，冬天也如是，狀甚慘。他殘疾的腿感覺不到寒冷嗎？韋如絲會想：人間、地獄、天堂是並行存在於世間的，這人間對他來說如同煉獄。

無論怎樣的救助都不會令他過上天堂般的生活，他需要另一次投胎。「人生而平等」，這句話，不可不信，亦不可全信。

他年紀似乎並不大，臉上烏黑的髒。每次韋如絲把錢投入他面前同樣髒汙的搪瓷缸裏時，他會艱難地仰起頭，報韋如絲以感激的無言的笑。

韋如絲總是避免與他的目光直接接觸，臉半對著他，眼望著別處，笑一下匆匆離開，似乎怕沾染到什麼。那樣濃重的氣味，簡直嗆人。

對他的憐憫與嫌棄一併橫亙在韋如絲的心裏，韋如絲的良善是打折扣的，也許更多的是為了敷衍自己的良心。

趙婆身上的氣味同樣刺鼻，韋如絲悄悄往遠處站，不願意她發現自己刻意的閃避。

但趙婆步步逼近，「嘿嘿」笑著道：「少奶奶，你讓我仔細瞅瞅你的耳墜子，真還沒見過這麼好看的呢！」韋如絲尷尬地笑，繼續往一旁閃。她離得太近了，韋如絲已屏住呼吸。

「是翡翠的吧？碧綠的，像夜裏野貓子的眼睛。唉，我這輩子是戴不上了。我這副銀的還是娘家給的陪嫁。」趙婆呼出的濁氣已拂動韋如絲鬢角的髮絲，她的眼睛也閃著貓眼一樣的光芒。

「等你家老二出息了，做了大買賣，一定會買給你。」韋如絲掩嘴笑道。

「少奶奶，我知道你這是哄我的話。我家老大是生來的殘廢，沒指望了。老二雖然身體沒毛病，可叫我和他爹慣得只認得吃。再說人和人能一樣嗎？那是生來就註定的命。狼一生下來就是狼，狗一生下來就是狗。狼走到天邊吃肉，狗走到天邊吃屎。」

韋如絲覺得自己已經變成了一條魚，上了岸的魚。她大張著嘴，答不出話。韋如絲在岸上的沙土中騰躍，粘了一身的沙礫。沙礫透過堅硬的魚鱗還是硌痛了她。

任韋如絲怎樣折騰，也呼吸不到丁點的氧氣，頭已開始發昏。韋如絲用餘光撇到趙牢靠立在樹蔭下，笑眯眯地看著她掙扎，他拽住趙婆的手，不許她靠近。

韋如絲看到了池塘清澈的水近在咫尺，於是拼盡全身的餘力一躍。「呼通」一聲，掉到了地上，一下子從夢中醒來。

還好，不怎麼疼。韋如絲躺在地上好好喘了幾口氣，重又爬回床上。這麼大的動靜，曾羨無也沒有覺察，只稍微動了動。幸虧現如今人類都已不在樹上過夜了，不然可摔慘了。

回味夢境，韋如絲心中暗笑：「趙牢靠，這個名字比姜肉蛋不差呢。」

夢裏是個大雪天。房屋院落靜靜地守在原地，雪花無聲飄動。樹木朝上的一面落滿了雪，另一面濕黑的，整棵樹就從白色的背景中凸顯出來，顯得比平日高大許多。樹下的騾子反而變矮了，呼出一團團白氣。

趙牢靠和趙婆相扶持從遠處而來。噹！噹！兩個不知從何處飛來的麻雷子在他們近前炸開，驚得二人滑跌倒地。幾個哥兒的身影在歡笑聲中散開。

趙牢靠手中的籃子落在地上。雞雖然被縛住了雙腳，可是還有翅膀，撲愣著試圖逃走。趙牢靠撲上去按住公雞，勁兒使大了，公雞直著脖子哀哀地叫起來。趙牢靠把雞放回籃子，拍了拍身上的雪。趙婆站在那裏撫弄摔疼的半片屁股。

姜肉蛋出現在他二人面前，道：「人家都是初一才開始拜年，你們怎麼年三十就來了？」趙牢靠訕笑道：「我不是著急嗎？趕著當狀元。勞駕肉蛋兄弟給我通報一聲。肉蛋兄弟來年大吉大利呀！」

「呸！見到你就不吉利。」姜肉蛋啐道，然後接過籃子，道：「你在這裏等著吧，趙婆跟我進去。」

韋如絲剛從敬恕堂送年饅頭回來，栗嫂一手提著食盒，一手挽著韋如絲的手臂。栗嫂回頭望了一眼，附到韋如絲耳邊道：「少奶奶，敬恕的年饅頭沒有咱敦恕的白，也沒有咱敦恕發得好。」

韋如絲微笑著壓低聲音回道：「堿放多了。這一個年饅頭是尋常饅頭的三四倍，不容易蒸好，和麵、發麵、揉麵、醒麵、上鍋，哪個環節稍有差池都不行。」

「咱敦恕的花樣多，不光有花籃饅頭，還有

元寶、剩蟲、刺蝟、燕子。黑晶晶的花椒子做眼睛，半個紅棗當舌頭，發起來精精神神的。少奶奶手藝好，刺蝟身上的刺剪得那麼細，跟真的似的。」

韋如絲道：「年饅頭做得好，預示著這一年的光景就好，自然要用心。」

兩個人光注意腳下了，這雪趕掃趕下，路面還是有些滑。韋如絲抬頭看到趙牢靠蹲在敦恕堂的門口抽煙鬥，栗嫂也發現了，道：「少奶奶，趙牢靠又來了。」

「他不來我還真不踏實，怕他過不好年。」

「他會過不好？年年吃咱的。」

「這個趙牢靠還是蠻有意思的，有時帶一斤紅糖，有時候是一小口袋紅棗，但從來不空手。」

「哼，從咱這兒拿回去的可比這多多了。趙牢靠心眼多得跟馬蜂窩一樣，吃定了少奶奶心善。他怎不找十三少奶奶要去？他哪裡是拜年，根本是釣魚。」

「唉，一年也就這一次，咱不是還給得起嗎！你說如果年都過不好，那還不得一年都窩心。」

趙牢靠看見她們主僕二人，連忙站起來，把煙鬥別到身後，迎上來道：「少奶奶，過年好！栗嫂，你也好！我和老婆子來給敦恕堂老少拜年了。我帶來了一隻大公雞，精精神神兒的一隻，雞冠子血一樣紅。祝十老爺、十太太、十二少爺、十二少奶奶、十三少爺和十三少奶奶，還有大哥兒、小哥兒、大姐兒、小姐兒新春吉祥！吉星高照！大吉大利！大富大貴！」

韋如絲笑道：「老趙，你也不怕煙鬥燒著了棉襖，快熄了吧。」

趙牢靠忙抽出煙斗，抬腳把煙灰磕到鞋底兒上，一邊「嘿嘿」笑著。

「難為老趙你了，每年還惦記著我們。也祝你們一家新的一年事事如意。」韋如絲接著道，「你去賬房稍候片刻，我吩咐人把回禮給送出來。」

趙牢靠彎腰頻頻鞠躬，立起身道：「少奶奶這樣待我，我真也算是豁上這張老臉了。每年我都想來年一定不來了，可光景總是不轉好。我也是沒法子可想，但凡有第二條路，我都不會往這裏抬腿邁腳。再一再二不能再三啊。明年我一定不來了，不對，要來，初一再來，來給少奶奶拜年。」

韋如絲道：「鄉裡鄉親的，你們能來就是把我們當自己人。既是自己人，就不要說這樣的客套話，太見外了。」韋如絲往院子裏望了一眼，問：「趙婆呢？」

「老婆子已經隨肉蛋兄弟進去了，讓她拿出來就好了。」

趙牢靠目送主僕二人進了院子，邁上臺階倚到大門框上，重新拿出煙鬥點上。

韋如絲吩咐栗嫂道：「他們拿來的禮原樣還給他，再加上兩隻風乾雞，六條鹹帶魚，五斤豬肉，兩個年饅頭和兩塊大洋，還有花生瓜子粉條粉絲也給他拿一些。」栗嫂嘴裏嘟囔著不情願地去了。

韋如絲回到屋裏，宋慶祥正跟磐石說話。

「慶祥叔，坐，我不是說過以後都不用站著說話了。慶祥叔今年也六十了，上年歲了，就不用講究那些規矩了。」磐石道。

「少爺，我還是站著吧，我身子還算硬朗。我也站習慣了，站著說話腦子清楚些。」

磐石笑道：「那就隨慶祥叔的意吧。春節祭祖的事八年一輪，今年才輪到敦恕堂，可不能有什麼閃失。祭祖的物品準備得怎樣了？」

「祠堂田產一年的租金七成交給了公帳，用於博愛小學的辦學支出，三成敦恕堂留下，用作春節祭祖和孤老糧的發放，算下來略有結餘。

「錫盤、錫碗和錫燭臺都從庫房裏拿出來擦拭過了；祠堂院子的雜草拔乾淨了，祠堂也清掃過了；上供用的四鮮果、四乾果和四蜜餞都備好了；豬羊宰好上了紅色兒；神主牌位都擺好了，我能想起來的都佈置妥當了。」宋慶祥一一稟明。

「要仔細那個神龕，別的都好說。真正的紫檀已經很難找了，寸檀寸金。做這個神龕的檀木還是明朝皇帝派人遠赴南洋採辦來的。紫檀非數百年不成材，成材的紫檀已經被砍光了，很難找了。

「為了雕好這神龕，石島的木匠梁七住在咱園子裏，三年都沒回家。那麼精緻的雕工，不多見啊，千萬仔細著。」

「是，我知道。擦神龕的時候我一直在一旁看著，沒敢走開。」慶祥回道。

「孤老糧發完了？」

「今年過世了五位孤老，又新增了三個。北村的這兩天發完了，嶅山、望海曲家、綠楊、後泊等幾個鄰村的也發完了，禮格莊、北騰圈和孫家埠幾個遠一些的村子，今天張二趕車去了，都會按規矩足額送到的。」

「官餑餑每天都按時發著嗎？」

「從臘月初一到今天，每天二百個，每個還是四兩重。有抱小孩的大嫂就發兩個，抱枕頭的也按兩個發，我叮囑了夥計不要計較。」

「是啊，不用計較，不過是一個餑餑。鄉親們吃飽了，周圍沒有挨餓的人，咱們才能安心過年。」

磐石仔細看了看宋慶祥，問道：「慶祥叔還沒剃頭呢吧？這一陣子你是太忙了。」

「這就去，李四正守著剃頭挑子在賬房等著我呢。今天無論如何忙這頭都得剃，不然就要等到二月二了，成老長毛了。」宋慶祥說著自己笑起來。

磐石也笑了，道：「慶祥叔，真難得見你笑，看來是忙活得差不多了。」

慶祥叔的笑容還未收攏，「哈哈哈」，趙婆的笑聲就傳進來了，她熟門熟路地摸進來，不像趙牢靠那麼生分。可她也太熟絡了，韋如絲真還有些不適應。

趙婆進門給大家道了萬福，接著笑道：「真笑死我了，那個汪嫂竟然又生了一個大胖小子，我剛得了她的紅蛋。我說她，『你滿嘴的牙沒剩幾顆了，還不歇窩？』少奶奶，少爺，你們猜汪嫂怎麼講？她回我說，『這有什麼相干？生孩子又不用牙！』真是笑死個人。」

磐石「呵呵」笑起來，韋如絲也笑著道：「汪嫂歲數也沒多大，只是牙不好，掉得早了些。趙婆，東西栗嫂給你備好了吧？」

「我就是過來謝少奶奶和少爺的。少奶奶，你的心腸比菩薩還好，我們這輩子也報答不了了。東西已經給孩子他爹了，讓他帶回家陪孩子過年，我想好了，我就在這裏陪少奶奶了，有什麼讓我做的，儘管吩咐我，我的牙口還好，力氣比汪嫂也不差。」

韋如絲驚道：「這怎麼使得？過年講究的就是個全家團圓，你留在這裏算怎麼回事？快去追老趙吧，現在趕回去做年夜飯一點兒都不晚。一家人在一起好好過個年。」

「不，我不回去，我還要看秧歌戲。」

「鎮上不是也有秧歌戲嗎？你去鎮上看不也一樣嗎！」

「那能一樣嗎？行頭、唱詞、派頭都差好大一截。」趙婆簡直就像個不懂事的孩子。

急切間聽到鑼鼓陣陣，「鏘鏘齊鏘鏘」，「鏘鏘齊鏘鏘」……莫非已是大年初一？趙婆滿臉興奮，小石頭正在炕上玩，趙婆急急幫他穿好鞋襪，拉上小石頭就往外跑，腿腳還真俐落，韋如絲不得不跟出去。

勤恕堂的培旭、培旺、培暘；純恕堂的培星；敬恕堂的培昀、培暄、培昉、敦恕堂的培晧；敬信堂的培宇、培家、培宜；敬義堂的培憲、培寅；敬慎堂的培富、培察，總共十五個十歲以上，十六歲以下的男孩子，都被宋德峻收來排演秧歌戲。

另外湊了幾個佃戶的小子，總共二十幾個孩子，都是亮閃閃的光頭，臉上勾畫著猴子臉譜。

宋德峻腰紮一塊虎皮，扮的是孫悟空。他左手擎起平頂傘，右手一抖馬尾甩子，背對著孩子，口中念念有詞，小子們跟著他的步伐和手勢整理隊形，緊隨其後。

韋如絲正盯著秧歌隊看，突然她娘現身在近前，看著舞動的宋德峻道：「大凡世上的事都是老天爺安排好的。家裏的孩子不會個個都精明能幹，有愛做事的，就有愛玩的；有能幹的，必定就有不能幹的。

「姻緣也是這樣，『有好漢沒好妻，癩漢娶個花枝女』。還有一句話，就是『老天爺餓不死沒眼的家雀』。講得都是一個理兒。」

韋如絲知道娘說的是勤恕堂哥倆的事。德峰哥把家撐起來了，德峻哥雖然是兄長，卻樂得輕閒，愛好天分就盡顯出來，還跑到文登，甚至威海去票戲，家裏的事基本不管。

可娘去年春上就沒了啊。韋如絲滿臉駭異，顫聲問道：「娘，娘不是不在了麼？」

13 公案由誰斷

韋夫人輕笑一聲，道：「我又不是完全消失了。陰陽之間本就是相通的，再說世間萬物都可由因果而變通。過年了，娘想你了，來看看你。」

韋如絲已是淚眼婆娑：「娘，咱去家裏。」

「家裏我就不去了，我知道你們過得都好。我還要去看看別人，我們那一撥都在那邊聚呢。」

說著，韋夫人轉身就走，堂而皇之穿過行走的秧歌隊去了街對面，扁扁的身子轉眼就從祠堂的門縫中飄了進去，像一縷青煙。韋如絲拔腳欲追，趙婆一把拉住她，道：「少奶奶，錯啦，這邊走。」趙婆的力氣那樣大，韋如絲只好踉蹌著隨她前行。

大家都跟著到了敬恕堂的門口，老太太裹著皮裘、錦被，靠在紅木太師椅上，半閉著眼睛對著眾人。唉，韋如絲心裏歎：「老太太老了，連睜眼的力氣都快沒有了。」

宋德峻帶著小子們唱的是改版的《天官賜福》：

雨順風調萬民好，瑞靄祥光紫霧騰

今日大喜合宅歡，恭賀新春猴兒來
雍容富貴華堂上，宋門老太朝南坐
圍繞四周麒麟兒，恭祝老太福壽康
簇簇花香凝畫閣，皚皚白雪滿階庭
一門賢孝爭為善，福緣自造功德深
禧字花兒掐來戴滿頭，喜鵲兒落在房檐兒頭
孫猴兒手擎平頂傘，眾猴兒拜年慶福門：
歲歲平安、年年如意，
稻生雙穗，五穀豐登。
蠶桑茂盛，絲帛豐盈，
福祿根苗，子孫萬代。
財源茂盛，積玉堆金，
積德行善，千祥萬祥！
千——祥——萬——祥——！

「好，好，好。」老太太樂得合不攏嘴，眼睛的光芒完全被遮住，「十一啊，快賞。」

「是，娘，早預備好了。」十一老爺宋世葆連忙回道，並轉身從管家丘先生手裏接過黑漆托盤，把紅包一一發到小子們的手裏，宋德峻也有一份，他照足演戲的規矩，也收了紅包並鞠躬作揖，謝過老太太和十一老爺。

韋如絲也伸手去拿紅包，趙婆卻擋住了她，對翡翠耳墜子發生了興趣，害韋如絲憑白損失了一筆。

做了這樣的夢，韋如絲就很想自己的媽媽。父母這兩年相繼過世，想媽媽的時候就只能去看二姐。早晨臨出門時韋如絲對曾羨無說：「晚上你自己湊乎一頓，我想去看看我二姐，我和麥子在二姐家吃。」

曾羨無笑著應道：「沒問題，我正好也想約幾個哥們兒聚聚，那就今天吧，也晚點回來。」

韋如想中年發福，以前一尺八的小腰早已成長壯大，捨不得的漂亮裙子如今都在韋如絲的衣櫃裏，不過整體狀態還算不錯。

一個女人的前半生究竟是怎樣度過的，特別是成年以後的歲月，這時秋毫畢現，無從遮掩。你的生活品質、你的自我掌控能力以及長久以來的心態，如今全部體現在你的面容、身軀和姿態上。這是歲月雕琢的成品，無法返工重來。

「怎麼突然有空了？」韋如想笑著接過麥子的書包。

「我想吃姐做的飯了，天天自己做，我都吃膩了。」韋如絲對著姐姐撒嬌。父母從來不是她們的依靠，他們一直致力於兩個人的戰爭，不肯停歇，從青年到中年直至對方撒手人寰。幸有至親姐妹，在硝煙瀰漫中相互摸索依靠。

「今天正好做紅燒魚，你最愛吃的。」

「姐做的味兒我怎麼也學不來。這做飯就跟長相似的，天生來的，很難改變。」

韋如絲看到床上放著一本敞開的影集，端起來看，道：「許久沒看了。」韋如想微笑道：「坐在這兒沒事幹，閑得慌，就翻出來看看。」

這是家裏的一本老影集，全部是黑白照片，韋如想翻開的那頁是七十年代初全家的一張合影，沒有父親韋金庭，他在外地工作。媽媽王佩澤抱著韋如絲，韋如心和韋如想都站著，一字排開。每個人胸前都別著一枚毛主席像章，表明人人都有一顆紅亮的心。韋如心右肩上挎著一台電晶體半導體收音機。

韋如絲笑道：「就是為了這台新買的收音機才拍的這張合影吧？」

韋如想道：「可不是，咱爸竟然花了一百八十八塊錢從上海買回這台收音機，是他三個月的工資呢。說是上海無線電三廠的紅旗牌，值這個價錢。他自己願意的事怎麼都行，帶媽出門連碗麵條都捨不得買。」

「也真是值，那台收音機用了三十年，音質一直很好啊，連牛皮套子都做得可丁可卯的。到現在已經算是古董了。」

「可惜背收音機的人已經不在了，大姐生得多美啊！比咱倆都好看。」韋如想歎道。

古來美人易薄命。生得美也是一種風險，已禍人禍，危機四伏。樣貌平常的女人反而更容易活得平順些，自己不存奢望，別人又不惦記，如果再聰慧一些，從容間拾得大麥穗的幾率反而大一些。

「是，大姐和咱們都不一樣。她帶著股仙勁兒，不是長命的樣子。那麼單薄的身子，風吹就會倒，走路像踩著棉花。衣服總是乾乾淨淨，說話也慢聲細語，從不討人嫌。咱媽總說，大姐就是來要賬的，她是三姨托生的，媽懷大姐的時候總是夢見三姨。三姨喜歡哭，摔一跤哭，嚇一跳哭，小雞死了哭，甚至晚上咱媽比她先睡著了，她也哭。結果把自己的運氣都哭壞了，十四歲就過世了。」

「看你當時年紀小，記得東西可不少。」韋如想道。

「環境惡劣，俺早熟，沒辦法。」韋如絲笑，接著道，「我還記得大姐讓爸下跪的事呢。」

「那件事誰會忘記？我到現在都想不明白，無頭公案。」

這是家裡的重大事件，縱使時隔多年，人人記憶清晰。韋如絲看史書時常常為細節所震驚，是誰那麼有預見？又派了誰伏在誰家床下？怎麼他們事事知曉？家裏的事就發生在自己眼前，韋如絲都搞不清楚狀況。

那個年代沒有電視，也沒有升學的壓力，大家都早早睡下。大姐因為心臟不好，睡得更早。那一晚她卻一反常態，怎麼也不睡。

家裏的大床靠窗戶擺著，姊妹三個睡在上邊。都很瘦，沒有擠的印象，不然就是因為頭腦裏沒有雙人床是供兩個人睡的概念。

韋如心半跪著倚在窗臺上，面朝窗外。窗戶是打開的，秋天的夜，涼風一直往屋裏灌，韋如心散開的長髮隨風飄動，她的頭發軟，像她的人一樣沒什麼氣力。

王佩澤求她，哄她，但韋如心不為所動。韋金庭氣得牛喘，眼看就要按捺不住了。

房間裏的氣氛鐵一樣沉，空氣幾乎是固態的，人卡在裏面不能動彈，韋如絲睜著晶亮的眼睛，像被逼到角落裏的小鼠，喘氣都小心著。

唯有韋如心是鎮靜坦然的。她不哭不鬧不回

頭，只是靜靜地、緩緩地重複一句話：「爸，你跪下，快些跪。不然，後果不堪設想。」

韋金庭不說話，沒有人說話，時間在靜默中流逝。

「現在還差兩分鐘十二點，爸你再不跪，一過十二點，就真的來不及了，什麼什麼都來不及了。」韋金庭扭頭看牆上的「三五」牌掛鐘，果然，正是十一點五十八分。韋如絲那時剛學會看表，所以印象深刻。

這就很瘮人啦。韋如心兩個多小時一直望向漆黑的窗外，並沒有回頭看表。父親一下子跪倒在地，一家人都被驚得悄無聲息，沒有人會料到這個結局。「泰山崩於前」，這一幕韋如絲永生難忘。

韋如心好像看到了背後發生的事情，長出了一口氣，然後轉過身來，臉色蒼白疲倦，沒再說話，倒頭就睡了。

韋如絲年齡小，不想那麼多，事情轉頭忘掉，每日只要平安無事吃上三餐就好。韋如絲有廣闊的荒野，在荒野上的奔跑嬉戲足以讓她忘記煩惱。

韋如想說她第二天問韋如心：「你昨晚幹嘛要爸下跪？你瘋了嗎？不怕爸揍你嗎？」

韋如心一臉茫然道：「瞎說，我怎麼會讓爸下跪？我找死呢？他不讓我下跪就好了。」她對前一晚的事毫無記憶，怎麼也不承認自己做了那麼駭人的事。

沒有人敢去問韋金庭當時怎麼就肯跪下？在家裏天神一樣的人物，他畏懼的是什麼呢？韋金庭不與別人交流感情，後來他除了耳背又患有老年癡呆症，所以這件事不會有答案了。

「你說咱爸怎麼就肯跪呢？你記得爸跟媽吵架的時候常說的『名言』嗎？」韋如想笑問。

韋如絲也笑起來，道：「怎麼不記得？耳熟能詳！『我寧可站著死，絕不跪著生！』『你家是破落地主，連資本家都不如，資本家還有他的先進性，地主階級是腐朽的、沒落的，註定要滅亡！』『你是叛徒、工賊！』『你好比一隻小小的螞蟻……』」

二人哈哈大笑，麥子在一旁捂住肚子笑，道：「這是哪兒跟哪兒啊？」

韋如絲道：「現在敢笑，那時可嚇得什麼似的。你姥爺有暴力傾向，打孩子，打老婆，絕不手軟，煤鏟子、鑲著鐵框的鏡子，抄著什麼是什麼。他參加過抗美援朝，在戰場上一樣火爆，一次二等功，兩次三等功，一包炸藥送走一碉堡美國鬼子，自己毫毛不損，簡直就是安全標兵。」

「可在和平年代他就像個外星生物來到地球，別人覺得他不對勁，估計他自己更彆扭。」韋如想接著道。

「你說那晚咱爸怎麼沒打大姐呢？」韋如絲問。

「就是，簡直是奇蹟。奇蹟降臨時，一切都配合它的發生。」

那晚的另一個奇蹟就是韋金庭沒有動手，他保持了長時間的緘默。但實際上他根本不是有耐心的人。

韋如絲記得有一天下午，她和韋如想正在小屋的小椅子上坐著，韋如絲起勁地用報紙疊著紙飛機，韋如想在拆棉褲。

韋如心衝進來就插上了門，抱住韋如想道：「二妹，你抱住我，抱住我。」她的臉煞白的。韋如心和韋如想的胸膛緊緊貼在一起，韋如想驚問：「大姐，你的心臟跳得怎麼這麼快啊？」

「二妹，我好怕啊。咱爸說『你要不就好，要不就死，這麼不死不活的，老的小的都被你拖垮了。』然後就掄起筷子打我。」韋如心額上都是汗。

韋金庭在門外踹門，叫著：「開門，快給我開門！」

韋如絲緊張地盯著門看，心也「突突」跳起來，爸爸穿著工靴，門很有可能被他攻破。

王佩澤哭道：「你要嚇死她嗎？她有心臟病啊！我給你跪下了，你不要踹了！求求你了！」

韋金庭又叫罵著踢了幾腳才離去。

等門外安靜下來，韋如心坐到凳子上，呆呆地看著地面，輕聲道：「二妹，我快要死了。」

韋如想忙道：「大姐，你不會死的，不要瞎說。」

韋如心撩起洗得發白的花布襯衫，露出初長成的小小的、鮮嫩的乳房，道：「你看我的胸。」

韋如絲也把小腦袋湊過去看，韋如心左胸的肋骨明顯高於右胸，她哀戚地說：「我的心總是不停地跳，越跳越大，把肋骨都頂起來了，過不了多久我的心臟就會破的，那時我就死了。我活不到十八歲。」

韋如絲和韋如想傻傻地看著她，不知道說什麼話安慰她，都沉默著。

韋如心死的時候差兩個月十八歲。

「大姐死的時候，家裏人一個都不在她身邊，她走得太孤單了。我頭一天還和媽去看過她，大姐剛洗了頭，邊擦頭髮邊笑著對我說：『我病好了，準備出院了。』我還高興得很。誰承想人說沒就沒了。」

姊妹倆默然相對，韋如絲抽了一片紙巾幪住眼睛，紙上洇出淚水。

韋如絲是在為大姐哭嗎？好像不全是，她是為過往那不可追的歲月哭泣。往昔不再，沒有人能回頭，流失的歲月被塗上了一層脈脈溫情，甚至閃耀著金色的光芒。而現在所有的一切都將成為過往，但在當下卻鮮有人滿懷溫情地對待，焦躁充溢於每個人的心胸。

韋如想上前搖搖韋如絲肩膀，道：「得了，別哭了，都過去那麼久了。這世上的事恐怕是有因果報應的，前年回老家給大姐和爺爺奶奶掃墓，爸還把我給大姐上的供品拿走，這不回來不到一個月就中風了。」

「哎，不過是些水果點心，不值幾個錢，咱爸真是節儉得嚇人。爸一直都不胖，血壓也不高，我原以為咱媽會出這樣的問題呢。」

病當時就很重，自此韋金庭常常說家裏有鬼，有小鬼兒偷吃他的點心，還有當兵的蹲在他屋裏不走。韋如心冥婚的對象正是一個在軍營中暴死的年輕士兵。

韋如絲哄他說：「我請他吃飯，領他走。」韋金庭趕緊點頭道：「行，行，你快些帶他走吧。」

清醒的時候韋金庭睜著空洞無神的眼睛說：「我不要死，快帶我去看病，我這輩子太虧了，還沒好好活過。」他完全忘記了他一直以來用以支撐自己、壓迫家人的錚錚骨氣。

生死事大，誰能夠免俗？這關頭還能保持氣節風度的，那是真正的高人。

「如果爸不拿那些供品是不是就不會中風了？」韋如絲蜷在被窩裏胡亂想著。這個春天一直這樣冷，暖氣都停了兩個星期了，到處都冰涼涼的，手腳怎麼也暖和不過來。

有人輕觸韋如絲的頭髮，韋如絲睜眼看，磐石坐在她身邊，他用手包裹住韋如絲的雙手，他的手真暖。磐石看著韋如絲的眼睛，輕聲道：「我帶你去看大姐。」

韋如絲趕緊起身，抓緊他的手，道：「你去了哪裡？怎麼許久都不來看我？真的帶我去看大姐嗎？等一下，我穿件外套。」

「不用，外面不冷。」

「怎麼去？還飛著去？」韋如絲有些興奮。

「好。」

韋如絲背對著磐石站好，緊貼著他的胸膛，感受到胸肌的彈性，她扭過臉癡癡地望著他。

磐石微笑著吻了她臉頰一下，然後用右手攬住她的肩膀，輕聲道：「如絲，咱們出發。」

兩個人猶如火箭一樣直衝雲霄，耳畔風聲呼呼，但韋如絲絲毫不覺得冷。和磐石在一起，猶如擁有了無限的生命力，飢渴、寒冷、疲勞統統忽略掉。

飛到半空，俯身看向大地，燈火輝煌，以城市為中心向外輻射。邊緣處星星點點，如同即將燃盡的煙花。人造的景致也是蔚為壯觀的。

「怎麼公路上的車都往一個方向開？」韋如絲驚問。

「那是因為你對著車頭看，另一個方向的車是尾燈對著你，尾燈不夠亮，你就誤會那裏沒車，實際上也是川流不息。」磐石大聲答道。

抬頭仰望夜空，繁星密佈，柔和閃動。韋如絲似乎聽到琵琶聲，是飛天在奏仙樂嗎？但只一下，再凝神聽便無跡可尋了。

14 紅血白豆腐

「就是這裏嗎？」二人降落在一個很小的院落中。

「對，是這兒。」磐石肯定地點點頭。

韋如絲猛然發現樹下有兩條狗，唬了一跳。磐石拉住她的手，低聲道：「沒事兒，狗很靈的，知道好歹。」果然，兩條狗只是低吠了兩聲，靜靜趴在原地看著他們，尾巴輕微地搖動著。

屋裏突然亮了燈，韋如絲聽到一個年輕女子的聲音：「這孩子怎麼醒了？亂踢亂動的。寶貝，你真是太淘氣了，大半夜還自己在這兒樂，人家孩子都是夜裏哭的，你怎麼就不一樣呢？餓了吧？乖兒子，媽媽餵你奶吃。」

韋如絲的心跳起來，說話的一定是大姐，她已經做了媽媽呀。韋如絲期待著大姐笑著推開門迎接自己。可她還記得這個小妹嗎？自己也早已不是小姑娘了啊，不認識自己可怎麼辦？自己還認得她嗎？

磐石似乎知道韋如絲的心思，輕聲道：「她不是如心，繈褓中的嬰兒才是。」

韋如絲大睜著眼睛看著磐石，道：「怎麼回事，大姐怎麼變成嬰兒了？」

「你忘了大姐過世了嗎？」

韋如絲恍然記起前緣，忙問道：「大姐轉世投胎了嗎？怎麼才轉世？她去世那麼多年了。」

「如心配了陰親，那也是一種誓約，必須守夠時間，等緣分盡了才能轉世。」

「那大姐還記得前世嗎？還記得我嗎？」

「現在她還有模糊的記憶，等再大些，特別是一會說話，就什麼都不記得了。」

「這家人境況看著不太好啊，房子這麼小。」

「這只是他的起點。人生在世，各有奇遇，英雄不問出處。你以後還會再見到他，他成年後和麥子有一段緣分，雖然短暫，但會給麥子極大的幫助。」

「不會吧？他比麥子小那麼多！」

「那有什麼相干？命運之神只看顧重點，凡人才為旁枝末節糾結。」

韋如絲抬腳往屋裏走，門自動打開，他們站在了「如心」的面前，那個母親卻毫無察覺，大敞著胸懷專心地餵奶。

韋如絲傻呆呆站在那裏，她能叫這個小嬰兒「大姐」嗎？這實在叫不出口。韋如絲「嗨」了兩聲，嬰兒吐出乳頭，轉頭看她，怔怔地，似乎在搜索記憶深處的東西。

「她不記得我了。」韋如絲幾乎帶著哭腔。

「沒有完全忘記。」磐石道。

「我要去拿那台收音機，她一定記著那台收音機。」

韋如絲轉身往裏屋跑，咦？裏屋怎麼比剛才的正屋還大？磐石倒先進來了，正坐在炕上，擺弄著放在炕桌上的一台收音機。這台收音機有著棕色的外殼，方頭方腦的，右側有三個旋鈕。聲音刺刺拉拉的，很不受聽。

「不是這台吧？看著就不好使。」

「怎麼不好啦？」磐石笑著看韋如絲，「你不懂，這是日本松下牌的電子管收音機，現今最好的貨了。」

「在聽什麼？」韋如絲湊過去。

磐石正色道：「不是好消息，日本人占了北

平城，陽曆八月八號的事，離『七七』事變剛剛一個月。真沒想到咱們的軍隊這麼不禁打。」

「北平都守不住了，那不很快就到山東了？」韋如絲驚慌地盯著磐石的臉說道。

「這是很有可能的，兵敗如山倒，兩軍交戰，最怕這個。勝方一旦氣勢如虹，便勢如破竹。」

「那咱們怎麼辦？不能乾捱著等死吧？你以前說過去上海發展，不然咱們去上海，那裏有租界。」

「炮彈何曾認得租界？戰事一起，不會有安穩的地方了，哪裡都一樣。」磐石凝神道。

院子裏突然有人說話。「老爺過來了。」栗嫂大聲道。

韋如絲和磐石連忙起身，迎了出去。

十老爺穿著藏藍色的緞子長衫，大約是在煙塌上睡過，皺巴巴的。磐石把他讓到上座，自己在旁邊坐下，韋如絲忙吩咐栗嫂沏茶。

「爹，有事嗎？叫我過去就行了，爹怎麼親自過來了？」磐石在十老爺面前恭恭敬敬。

「剛剛八大堂當家的在勤恕堂聚齊，商量了兩件事，完事了我就直接過來了。」

「我略微聽慶祥叔念叨過，是敬信堂德材哥張羅的吧？」

「有他家的事，還有就是旗杆的事。」

「旗杆是個事，風一颳嘎嘎響，保不準哪天風大，倒了砸著人。看來杉木也不夠結實。」磐石道。

「立了八十年，也算夠久了，到底是木頭，經不起蟲吃鼠啃。旗杆上的紅漆、旗鬥上的白漆也掉得差不多了，頂子就沒事，那對亞葫蘆是錫的，陽光一照還閃光呢。」

「敬信堂門口兩側那對旗杆，是北四堂的老老爺拔貢後樹的，規制雖然小多了，但至今還立得很穩。」

「小有小的好處啊。這對大的，我看是鋸掉算了，這民國都成立二十多年了，誰還會把旗杆當回事？日本人真要打過來，那麼高的旗杆多招眼啊！」

「鋸掉也不是那麼容易，直徑有一尺多，高有三丈餘，又高又沉，別砸著屋子或人。木匠要紮好腳手架上去，鋸下一截用繩捆好放下去，再鋸下一截放下去。」

「沒說到那兒，意見都不一致，有要鋸的，有要留的。」

磐石笑道：「爹讓我猜猜哪家要鋸，哪家要留吧？」

十老爺也笑了，道：「你說說看。」

「勤恕堂三老爺、敬慎堂七老爺、敬福堂八老爺和敬信堂德材哥要留，爹和敬恕堂十一老爺主張不留，純恕堂五老爺和敬義堂六老爺模棱兩可，拿不定主意。」

「呵呵，全被你猜中了。」十老爺端起茶盞呷了一口茶，「大傢伙主意不同，如今三老爺年歲大了，腦筋也不比以前了，有些糊塗，拿不了主意，這事兒就先擱下了。」

「事兒可以擱下，那旗杆可不能不管，真倒了砸著人就了不得了。如果一時不能決定去留，就找木匠加固一下。」磐石提醒道。

「你這倒是個正主意，我明天找三老爺提提。敬信堂的事才叫人為難。四老爺過世後是德材當家，德棟和德植暫時還沒有分立堂號的打算，兵荒馬亂的，誰有心起房子？今天德材提出敬信堂要改稱謂，老爺已經不在了，以後德字輩的就稱老爺，培字輩的就叫少爺，少爺出門上學要配書童伺候。唉，我們這些人還在，這不有些不像話嗎！」十老爺皺著眉道。

「其實也無所謂，」磐石道，「不過是個稱呼，德材哥年紀和爹差不了多少，一直叫少爺確實有些不相稱。」

「大家夥兒也考慮到這一點，不高興歸不高興，也沒有下死勁去攔。再說雖然是在一個園子裏住，實際上各立門戶，誰能管誰的事啊？」

「唉，只是現如今這個世道，不是顧及這些事兒的時候，顧上命就不錯了。」磐石歎道。

「少奶奶！少奶奶！」栗嫂踉蹌著奔進來，

月白衫子下滿當當的胸脯起伏著。

「怎麼啦栗嫂？」韋如絲納悶地看著她。

「周八來了。」

「來就來唄，他不是來送豆腐的嗎？」

周八的豆腐細嫩又結實，每個堂號都愛要他家的豆腐，他定期往園子裏送。

「他送的是血豆腐。」栗嫂滿臉張慌。

「血豆腐有啥稀奇，值得你這樣！」韋如絲哂笑道。

栗嫂卻急了，不再多說，上來拽著韋如絲的胳膊就往外走。

韋如絲隨她走到了院子中。十老爺來的時候還是夏日的正午，樹葉像缺了食水的小獸，蔫頭耷腦的，打不起精神。知了不停歇地叫，不注意還好，一旦凝神細聽，滿世界就只剩知了了，吵得人愈覺得燥熱。可這會兒天氣已經大不同，暖熏熏的風中有淡淡的土腥味，這是春日生發的氣息。

周八穿著夾襖，挽著袖子，就著青花八角魚缸在洗手臂。那魚缸是八十年前建園子時特意從江南運來的，大卻不失精緻。

「周八，你幹嘛在魚缸裏洗手啊，髒了你也髒了魚啊！」韋如絲有些不高興。

「魚可喜歡呢！」周八笑著，「少奶奶你過來看。」

周八洗出的是血水，魚聞著血腥味都追過來，貪婪地飲啜著。

「少奶奶，你看周八的豆腐！」栗嫂拽拽韋如絲的衣角。

豆腐框裏碼的整整齊齊的本來是白豆腐，黃豆做的白豆腐，但浸在血水裏，這才成了栗嫂說的血豆腐。

「怎麼回事，周八，這是什麼血？」韋如絲抬眼急急問道。

「人血！」周八的神情有幾分興奮，「少奶奶，你們還沒見過日本人的飛機吧?我可算是見識了。壓著腦袋頂飛過去，都帶著機關槍，『嘟嘟嘟嘟』，趕集的人一倒一片，濺我一身血。一個小孩兒還倒在我豆腐擔子上，筐裏都是那孩子的血。」

韋如絲「哇」地一下吐出來。磐石不知何時出現，一邊扶住韋如絲，一邊問周八：「你去文城趕集了？」

「是，少爺，剛回來，簡直炸了營一樣。我算是撿了一條命。」

吐出來的胃酸醃得韋如絲嗓子眼辣蒿蒿的，栗嫂遞給韋如絲一碗水，她剛要漱口，看到小石頭伸著皺巴巴的小手到豆腐筐裏，抓了一把豆腐就往嘴裏塞。

韋如絲不由大叫：「小石頭，那個不能吃！快吐出來！」

韋如絲撲過去，半跪在小石頭跟前，伸手向他，想掏出他放到嘴裏的豆腐。小石頭淚流滿面，嗚咽道：「娘，我餓啊，井裏什麼吃的也沒有啊。」

韋如絲心碎地看著小石頭，蒼白膨脹的臉，眼睛丁點光芒都沒有，也不聚焦，明明看著韋如絲，卻像透過她的身子望向了遠方，渾身透濕，人在不停地抖。

韋如絲哭著道：「小石頭冷吧，快回屋躺被窩裏去，娘給你做碗紅糖雞蛋，多放些薑絲。」

「娘，我回不去了，回不去了……」小石頭邊說邊後退，單薄瘦小的身體像透明的紙片一樣，飄飄蕩蕩，好像有根線在身後扽著他。

韋如絲伸手去撈，空無一物，什麼也抓不到，小石頭後退著消失了。韋如絲大聲哭喊著追過去：「小石頭！小石頭！」

韋如絲追出門，門外卻不是南街，是一小壟田，種滿黑色的禾苗，不過三寸高。韋如絲停住腳步，不知從哪裡找了一大塊紗一樣半透明的黑布，小心蓋住禾苗，蹲守在一旁。

韋如絲心裏有個信念：「只要我守在這裏，等禾苗長高了，小石頭就會回來了。」

15 失時惜有時

早晨起床後韋如絲覺得很累，像是一個不擅熬夜的人幾夜沒睡，那種疲乏從心裏往外透。

曾羨無摸摸韋如絲的額頭，輕聲問：「旦旦，不舒服嗎？也沒發燒，不然甭去上班了，休息一天。你那份工，耽誤一天看不出什麼來。」

韋如絲苦笑一下，道：「沒事兒，就是做了一夜的夢，覺得沒睡夠，今兒晚上再找補吧。」

有人真的不靠衣服襯。韋如絲印象深的是張三穿過的兩套衣服：白色布襯衣、淺卡其色休閒褲，或者淺藍襯衣、深藍色牛仔褲，不像是名牌，卻有模有樣，他自己就是牌子。

韋如絲手握吊環，環顧四周，有時尚的新銳男女，也有頭蓬鞋汙的打工仔，著裝普通的占多數，相比張三，他們都少了一份從容。眾生被自己的心追趕著，家裏家外都不得安寧。慌張的臉怎麼會好看?!

最能吸引韋如絲目光的還是張三，她不由得又轉回他身上，二人眼神交匯。張三走近她身側，抬手取下耳機，微笑著塞到韋如絲的耳中，動作嫻熟，表情自然，好像他們有多麼熟絡。

韋如絲的心「窟通窟通」跳起來，面上發燙，她抬手握臉，仰面看張三，瞬間恍惚起來：

是夢還是現實？是磐石還是張三？

張三示意她認真聽歌。

天青色等煙雨
而我在等你
炊煙嫋嫋升起
隔江千萬里

韋如絲瞬間被這歌詞和旋律抓住。縱然凝神細聽，周杰倫的歌詞還是有個別地方難以聽清，好在液晶螢幕上有歌詞顯示。有相聲說《雙截棍》是外國歌，聽不懂在唱什麼。確實，速度快得像腳底抹油，這首《青花瓷》算是抒情的慢歌了。

素胚勾勒出青花
筆鋒濃轉淡
瓶身描繪的牡丹
一如你初妝
……
天青色等煙雨
而我在等你
炊煙嫋嫋升起
隔江千萬里
……
月色被打撈起
暈開了結局
如傳世的青花瓷
自顧自美麗
……

韋如絲知道有專家說歌詞中有兩處關於青花瓷的知識性錯誤。誰管那些！聽歌的人要的只是被感動。

韋如絲把耳機摘下來還給張三，道：「怨不得周杰倫一直紅，確實有一套。詞好，堪稱絕色，而周杰倫的配曲與演繹也成全了詞作者，相得益彰。」

張三道：「靈魂深處有一把琴，這無形的樂器日常沉睡，但只要遇上對的旋律響起，馬上共和共鳴。我也喜歡這首歌，像是描繪了自己的心境。」

「你心裏竟然有那麼綿長深刻的等待嗎？不知哪位姑娘如此幸運啊？」韋如絲開著玩笑，心裏卻泛起絲絲苦澀。

張三看著韋如絲的眼睛，靜靜道：「幸或不幸，並不是簡單就能判斷的。」

列車進站，張三道了再見。韋如絲看著他的背影，心裏對自己說：「如果遇上對的人，就會產生愛情。誰是那個對的人？遇到時馬上就會知道。只不過為時晚矣。」

韋如絲心裏明白，張三是擺在櫥窗裏的精美貨品，自己無幣購買。可看看不為過，隔著玻璃呢，權當養眼吧。

下班後韋如絲巴巴地進店買了歌碟回家，做飯時把電腦放到廚房門口的凳子上，循環播放，一直側耳傾聽。

飯到桌上，曾羨無笑著道：「旦旦瘋魔了，我都聽膩了，滿腦子都是周杰倫了，估計夜裏做夢也能夢到了，可惜我不是他的粉絲。」

「我是！」麥子舉著筷子說，「周杰倫是我的偶像，我們班同學無論男生女生都喜歡他。這首歌不算新，老媽卻像拾了寶似的。換一首吧，他的歌哪首都好聽。」

韋如絲笑道：「哪首都不聽了。吃飯時不適合聽周杰倫的歌，會消化不良的。」韋如絲合上了電腦。

夜裏韋如絲沒有夢到周杰倫，但夢裏有白釉青花瓷。

宋慶祥帶著姜肉蛋和另兩個夥計正在客屋忙活，他們把家裏的瓷器裝到幾個木箱裏。

「少爺，東屋的還沒收拾。」宋慶祥直起腰對磐石說。

「我收吧。」磐石說著走進屋裏來。

放在靠牆桌子上的是一對青花膽瓶，其中一個隨便插著雞毛撣子。韋如絲走到桌前，把雞毛撣子拿出來放到桌子上，然後伸出手輕輕撫摸瓶子上的花朵。

「磐石，你看瓶子上的一雙牡丹，開得多好，青色或淺或深，濃淡相宜。雖然知道是假的，但假得那麼真，那麼美，也就不易了。」韋如絲好像突然發現這對瓶子的好處。

「康熙朝的青花自然是最好的，莊重中帶著豔麗，樸素中透出高貴。女人也是這樣的最讓人愛慕。」

「你倒會品！可哪有這樣的女人？」韋如絲看了磐石一眼，心裏有醋意升起。

「如絲，你就是這樣的女人。」磐石看著她認真道。

韋如絲的臉一下子熱起來，忙回道：「那我可不敢當，我太普通了，只有你覺得我好。」

「天天擺在那裏，都不知道去看，細細琢磨欣賞。如今可能再也見不著了，才發現這對瓶子做得這麼好。」磐石歎道。

「要收到哪兒去？」韋如絲問。

「先埋起來吧。這兵荒馬亂的，放在哪兒都不安全。又是瓷器，路途遠了保不齊就磕打碎了。菜園子又太潮，就埋在西配房的院子裏吧。」

「好。」韋如絲應著，並沒有問埋到第幾趟配房的院子裏，她聞到了醬房那混合的醬香味。

醬房在西配房第三趟的最外面一間，這間屋子裏放了七八口大缸，麵醬、豆醬、黃醬、蝦醬、醬油和醋，都是敦恕堂自製的，每次取醬後復用黃泥封好缸口，但還是有醬香餘留在空氣中。

韋如絲順著香氣尋過去，路過磨房、酒房、醬房、油房、糧庫、副食庫、布匹庫、雜物庫，轉了一大圈，卻彎進了第二進院子，那是十老爺和十太太的院子。

十太太在陽光普照處端坐著，笑嘻嘻地看著蹲在地上的幾個女人。

張二讓夥計們把兩百多斤蠔子蝦倒在蘆席上，蠔子蝦個頭很小，但皮薄，肉質鮮嫩。新鮮的蝦子小山一樣堆著，泛著青色的光澤，新鮮的腥氣在院子裏飄溢著。

十太太抬頭看到了韋如絲，笑容慢慢收攏，冷冷道：「如絲，你也過來撿蝦米吧。人手少，忙不過來。」

韋如絲忙道：「娘，怎麼還做蝦醬？日本人不是快來了嗎？」

十太太冷笑道：「誰來我也要做蝦醬。只要沒死就得吃飯，吃飯沒蝦醬行嗎？」

韋如絲無話可說，蝦醬確實是餐餐不能少的。她蹲到地上和吳嫂還有幾個僕婦一起把小魚、小蟹撿出來。有結實的婦人把揀好的蝦子洗淨，然後放入大瓦盆，用拳頭揉碎至糊狀。

十太太依舊和她們說笑，但就是不搭理韋如絲。韋如絲心裏也很彆扭，只得埋頭幹活。忽然她覺得背上很沉，扭臉一看，十太太正趴在她背上，她的目光和韋如絲的眼神正好對上，十太太眸子裏泛著冷光，但她沒有移開的打算。

韋如絲納悶地轉過頭看看椅子，十太太不是端坐在那裏嗎？而且正死死地盯住自己，看韋如絲抬頭看她，十太太把臉轉向汪嫂。

「汪嫂，你說禿尾巴龍把姓畢的男人拋出自己娘的墳，那就是李龍王不喜歡他娘和別人葬在一處，對吧？」十太太接著聊故事。

「明擺著，誰讓他在龍王小的時候砍了龍王的尾巴呢！村裏人只好單獨葬了男人。以後村裏人祈雨就到龍母的墓前禱告，沒有不靈驗的。龍母墳現在還在柘楊山西峰上呢，夜裏如果你聽到颳風下雨，那就是李龍王去看他娘了。」

十太太眨眨眼睛，疑惑地說：「禿尾巴龍為什麼姓李呢？真搞不懂。」

汪嫂回道：「他娘在春天發現樹上結了個大李子，吃了李子就懷上了他，所以姓李，老輩子就是這麼講的。」

十太太道：「有道理，應該是這樣。」

姜肉蛋進到院子裏，叫到：「十太太，吳八戒來了，提著一筐蟶子，問咱要不要。」

十太太道：「讓他拿進來，我瞧好不好。好

就晚上包蟶子餡的餃子吃。」

一忽兒就聽到踢了趿拉的腳步聲漸行漸近，吳八戒就這樣出現了。他光著腳穿著一雙黑布鞋，把鞋後幫踩在腳底下。黑夾襖的前襟上星星點點地佈滿飯菜的汙漬，領子窩在脖子後面。

吳八戒不矮，長得也不難看，五官精緻。但站在那裏身體打著彎，捋都捋不直。

「十太太，我這可都是上好的蟶子，個頭大，個個都活著，埠口村的小姑娘一早去趕海，用小鉤子一個個勾出來的，一點兒沙都沒有。不信你老人家看看。」

吳八戒提著籃子走到十太太面前，把籃子放下，蹲在地上用手指去碰蟶子肉呼呼的兩個觸手。蟶子都半張著口，被人一碰，急忙關上自己的門。

十太太道：「還不錯，都放在這兒吧。汪嫂，給吳八戒取錢。可吳八戒你要哪種錢呢？縣政府發行的地方流通信用券？抗八聯軍發行的軍用流通券？還是法幣？唉，老百姓的日子都是被這些人搞亂的，東西貴得要死。」

「法幣為大，還是法幣吧，拿著踏實。十太太，給個好價錢吧！我收來這些蟶子可花了不少錢。」

「呸，你就是個錢串子，哪次能虧了你？」十太太啐道。

吳八戒拿了錢往外走，邊走邊說：「宋家日子過得好，連蝦醬都是香的，我們埠口村的蝦醬都是臭的。」

栗嫂笑著回道：「蝦醬還是臭的好吃。」

「咯咯咯」，「咕咕咕」，一陣陣雞叫聲。沒在院子裏養雞啊！韋如絲納悶地往院子裏看，咦？這不是十太太的院子，原來已經回到了自己的院子。

「謝天謝地，不用在十太太的眼皮子底下幹活了。」韋如絲心道。

張茉莉正走進院子，趟過一群白雞，如趟平地。雞驚叫著扇著翅膀奔逃，躲避她的踐踏。

老天，滿滿一院子純白色的雞啊，公雞鮮紅

的冠子沉甸甸的，像穀穗一樣彎著。

「怎麼會這樣？這些雞從哪裡冒出來的？不是說沒有雜毛的白雞是不能留在家裏的嗎？否則會帶來黴運的。這些雞應該都被送到廟裏去了呀？」韋如絲驚問。

「哦，忘了告訴你，文城中學被鬼子炸毀了，我和爹商量後就讓陳校長把學校遷到千村南廟了，那裏還算寬敞，和尚也跑得差不多了。廟裏的雞就暫時寄養在咱家。」磐石向韋如絲解釋。

「養在咱家能養多久啊？」

「唉，過一時算一時吧。」磐石歎道。

雞群跟著張茉莉擠進屋裏，有一隻大公雞格外威武，緊隨著張茉莉，還不時「咕咕」點頭示意其它雞跟上。張茉莉坐到太師椅上，公雞「撲棱」一聲飛到桌上，然後靜靜地臥在桌子中央，雞群也安靜下來。

屋裏的人都讓韋如絲覺得奇怪，沒有人在乎突然多出來這麼一大群雞，行事如常。

「嫂子，」張茉莉臉上滿是笑意，「該收拾的都收拾好了吧？」

韋如絲不大習慣張茉莉這種態度，忙道：「正在收，正在收。其實咱家真正值錢的是那些田地、草場、銀莊、客棧和店鋪，那些東西沒法收拾好藏起來。」

「唉，要我說不至於這麼驚慌吧？日本人不會怎樣的，只要咱們順著他們，他們還是挺友善的。我娘家的兄弟正在北平給日本人幹事，幹得不錯呢。中國這麼大，他們不得靠著中國人替他們辦事啊？再說咱們是女人，他們總不至於對女人動手吧？」張茉莉掏出繡花手帕，用兩個指頭捏著一角隨意丟蕩著。

「你這個混賬娘們，趕快閉上你的臭嘴吧！」宋德嶽突然出現，狠呆呆地吼了一句。張茉莉馬上收緊了身子，低下了頭。也算是一物降一物。

「你到底懂不懂人事？不懂就少說話，沒人當你是鋸了嘴的葫蘆。不用去遠了，你去文城看看就知道了。這鬼子的大部隊還沒到，只派了飛機來，就炸得稀裏嘩啦了，血濺得滿牆都是，還沾著小孩子的肝兒。順著他們？哼哼！順也是個死，你最好信了我這話。」

韋如絲聽了宋德嶽的話險些吐出來。

頓了一下，宋德嶽又道：「不要再在別人面前提你那個兄弟，小心你被人活剝了。」宋德嶽狠狠地盯著她，張茉莉不敢再開口。

「哥，文城的城牆都拆掉了。」宋德嶽轉向磐石。

「知道，那是怕鬼子占了城後盤踞不走，咱們的人不好攻城。」

「那咱園子的院牆呢？」

「我看也保不住。」

「可惜了，八十多年了，甲午戰爭都挺過去了。那麼結實的院牆，五百年沒問題。」

醒來後憶起夢裏的情景，韋如絲心道：「比宋家院牆更可惜的東西多了，北京城牆經歷了多少風雨？多麼雄偉堅實？又有多少人在攻守之間喪了性命？拼死堅持，只留待自毀。」

自毀長城來得最快，也無藥可救。

16 誰人真英雄

曾羨無下班帶回來電影《集結號》的光碟，說是借同事的。公映許久了，一直沒時間看。

韋如絲笑問：「盜版的吧？」

曾羨無笑著回道：「正版的不好找，盜版的得來便宜。再說盜版養活了許多人，就當是憑導做善事吧。」

「你就為自己開脫吧，好求得良心安寧。心理健康，百病不侵。」

「旦旦百分百正確！」曾羨無說著抬手胡擼了韋如絲後腦勺一下。

韋如絲沒有非禮勿視、非正版不看的覺悟。飯後把麥子關到她自己的房間寫作業，夫妻二人靠在沙發上，佳片共賞之——

穀子地同戰友浴血奮戰，卻被當做國軍俘虜了；部隊番號被取消，四十七個兄弟作為失蹤人口長埋地下，除了活下來的穀子地，沒有人知道發生了什麼。如果穀子地也戰死沙場，那這四十七個戰士的犧牲將永不為人所知。

呼嘯的子彈，爆開的頭顱，鮮血迸濺……慘烈逼真的戰爭場景確實是國產影片中少有的。

「嗯，不錯，不矯情。」曾羨無的觀後評語。

「歷史所能記下的只是勝敗。看到王侯，看到寇，那些王寇之爭中犧牲的性命則如同煙塵一樣消散，無影無蹤。」韋如絲感歎道。

「呵，一下子說道這麼大的題目，旦旦就是厲害。歷史是英雄創造的？還是由人民創造的？這是一個問題。」曾羨無嘻嘻笑著又胡擼韋如絲後腦勺一下，這是他新近添的毛病。

韋如絲白了他一眼，抗議道：「討厭！別老動我腦袋，一邊去！」

曾羨無笑道：「咱賢伉儷討論這麼宏大的問題幹啥？你快弄麥子洗洗睡！」

在夜晚的夢裏，這四十七個戰士衣衫襤褸，但排列整齊，立在黑漆漆的松樹下。韋如絲仔細尋，獨獨少了穀子地。他們仰望著天空，幽幽道：「死，不怕，就怕被遺忘。」

韋如絲忙道：「你們已經被拍成好看的電影了，不會被忘記了。」

「就是，你們知足吧。我殺了那麼多鬼子，死了有誰記得！」角落裏有人說話。白淨的臉，秀氣中有一股傲氣，一種寧死不低頭的傲氣。

「喬大隊長，啊，應該叫喬縣長，我記得你，從沒有忘記。」韋如絲仔細看著這張故人的臉，驚道，「怎麼你額頭上也有個洞？透光，能看到你身後，像我家二弟一樣。」

「嫂子，原來你不知道啊！東海地委嫌我難管，把我斃了。光好管不好使的人有用嗎？靠這樣的人能殺幾個鬼子？整天跟他們躲在山裏頭，悶都悶死了。」

「怎麼會這樣？喬縣長這樣的人如果死，也應該死在殺鬼子的戰場上。」如果不得不死，死得其所也是一種完滿的結局。

「這就是我窩囊的地方，我在地底這麼多年，總是想不通這一點，我怎麼會死在自己人的手裏？一點反抗都不能有，還浪費了一粒子彈，不如用來崩個鬼子。說我貪汙腐化，我是好和弟兄們吃點喝點，可如果不那樣，誰跟我出生入死啊？天天腦袋夾在褲襠裏，為的是什麼啊？不為升官也不為發財，就為和小日本拼命。說我路線不清，哼，我他娘地搞不懂他們的路線！頭年三月國共合作，你好我好，聯合抗日。第二年八月又鬧崩了，你爭我奪，你死我活的。也不看是什麼關頭？我管不了那許多，誰支持我打日本，就是和我一個路線的。」

喬朗雙眉深鎖，大概這幾十年他一直這樣，從未鬆開過，眉頭生了銅鏽，像一尊立在角落裏多年的雕像。

「我是最佩服喬縣長的了。」韋如絲提高音量。

「佩服我什麼？」喬朗面上閃過喜色。

韋如絲淡淡一笑，道：「膽大，心大。」

「何出此言？」喬朗問。

「喬縣長先是帶著一班兄弟夜襲千村鎮政府，搶了長短槍三十二支，還在粉白的牆上寫下『山東人民抗日救國軍第三軍第二大隊喬朗』，對吧？」

「對。那槍來得容易，沒傷著一個兄弟。」

「真是好漢所為。你可知十老爺為此差點上吊？」

「後來知道了，十老爺作為鎮長確實不好交差。可當時顧不上，四十幾個兄弟只有六桿槍，剩下的都是大刀片，怎麼和日本人幹啊？」

「那你怎麼好意思沒隔一個月就住進了敦恕堂？」

「我沒地兒去了。因為我只肯交給三軍十桿槍，他們擼了我的隊長，一氣之下，我就拉著十幾個弟兄出來了。宋家家大業大，有吃有喝。去別處，別人應承不起。」喬朗有些尷尬，「嫂子還在生氣啊？都過去幾十年了。」

「不是生氣那麼簡單，為了供你們吃喝住，兄弟兩個差點分家。我妯娌當時急得只差來搶庫房鑰匙了。」

「沒聽德屹哥提起啊？」

「德屹不會說這些，你們每天在拼命，他覺得自己做的都不值一提。」

喬朗眼圈一紅，他抬手揉眼睛，長長的睫毛紛紛掉落。到底在地底埋了幾十年，都朽掉了。

韋如絲看著不忍，道：「唉，不提了，你也不容易。那三四個月，你既不屬於共軍，也不屬於國軍，沒有著落，無依無靠，卻一天也沒歇著。白天睡覺，夜裏出去騷擾鬼子的炮樓，一晚上來回幾十里地。」

「嘿嘿，」喬朗笑起來，「可沒讓他們睡過安穩覺。我們缺彈藥，就用鐵桶和鞭炮。點著炮仗，再扣上鐵桶，乒裏乒啷一通響。鬼子以為是放槍，對著鐵桶的方向開槍。他們也不敢出來，黑咕隆咚的，摸不清狀況。」

「你們還給自己起了個名號，是『聯三』吧？」

「對呀，他們不是國共聯合成立抗日聯軍了嗎？我得比他們強，我『聯三』，聯國民黨、聯共產黨，還聯我們自己！」喬朗的氣勢仍在。

「那年五月你就走了，聽說你又升官了。」

「唉，我寫信給特委檢討錯誤，他們讓我當四支隊軍法處長和支部書記，我就去了。不然我手裏的人太少，幹不成大買賣，打不痛快。我憋了一股子勁，好好幹，不到兩年就當了陽縣抗日民主政府縣長。」

「這不挺好。」

「挺好什麼？樹大招風，沒過兩年就吹掉了腦袋。」

韋如絲正待要細問喬朗是如何吹掉腦袋的，小石頭跑著衝過來，一下子紮進喬朗的懷裏，叫道：「喬叔！喬叔！」

喬朗摟住小石頭，詫異道：「這孩子怎麼渾身透濕的？」

韋如絲不由得流淚，道：「我也不知怎麼搞的，總是這樣，孩子該多冷啊！」

「喬叔，你給我講打仗逃跑的故事好嗎？」小石頭仰著臉對喬朗說。

「你看叔給你留的都是什麼印象呀？不過也對，很多時候我們都是得手就跑，這是游擊戰。『晝伏夜動，遠襲近止，繞南進北，聲東擊西。』呵呵呵呵。」喬朗笑起來，「叔就講那個『藏身捲席筒』的故事吧。」

看小石頭點頭，喬朗接著道：「那次不是被日本鬼子追，是被偽軍追。叔告訴你吧小石頭，偽軍比日本鬼子還可惡。偽軍熟悉地形，熟悉老百姓的習慣，知道中國人是怎麼想的，就像是在自己地盤上的狗，哪裡可以找到吃的，哪裡不尋常了，馬上就能發現。三個偽軍追我，我翻進一個院子裏，屋裏沒人，老百姓估計是得到咱們的消息躲山裏去了。我進了屋，靠牆邊有一個立著的席筒，我打開席筒把自己裹在裏面。娘的，就是這樣那幾個狗東西還是發現了，我從席子縫裏看到他們要下狠手，端著刺刀就要捅席筒，我大叫一聲衝出來。趁他們一愣神的工夫跑到院子裏往牆上爬。饒是我動作快，他們的反應也不慢，我往外跳的時候他們開了槍，打在我腮幫子上，正好我張著嘴，子彈就穿過去了。娘的，害得我好些日子不能好好吃東西。」

小石頭伸手去摸喬朗的腮幫子，問道：「叔，現在不漏飯了，也不疼了吧？」

「早不疼了。倒是你，身子冰涼的，讓叔摟緊點，暖和暖和。」

他二人摟在一處，小石頭身上的水順著喬朗的身子往下滴，混成了泥水。韋如絲擔心地看著他們，這樣下去，喬朗那埋了多年的身子會少皮少肉的。

「如絲，我來了。」磐石擁韋如絲入懷。韋如絲用雙手攬住他的後背，感覺到他薄薄的襯衫往外騰著熱氣。磐石像是從老遠的地方匆匆趕來。

磐石用雙唇輕輕摩擦韋如絲的額頭，低聲道：「如絲，回去睡吧，別一直想這些事，總睡不好會生病的。」

「小石頭怎麼辦？」韋如絲捨不得走。

「小石頭我會照顧的。」磐石把她領到床邊，韋如絲乖乖上床躺好。

磐石用手輕輕蓋住韋如絲的眼睛，舒緩輕柔的聲音讓她心安：「如絲，你正站在一個山頂，四周有婉轉的鳥鳴聲。你看向四周，大樹長滿山坡，枝葉繁茂，樹頂開滿粉紅色的蓮花，花瓣柔美如嬰兒熟睡的面龐。蓮花在樹端隨風搖擺，幽香飄渺，似有若無。這裏就是傳說中的睡鄉。

「你睏了，很睏，很睏，很睏……你脫掉鞋子，用腳底感觸柔柔的青草，然後慢慢在草地上躺下。樹蔭遮住你的臉，春天的陽光把你的身子曬得暖暖的，你睡著了，睡著了……睡吧，如絲，進入無夢的安眠。」

後半夜韋如絲睡得很熟，醒來後神清氣爽。她看曾羡無睡得還沉，就起床做早飯，也照顧別人一回。

韋如絲把豆漿倒進鍋裏煮，然後以看鍋的名義立在灶台前發呆：「夢裏的磐石穿的是張三的衣服。他到底是磐石還是張三？自己把夢裏的愛戀、信任給了誰？張三還是磐石？給磐石沒事，因為這世上並沒有那個人；給張三就不好了，那不合適。給誰都沒事吧？不過是夢中人。可張三不能全算是夢裡的吧？不過此人來無影去無蹤，見一面那麼難，跟做夢也差不多。」

夢世界無禁忌，最擅長東拼西湊，製造斑斕眩惑。夢之光眼瞅著要照進現實了，千萬要小心提防。韋如絲警醒著自己。

豆漿泛著氣泡急速上竄，韋如絲慌忙關火，差點沒看住，溢出來就不好收拾了。

17 錚錚少年骨

週末到了，一家三口去曾羨無的表姐家串門。

雖然是週末，地鐵裏的人也不少。在西直門倒十三號線要繞好長的一截路，韋如絲牽著麥子的手，麥子一路蹦跳著，不知疲倦，曾羨無走在另一側護著女兒。

韋如絲忽然發現前面一個男子的背影好似張三，她遠觀之下不能確定是不是他，但她的心還是歡快地跳起來。她遙遙跟在男子的身後，男子腿長，步態瀟灑，韋如絲不由得加快了步伐，只想跟上去看個究竟。

曾羨無奇道：「原來你也能走這麼快啊！」

麥子甩著手抗議：「太快了！媽媽你慢些呀！」

韋如絲這才驚覺，放緩腳步，掩飾道：「我是想快些到表姑家呀，你不是想大勝哥哥了嗎？」

再抬眼，男子已失去蹤影。韋如絲伸長脖頸四處張望也尋他不著。韋如絲內心失望，腳下也沒了氣力。冷靜之後，韋如絲默默自我反省：「我這是要做什麼？只見個相肖的背影就心猿意馬了，再不加以管束就危險了。同志，你可要懸崖前勒馬啊！」可人的心意比烈馬更難控制。

又坐了一段公車，三個人這才到了目的地。因為遠，所以日常見面的機會並不多，非大事不相見，相見就格外親熱。

留學，那是光宗耀祖的人前事；人後的酸甜苦辣，以及寂寞孤獨衍生的鄉愁，只有自己知道。

余光中有一首詩，正是叫做《鄉愁》：

小時候
鄉愁是一枚小小的郵票
我在這頭
母親在那頭
……
後來啊
鄉愁是一方矮矮的墳墓
我在外頭
母親在裏頭
……

當然，這只是韋如絲在心裏念叨的，這種煞風景的話，此刻是斷斷不能提的。

「碧漫姐，你總算熬出來了，大獲全勝。」韋如絲笑著遞上裝著加幣的紅包，「一點小意思，祝大勝一切順利。」

李碧漫用手掠一下遮在臉上的頭髮，接過紅包，笑道：「謝謝你們倆口子，這樣客氣。什麼熬出來了？路還長呢！那麼貴的學費，再加上生活費，每年的花費剛好是我和他爸工資的總和，我們倆只好扎緊脖子不吃不喝了。」

李碧漫坐下去，繼續整理大勝的行李箱，頭髮又遮到臉上。這種半長不短的碎髮最難伺候。

「嗨，你可知足吧！你家大勝可算是個好兒子，學習從沒讓你操過心，雅思一次就過，還是七分。僅僅讓你花點錢，你們又不是花不起。」

「也沒少操心，這年頭哪有不讓人操心的孩子。就說考雅思吧，新東方的培訓班是我去報名交費，結果和學校假期補課的時間衝突了，還是我去換聽課證。每天聽課，我還要接送。再說這聯繫加拿大學校的事吧，是我去找中介，挑學校，跑銀行。他只要在必須出現的時候出現就行了。」

表姐埋頭做事，口中接著道：「這也都沒什麼，要命的是他連自己的興趣是什麼都沒搞清楚，連專業都是我選的。」

「這太正常了，你問十個家長，九個半都會告訴你高考志願是父母填的。」曾羨無接言道。

「你們說這樣子一下子扔到國外去，我能放心嗎？」

曾羨無笑道：「放心吧，絕餓不死，離了你們反而好了，一下子就練出來了。大勝又不傻。」

韋如絲看李碧漫一邊整理一邊在翻看手邊的幾張紙，就拿過來看，問：「這是什麼？是物品清單嗎？」

「是啊，我查查落了什麼沒有。」李碧漫沒了清單，停下來望著韋如絲。

「呵，五頁呢，怎麼帶這麼多東西？還有電磁爐！他又不是去蠻夷之地，這會超重的！」韋如絲驚呼，真算開了眼界。

「這我還簡化了呢，網上的清單比這個還長。我怕他到了加拿大，自己懶得去超市，所以能買的都買了。」李碧漫解釋道。

「真沒必要，大勝肯定能自己解決，再說加拿大的這些東西興許比國內的還便宜呢。當娘的心啊，可憐啊！」曾羨無也歎。

「可不是，」大勝在一旁接言道，「我怎麼勸我媽也不聽，帶夠錢不就什麼都解決了。」

「去，你少說話！我還能管你多少？去了加拿大，你想讓我管我也管不了了，到時別哭著找我。」

「您就安心吧，我絕不會找您的，總算逃離了您的魔爪了。」大勝笑著走開了。

「小沒良心的！」李碧漫笑著白了大勝的後影一眼，眼裏都是喜歡。

坐在回程的公車上，韋如絲攬著麥子對曾羨無說：「這時間啊，就像這公車一樣，不管你急還是不急，它都快不了，嘎悠嘎悠的，沒有近道可超。咱們要是等到麥子去留學，還得那麼多年呢。」

「你快拉倒吧！」曾羨無瞪著韋如絲，道：「一個女孩子家，留什麼學？我可不放心，我不會放她出去的。」

韋如絲樂，道：「行，聽你的。只怕你到時管不了她。」

「非管不行！我是他爹。」曾羨無的話掉到地上會響，還很少見他這麼霸道。

「我是他爹，招呼也不打就跑了，眼裏還有沒有我這個爹！我還不信我管不了他了！參軍？那是掉腦袋的事，小孩子哪裡知道深淺！說什麼也得給我追回來！」

韋如絲夢到自己在看一場露天電影，周圍沒有一個觀眾。天悶熱，蚊子成團地飛，密密麻麻的，可也沒見誰撞著誰，失事落地。蚊子這種隨時修正路線的能力比人強。

身後是一部老式的放映機，韋如絲清晰地聽到放映機「沙沙」轉動的聲音。她回過頭看，迎著一束白亮的光，頗刺眼。

放映員也許在光的後邊，也許不在，這不值得細究，韋如絲只奇怪曾羨無怎麼演起電影來了？可那個氣得「呼呼」的爹，明明就是他呀！

韋如絲把右手舉高，伸進光束裏，手的影子遮蔽了曾羨無的臉。等韋如絲把手放下來，曾羨無就變了模樣，原來是敬信堂的德植哥。

「家裏得力的夥計都去了威海，在家的人我不放心，還是你們張二辦事牢靠。」宋德植道。

「張二已經上路了，敬慎堂的夥計也追去了，園子裏的自行車都出動了。七哥不要著急了。往西能騎自行車的路就那麼一條，培宜和培察都帶著人，騎不快。」磐石安慰道，「幸虧文城中學現就在千村南廟，消息一下子就傳到了園子裏。」

「王八羔子，跑就跑了，還在鎮上賒了六輛自行車，敗家子！」宋德植恨道。

「培宜腦子還真夠靈便，知道辦事最快的路

徑。也有號召力，跟他一起走的十來個呢。」磐石笑道，「七哥，培宜追回來後你也不要過於責備他，年輕人血氣方剛，學校被炸，同學有死有傷，他們急了眼，有這樣的舉動也算正常。我要是年輕也早跑了。」

磐石提起茶壺，往宋德植的杯子裏又注了一些茶水，接著道：「不定哪天日本人就來到咱園子裏來了，現在真說不準是躲在家裏好，還是上戰場好。」

「唉，話雖如此，可做父母的總想孩子留在身邊看著更放心一些。以後的事以後再說，管不了那麼多。」宋德植呷了一口茶，放下茶盞，望向門外，天倏忽間黑下來。屋裏的人都沉默著，定格在等待中。

鏡頭移動，在畫面中央，立著張二和宋培宜，兩輛自行車靠在西廂的牆上。張二試圖把宋培宜領進屋，可宋培宜站在夜幕下的院子裏不肯動。

韋如絲看著宋培宜梗著脖子的樣子有些好笑，覺得有必要幫助一下這頭生氣的牛犢，就邁腿跨進大銀幕，側對著鏡頭擺好姿勢，韋如絲知道自己的臉在這個角度最好看。

在心裏醞釀了一下臺詞，韋如絲笑道：「嘿，你還七個不服八個不服呢！快進屋吧，看你這一身汗，嬸兒給你在水缸裏鎮了個大西瓜。」

韋如絲笑著去牽宋培宜的手，問道：「培察回敬慎堂了？」

「沒有，」宋培宜「哇」地哭出來，「他走了，參加八路軍了。幹嘛非讓我回來？」

磐石驚道：「張二，沒追上培察嗎？他們不是在一起嗎？」

「唉，少爺，事情沒辦好，可我也真的沒法子了。我們一口氣追出十幾里地，在張家產鎮看到他們一群人，他們車子加上人很顯眼，不難找，可已經晚了，培察帶著四個同學剛入了八路軍，連著他們騎的兩輛車也入夥了。」

宋德植急道：「那你為什麼不勸他回來？」

張二道：「勸了，沒用。人家有長官護著，一下子成了他們的人，根本不理我們。隊伍開拔，他們就跟著走了，追不回來了。他們有槍，我們不敢怎樣，只是磨纏。這邊又要拉著培宜，怕他跑了，所以耽誤久了。」

「敬慎堂的夥計回去了？」磐石問張二，看他點頭，磐石來回磨擦著左右手，「完了，六哥非急死不可，這可如何是好？」

「培宜，」宋德植看兒子回到身邊，定下神來，板著臉道，「你不是參軍去了嗎？怎麼沒跟培察一起走？」

「八路軍那也算是軍隊啊？個個灰頭土臉的，裝備都不齊，用什麼打鬼子？又不是三國魏蜀吳，斧鉞刀叉戟。我要參加國軍，一式的美式裝備，那才和日本鬼子有得拼。」

宋培宜不是壯實的孩子，身子還是少年式的單薄，但擦掉眼淚後，鋒芒展現，正是不懼天地鬼神的年紀。

「你的意思是如果找到了國軍你也就跟著走了？」宋德植問道。

「是這麼打算的，也不知道他們從威海衛撤走後去了哪裡，乳山應該有吧？反正往西走一定能找到。」

「找到也不許去！」宋德植的腦門泛著光，油汗齊現，「那是鬧著玩的事嗎？那是送命的買賣，養你這麼大不是讓你去當炮灰的！」

「那我問爹一句，誰該當炮灰？宋家因為辦了學校就免了兵役，連中國人的良心也一起免掉了嗎？我不認為我有什麼特殊的，民族存亡的關頭，是男兒就不能當縮頭烏龜躲在家裏。每天早晨在學校裏對著東京遙拜，說日本話，唱日本歌，見了日本人就彎腰鞠躬，那樣還不如死了算了。」宋培宜將頭扭向牆，不願再看自己的父親一眼。

「你！……」有愛便有忌憚，宋德植怕自己這樣硬碰硬下去再逼走兒子，語氣緩和下來，「咱們先回家，回家爹慢慢給你講道理。」

磐石忙站起來送客，宋德植道：「十二弟，

今天多虧你了，還有張二。張二，回頭賞你，你算為敬信堂立了一功。」

張二跟在後邊忙道：「七少爺過獎了，都是分內的事，有事儘管吩咐。」

「唉，家裏叫我老爺，你們這裏還是叫我少爺，都亂了。」

「慢慢過渡吧。張二叫你老爺，叫我少爺，我豈不矮了輩分？那可吃虧吃大了。」磐石笑著回道。

送他們到了大門口，宋培宜突然喜笑顏開，剛剛穿的淺色夏裝轉眼變成了深藍色的夾袍，手裏提著行囊，一副出遠門的架勢。看韋如絲滿臉困惑地望著他，宋培宜笑著道：「十二嬸，這次我真的走了。」

「你去哪裡？你爹知道嗎？願意嗎？」韋如絲忙問。

「我去成都上黃埔軍校。這次是學校組織的，二十多個學生一起去。我爹同意了。我爹大概以為只要上學就是安全的，他不知道黃埔各期所有的畢業生一律開赴前線作戰。」宋培宜得意地笑著道，「我要好好學本領，學好了上戰場殺敵。」

宋培宜說完向韋如絲揮揮手就往東街門走去。那挺直的背影，義無反顧，漸行漸遠，消失在前街的盡頭。

18 同根不同生

「完了？」韋如絲回過頭，迎著那束白晃晃的光芒，眯著眼問道。

「沒呢，」光芒裏有半個黑色的影子在低頭忙活著，「那是『上』，我換盤『下』。」手裏的活幹完了，他帶著幾分命令的口吻對韋如絲道：「你不用下來，還有你的戲，該你上場了。」

這個始終面目不清的放映員似乎還兼具導演的功能。韋如絲聽話地站起來，又進入銀幕中。

這是韋如絲的辦公室。下午西曬，縱使是液晶顯示幕也很受影響，看著吃力。趕了一下午了，就想在下班前完成這份報告，這樣就可以心無掛礙地下班回家了。起草這種沒有絲毫生命力的領導報告是韋如絲的謀生之計。

正寫得興起，卻不得不站起來，有必要調整一下身後百葉窗的角度。這才發現窗前站著一個男人，一個看著很老，但又似乎很年輕的一個男人。這種感覺很奇怪，說不清楚，不單單是因為他白髮蒼蒼卻背板挺直。

「十二嬸，謝謝你還記得我，能夠想起我。」那個男人把目光從遠處收回來，轉過身望著韋如絲說道。

韋如絲仔細看向他，透過蒼老的外殼，看到

一個初長成的青年。「培宜，是你！」

「是我，嬸兒。」

「許久沒有你的消息了。」韋如絲感慨道。

「是啊，嬸兒走得早，我又命運多舛，就一直沒機會見。」宋培宜的聲音並不蒼老，低沉寬厚。

「你這是從哪兒來？」韋如絲問道。

「從哪兒來？」宋培宜低笑一聲，「從地底來。」

看韋如絲驚詫的樣子，宋培宜忙補了一句：「嬸兒莫怕，我不會害人。無論在地上還是地下，我宋培宜從不做違背良心的事。」

「我不是怕，」韋如絲頓了一下，道：「我只是奇怪，太陽並未落山啊，你怎麼就敢出來？」

「嬸兒，天已經黑透了，放的是露天電影啊。」

韋如絲接受了宋培宜的解釋，搬了把椅子請宋培宜坐，他輕輕坐下，鬆軟的革質椅面幾乎沒有凹陷的折痕。

「你可真夠輕的。」韋如絲歎道。

「靈魂只有二、三兩。我剛死那會兒在醫院的產房秤過，別的秤秤不出來。」

「就那麼一點兒啊！」

「足以驅使肉體。」

韋如絲打開櫃子準備拿紙杯，宋培宜笑著擺手，道：「嬸兒不用客氣，我現在不喝水了。」

韋如絲笑自己的糊塗，坐到他對面，問道：「你是什麼時候走的？」

「嬸兒問我什麼時候過世的吧？」宋培宜看韋如絲點頭，接著道，「有十年了。」

「那你不是在戰場上犧牲的了？七哥和我們白擔心了。槍林彈雨的，你真夠命大的。」

「唉，如果能夠回過頭重新選擇，我也許會選拼死沙場。沒有人能夠預料到以後時局的變化，天翻地覆，我們這些人被壓在下面，無力左右命運，連申訴的地方都沒有。那種挫敗感，令我在地底都輾轉難眠。」

「是啊，決定人一生命運的因素多得不能勝數，交互作用，沒有人能預知和左右這所有的因素，個體能把握的東西實在太少了。

「早一刻出門、晚一刻出門，也許就拐向不同的岔口。一個月前你還不認識的人，下個月開始就有可能成為你的生命重點。

「命運的不可捉摸成就生命的意義。如果手中早握有一張命運的清單，沒有期待，也沒有意外，那樣的人生還有什麼意思？所以我從不去算命，我要享受這些不可預知的可能性。」

「嬸兒看得真透，可能是因為嬸兒過得還不錯吧。如果像我一樣在監獄中待上二十年，就不會喜歡命運那多種的可能性了。」宋培宜靜靜道。

韋如絲有些慚愧，一帆風順的人枉談命運，大發感慨，純粹就是顯擺自己的小聰明。她愧道：「不好意思，是有這個臭毛病，好發議論，紙上談兵而已。」

韋如絲轉換話題：「我記得你當時執意參加國軍，後來去了黃埔軍校，黃埔幾期？」

「十六期。」

「後來呢？」

「畢業後我加入了孫連仲部，東征西戰。再後來娶了孫將軍參謀長的女兒為妻。國民政府退守臺灣的時候，我惦記爹娘，不願意遠行，就地潛伏下來。」

「國民黨特務啊！」韋如絲腦海裏閃現出諸多電影裏特務的形象，個個是壞透了的壞蛋，和培宜一點都不搭界。

「算是吧。」宋培宜苦笑，「共產黨的群眾工作太厲害，滴水不漏，沒幾年我就被發現了，關進了監獄。倒沒有性命之虞，按戰犯判的。」

「那你可受苦了，夫人和孩子也跟著受罪。」

「確實苦了她，獨守空房二十多年，出身不好，又沒有正式工作，吃飽飯都困難。幸虧我們沒有孩子。」

「培察參加了八路軍，後來不知怎樣？也沒

了消息。」

「一九七五年最後一次特赦戰犯才放我出來。我出獄後去找過培察哥，他當時是省委副書記，汪嫂的小兒子做了市長。」

「那真不錯，汪嫂的孩子就數這個小子機靈，打小就能看出來。呵呵，這小子還是汪嫂滿嘴的牙都掉了以後生的。培察的路算是走對了，當初誰也料不到。你不後悔沒跟他一起參加八路軍嗎？」

「從未後悔，同樣是抗日救國。孫將軍教導我們要始終恪守馮玉祥將軍『不擾民，真愛民，誓死救國』的訓導。為這個，培察哥和我起了爭執，他說毛好，我說蔣好，最後不歡而散。」

「你和培察非蔣非毛，同根而生，實應相親相愛。」

「嬸兒說的對，但歷史已鑄就，我們也已被鑄就，很難改變了。」

言畢，宋培宜哼唱起來：「矢勤矢勇，必信必忠，一心一德，貫徹始終。」

「唱的什麼？」韋如絲問。

「黃埔軍校校歌。」宋培宜轉過頭，又望向夕陽，自言自語道：「好久沒見到太陽了。」

就在這時，「嘩——」地一聲低響，銀幕上什麼都沒有了。

放映員罵了一句：「媽的，沒有一次放完的，總是停電。」在黑暗中，他又朝韋如絲嚷了一句，「你也別等了，這電不一定什麼時候來呢，你快回去吧，你們那兒也鬧饑荒呢。」

韋如絲扛起屁股下的長條板凳就往家跑。看露天電影，凳子都得自己帶。

韋如絲把凳子放到大廚房門口，然後走進廚房。栗嫂在一團蒸汽中同韋如絲打著招呼：「少奶奶回來了，這鍋馬上就好。少奶奶回屋歇歇吧，我和汪嫂兩個人就行。」

「玉米麵不夠了，」汪嫂低頭添著柴火，「今天還差兩鍋。」

韋如絲掏出糧庫鑰匙遞給她：「你去叫個夥計扛一袋來。」然後韋如絲蹲到地上頂替汪嫂的位置。

「還往外拿糧食啊？這到不了冬天，咱們自己就沒得吃了。」張茉莉手扶門框堵在門口。

「茉莉，一天六鍋，各個堂號統一的定量，咱們沒有多出份子。咱們糧食夠吃，去年餘了許多。」韋如絲忙道。

「那你不會少出些？」

「少出些？你去門口看看，就知道能不能少出了。今年春天大旱，滴雨未下，秋糧大減，老百姓不得已闖關東，只是打咱門口路過一下，咱們幫一把，他們就有可能不會餓死在路上。」

「你管得了那麼多人嗎？每天蝗蟲一樣地過，何時是個完啊？咱家又不是沈萬三家，沒有聚寶盆。」

「盡人力，聽天命。」韋如絲淡淡道。

「哼哼，聽天命？聽天命好啊，八老爺就要把那個野種送人了，送到哪兒可不知道，聽天由命吧！」張茉莉冷笑兩聲走掉了。

「芳兒的孩子。」韋如絲心裏一驚，站起來就往自己屋裏跑，磐石在屋裏。磐石是唯一的救星。

阿彌陀佛！磐石在屋裏。

磐石放下手中的筆，抬眼望韋如絲，問道：「怎麼跑得氣喘吁吁的，快坐下，喝口水。這一上午你累壞了吧？老子曰，『師之所處，荊棘生焉；大軍之後，必有凶年』，這兵荒馬亂的，老天爺也不高興了。」

韋如絲顧不上接磐石遞過來的茶，仰頭看著他，急道：「我沒事，芳兒的兒子！聽茉莉說八大爺要把孩子送人。」

「別急，如絲，我也正等著你回來好告訴你，事情我已經辦妥了。七姨太太托人給我捎了話，一得著信兒我就讓張二在園子外面截下了孩子，孩子已經給冷成送去了。」

「人家肯給孩子？」

「不過是個掮客，為的是幾個錢，好辦。」

「八大爺如何就下了這樣的狠心？」

「唉，不能怪八大爺，你要是八大爺你也不會繼續養下去了。三歲多的孩子已經出了模樣，活脫脫一個小冷成。是可忍孰不可忍啊？」磐石歎氣道。

「這個結局也算好，芳兒和冷成再得了這個孩子，一家人就算團圓了，真是太好了。」韋如絲高興起來。

磐石憐愛地望著她，輕聲道：「沒有芳兒，只有冷成和孩子。」

「那芳兒去哪了？」韋如絲犯了迷糊。

「芳兒，」磐石頓了一下，望向窗外，道，「芳兒回娘家了，她娘病了。」

「嗨，那過不了幾天不就回去了？」韋如絲笑起來，「你這個人真是的。」

韋如絲突然覺得頭疼，就偎進磐石懷裏。磐石不知何時換下了長袍，韋如絲揪著他襯衫上的鈕扣，喃喃道：「芳兒也許不在娘家，她好像在井裏，臉漲白的。」

「不要再想了，如絲，都過去了，那已是前緣，早已了結。你安心睡吧。」磐石摟緊她。

韋如絲閉著眼睛，喃喃道：「你不是磐石，你是張三，我知道。」

磐石不說話，他低下頭親吻她的臉。韋如絲能感覺到他深深的疼惜，於是心安了，沉沉睡去。

19 無可奈何果

在韋如絲的心裏，張三和磐石有重合到一起的趨向，這讓她有瀕臨險地的感覺。

韋如絲在夢裏造了一個情郎，他比現實的任何人都完美，擁有超能力，總在她最需要的時候適時出現，溫柔體貼，高大英俊，別具一格，無人能及。她對著他盡情釋放自己的感情，沒有顧忌，全心依賴，不用怕被傷害，也不用擔負背叛丈夫的罪責，只要一覺醒來，一切就都煙消雲散了，別人覺察不到分毫。

可偏偏又出現了個張三，張三雖然也有英雄氣概，但那是對別人的。他沒有磐石好，跳脫，不好捉摸，但不知怎地自己就是想接近他。韋如絲活到今天，雖未經大風大浪，但也並不容易，她不喜歡生活中真的有天翻地覆的變化發生，打碎一個舊世界會有許多碎片飛起傷人。可張三是活生生的，清晰的，抬手可及的，那難以言狀的引力無可抗拒。

韋如絲不知不覺中把對磐石的依戀愛慕轉移到張三身上，她見到張三時覺得他就是磐石，他換了衣服，從夢裏走出來。雖然二人交談得很少，甚至不知道他究竟姓字名誰，可韋如絲覺得張三一點也不陌生，好像他們兩個從來就是這樣親近的，從以前一直到以後。她甚至認為張三一定也有同樣的感受，只是故意和她兜圈子，韋如絲也樂得隔著圈子、忍著心癢守望他。白日有夢也是好的。

無人時她把這兩個人放在心裏顛來倒去，還會傻笑。

「你好啊，如絲，有一段時間沒見到你了。」在月臺上等車的韋如絲聽到心裏渴望的聲音。

韋如絲側轉頭看到張三英姿勃勃立在近前，他雙手攥著雙肩包的背帶，背包似乎有些沉。

「你出差啦？」韋如絲問。

張三愣了一下，道：「對，剛回來。」

「去哪兒啦？」

「貴州。」

「開會嗎？」

「差不多。」

韋如絲笑，道：「是就是，不是就不是，這也帶差不多的嗎？像張三同李四那樣嗎？跟做地下工作似的。」韋如絲已習慣他不露真容的風格，她本能地覺得關於張三最好不要知道得那麼多，知道越多就距離漩渦越近，越近就越危險。

張三也笑，道：「一回來就遇到你真讓人高興。」

韋如絲呆了兩秒，望著他的眼睛，想分辨出他話語中包含的資訊，到底是真的高興還是只是一番客氣。

張三似乎明白她的心思，接著道：「真的很高興，一路上心裏一直盼著在地鐵裏能遇到你，果真教我遇上，我運氣不錯。」

韋如絲不敢接他的話茬，微笑道：「天氣變涼了，你穿得有些少啊。」

張三道：「貴州比北京暖和，不過夜裏有些涼，山風起的時候還是有些寒意的。我包裏有衣服，挺挺就到家了，沒事兒。」

兩個人上了車，正是下班的高峰，很擠，兩個人挨得很近，相互感受到體溫。韋如絲對自己說：「鎮靜，一定要鎮靜。」可身體並不聽頭腦的指揮，它兀自熱著脹著。

韋如絲心裏驚奇：「原來自己是這麼輕易就能發動的女人麼？以前怎麼不知道呢？」

韋如絲抬眼看張三，他也正灼灼地望著她，他眼裏的渴望很容易辨識出來。

韋如絲難以自處，她扭轉了身體背對著他，但結果更糟，她貼在了張三的胸肌上，那種暖烘烘的彈性是致命的誘惑。

張三低頭附到韋如絲耳邊，低聲道：「咱們這一站就下車吧。」

韋如絲沒有回答，她心跳得太厲害了，怕一張口就是「好的好的」。她像中了蠱，禮義廉恥，羨無麥子，群眾領導，統統都退場了，只剩下一個二人的晃晃世界。

車一停穩，張三牽著韋如絲的手就往外走。韋如絲不做反抗，她心裏在低喊：「這就是那個夢啊，我夢到過，夢到過。我又在做夢了。」

秋涼在傍晚很有力量，上到地面，韋如絲打了個激靈。她從張三的手中抽出自己的手，臉上的熱度消退了，人也變得清醒起來，理智重新主持大局。張三面容肅靜，他也意識到不妥。

兩個人捨不得就此分開，他們漫無目的的往前走，沒有一定的方向，心裏只想尋個僻靜之處，但這並不容易。左轉右拐進了一個陌生的胡同，來往的人不多，大都是穿行而過的。這裏像被丟棄的戰場，一片亂糟糟的冷清。胡同兩側的牆壁上有幾個大大的「拆」字，用一個圓圈著，跑都跑不掉。

胡同不很長，再往前就輕易走出去，又要面對別人的世界了。兩個人似有默契，一起進了一個院子，所有的門窗都已被卸掉，隨意進出。

這是一個標準的四合院，房屋不夠高大，應該是普通民宅，但還算精緻，主人確曾用心搭建。人去屋空，院中的海棠離了人也照樣蔥蘢著。果實已然成熟，可矮處的已經被摘光了，只有樹尖還掛著一些，算是「無可奈何果」。韋如絲想起海棠的花語正是「離愁別緒」。

正房門口有石階，兩個人坐到上面，都看

著自己腳下，默默無語。天色在寂靜中漸漸暗下來。

張三打破僵局，顧左右而言：「這院子看著還挺好的，怎麼就拆了呢？」

韋如絲環顧周遭，雖然已是將死的格局，但因為和上了心裏的美趣，她還是看著歡喜，這種凝重古樸的美，逝去就難以尋覓，年代不能複製，歲月不會重來。

韋如絲道：「我們趕上了一個大拆大建的年代，什麼都要嶄新的，好壞倒在其次。街景飛速轉換，拉洋片一般，三年一變還算慢的。」

「我剛回國那陣兒差點找不到家。久不歸鄉，像是來到了異鄉，記憶裏重要的參照物全部消失不見。若再遇不見幾個故人，真會生了疑心。」

「你留過學？」

「是，在歐洲待了七年。」

「那已是夠久了，足以讓這片熱土發生不能預知的變化。」韋如絲看著他，難掩眼睛裏的愛慕，她扭過臉接著歎道，「如今的中國人全活明白了，爭就爭個眼前利，管它前朝後代！」

「是啊，等到醒過悶來，舊物反而成了最可珍貴的東西，標上了天價，再也消受不起了。」

韋如絲輕聲道：「我們是小人物，管不了這些，已是難以挽回的定局。」

兩個人不再說話，明白兩個人的生活也是如此，已發生的事情固著在過往的歲月裏，像是已顯影的底片，不能改變。

「這天兒還真涼，中午穿著合適的衣服晚上就不行了。我得回家了。」韋如絲縮著肩，抱緊自己的雙臂，微笑著站起身。

張三也站起來，立在韋如絲面前，她望著他，天已經黑濛濛了，他的眼睛也暗下來。張三伸出雙臂緊緊抱住她，低聲道：「別動，別掙扎，一會兒就好。」

韋如絲緊貼在這個男人的胸前，眼裏起霧，卻力保平靜。她知道自己的傷心會在場景移換後湧來，但當場的鎮靜是必須的。

「確實很涼，我不能總這樣抱著你給你取暖，還是回家吧。」張三放開韋如絲，望她笑，心裏是不捨，但言語指向另一個方向，「你先走吧，我們不搭同一班地鐵好些。」

「好，那我先走了。」韋如絲起身，拍拍屁股上的塵土，頭也不回出了院子，很快又下到地鐵裏，他們走得並不遠。

一進家，暖意撲面，曾羨無從廚房探出頭來，笑道：「怎麼回來得這麼晚啊？還以為你私奔了呢。」

韋如絲邊換鞋邊笑著回道：「差點兒。」

吃完飯收拾停當她就上床躺下，對曾羨無道：「今個兒我累了，想早些睡。」她只想快些躲進自己的世界。

曾羨無道：「沒別的不舒服吧？就你那點活兒，至於嗎？你先睡吧，我看會兒電視。」他帶上臥室門，把電視音量調得很小。

「拆！全部都拆掉！抓緊時間，趕在鬼子來之前全部拆完。」縣抗日大隊隊長於滿江揮舞著手臂，棉衣隨著他抬高的手往上聳，被皮帶勒住了，鼓在胸腹間，好似穿了鎧甲一般威武。

「於隊長，可以不拆嗎？院牆一拆，一點遮擋都沒有了，園子就不成園子了，房子和人全部暴露在外。漫說豬踹圈不好逮了，首先人的安全性就沒了。」十老爺站在於隊長面前表達著自己急切的心情。

十一老爺在一邊不耐煩地說：「十哥，咱自家的院牆，是拆是留，不用跟外人商量吧？」

「就是！抗日大隊管得也太寬了！」一干老爺、少爺齊道，「哪有上人家來拆牆的？是不是還要拆房啊？」

於隊長有些急，拍了一下腦袋，「哎呦」一聲，道：「諸位宋先生，正是出於安全的考慮，才必須拆掉這院牆。看你們家這院牆，根本是按照防禦工事修的，兩丈高，還有六個炮樓。這鬼子來了，首先就會看中這裏，派兵駐守。到時你們還能住在這裏嗎？肯定不能了。不如自己先拆了。」

「既然是很好的防禦工事，那你們抗日大隊不會先把守在這裏嗎？這個地方，易守難攻。」七老爺言道。

「宋先生，以我們目前的戰事安排，沒有多餘的兵力可以駐守在這裏，所以只能拆掉，這是唯一的辦法。」

「於隊長，能不能保留一些？到齊肩高行嗎？」磐石在一旁插話，「全拆掉工程太大了，咱們人手有限，日本人來之前恐怕完不成。」

「隊長，」一個扛著槍的戰士走到近前，「這牆太結實了，磚都敲碎了，灰還不散。進度太慢，沒有預想的快。」

「那是糯米和的灰，建的時候就沒想著拆。」三老爺拄著拐歎道。

於隊長低頭思索了一會兒，抬起頭真誠地說：「各位宋先生，要不這樣，就拆到齊肩高。天明之前我們的人必須撤，剩下的活兒就拜託你們完成了。這關係到周圍百姓的安危，千萬不要當兒戲。而且這不是我於滿江個人的意見，這是中共文城縣委的決定，務必要執行。」

於隊長看著十老爺又補充道：「還有三條大街的六個街門，也必須全部拆掉。」

「放心吧，於隊長，大局為重，這個我們知道。」磐石應道。

「可惜啊，可惜，祖宗建的園子啊！」眾老爺捶胸頓足哀歎。

「叮叮噹當」的敲擊聲此起彼伏，煙塵四溢。從來打碎一個舊世界易，建立一個新世界難。從無序到有序是一個緩慢的過程，相反的過程則快得多。熱力學第二定律，放之四海而皆準。

夜深了，月色正好，正月十五的月亮蘊滿清輝，只剩斷牆的宋園依舊沉沉睡去，平常守夜的持槍壯丁不知去了何處。韋如絲輕輕地走出敦恕堂，沒吵到任何人。出門沿著前街右拐，是她第一次進入宋園的東大門。

裹過的腳實不方便行走，韋如絲放平身子，做低空飛行，刺穿寒冷的夜。

到了東大門，韋如絲悄無聲息地落地。到處散落的是拆掉的門樓和木柵欄，昔日的雕樑畫棟如今委頓在地。

韋如絲蹲下身子，伸手撫摸斷裂的垂花木雕。忽覺食指一疼，有木刺扎入手中，用手一擠，滴出血來，韋如絲忙將手指放入口中含住。

起風了，遠處有哀泣聲起，如同低吟的挽歌，細細嫋嫋，游絲一般在風中飄蕩著。無名的哀傷擊中韋如絲，她怔在原地。正月的夜，站久了，還是很冷。韋如絲開始沿著斷牆逡巡，一圈圈，直到天明。

突然磐石一把扯住韋如絲的手臂，急道：「怎麼出來得這麼早？鼻紅臉青的，冷吧？快，快跟我回家，鬼子來了。」

「在哪兒？」韋如絲忙問。

「在大路上，正從東門外過。」

韋如絲一下子掙開磐石的手，道：「我要去看。」

磐石竟然追不上韋如絲。夢是側轉的世界，有自己的法理和邏輯。

韋如絲奔到東邊的斷牆下，扶住牆，踮著腳往外張望。日本人身量普遍小一號，卻個個昂著頭。韋如絲手腳愈加冰涼。

村長周金才舉著紙糊的白底紅心膏藥旗，身後跟著一干村民，舉著各色的小紙旗，小心翼翼地往鬼子手上塞著雞蛋和茶水。

一個騎在馬上的軍官用生硬的漢語大聲道：「大東亞共榮圈，你們和我們，共存共榮，友好。」

「友好！友好！」周金才揮起旗子吶喊，眾人回應著。

忽然周金才小心穿過隊伍進入園子，他掏出一個紙條遞給磐石，滿臉焦慮之色，道：「讓天黑之前交給他們。」

「啊？」磐石臉上變了顏色，「開玩笑吧？周村長，四百斤人參！我們家就算再有，一天之內也湊不出四百斤人參啊！就是住在紫禁城裡的皇帝我看也拿不出來。」

章西前湊了過來，一看紙條，「噗哧」一笑，輕聲道：「不是人參，是胡蘿蔔，四百斤胡蘿蔔。那是日語。」

磐石和周金才齊道：「嚇死個人！」

磐石對周金才道：「找人去敦恕堂的地窖裏拿吧，趕緊把日本人打發走了，當是送瘟神吧。」

「好，好。謝過十二少爺了。」周金才一路小跑走了。

「哥，我要走了。」章老師轉過身對磐石說道。

「去哪兒？」

「日本人這一來，沒有孩子敢來上學，學校辦不下去了，我去青島看看有什麼機會。」

「真是去青島嗎？」磐石笑著問道，「老弟，直到今天還不跟哥交個底嗎？」

「哥原來都知道啊？」章西前不好意思地低下了頭，「我參加了八路軍，去昆崳山打游擊。」

「去吧，兄弟，從軍報國，是個爺們！」磐石拍拍章西前的肩膀，「自己保重，子彈不長眼睛。」

章老師扭住自己的手，眼圈一紅，道：「哥也保重，國難當頭，家劫難逃，哥肩上的擔子也很重啊！」

「慚愧！比起你的營生，我這算什麼？」磐石面現愧色。

鬼子的隊伍長得過不完，磐石問道：「弟啊，你知道鬼子這是往哪裡去嗎？這麼多人，一定是有大的行動吧？」

「大掃蕩，掃蕩東海區，計畫剿滅所有的抗日武裝。哼，哪有那麼容易！」章西前面色嚴肅，狠盯著園子外的鬼子，顯露鬚眉男兒相。

張茉莉不知何時立在了韋如絲身邊，她個頭比韋如絲高，不用踮腳，只伸長了脖子往外看。她用肩膀輕輕撞了韋如絲一下，「嘻嘻」笑道：「我說沒事吧，你看日本人多和氣，只要你不招他們，他們就不會把你怎樣。你們還瞎緊張。」

韋如絲看著她，愕然道：「德嶽說的那些話你都不信啊？」

「嗨，」張茉莉拍了韋如絲胳臂一下，「男人都好說大話，被他蒙了我不白活了！甭說他了，誰想蒙我都不容易。上次芳兒和冷成的事就是個活例子。嫂子你老實說，賑濟災民的份子糧敦恕堂多沒多出？別想矇我啊！」

「多出了四五袋而已。」韋如絲低聲道。

「都算你們賬上啊，別走公帳，年底算總賬時扣出來。你願意的事你就自己做，別拽上我們。」

「知道，我跟慶祥叔說過，早扣出來了。」韋如絲回道。

天陰冷，絲絲的濕氣鑽入鼻孔，韋如絲嗅到雪的氣息，要下雪了。

大路上變得空空蕩蕩。人們都躲回屬於自己的角落，也許暖，也許不夠暖，但家有四壁，能夠遮擋住外面的世界。看不見就可以暫時當做不存在。

韋如絲在燈下為小石頭縫製一條新棉褲，小石頭比去年長高了不少，他的衣物韋如絲一般都是自己裁製，不願意假他人之手。磐石坐在炕桌的另一側看書。

突然聽到「轟隆隆」的聲響，由遠及近。

磐石看韋如絲一眼，一躍而起，攥著她的手，沿著蜿蜒的風雨廊出了院門。門外卻不是前街，變作好寬好遠的一條大路。韋如絲往路的盡頭張望：白茫茫的大地上，人犬狼豬混雜在一處，沿著大路往東而去。

韋如絲揮手大聲問：「你們這是去哪兒啊？」

近前的人停下腳步，詫異地看著韋如絲，道：「逃命啊！你怎麼不逃？」

「往哪兒逃？」

「管它！只要不跑在最前面就知道方向，跟著大家夥兒就行。」說罷，眾人轉身往遠處奔去。

等他們黑壓壓一哄而過，磐石和韋如絲才發

現跟在後面跑的還有一群人。國民黨文城游擊大隊隊長常裕棠率眾而行，常隊長看到他們刹住腳步，氣喘道：「弟妹，給些吃的，弟兄們實在是餓極了。」

磐石一把摟住常裕棠，道：「阿彌陀佛，哥，原來你還好端端的！」

「唉，命大沒辦法。死了那麼多兄弟，一多半啊，我卻還活著，實在有愧。剩下的兄弟說什麼我也要保住。德屹兄弟，幫幫忙，我們這身皮得換下來，青天白日太扎眼。」

「要什麼樣的？」

「你家佃戶穿的就行。」

「往哪個方向去？」

「榮成，那裏安全一些。我操他娘！鬼子是吃屌長大的，個個打仗不要命，槍法准，火力又強，我用五個兄弟的命才能換他一個。娘的，真幹不過他們。德屹，你跟宋鎮長好好商量商量，戰局對咱們不利，家裏的事該料理的提早打算。」

「唉，能有什麼打算？房子帶不走，地也帶不走，能保住命就好。」

「說的也是。我的爹娘和媳婦、兒子還不知道生死呢，許久沒有他們消息了，實在顧不上。」

「明天我派人去打探一下，有事沒事的，都歸兄弟我照料了，只要我在。」

「謝了，多餘的話我就不說了。」常裕棠別轉頭看了一下道路的遠方，喃喃道：「該走了。」

隨著他的話音落地，他站著的地方隆起一個雪堆，迅速蓋過他的頭頂。常裕棠呆立著，不做任何掙扎。韋如絲在一旁納悶，雪堆只有半人高，他怎麼就沒頂不見了？

「一定是他的身體比雪還冷，所以見雪就化，融入了雪堆中。」韋如絲圍著雪堆轉了兩圈，思量出答案。人類最喜歡自圓其說，道理上圓滿就好，事實可以先放在一邊。

磐石道：「明早太陽一出來，就什麼都不見了，會消失得乾乾淨淨的，誰也找不到他，記得他的人也可以裝作忘記了。」

20 故人似新人

自那晚分別一直到冬天，韋如絲沒再遇見過張三，四個月過去了，她每天在地鐵裏東張西望，卻也沒有看到過張三的一邊一角。也好，不然還不知以何種面目對他呢？韋如絲的心漸漸平靜下來，對著曾羨無的時候也可以真的坦然自若了。

韋如絲的這份工作偶爾會有出差的機會，不是什麼艱難的差事，就是開會。所以出差對她來說是休養生息的機會，把孩子丟給曾羨無，不用買菜做飯，吃現成的，還不用刷碗。

這次出差的地方不遠，在京郊，會址選在湖邊的一個賓館。湖不大，但也不算小。下午報到，離晚飯還有一段時間，沒有見到認識的人，韋如絲獨自去了湖邊，在近水的臺階上坐下。

湖的周圍是山。這個冬天久不下雪，山上的松樹濛著灰，一團團褐綠色勉強露出生機。遠山則隱在煙雲後面，群山因位置前後不同，染上的顏色也不同，雖屬同一色系，但有色差，更顯得層層疊疊。

那色調不是純灰，不是純白，也不是純藍，是一種調和色，勉強稱為煙青色吧。任是丹青高手也調配不出，大自然造化之功人力永不能勝。

其實韋如絲一直不知道「青色」是什麼顏色，「青山」是指綠色，「青絲」是指黑色，青花瓷確定是深藍色。「青出於藍而勝於藍」是指深綠色還是黑色？被人打得「鼻青臉腫」應該是趨於深紫色吧？「雨過天青雲破處」和「青天大老爺」的青是一回事嗎？

學問太淺。沒關係，不耽誤韋如絲胸有詩情畫意。

有一個小型水電站建在山上，放下來的水將湖面沖化了一大片。不少的水鳥就著這片水域生生不息著，省了秋去春回的遷徙。離得太遠，看不清楚，一個個黑點。

不知什麼原因他們會猛然起飛，集體在空中掠過，然後一起落到冰面上，步調一致，沒有差池，不知服從的是誰的號令，也許在組織中紀律是天然的存在。

做一隻鳥也不錯，韋如絲心生慨歎，多自在啊，那麼大片的天空，咋飛都行。地上、水上、樹上，哪裡都能落腳。

夕陽斜照在水面上，波光灩灩。雖然沒有什麼風，湖水還是自顧自輕輕蕩漾著。韋如絲抱緊雙膝，盯著水面看，水面上有磐石的臉，由模糊變清晰，清晰了就成為了張三的臉，或者原本就是張三的臉。韋如絲心裏是靜靜的亂，一個人獨處，另有一份愜意。

偏偏有人攪碎這難得的寂靜。一個五十歲左右的男子只著泳褲出現在韋如絲面前。

韋如絲瞠目望著他：「您要游泳嗎？太陽都快下山了。」韋如絲還有半句話沒說出口，「就算是正午的陽光也曬不暖這冬日的湖水啊！」

「我嫌中午人多，撲騰不開。」

韋如絲不由得笑道：「這比泳池可大多了啊。您不怕冷嗎？」

「不冷，大約三四度，下水以後一點也不覺著冷，水是溫的。」他邊說邊輕微打顫，顯然並不暖和。做自己願意做的事，理由都是充分的。

男子一猛子紮入水中，泳姿並不標準，但水性明顯是不錯的。兩側冰岸夾著的水域，冰水混合物的溫度屬於基礎物理知識。韋如絲看著都替他冷，也是坐久了，身上發寒，她起身往回走。

睡前韋如絲想：「今晚不在高樓大廈中了，身在鄉野，應該能睡個好覺，不會做什麼夢了吧？」但夢長著眼睛，黑暗中四處尋她。

旗袍有放大器的作用。氣質好的女人身著旗袍愈顯雅致；粗俗的女人穿上旗袍，其粗鄙更難以掩飾；而性感的女子穿上旗袍，雖然領口緊閉，但側開的衩口讓一雙玉腿若隱若現，引人無限遐思。

小白鞋身上這件旗袍真好看，韋如絲坐在馬車裏往外看，女人對女人的美更敏感。一定是宋德嶽為她弄到的面料，千村鎮不可能有這等貨色。

銀色的底子，灰黑色的水墨荷葉間點綴著朵朵盛開的淡紫色蓮花，小白鞋的風情就著花事綻放。

這個女人，太抓人眼球了。她不光吸引了韋如絲的目光，也引起了日本人的注意。

今天是陰曆的二十六號，張二趕著馬車拉著韋如絲來趕集，沒想到遭遇到鬼子。韋如絲知道有一隊鬼子在東崗上修炮樓，沒想到他們也跑來集上。

韋如絲渾身緊繃，看看周圍，緊張的不止她一個，整個集市都靜下來，能往角落裏躲的人都躲掉了。

而小白鞋不躲，她還在繼續挑選一個和麵的瓦盆。看著那個鬼子一步步向她走過去，韋如絲在車裏急得跺腳。她對張二道：「張二，在車裏看不清楚，我上樹上去了。」

張二點點頭道：「少奶奶，小心些，別叫樹枝刮了頭。」

馬車前有棵高高的大楊樹，樹上有四五個喜鵲窩，堆滿了碎樹枝，像是鳥世界的超級公寓。韋如絲舒展雙翅，檢視自己潔白的翅羽，心裏有了底，御風而上，幾下就飛落到喜鵲窩裏。

鳥的眼睛最好使了，不然怎麼飛在高處就能看到隱蔽在草葉間的小蟲？

說句公道話，從背後看，這個鬼子算是日本人中的精英了。他比一般的鬼子都要高半頭，身材勻稱，縱使穿著軍靴，也顯得雙腿筆直。

他徑直走到小白鞋面前，激動地看著她，哇啦了一句什麼，韋如絲聽不懂。

小白鞋好似這才發現鬼子，手中的瓦盆「咵嚓」落地，應聲而碎。

這個跟在鬼子身邊的戴眼鏡的胖翻譯明明就是電影《小兵張嘎》中的那位，那個倒楣蛋兩頭不是人，但這位的樣子可自在多了，他親昵地拍拍鬼子的肩膀，像對待朋友、兄弟，笑道：「川合隊長，她聽不懂日語。是由我翻譯呢？還是川合君親自上？」

川合顧不上回應胖翻譯的熱絡，他眼睛只盯著小白鞋。川合改用帶著東北口音的中文，顫聲問道：「明子，是你嗎？你怎麼會在這裏？」

「我……我不叫明子，你認錯人了。」小白鞋究竟經見得多，一面穩住自己，一面伸出右手，看都不看就準確地撈過冬兒的手，將冬兒掩在自己身後。

「那你是誰？你叫什麼名字？」川合不能置信地看著小白鞋。

小白鞋悄悄喘了一口氣，答：「我叫徐水子。」

川合看看周圍，沉吟了一下，向一個偽軍招了一下手，道：「帶走。」

兩個偽軍上來，一個去扯冬兒的手，一個向小白鞋吆喝道：「跟我們走吧！」

小白鞋不說話，只是死命抓住冬兒的手不肯鬆開。

韋如絲在鵲巢裏用一隻鳥的腦袋思考：「太難為她了，鬆開不是，不鬆開也不是。小白鞋自從丈夫死後就成了一個徹底的外來戶，整日在男人堆裏混，名聲很差，恐怕沒有人會幫她。」

川合看著這僵持的場面，並沒有用強，簡單道：「一起帶走。」

這對母子即將遭遇到什麼？韋如絲滿腦子閃現的都是可怕的場景：撕咬人的狼狗、破開的肚腸、砍掉的頭顱……韋如絲必須做點什麼，她知道德嶽一直很喜歡小白鞋，並不是他口稱的一時的玩鬧。

言語在很多時候是用來掩藏真心的。

韋如絲不放心，跟著隊伍飛。沒有人會注意到一隻鳥雀的行蹤，韋如絲心裏得意著自己的聰明，這一招可不是人人都能想出來的。

東崗在千村鎮的東面，雖然是個小山坡，但守著大路，是貫通東西必經的咽喉要道。鬼子不光修了炮樓，還建了一個院子，有十幾間房子。

川合示意把小白鞋領進他的房間，用中文對一個偽軍道：「領這個孩子去吃些東西。」

小白鞋對那個偽軍軟聲央求道：「大哥，幫忙看好孩子，別讓他亂跑。」

冬兒聽話地跟著偽軍走了。

韋如絲落到窗臺上，用喙輕易就將窗紙戳了個洞，她看到小白鞋惴惴地站在剛進門的地方。

川合語調柔和，道：「你不必緊張，坐吧。」說完倒了一碗水遞給小白鞋。然後他就站在離小白鞋不到一米遠的地方盯著她上下看，許久沒有說話，再開口時有些哽咽。

「你不是明子。但你和明子長得太像了，不光是臉孔像，走路的樣子也很像。不，你和明子也不完全像。」川合沉吟了一下，接著道，「明子是靜的，像幅山水畫；你是動的，像真的流水。」

川合和傳說中的鬼子一點都不一樣，一副書生相，說話還愛拽文，若不是那一身土黃色的軍裝，很難把他和刀光血影聯繫到一處。

小白鞋試探著問道：「誰是明子？」

「明子是我在京都帝國大學讀書時的歷史教授的女兒，」頓了一下，川合又道，「她是我的愛人。」

小白鞋仔細看著川合的臉，考慮說哪句話才能打開逃生之門，她低聲道：「這世上不會有那麼像的兩個人，你是出來太久了，想念家鄉了，才覺得我們兩個像。」

「我是很想念家鄉，來中國四年了，從沒回

去過。但我更想明子，我已經想了七年了，我每天都想再見到她。」

「七年？明子去哪兒了？想她為什麼不去找她？」

川合苦笑一下：「明子七年前就過世了。」

小白鞋聞聽此言不再敢開口說什麼，她低下頭盯著自己的鞋尖看，鞋尖有一塊汙跡，這是她平時很難忍受的事，但此時此刻沒有什麼是不能忍的了。

靜默了一會兒，川合問道：「你家裏都有什麼人？」

小白鞋抬起眼看著川合，答道：「沒什麼人了，就我和孩子。」

「你和我一樣不幸。那你靠什麼生活？」川合的話語竟有幾分關切。

「不靠什麼。」小白鞋冷笑道，「靠我自己。」

「明白了。你回去吧。」川合拉開抽屜，拿出幾塊大洋遞過去，「你拿著，給孩子買些吃的。」

小白鞋接過錢，猶疑地望著川合，問道：「真的放我回去？」

川合笑道：「自然是真的，你以為我們日本人都是惡魔嗎？見了我們就沒命了嗎？哈哈。不過中國的老百姓確實膽子很小，很害怕我們，只要一個小隊的士兵就可以守住一個縣城。」

小白鞋站起來盯著川合看，她不關心到底幾個鬼子可以坐鎮一個縣城，她只想知道川合放她走的話是不是戲言。

川合微笑道：「走吧，回家吧，但不要走遠，我會去找你，你在家裏等著我。」

小白鞋轉身就往屋外走。冬兒正在馬廄外面給戰馬餵草，聽到他娘喚他，連忙跑過來，拉住小白鞋的手，道：「娘，我想回家。」

「娘這就帶冬兒回家。」小白鞋把冬兒衣服上沾的草屑撣掉，拉著他急急走出院子。

川合站在屋內，盯著小白鞋看，一直到她的背影消失不見。

韋如絲心裏納悶，不知這個川合的舉止為何如此怪異？不像傳說中的鬼子。不管怎樣，小白鞋娘倆終歸是逃過一劫，還是很值得高興的。韋如絲跟著他們往回飛，算是護送他們一程吧。

行至無人處，小白鞋突然抬頭看著在空中飛翔的喜鵲，冷冷道：「你幹嘛總跟著我們？來來回回的，你不嫌煩嗎？你不用這麼好心，根本是多餘，我徐水子從來靠自己。你有多少本事？能管好自己的事就不錯了。」她停下來，看向遠方，又道：「我不需要你的照應，日後的種種我也不求宋家原諒。」

韋如絲懸停在半空，氣得忘了呼扇翅膀，差點掉下來。她趕忙往上飛，落到樹枝上，像一隻喜鵲一樣喳喳叫：「你這個女人莫名其妙，好歹不識。不理你了！」

說畢，韋如絲展翅高飛走。

21 忠犬赴死途

真不想落地，韋如絲太喜歡飛翔的感覺了，多廣闊的天空啊！何等的自由自在！可是已經到家了。

韋如絲落到院子裏的石桌上，看到黑炭臥在石子甬道上曬太陽，韋如絲笑著喚道：「黑炭，過來。」

黑炭「噌棱」站起來，以獵殺的速度衝向她，韋如絲感覺不妙，猛然想起自己還是一隻鳥的模樣，想要重新飛起來，可是已經來不及了，展開的左翅已被黑炭咬住，韋如絲吃痛，不由「啊」地大叫一聲，人就變回了原形。

黑炭大睜著那雙小而黑亮的眼睛，不能置信地看著韋如絲，口中的力道立時消失了。它還未及撒口，磐石出現了。磐石情急之下猛踢了黑炭一腳，叱道：「畜生，你是不想活了！」黑炭吃痛哀叫著跑開。

韋如絲抬起自己的左臂，檢視傷口，咬得真不輕，上下兩排牙齒印，差點扯掉她一塊肉。磐石額上冒出汗來，抓起韋如絲的手按住傷口，急道：「快回屋，我給你上藥。」

磐石擁著韋如絲回屋，小石頭正趴在桌上練字，抬眼看到韋如絲手臂上流出的血，慌忙站起來，口中嚷著：「娘！娘受傷了！流這麼多血！怎麼弄的？」

韋如絲咧嘴笑了一下，道：「沒事兒，一點皮外傷，黑炭不小心咬的。」

「黑炭瘋了嗎？娘很疼吧？我給娘吹吹。」小石頭捧住韋如絲的手臂，用小嘴輕輕噓氣。韋如絲真的覺得不那麼疼了，微笑道：「小石頭吹的是仙氣吧？」

「什麼不小心？」磐石一邊拉開抽屜，抓出藥包，一邊道，「到這會兒你還護著黑炭，狗這種東西最忌諱的就是對主人下口，一旦下口那就不能留了。」

「爹要把黑炭怎樣？咱們不要黑炭了嗎？」小石頭小心抬著娘的手臂，聞聽此言轉頭盯著磐石問。

「你先別管這個，」磐石麻利地給韋如絲上好了創傷藥，然後用白布一層層包裹住傷口，直到沒有血滲出來，口中道，「把剪刀遞給我。」

小石頭轉身去拿剪刀，雙手把剪刀遞送給磐石的時候眼中已蓄滿淚水。

磐石接過剪刀，看了小石頭一眼，問道：「咦，你怎麼哭了？你是心疼你娘呢，還是捨不得黑炭？」

「都有。」小石頭抽噎起來。

磐石不再說話，他用剪刀把布條豁開一個口子，用分開的布條繞著手臂不輕不重地打了一個結，然後把韋如絲扶到炕裏邊，讓她靠著被子坐好，柔聲道：「如絲，你好好歇會兒，回回神，剛才一定驚著你了。」

小石頭還立在炕邊，低著頭不說話。磐石就著炕沿坐下，用雙手扶著小石頭單薄的肩膀，沉聲道：「小石頭，爹知道你喜歡黑炭，可黑炭真的不能留了。」

韋如絲知道小石頭和黑炭感情深厚，黑炭幾乎是伴著小石頭一同長大的，日日混在一起。再說今天的事怎麼能怪黑炭呢？那是它追逐獵物的天性。

韋如絲忙道：「是我自己不小心，不怪黑

炭，留著它吧，小石頭那麼喜歡黑炭。要是下次黑炭再咬人，那咱們就不要它了。」

「唉，只要它會叫，就是它從此再也不張口咬人也留不住了。」磐石歎道。

「為什麼？」韋如絲和小石頭齊問。

「於隊長上午來過了，整個萬家莊的狗都要殺掉。鬼子修了炮樓以後，抗日大隊活動很受限制。夜裏只要他們一行動，各家的狗就叫個不停，鬼子得了信就採取行動。咱們中國人養的狗倒給鬼子站崗放哨了。」磐石氣道。

韋如絲無話可說，這已是沒有辦法的事情了。小石頭也體會出無望，低頭哭出聲來。韋如絲忙往炕邊爬，用右手摟住他。

磐石撫弄著小石頭的後背，道：「小石頭，你是男人，雖然現在小，但終歸會長大的。在你這一生中會遇到許多難辦的事，但大小輕重之間你得做出選擇，所以分清哪個大？哪個小？何者為輕？何者為重？是你必須要學會的事情。」

磐石頓了一下，接著道：「小石頭你說，是黑炭的性命重要？還是抗日大隊的叔叔性命重要？」

「當然是叔叔們的性命重要，可我也不想黑炭死。」小石頭抽泣著回答。

「既是這樣，」磐石沉吟了一下，道，「我們把黑炭送到太婆家吧。太婆的家在縣城裏面，沒人管狗的事。」磐石道。

「嗨，」韋如絲白了磐石一眼，「你不早些說，嚇死我們娘倆了。」

「婆會讓嗎？」小石頭仰起小臉，擔心地問。

「這個問題爹負責解決。」磐石拍拍小石頭的臉，「你放心吧。」

小石頭綻開笑容，鼻涕眼淚還都在臉上，韋如絲忙找手巾給他擦。

「娘的娘家在黃縣，來回得上百里，就為送一條狗回去，這樣大費周章的，小心娘罵你。」韋如絲不無擔心。

「我也跟娘撒回嬌，像二弟那樣，管保就成。」磐石笑道。

「那是學得來的嗎？那是天生來的。你要是會跟娘撒嬌，耗子就都不打洞了。」

「有那麼嚴重嗎？你娘小瞧人。」磐石摟住小石頭笑道，小石頭「嘻嘻」笑起來。

第二天張二真的把狗送去了黃縣，隔一日張二回來，一進門他就歎道：「少爺、少奶奶，多虧咱們動作快，抗日大隊帶著民團已經到園子裏了，個個帶著棒子，先從北街開始查，真個是雞飛狗跳。」

韋如絲早已聽到狗的慘叫，她皺眉道：「唉，管不了那麼多，咱們能保住黑炭的命就不錯了。」說罷，韋如絲領著小石頭回屋，緊閉門窗，將這哀鳴的世界關在門外。

隱約間聽到磐石在和人說話，韋如絲望向窗外，原來是於隊長進了院子。磐石笑道：「我們家沒有狗，於隊長，狗叫我們送人了。你去別家忙活吧！」

「還是敦恕堂俐落，你們省了事，我們也省了事。不多說了，我們得抓緊時間幹活。走啦！」於隊長轉身往外走。突然間黑炭出現，和於隊長正打了個照面。

磐石痛惜地大聲叫道：「黑炭，你怎麼回來了?!」

黑炭一身黑亮的毛，身上的髒不大看得出來，但四隻白色的爪子烏髒的，滿是泥土，估計在路上曾涉水而行，是為了抄近道嗎？

張二也叫道：「啊，一定是我前腳走它後腳就跟出來了。」

黑炭正猶豫著，不知道應該先找誰親近，民團的棒子就已經到了頭頂，擊在眉心處。黑炭「嗷」地哀鳴一聲，倒在地上抽搐。民團打狗的招數已練至爐火純青，招招致命。

屋裏的小石頭渾身一激靈，拉開門衝出去，韋如絲也慌忙跟出來，顧不得院子裏是不是有外人。

小石頭撲到黑炭身上，整個人幾乎趴在地上，聲嘶力竭地哭道：「黑炭，你站起來，你快站起來！娘啊，黑炭為什麼不站起來？黑炭它不聽我的話了。它為什麼不聽我的話了？」

韋如絲試圖把小石頭抱起來，可她也是淚眼汪汪，渾身無力，加上手臂還疼，抱不動他。黑炭口鼻耳都往外流血，小石頭弄得手上全是血，再去抹眼淚，臉上也是血，看著嚇人。

黑炭望著小石頭，流出兩行眼淚，長呼一口氣，然後閉上了眼睛。小石頭急了，用手去扒黑炭的眼皮，想讓它睜開眼。口中叫著：「黑炭你睜開眼，睜開眼看我，看我呀……」

磐石一把抱起小石頭，緊緊摟在懷裏，對張二道：「好好把狗埋了。」然後轉頭對韋如絲道：「派人去找德峰哥來，開幾劑小兒鎮驚的藥，讓小石頭睡一覺。」

小石頭蜷在磐石懷裏，渾身顫抖，閉著眼睛哭號。於隊長面有不忍，道：「宋先生，對不起了。」

磐石扯出一絲笑容，道：「沒事兒，小孩子鬧鬧就過去了，大局為重。於隊長，我先回屋了，不送了。」

小石頭吃藥以後就睡了。餵藥的時候有些費勁，總往外流。他哭得太厲害了，以至於雙頰發木，嘴唇都不大聽使喚了。

已是晚飯時分，滿園子都是燉狗肉的味道，不知誰家還把狗肉燉糊了。韋如絲知道黑炭已被埋到菜園子裏去了，匆忙間張二還為它釘了一口薄木棺材。但她還是疑心這是黑炭的身體煮熟以後的氣味。

韋如絲陣陣作嘔，什麼也不想吃。磐石輕撫她的後背，道：「我這一輩子都不會吃狗肉了。」

韋如絲手中拿著活計，盤腿坐在炕上守著小石頭。睡夢中的小石頭還不時抽泣幾下，今晚這孩子一定是噩夢連連。磐石晚飯也吃得很少，拿本書在一旁看，還不時抬眼看看韋如絲和小石頭。

夜深了，韋如絲終於撐不住了，像小雞找娘親一樣，尋到磐石的懷抱，將自己的臉深埋進去，睡著了。

韋如絲有一種滿足感，她覺得自己是夢到了張三，張三化身磐石進入她的夢中，同她在夢裏過著敦恕堂的日子。

醒來後韋如絲覺得小臂微疼，檢視後發現有些紅腫。她抬起手給曾羨無看，曾羨無道：「大概是要生癤子了。奇怪，很少有人在這個位置生癤子，你算是天賦異稟。」

「去，少拿我尋開心。」韋如絲用右手推了曾羨無一把。這雙臂同時伸開的一瞬間，韋如絲恍然憶起夢中化作喜鵲的情境。

韋如絲審視著自己的一雙手臂，想起生物課上的人體解剖圖，人的手臂和鳥翅的骨架結構是有些像的，可以說大構架基本一致，只是沒有羽毛附著其上。韋如絲有些微的遺憾。不過也幸虧如此，不然天上的飛鳥早被人類趕盡殺絕了。

啊，肋生雙翅的感覺太奇妙了。要是能夠選，來生做隻鳥吧。可轉念一想，做人還是有種種不能捨的樂趣。怎麼辦呢？那就做個能飛的鳥人吧，如此便可以兩全其美了。

「嘿！」韋如絲敲了自己腦袋一下，對自己說，「快打住吧，睡著了管不住自己也就罷了，醒來還接著胡思亂想，像話嗎？」

22 非馬非非馬

週末麥子要買課外參考書，是老師指定的，要韋如絲陪她去書店，這是重要的任務，排在今天必做事項的首件。

因為同麥子在一起，注意力就全在她身上，韋如絲沒注意同車的還有張三，直到她聽到低低的、震盪人心的笑聲，她心裏一喜，猛抬頭，這才看到了他。但張三並不是一個人，同行的還有一個女子，二人離得很近，低語著。不知張三說了什麼，女子也展開笑顏。

這個女子，就是嫉妒也要先喝聲采。白衣素裙，不染煙塵，妙玉一般，潔淨空靈。女子看上去很年輕，但那份骨子裏的沉靜尋常人不知要修煉多少年才能得來。

韋如絲立時自慚形穢：「數月未見，張三就有了新歡。可這樣的妙人，男子一旦見到，恐怕瞬間就會傾心。可憐自己還把他珍藏在夢裏，啊啊，自古黃樑夢易碎。」

張三忽然抬起頭，看到韋如絲正呆望著他們，就微笑著點點頭，算是打過了招呼，然後繼續全神對牢女子。

韋如絲別轉頭，猶如貼身穿了粗麻布衣，不知何以自處。她緊拉著麥子的手，看向黑洞洞的隧道。

麥子驚訝道：「媽媽，你手心出了好多汗啊！」

韋如絲回道：「車裏太熱了。」

「可你的手是冷的啊！」

「汗液會帶走熱量的。」韋如絲尚有餘力敷衍麥子。

車到站了，韋如絲看張三牽著那女子的手下了車，同牽著她時一樣自然。韋如絲滿心羞愧：「唉唉，自己怎麼輕易就著了這種人的道呢？看來連『妙玉』也中招了，此人的魅惑力真是非比尋常。」

韋如絲沒聽到的是下面的對話——

女子歪著頭對張三笑，道：「你何苦吹皺一池春水？」

張三冷冷道：「我同如絲共一池之水。」

女子繼續笑，道：「怨不得師父要派我出馬，看來你確實需要我們搭救了。」

韋如絲在剩下的行程裏竭力穩住自己：「傷心難要人命，細數數我手裏還有不少東西，麥子、羨無、健康、工作。張三本來就不是我的，沒有就沒有，這幾個月不是也過得不錯嘛？再說此人也不是什麼好人。」

但她還是恍惚著來到書店。

書店行銷的架勢十足，迎面就是暢銷書架，封面、書名花樣百出，以一把薅住你的注意力為第一要義，內容是否精彩另當別論。買這樣的書，看完後呼上當的幾率較高，但韋如絲就是難以抵制一時的誘惑。

同韋如絲一樣的人很多吧？大家都是不能擺脫低級趣味的人。讀者的軟肋所在，就是商家的賣點所在。

這些像煙花一樣閃耀一時、然後終將被遺棄的書籍佔據著顯要的位置，那些歷盡歷史長河沖刷的經典卻在不顯眼的角落默默佇立。這樣一個時代，滄桑後又巨變，所有的價值都要被重新估量。

麥子在尋找她要的參考書。韋如絲心神不

定，隨手翻閱，翻到一本中國古代名畫圖集。

韋如絲的藝術修養略大於零，無論哪個領域，繪畫、雕塑、音樂、舞蹈，樣樣不懂，看了知道美，也許還有感動，甚或震撼，但僅止於此，不知前因，也不究後果。

古畫都舊舊的，顏色暗暗的，縮到一本書的大小，看起來更是沒有什麼衝擊力。中國山水人物講得是個意境，連個陰影都沒有，不像西畫那麼真，跟照片似的。

韋如絲嘩啦啦翻過去，宋・李公麟・《五馬圖》，五匹馬，五個人牽著，除了馬的肌肉張力十足，不同於一般寫意的人物鳥獸柔若無骨外，也並無特別之處。但韋如絲卻被莫名吸引。

韋如絲細看著解說詞，竟是傳世名作，流傳有序，藏清宮二百餘載，溥儀退位時盜運出宮，後來據說落於日人之手，日人稱毀於戰火。最終結局如何，一直撲朔迷離。

五匹馬還有名字——鳳馬驄、錦膊驄、好頭赤、照夜白、滿川花，韋如絲覺得這些名字倒比畫更精彩。

鬼使神差一般，韋如絲竟花了幾十大元買了這本書，麥子驚呼：「老媽，你還愛看這種書啊？」

韋如絲笑道：「不行嗎？你也該看看，中華瑰寶。藝術修養，從娃娃抓起。」

忙忙碌碌又一天。一切收拾停當，上床睡覺。這是韋如絲一天中最盼望的時光，軟的床，暖的被，脫掉衣服，像褪去甲殼，還我殼中人。

靠在床頭看書，韋如絲十數分鐘一直盯著《五馬圖》，腦海裏卻全是張三和「妙玉」親密無間的身影，迴旋不去。她沒有身份可以上前置喙，也不能像不相干的人胡亂評議，更不能有任何行動，無力到幾乎窒息。

曾羨無道：「旦旦，怎麼半天不翻頁，困了吧？別撐著了，熄燈睡覺。」說著取走韋如絲手中的書。韋如絲就勢躺下，她要借助睡眠自我復原。

韋如絲跌入夢鄉，坐在堂屋的椅子上看川合

登堂入室，小白鞋施施然緊隨其後，韋如絲目瞪口呆。旁邊比她更驚詫的是宋德嶽，他甚至不顧日本鬼子就在近前，作勢要上前攀談。

磐石一把扯住弟弟的袖口，扽了一下，宋德嶽總算醒悟過來，停住了腳步。

幾個日本兵上來，用槍示意磐石和宋德嶽高舉雙手，檢查他們身上是不是藏了武器。磐石索性解開了長衫的紐子，不再繫上。

川合笑道：「非常時期，不得不小心從事。還請宋先生海涵。」

「哪裡，客氣了。還未請教尊姓大名。」磐石道。

「啊，忘了介紹我自己，川合仁一。」

「川合中隊長。」胖翻譯在一旁補充道。

「鄙人宋德屹，這兩位是舍弟和內人。」

「宋先生不用介紹自己，我已經從千村鎮的百姓口中知道了很多關於宋先生的事蹟。宋先生的為人和做事能力都令人佩服。」

「過獎了，宋某不過一介草民。」

「宋先生自謙了，雖然輩份靠後，可宋家最有影響力的人非宋先生莫屬。宋先生是明白人，我不跟宋先生兜圈子。帶兵打仗，糧草的供給是首先要保障的。我們遠離本土，只能仰仗中國百姓的支持了。

「整個膠東半島，宋家的實力是數一數二的，我們當兵的，除了吃大戶別無選擇，不然只能叨擾尋常百姓了，可那樣做我總於心不忍，百姓家能有幾粒糧食？給了我們，他們就只有餓肚子的份了。」

韋如絲心裏琢磨：「他所說的千村鎮的人怕是指小白鞋吧？」

「要多少？多了我們也沒有。老百姓整日忙著逃命，哪還能應季做田裏的活計？」磐石話語簡練，顯見不願意和川合多糾纏。

「啊，李公麟的五馬圖！」川合沒有回答磐石的問話，雙眼發光，盯著東牆上的一幅畫，「怎麼在你們這裏？」

磐石瞟了一眼牆上的畫，回道：「仿品，不

是真跡。」

「何時的仿品？」

「大概是明朝中期。」

「那也有幾百年了。真品我雖未見過，單看仿品就能想見真跡的豐神了。」

「據曾祖說，這件仿品也是高人所作，足以亂真，所以一直珍惜。」

「我的歷史老師說，五馬圖代表宋代畫作的最高水準，你看這五匹馬毛色各異，姿態不一，一千年以前的駿馬啊！老師說他這一生能看上一眼也就心滿意足了。」

「可惜不是真品。」

「那也沒關係。宋先生，打個商量吧。今天我本來的任務是徵八匹馬、五車糧、十車草、十車柴。如果宋先生肯割愛，允許我帶走這五馬圖，那就可以少徵五匹馬，以一抵一。但別的不能免，等米下鍋呢。」

「可以，成交。」磐石沒有猶豫，大聲道，「張二，進來，把畫小心摘下來包好。」

川合接過畫時有些激動：「我總算可以幫我老師圓一個夢了。這次老師一定能夠露出真正的笑容了。自從明子過世後，老師很少笑了。就算笑也不是開心的笑，敷衍別人而已，老師太可憐了。啊，對了，宋先生不知道，明子是我的內人。」

川合終於坐下了，手攥畫筒，橫放在腿上。磐石在另一端坐下。

川合側轉身，對磐石道：「宋先生，今天來還有一事。」

「請講。」

「請宋先生出任千村鎮維持會會長。我們主張中國人自治，中國人管中國人，老百姓才能口服心服。我們只是在一旁幫助中國人，維持好社會秩序，亂了對誰都不好。」

「這個我實在是要認真考慮一下。我年輕，恐不能服眾。也請川合隊長再斟酌一下，一定還有更合適的人選。」

「請宋先生不要推辭，沒有誰比宋先生更合

適了。你我一見如故，我信任宋先生，相信你能幹好。給你兩天時間考慮，兩天後在鎮上召開維持會成立大會。」

「好。送客。慢走。」

「哈哈，」川合笑起來，「宋先生很著急送我們走啊。今天另有軍務，我確實要走，可我還會再來的。這個園子很美，聽說宋先生祖上在山西、雲南兩省做過巡撫，還曾經當過咸豐皇帝的老師，眼光確實不同凡俗，園子裏的建築糅合了京、晉、滇、魯四地民宅的精華，用料又考究，值得細細欣賞啊。」

川合一行人往外走，韋如絲注意到宋德嶽的目光一直追隨著小白鞋，小白鞋只是冷冷地掃了他一眼，再沒有把目光轉過來。她緊挨著川合，韋如絲聽她對川合道：「我要在祠堂前照張相。」狀甚親密。

「可以。吉海君帶相機了吧？」

「帶了，帶了。」胖翻譯應道，「徐小姐人生得好看，一定很上相。」

「怎麼回事？怎麼回事？徐水子怎麼和日本人混在了一起？」一群人剛出院子，宋德嶽就抓住磐石的胳臂問道。

「誰知道?!」磐石拿開宋德嶽的手，「不管她，你趕緊回屋收拾東西，明天天不亮就走。」

「去哪兒？」大家一起問道。

「德嶽你們一家去茉莉娘家；我們同爹娘回娘的老家黃縣。」

「幹嘛要走？」宋德嶽問。

「不走，我就得當漢奸。」磐石恨道，「幸虧有這幅五馬圖，不然把馬給了鬼子，我們用什麼逃命？曾祖爺爺又救了我們一回。」

汪嫂「蹬蹬蹬」跑進來，急道：「少爺，少奶奶，你們少了東西沒有？十太太的玉簪子沒有了，一隻金鐲子也不見了，這還沒查清楚呢，不知道還少什麼東西。鬼子太禍害人了，十太太的壽衣都給扔得滿地都是。」

「汪嫂，別查了，沒少人就好。回去趕緊收拾東西吧，明兒一早就走。」磐石道。看汪嫂張嘴欲問，磐石又道：「我跟你一起回屋見老爺和太太去，咱們邊走邊說。」

等人都走了，韋如絲趕忙收拾東西。她對小石頭道：「你把自己的書本收拾好了先睡會兒，天不明娘就得叫你起來。」小石頭聽話地去了西屋。

韋如絲收拾細軟、衣服、鞋襪、被褥，讓栗嫂她們收拾吃的，一切收拾停當已是三更天。韋如絲只睡了一小覺就被磐石叫醒，磐石喚張二和柱子進來裝車。

韋如絲去西屋叫小石頭起床，剛一掀開門簾，培晧「通」地跳出來，還以手作槍指著韋如絲道：「不許動！」。韋如絲本就迷迷瞪瞪，這一下可嚇得不清，心臟好似一下子懸停在半空。

韋如絲渾身癱軟，及至認出是培晧，她扶著炕沿坐下，不由得氣惱，道：「培晧，你怎麼在這兒？你可嚇死大媽了，這節骨眼上不能這樣鬧著玩，真是不懂事。快回家找你娘吧，咱們都該出發了。」

培晧立在韋如絲面前，幽幽道：「大媽，我以前沒嚇過你，以後也不會嚇你了，就這一回，大媽不要生氣。」

聽培晧這麼說，韋如絲意識到自己實屬反應過度，忙道：「大媽不生氣，快回去吧。」

培晧往外走，走到門口還回頭看著韋如絲笑了笑，道：「大媽，一路保重。」

韋如絲笑道：「怎麼了你？淨說大人話。快走吧。」這個孩子好像突然長大了，是環境太險惡吧？不得不趕緊長大。韋如絲沒有時間多想，招呼栗嫂伺候小石頭起床穿衣。

一個圓臉的姑娘也跟著韋如絲上了車，她一直低著頭不說話。雖然不認得，但卻有很親近的感覺。她是家裏誰的親戚吧？韋如絲剛要張口詢問，張二說十太太喚二姐兒轉到十太太的車上去。姑娘一下子抬起頭，像得了喜訊，眼睛閃亮，很是高興地去了。

馬車沿著村裏的大道西行，沒有犬吠聲，死寂的。這不是鄉村的夜，鄉村本意味著勃勃生機。

自打母親也過世後韋如絲就沒有了娘家，只能隨十太太回娘家。而張茉莉有娘家，攜夫攜子同歸，雖同是逃亡，但比起韋如絲來另有一份榮耀。

張茉莉穿了一件銀灰色的緞子旗袍，搭了件洋紅色的薄毛衣，經過路口時她鑽出車子向韋如絲招手作別，借著初升的日光看她，茉莉眼梢向上飛起，面上映著朝霞柔和、清新的光芒，煞是好看。茉莉自有茉莉的美。

兩撥人寄人籓下，張二趕著馬車冒著風險定期往兩處送糧送菜。終一日張二說鬼子選了周金才做了維持會長。

磐石長出了一口氣，道：「再過幾日就可以回家了。唉，我對不起周金才啊！他那樣一個老好人，從來不好意思拒絕別人，遇到鬼子他就更不敢了。」

大家都好好地回來了，除了培皓。這是韋如絲萬萬沒想到的。生活不按人們預想的進行。

23 悲歎少年亡

到了家，先把十太太和十老爺安頓好，韋如絲回到自己的屋裏，感覺乏累，但不肯歇，她打開包裹，忙著把物品歸位。

韋如絲邊收拾邊問栗嫂：「德嶽他們還沒回來吧？」

栗嫂把包袱放到炕上，回道：「沒有呢，估計也快了，晚飯之前怎麼也能到。」

沒多一會兒張二就進來了，韋如絲抬眼看他，心裏納悶：「他怎麼直通通地進來了，也不讓栗嫂通報一聲，一亂就沒了規矩。」

張二低著頭沉聲道：「培皓沒了。」

「你說什麼？」磐石厲聲喝問。

張二抬起頭，眼睛是紅的，他艱難地再次開口，道：「騾子驚了，車翻了，砸死了培皓。」

「那培珍、培珊如何？他們不在一輛車上嗎？」

「兩位姐兒沒大礙，只是皮外傷。」

「他們在哪兒？」磐石的眼淚一下子湧出來。

「大門口。」

一群人踉蹌著奔出院門，汪嫂和吳嫂正攙著張茉莉，她軟軟地靠在吳嫂身上抽泣，已沒了氣力。宋德嶽蹲在馬車旁邊，蒼白著臉，不發一語。

韋如絲探頭到馬車裏，陽光透過車棚射進來，可以清楚地看到培晧頭上血肉模糊，眼皮鬆鬆地耷拉著，耳朵也比平時大了許多。

韋如絲哭著喚他：「培晧啊！培晧！你快醒醒！」

宋培晧用手撐著自己坐起來，笑著道：「大媽，我說過我不會再嚇你了，我說的是真的。」說完重又閉眼躺下。

韋如絲大哭道：「培晧，你不要嚇我，你這是真的在嚇我啊！快睜開眼起來！大媽求你了。」

張茉莉一把揪開韋如絲，嘶啞著嗓子恨道：「我不許你哭！死的是我兒子，你憑什麼哭？你不要在這裏假裝善人，我知道你心裏正在得意。培晧死了，小石頭就是敦恕堂的長孫了。根本培晧就是你們害死的！」

張茉莉邊說邊推搡韋如絲，她的力氣好大，韋如絲步步後退。悲轉化為憤，是一股巨大的力量。

磐石上前扶住韋如絲，道：「茉莉，你冷靜些，這事與如絲無關。」

「與她無關？與你也無關嗎？你怕當漢奸，就讓我們跟著一起跑。當漢奸是什麼了不得的事嗎？一個村出去十個人，有五個都會去幫日本人，那麼多人都當了漢奸，怎麼你就不能當？你寧肯把培晧害死你也要保住自己的名節！你什麼都想要，利也要，名也要。你自己要好了，幹嘛要拽上我們一家？我什麼都不要，我只要培晧。你們把培晧還給我，還給我！」

張茉莉說著用頭撞過來，磐石只得推開韋如絲，用手把住她的雙肩。張茉莉的力氣終歸不如磐石，她不能再往前衝，就猛地轉過頭咬住磐石放在她肩上的左手。韋如絲急忙上前，推她的頭、掰她的嘴，可她就是不撒口，眼看著血流出來。

宋德嶽緩緩起身來到近前，他哭著伸出手臂到張茉莉嘴邊，道：「別咬大哥了，你咬我吧。」

張茉莉「哇」地哭出來，鬆開了口，轉過身倒在宋德嶽懷裏。宋德嶽擁著她進了院子。

周圍聚攏了許多人，各個堂號得了信基本都派人過來了。夥計們幫著張二將培皓抬回屋。十一老爺歎了一口氣，道：「也是，德屹你自己跑了就得了，幹嘛拉著德嶽一家啊？」

「唉，十一叔，早知如此我寧肯讓日本人砍了我的頭我也不會跑的。我當時想我要是自己跑了，鬼子一定不會放過德嶽，日本人的監獄不好蹲，德嶽罪就受大了。誰想到會出這種事？」

磐石的手還在流血。張茉莉下了狠勁，啃到了骨頭。韋如絲用自己的手帕去給磐石裹傷，磐石擋開韋如絲的手，接過手帕，胡亂纏上。

十老爺無力地對磐石道：「德屹，別的不用多說了，這是意外，誰都不情願。你快回去看你娘吧，恐怕你娘更撐不住，她一向疼培皓。」

韋如絲和磐石趕到十太太屋裏的時候，十太太已經昏厥過去了，宋德峰在掐她的人中。韋如絲趕緊上前幫忙，由上至下用力摩挲十太太的胸口，小心不壓到她的胃。

「嗯——哼哼——」十太太呻吟著醒過來。宋德峰示意把十太太扶起來，道：「讓十太太坐起來，這樣她喘氣順暢些。」

磐石忙斜著身子坐到炕上，讓十太太靠在他的懷裏。宋德峰趁空給磐石手上的傷口上藥包紮，並囑他不要著水，然後趕回家去給十太太配藥。

「培皓走了，我還活著幹嘛？我這土埋半截的老婆子還活著，他那麼個嫩生生的小孩子倒沒了，真疼死我了。」十太太頭歪在磐石的肩上哭訴著。

十太太接著哭道：「這日子沒法過了，好在我就要死了，不用一天天熬了。」

「娘，你不會死的，我們會好好孝順娘的。」磐石安慰著十太太。

「沒用了，再怎麼孝順也沒用了。我自己有感覺，我渾身都不得勁，我活不過今晚了。我總說一句話，『今天晚上脫下的兩隻鞋，誰知道明天早晨還能不能穿上？』我這雙鞋明天早晨是穿不上了。」十太太斜眼看著汪嫂，接著道：「去把我的壽衣拿出來。」

「拿壽衣做什麼？十太太。」汪嫂滿腹狐疑。

「自然是給我穿啦，難道要我穿這身衣服死嗎？」十太太氣道。

「娘，你沒事的，不用穿那個玩意兒。」磐石道。

「還說孝順我！什麼是孝順？順即是孝。你們是嫌我死得慢，想活活急死我是吧？」十太太高聲叫起來。

磐石忙道：「好好好，娘別著急。汪嫂，趕緊把太太的壽衣取來。」

韋如絲和汪嫂伺候十太太換好了壽衣，穿上了壽鞋。這雙壽鞋做得真好看，紅色的緞子，鞋面綴著兩粒金榛子，鞋底繡著大朵的粉色蓮花，正所謂腳踩蓮花上西天。若是不包著靛藍色的鞋口就更好看了。

十太太安靜下來，閉目躺在床上，專心等待死亡的降臨。韋如絲和磐石只好守在一邊。陸續趕來的各堂號的太太一進門都被唬得不輕。

十老爺與各堂號趕來慰問的各位老爺應酬完畢，進屋來一看十太太的情形，心裏一緊，急上前問道：「你娘這是怎麼了？」

十太太睜開眼睛，看著十老爺道：「老爺，我今晚就要走了。回想這一輩子，你沒做對不住我的事，我也沒有對不起宋家。自打過門起我就一心一意為宋家著想，寬厚待人，恪守婦德，勤儉持家。

「這幾十年過下來，也不知道你對我滿意不滿意？你從來不肯多說什麼。唉，我也管不了那麼多了，反正我今晚就要走了。老爺千萬保重身體，以後這個家就靠你了。」

十老爺看十太太話語清晰，精神尚可支撐，不像垂死之人，道：「老太婆，你這是唱的哪一齣啊？誰能夠知道自己什麼時候死啊？除了有大修為的和尚、道士。你別難為孩子們了，你好好睡一覺吧。」說畢躺到煙塌上。

十老爺躲在角落裏獨自悲傷。活蹦亂跳的大孫子轉眼變得冰冷僵硬，要接受這樣的事實真是太難了。

十太太的眼淚順著眼角淌到頭髮裏，韋如絲忙找手巾給她擦。十太太哽咽道：「夫妻幾十年，我就要走了，他一點都不傷心，心可真夠狠的。」

天亮了，十太太醒來，發現自己沒死成，喚汪嫂給她換衣服、梳洗。韋如絲和磐石看她精神好轉了，告辭回自己院子。

剛一進院子，發現宋德嶽蹲在屋門口，一夜未見，他明顯憔悴，也不知在這裏蹲了多久。韋如絲和磐石想扶他起來，他搖頭拒絕。

宋德嶽對著地說話：「我只是想弄明白事情到底是怎麼發生的。先是我喜歡小白鞋，我們兩個人好，然後小白鞋和川合好了，她告訴川合你最適合當維持會會長，若不是我平日跟她什麼都說，她怎麼會知道你本事大？然後你就拉我們逃跑；然後培皓就被砸死了。

「如果我不和小白鞋好，那培皓就不會死了，對吧？所以說培皓是我害死的。我就為了我這根雞巴痛快，害死了我自己的兒子！」

說畢，宋德嶽就大哭起來，哭得不是個人聲，像一頭驢一樣嚎著。

磐石歎了口氣，道：「終於哭出來了。」他架起宋德嶽，把他扶到東屋的炕上躺好。

韋如絲很心疼宋德嶽，他並沒有為非作歹，卻遭到這樣的厄運。如果說有老天爺，下手也太狠了。

韋如絲拉過薄被蓋到宋德嶽身上，道：「德嶽，你不要責怪自己。就算你不跟小白鞋說什麼，鬼子也會知道咱家的事。鎮子就這麼大，咱家在鎮上又這麼顯眼，關於咱家的歇後語連文城的人都在講，像『宋宅的糝子——不吱一聲』，『宋宅的煙囪——高出一截』，就是小孩子都能說出二三來。」

「嫂子，你不用安慰我，我知道是怎麼回

事，這世上是有因果的，現世現報。」宋德嶽閉著眼睛流淚道。

韋如絲知道這個當口多說也無用，就道：「你快些睡吧，歇好了再說。」

她轉頭對磐石說：「你也睡會兒，熬了一夜了。」

磐石揉了揉眼睛，努力睜大，道：「不了，你去西屋歇會吧。我得去料理培皓的後事。」

「把培皓葬在哪兒？」韋如絲問。

「培皓屬於夭亡，可埋在亂葬崗太於心不忍了。」磐石皺眉道，「我去找三老爺商量一下，南騰圈村南山崗松林後面是老太爺的墓，松林前面是爺爺弟兄兩個的墓，埋在那兒有些不合適。父輩的墓地在李各莊，看能不能埋在李各莊，在祖墳週邊。這麼個亂世就不用死守著規矩了。然後我就讓張二去找牟爽，把坑先挖好。」

陰曆六月初六，培皓下葬。因為培皓還是孩子，送葬的隊伍並不龐大。馬車拉著棺材，張茉莉和宋德嶽緊隨其後，張茉莉的眼睛早已紅腫得睜不開了。韋如絲和小石頭坐在另一輛馬車上，夥計們走在後面跟著。

那頭惹事的騾子誰也不敢用了，決定下次趕集賣了它。張二說就是啃他後背的那頭騾子，大概是十三少奶奶的紅毛衣驚了它。韋如絲說未必，去的時候茉莉也穿著紅毛衣。

宋家辦喪事，可天氣好得很，老天不配合他們的悲喜。天上白雲朵朵，可形狀有些古怪，一小堆、一小堆的，凹凸深淺，似眉像眼，怎麼看都像是一顆顆人頭。

韋如絲正在數總共有幾顆人頭，突然發覺培皓坐在了她和小石頭之間，韋如絲詫異道：「你怎麼過來了，不在匣子裏老實躺著？」

培皓笑道：「我想和小石頭再玩一會兒，匣子裏太悶了。」

韋如絲歎道：「你還是這樣淘氣。」

「大媽，今天是初六吧？」培皓問。

「對呀。」韋如絲答。

「那咱們去趕集吧！」培皓期許地望著韋

如絲。

「娘，我也想去。」小石頭也湊熱鬧。

韋如絲道：「你們兩個真是孩子，淨說些不明事理的話。我帶你們去趕集，他們這一群人等到了塋地發現棺材是空的，還不炸了營？」

「沒事兒，大媽，咱們快些，去看看就回，趕得上的。大媽，我就這一回了，以後再也沒機會趕集了。那麼熱鬧的集，平時我娘總管著我不讓去，不看看就走太可惜了。求你了，大媽。」

培皓看著韋如絲，眼神可憐巴巴的。韋如絲不由得心軟，扯了一下韁繩，往千村鎮的方向而去。

24 美人素手狠

鬼子來了，集市還是存在著。生命在，生活就要繼續，初六、十六、二十六，大家按約定的日子來。但千村集已不是從前的千村集，賣的人少，買的人也少，兼行色匆匆，少了往昔的祥和、熱鬧，這是失了魂魄的街市。

幾乎韋如絲每次來集上都會碰到小白鞋，這也算是一件奇怪的事。小白鞋現在可是了不得，行走都有一隊人跟著，有鬼子，還有皇協軍，和她緊挨著的還是川合仁一。

韋如絲心道：「買東西還要這麼多人陪著，有必要嗎？瞎顯擺。這個川合被小白鞋迷得已不務正業了。也好，他最好什麼也別幹。」

事實證明韋如絲只有一副尋常婦人的肚腸。小白鞋悄悄指了指一個手攥公雞翅膀的老鄉，附耳對川合說了什麼，川合回轉頭向手下嘀咕了幾句，轉瞬間那個老鄉就被捆綁起來，公雞被偽軍搶在手裏。

這是一個三十多歲的漢子，他滿眼的驚恐，但不做任何掙扎，只是口念著：「我什麼都沒幹，什麼都沒幹……」

街面上的氣氛一下子緊張起來。

他們接著往前走，見著賣雞的老鄉或買雞的

老鄉，只要手中有雞的就統統抓起來，一會兒就抓了十八個人，其中還有兩名婦人。

十六個男人束手就擒，倒是兩個婦人跳著腳罵街：「我操你娘，老娘犯了什麼法？憑什麼抓我？我踢死你們！」很快她們被按到地上，衣紐被解開，露出了胸膛。兩個女人羞慚地低下了頭，不再反抗。

韋如絲也連忙低下了頭，不敢再望向她們，似乎自己也被扯開了衣服，胸乳外露。韋如絲心裏又怕又迷糊，不知買賣公雞母雞犯了什麼忌諱，幸虧自己不是真心來買什麼的，只是隨意逛逛，手裏啥也沒有。

市集中心有個規模很小的土戲台，過去是藝人賣藝的所在，如今空著。川合站到上面，胖翻譯站在他身側，被抓起來的老鄉在戲臺下站成一排。人群自動圍攏過去，喜看熱鬧是百姓的天性。

川合面色紅潤，臉頰鼓起，一望就知是中氣充沛之人。他明明會說中國話，這會兒卻要胖翻譯一句句為他翻譯。大意是說：今天抓起來的這些人都是八路軍的線人，證據就是他們手裏的雞，雞的腿上都綁著紅繩子或紅布條，這是八路軍的接頭暗號。

老百姓在下面嘀咕：什麼呀，這是本地的風俗，賣雞的都會給雞拴紅色的東西，圖個吉利。

川合不理會人群發出的聲音，心平氣和道：「為了保護好千村鎮的百姓，維持好治安區的正常秩序，今天抓的十八個八路的密探就地正法。」

韋如絲一聽大事不妙，領著兩個孩子轉身往人群外走，可已經出不去了，鬼子和偽軍持槍形成了一個包圍圈。韋如絲只好緊摟著兩個孩子，背對著戲臺站著。

每個人都被鍘成三截，用鍘牲口料草的刀，空氣裏彌滿血腥味。幾個大娘癱坐到地上，有漢子哭出聲來。

韋如絲連一聲驚呼都不敢發出，身體似乎不是自己的了，動彈不得，內心的驚懼無以復加，只是使勁捂著兩個孩子的眼睛，手心浸滿了冷汗，用盡力氣控制自己，還是滴出了尿。

韋如絲想起張二說的話，他說殺老牛不能當著別的牛的面，不然別的牛會淚如泉湧，哀嚎不已。牛尚且如此，何況人乎？

十八顆人頭很快被懸掛到戲臺上臨時架起的竹竿上，「滴滴答答」往下滴著血。培晧探頭看了一眼，長歎了一口氣，道：「大媽，咱們走吧，這裏一點都不好玩，我也沒有什麼想頭了，還是趕緊去咱家的塋地吧。我在那裏等你們，你們早些來。」

韋如絲正在劇烈地嘔吐，顧不上回應他的這番邀約，小石頭在一旁點頭道：「好，哥你等著，我很快會去找你的。」

韋如絲直起腰急道：「這話你也好隨便答應啊？真是不懂事。」哥倆一起沖韋如絲扮鬼臉，韋如絲只得苦笑著搖頭。

有人摩挲韋如絲的胸膛，韋如絲用手推開，道：「這個時候應該拍後背。」

耳畔傳來曾羨無的嬉笑聲：「要求還挺複雜。」

韋如絲睜眼一看，曾羨無正低頭欲親吻她袒露的胸。韋如絲轉身閃開，拉起被子蓋住胸口，皺眉道：「現在不行。」

曾羨無急道：「週末也不行，什麼時候行啊？」

「我沒有心情，剛做了個噩夢。」

「那正好，做愛可以調節情緒。」

「真的不行，你不知道我做的什麼夢。太血腥了，我現在還噁心呢。」

「你夢到什麼了？至於嗎？」

「唉，一言難盡，這個夢好長，好像我整個晚上都沒睡，比熬夜趕報告都累。」

「到底夢到什麼啦？都影響夫妻生活啦！」

「情節很複雜，我懶得跟你細說，你也沒有耐煩聽。反正就是鬼子作惡，搶東西、砍老百姓的頭，血流成河。」

「從醫生的角度說，我覺得你有必要吃一些

鎮靜安眠的藥了。我還建議你去看一下心理醫生。你總做噩夢，說明你內心不安寧，缺乏安全感。」曾羨無嚴肅起來。

「我不去！我心理沒毛病。你只是外科醫生，不要瞎支招。」

「俺是醫學博士，俺在學校念的書不僅僅是解剖學，還有心理學。」

「誰還不做夢了？做夢的都去看心理醫生，那醫生還不都累死了？起床了，上午還得去沃爾瑪呢！」

韋如絲嘴上不承認自己有問題，但在心底她知道自己也許出了不小的問題。誰這樣做夢啊？就算是作家編故事也得有生活做基礎啊。

韋如絲自小接受的是徹頭徹尾的無神論教育，她不相信這世上有異於人類的神類存在，但韋如絲對人是否有靈魂一直很疑惑：「人之間相異的氣質由何而生？當我們用目光交流時是誰在幕後主持？人之間的區別僅僅在於肉體的不同嗎？

「如果有靈魂，靈魂是否不滅？如果靈魂不滅，那每個人是否有前世？也許自己就是帶著前世的記憶在今世穿行，不然這些夢怎麼解釋呢？」

可有前世又如何呢？韋如絲如果跟別人說自己是有前世的人，人家會問她要證據，她總不能說自己做了許多關於前世的夢，還在地鐵裏遇到了一個與前世的夫君長得一模一樣的人，這些就是證據吧？

連曾羨無韋如絲都不想跟他說，人家是刀刀見血的外科大夫，講求科學，而科學講求的是實實在在的證據，這種虛無縹緲的問題只會引來他的恥笑。

就算有前世，也已遙不可追，若再為此搞亂了今生，那就真有毛病了。

分析清楚了利害，韋如絲心裏漸漸安穩。她安慰自己：「不過是些夢，就算再血腥真實，早晨一睜眼就都結束了，不能把我怎樣。」

但韋如絲已開始暗自害怕夜晚的降臨，她不

是睡不著，而是很快入眠，但常常整夜睡不踏實。每天都像活了兩遍，感覺辛苦。

以前的夢還能尋個由頭出來，定是白日看過什麼、做過什麼，與夜晚的夢總有著絲絲縷縷的聯繫。可最近做的夢找不出緣由來，這些夢像是生了根的大樹，自顧自地枝繁葉茂起來。

真不想做這些夢。在白日裏，韋如絲覺得對自己的生活還是很有些能動性的，就算是那個攪亂她心神的張三，因交情尚淺，恍惚幾日後，也算是把他安放在角落裏了。但夢的世界全不由她做主，不管韋如絲喜歡還是不喜歡，這些夢夜夜繞梁，盤旋不去。

在夜晚的夢裏，韋如絲又來到敦恕堂。悲愁的濃霧四處彌漫，僕婦、夥計在暗處悄聲概歎。韋如絲站在十太太床前，看她獨自一人費力地往身上套壽衣，一層靛藍色的褲裝，褲裝外又套上一層亮黃色的裙裝……弄妥後，十太太滿意地躺下。她並不看韋如絲。

韋如絲回屋陪磐石坐在客廳裏，為失去培晧而一歎、再歎、三歎。窗外的雨沒有停下來的打算，心裏也濕濕的，總有淚在翻滾。

突然宋德嶽拿著酒壺闖進屋來，雨雖不大，也已把他淋得夠濕，他沒戴任何雨具。韋如絲忙找出一大塊乾布遞到他手裏。

宋德嶽只用布擦了擦嘴就丟到地上，顯然是喝多了。敦恕堂自釀的高粱酒夠香也夠烈。

宋德嶽頭髮鬍子都亂蓬蓬，眼睛紅紅的，手抖著，長衫的紐子扣錯了位。過去那個風流倜儻的小生沒了蹤影。韋如絲看著心痛，但莫能助。

宋德嶽就近找了凳子坐下，仰臉看著磐石道：「八路軍在十六的集上抓走了徐水子對吧？」

磐石長歎了一口氣，伸手欲把宋德嶽手中的酒壺要下來，宋德嶽不撒手，磐石道：「弟啊，白日你懷裏總揣著酒壺，夜裏酒壺放在桌上，起來小解也要灌上幾口，你總這樣喝會把自己喝壞的。」

宋德嶽回道：「喝壞就喝壞，沒什麼大不了

的，早死晚死沒有分別。哥你不用管我，我只求哥幫我一個忙。」

磐石問：「幫什麼忙？只要哥能做到的，都會幫你。」

宋德嶽臉上出現一絲歡喜，忙道：「你去跟八路說，讓他們放了水子。」

磐石皺眉道：「這個忙我幫不了。八路軍不是平白無故抓小白鞋的，她是自作自受。初六集上她指使鬼子砍了十八個老百姓的腦袋，千村鎮的人都恨不得吃了她。這次其實她還算是走運，八路軍抓她是為了交換一個被鬼子俘虜的副隊長，不然這會兒她早死了十回八回了。」

宋德嶽微笑道：「真是太好了，那她就能保住一條命了。」

磐石哀歎了一聲，道：「德嶽啊，你何至於此？小白鞋不是什麼良善之輩。」

宋德嶽辯解道：「你們不瞭解她，她一個人帶著孩子不容易，為了生計，什麼不得做啊！若不是這個亂世，水子會是個好女人。」

韋如絲和磐石對望了一眼，一起苦笑。道德評判，不涉及自身的時候總是容易的。一旦關涉自己，內幕複雜，柔腸百轉，標準難免遷移。

夜裏韋如絲悄悄起身往西配房走去，她知道小白鞋被關在了磨房裏。蟲兒叫得正歡的季節，它們根本不理會韋如絲的腳步，竭力鳴唱著。除非走得太近。

若是這些鳴蟲也像狗一樣有著不能克服的警覺性，難免也招來殺身之禍了。有時候遲鈍未嘗不是一種幸運。

磨盤上點著一盞罩子燈，韋如絲透過玻璃往裏看，小白鞋坐在凳子上對著屋角輕蔑地笑。韋如絲順著她的視線看過去，老天！張茉莉正手持剪刀對著小白鞋，雙眼寒冰一般。

張茉莉滿懷篤定，道：「我知道你是誰，可你不知道我是誰。」

小白鞋冷哼道：「怎麼會不知道！你是張茉莉，宋德嶽的老婆。」

「你怎麼知道的？」張茉莉很是詫異。

「你丈夫告訴我的，他說你貌美善妒，久食無味。」

這話激怒了張茉莉，她恨道：「所以才去食你對吧？那不如烤熟了再吃！」

張茉莉說著舉起罩子燈朝小白鞋扔去，燈摔碎在小白鞋的腳下，那雙雪白的孝鞋在燈油的浸潤下迅速燃燒起來。小白鞋冷笑著一動不動。

火苗呼呼往上竄，韋如絲在窗外不由驚呼起來，忙去推門，但門插得死死的，像一堵牆一樣堅實。

韋如絲又跑回窗前，拍著窗戶驚叫著：「茉莉，快把門打開！這樣會燒死人的！」

她們兩個人誰也不理會韋如絲。張茉莉一近身，小白鞋就出手如電，屋內的情形很快翻轉，一瞬間張茉莉的髮髻就被小白鞋死死揪住。張茉莉吃痛，只得矮著身子扭臉看著小白鞋。

小白鞋從容地脫下一隻燃燒著的鞋子，欲點燃張茉莉的頭髮。張茉莉的頭髮沒有馬上燒起來，小白鞋拿著她的鞋子使勁地在張茉莉頭上蹭，恨不得立時把她燒成灰。

韋如絲大叫：「萬萬不行！小白鞋，你趕快放開她！放開她！」

「醒醒，如絲，快醒醒，你做噩夢了。」

韋如絲睜開眼，磐石正用手輕撫著她的臉，黑暗中看不清他的臉。韋如絲的心還在「呼通呼通」地跳，她摸到磐石的手抓住，急問：「小白鞋沒關在咱家磨房裏吧？」

「沒有。怎麼能關在咱家？小白鞋認識咱家，於隊長說怕鬼子事後報復，不能關在老百姓家裏。」

韋如絲松了一口氣，側身鑽進磐石的懷裏。韋如絲閉著眼看他換了張三的衣服，然後輕拍著她的後背，如同哄著嬰兒入眠一般。

25 強盜有邏輯

午飯剛吃完，張二過來了，說是錢二兩正在老爺屋裏，想讓磐石過去一起聊聊。磐石回來時天已擦黑，顯見神情歡愉。

韋如絲問：「二兩叔又過來蹭爹的大煙抽啦？」

磐石笑道：「是。二兩叔也好這口，可有些抽不起。」

「又不是什麼好東西，抽不起就別抽了唄！挺貴的東西，總抽別人的，他也好意思。」韋如絲不屑道。

「大煙這東西一旦抽上了，想丟掉可不太容易。煙癮一上來，哪還顧得上臉面？再說二兩叔也算救過我一命，又和爹打了這麼多年的交道，爹也不好意思不讓他抽。」

韋如絲點頭道：「也是。我怎麼把他替你挨過一蹄子的茬兒給忘了？可見人真是容易忘恩負義。」

磐石道：「背負別人的恩義並不好受，所以不如忘掉。」

韋如絲看磐石的長袍有些皺，就上前用手撫弄。磐石低頭吻她，韋如絲含笑將臉頰轉向他，呼吸間她聞到大煙特殊的香氣。

韋如絲抬頭看他，驚問：「你也抽了嗎？」

磐石訕訕道：「我就試了試，沒多抽。」

韋如絲心沉似水，低頭轉身進屋，盤腿坐到炕上，不想說，也不想動。內心有個聲音高叫著：「完了，完了，徹底完了。」

敦恕堂三個成年男子，十老爺常年抽大煙，基本不理家事；宋德嶽遭遇了喪子之痛，還不知何時能徹底復原；支撐全家的梁就剩磐石一根了，他如果抽上大煙，就算不考慮花費，在這朝不保夕的年月，一旦風吹草動，老老少少指望誰啊？

磐石跟進來，躺到炕上，以手支腮，對著韋如絲道：「你不高興了？」

韋如絲不語。一旦動了真氣，她習慣於沉默。

「你何至於此？這園子裏抽大煙的男人又不是我一個。」

韋如絲想起德嶽要他救小白鞋的時候他也說了句「何至於此」，韋如絲心道：「你還真喜歡這個詞！」

看韋如絲繼續沉默，磐石道：「你一個女人家，不要管男人那麼多。我在外面已經很難了，回家不想再看老婆的臉色。我抽口煙也就是為了放鬆放鬆。再說了，留那麼多家產有什麼用？咱們精打細算地過，剩得越多越被鬼子惦記著。」

磐石望著韋如絲，看她還不說話，就轉過身去，不再理她。

磐石從未如此對待過自己，以往自己不高興時，他都耐心哄勸。今天怎麼突然轉了性？大煙的力量這麼神奇詭異嗎？一吸成魔，鬼怪附身，所以才叫「大煙鬼」嗎？還是自己做了什麼事惹他不開心了？

韋如絲心下茫然，六神無主。在這個世上，離了磐石的關愛她無所依靠。

中午以前，韋如絲還是一個擁有一切的女人。到了下午，錢二兩來過一趟，她就一無所有了。韋如絲失掉了丈夫的柔情，她以為一生一世都可以遮風擋雨的丈夫馬上就要成為煙鬼了。

人世間是有「無常」兩個字存在的，在沒有任何徵兆的情況下襲擊你。

韋如絲忍住心裏的慌亂，看著磐石的後背道：「你以後不要再碰大煙了，那東西太害人了，對身體不好。」

「你不用擔心，你看爹抽了那麼多年也沒事兒。關鍵是掌握量，一次別抽太多了。」磐石依舊背對著韋如絲，語氣冷淡。

韋如絲也把頭扭向一邊，不再看他。兩個人相背無言，大約有一刻鐘的光景。靜默是一種發酵劑，韋如絲內心的不安漸漸轉化成氣苦，膨脹至極。

韋如絲慢慢舉起右手，打了自己一個嘴巴，接著再舉起左手抽自己的左臉。一下，又一下，韋如絲對自己毫不留情，耳朵都打得懵懵響。

磐石反應過來，快速翻轉身，緊緊抓住韋如絲的雙手，跪在她身前，滿眼都是痛楚，道：「如絲，你怎麼性烈如此？我不過是抽了一次大煙你就這樣。我若在外面有了別的女人，你還不得殺了我？」

「不會，」韋如絲看著他的眼睛搖頭道，「你若有了喜歡的女人，我就幫你娶回家來，好好待她。你喜歡的人，我也會去喜歡。」

磐石苦笑，道：「真的嗎？妻賢若此，小生幸何如哉！」

韋如絲認真道：「真的，我保證。但你也得保證以後不再抽大煙了，不然只要你抽大煙我就自罰抽嘴巴。」

磐石用他的額頭抵住韋如絲的額頭，道：「算我怕了你，太厲害了，竟然自傷勸誡。若再娶一房也是你這脾氣，我就沒活路了。所以我也不娶了，全副精力對付你怕還不夠。」

韋如絲伏到磐石肩上笑道：「誰厲害了？平時不是都聽少爺你的嗎？」

「兔子一旦急了，也能把人咬出血來。」磐石無奈地笑言。

磐石捧起韋如絲的臉輕輕吹氣，心疼地說：「看這臉腫得，怎麼出去見人啊？別人會以為是我打的。我去拿冷手巾給你敷敷。」

磐石一邊給韋如絲敷臉，一邊和韋如絲聊天。「你知道今天我為什麼在爹那兒待那麼久嗎？」

「為什麼？」

「有好消息。本來想一進門就告訴你，結果鬧這麼一齣。」

「什麼好消息？」韋如絲忙問，一直以來都是壞消息。

「鬼子大概要撤到文城去了。」

「真的嗎？」韋如絲興奮得要坐起來。

磐石一把摁住她，道：「躺好了，小心手巾掉下來。」說著他拿走手巾，轉身放到臉盆裏浸，臉上都是喜色。

磐石接著道：「二兩叔說，八路軍發動了幾百個團的兵力和鬼子拼。這兩個月，八路拆鐵路，破公路，空舍清野，越打越順，消滅了幾萬名鬼子。鬼子頂不住了，抽兵補缺，鄉下的炮樓、據點大部分都撤了。估計川合他們很快要撤到文城去了。」

「太好了！他們什麼時候滾蛋？」

「原來你也會罵人啊？」磐石笑著道，「這我可說不好，總歸是快了。二兩叔說鬼子在集市上半買半搶了十幾匹馬和騾子，都沒人敢牽牲口上集去了。有人看見鬼子在據點裏裏外外忙活著裝車，已經開始往文城拉糧草了。沒準兒這兩天就『滾蛋』了。」磐石學韋如絲說話。

「那徐水子怎麼辦？川合帶她走嗎？」宋德嶽坐在靠牆的方桌上突然開口，好像他一直閑在那裏聽他二人說話。宋德嶽長腿交叉斜支著身體，懷裏隨意抱著一隻青花膽瓶。今天他好像沒喝多少，骨子裏的瀟灑又冒出頭來。

「這我怎麼知道？你管那麼多幹嘛？跟你也沒什麼關係。」磐石怒其不爭。

「最好是帶走，不然她連命也保不住。哥你幫我盯著點，萬一川合不帶她走，咱們得幫她離開千村鎮。」宋德嶽不理會磐石的態度，繼續往下說，一邊說，一邊舉起瓶子對著光細看。

宋德嶽新剃的鬍子，下巴泛著好看的青色，頭髮也梳過了。多好啊！又有了生機。韋如絲不管他關心的是誰，就算是小白鞋也好。心裏有關愛，人生便有了支撐。被需要的人生才是人們真正需要的人生。

「那對青花瓶不是埋在西配房的院子裏了嗎？」韋如絲看著磐石問道。

「對呀。」

「那德嶽手裏拿的是什麼？他把瓶子又挖出來了？」韋如絲很是納悶。

「沒有。不用奇怪，有些東西只有從你心裏拿走才是真的拿走。」磐石靜靜地說。

淨說些韋如絲聽不明白的話。沒關係，黃昏正好。西斜的日光把海棠樹的影子推進屋裏。兄弟二人如剪影一般安靜地坐著。

「老天啊，就讓自己享有這份靜謐祥和吧！」韋如絲一點也不喜歡波瀾壯闊的人生。

寧靜如同玻璃，屬易碎品。「劈劈啪啪」的腳步聲在院子裏響起，這是快速行進的聲音，及至宋慶祥在堂屋高聲叫「鬼子來了，鬼子來家了！少爺快出來！」韋如絲都不能相信慶祥叔能跑那麼快。

三個人趕忙出來，小石頭從西屋也出來了，牽住韋如絲的手，不安地問道：「娘，發、發生什麼事、事情了？」

磐石道：「唉，這孩子自打培晧死後，有一段時間不肯說話，再開口說話就結巴了。」

韋如絲道：「不怕，我重新教他說。」

韋如絲對著小石頭一字一頓地說：「沒事，別怕，有娘在。」她把孩子攬住，緊貼在身側。

「鬼子挨著院子趕人呢，讓都到祠堂前集合。」宋慶祥聲音有些發顫。

「不是他們要撤了嗎？」韋如絲望向磐石問道。

「怕是最後要禍害一把。」磐石皺著眉頭。

說話間，幾個鬼子就進院來了，為首的正是川合仁一。小白鞋跟在最後，渾身上下收拾得乾淨俐落，粉面玉手，沒有顯露任何的劫後滄桑。

看來抗日大隊真沒把她怎樣，被她賺到了。

小白鞋一出現，宋德嶽的一雙眼睛就全在她身上，但她並不看他。

敦恕堂一家老老少少、男男女女悉數被趕出來，站在院子裏。偽軍吆喝說：敦恕堂的人不必去祠堂了。

川合笑道：「宋先生，最近實在是軍務繁忙，沒有過來拜訪，還請多原諒。」

「川合隊長總是那麼客氣，豈敢讓隊長牽掛。」磐石回道。

「客氣的是宋先生你了。上回我來請宋先生出任維持會會長，宋先生第二天就消失了，令我措手不及。匆忙間找了周會長來替代，但總覺得差強人意。」

「周會長比我能幹許多，川合隊長錯愛了。」

這時進來一個鬼子，伏在川合耳邊說了幾句。川合臉上變色，用日語交代了什麼。鬼子立正挺腰，「嗨嗨」連聲，領命而去。

川合面容凝重起來，道：「看來我今天沒有時間和宋先生話家常了。我就直接講明來意吧。聽說敦恕堂有一幅唐寅的仕女圖，宋先生能否拿出來讓我欣賞欣賞？」

「不知川合隊長聽何人所言，敦恕堂從未有過什麼唐寅的仕女圖。」磐石回道。

川合面上不悅，道：「我今天時間很緊，不能耐心等待。宋先生還是趕緊拿出來吧。我一直以為藝術珍品的損毀是戰爭不可饒恕的罪孽之一，到時不光是敦恕堂的損失，更是人類文明的損失。大和民族對中華文化一向景仰愛慕，不由交與我妥善保管，我會倍加珍惜的。」

「這個我知道。上回的五馬圖不是交給川合隊長保管了嗎？仕女圖如果有，我也會一併奉上的。」磐石說的是實情，韋如絲也從未見過仕女圖，倒是有一幅騎驢圖，也是大家之作。

川合雙手背在身後，開始踱步。眾人的眼睛隨著他轉動，忽然他停在了韋如絲面前，一把把小石頭拉過去，他力道好大，韋如絲不由得鬆手，她怕扯疼了孩子。

小石頭跌到了川合的身上，韋如絲的心揪成一團。磐石和宋德嶽齊道：「別和孩子過不去！」

小白鞋突然「嘰嘰咯咯」笑起來，道：「川合隊長，小心嚇著孩子。」

「不會的，我就問他幾句話。」川合蹲下身子，聲音和面色都柔和下來，雙手扶著小石頭的肩膀問道：「你爹是宋德屹對吧？」

小石頭點點頭。川合笑道：「真是個好孩子，不說謊騙人。我再問你一個問題，知道就說知道，不知道就說不知道，好嗎？」

小石頭又點點頭。川合道：「你見過家裏的牆上掛過一幅畫嗎？畫上是四個漂亮的姐姐，穿的是古代的衣裳。」

小石頭搖搖頭。川合追問道：「真的沒見過嗎？你爹大概沒告訴過你，說謊的孩子都要在深夜被丟到山裏面餵狼吧？」

小石頭被嚇得更結巴了，道：「我、我、我真、真、真的沒、沒、沒見、見過四、四個、個姐、姐、姐。」

川合一把抽出腰間的武士刀，揮至半空。

26 雙月共爭輝

韋如絲和磬石都急了，嘶聲叫喊，死命要撲過去，但都被鬼子攔住。突然間電閃雷鳴，如同魅影閃動，小白鞋轉眼間擋在了川合和小石頭之間，劈手就給小石頭一個嘴巴，厲聲道：「什麼破孩子，話都說不俐落，不夠讓人著急的！」

小石頭「哇哇」大哭起來。邊哭邊說：「幹嘛打我？我沒說謊啊！我就是沒見過四個姐姐啊！」

韋如絲趕緊把小石頭拉到懷裏，緊緊摟住，不再放手。精神太緊張了，她竟然沒有察覺到小白鞋一個巴掌打得小石頭不結巴了。

小白鞋轉身對著川合，柔聲道：「咱們走吧，馬上就要下雨了。路本來就不好走，雨下大了，那些八路挖的坑就看不到了，車會陷進去的。」

川合將刀還鞘，臉孔也換了一副，笑著對磬石道：「宋先生，後會不知是否有期。雖然看不到唐寅的畫作，我還是願意把他的絕筆詩贈與宋先生——『生在陽間有散場，死歸地府又何妨？』……」

磬石接著道：「『陽間地府俱相似，只當漂流在異鄉。』」

川合大聲「哈哈」笑起來：「本來我們兩個人可以成為極好的朋友，可惜了。宋先生，生死既然都能看開，不過是一幅畫，有什麼捨不得的？」

「川合隊長，如果有，我不會隱瞞的，命比畫更重要，我是明白這個理兒的。但我實不能無中生有啊！」磐石歎道。

川合向天空望了一眼，道：「無論有還是沒有，都已經晚了。宋先生聞到煙火味了吧？看來火已經燒起來了。既然帶不走，不如讓這些美麗的事物都遁化吧，像櫻花一樣飄落，也免我日後空勞牽掛。」

川合的憾意抑制不住，虎著臉往外走。小白鞋跟著向前走了幾步，忽然回轉身來到張茉莉身旁，笑著說道：「有人說你貌美善妒，久食無味。是真的嗎？」

張茉莉錯愕地看著她，不明所以。韋如絲一下子迷惑起來，心道：「我那天是做夢嗎？」

小白鞋轉頭對韋如絲輕笑道：「是夢也不是夢，你不用勞神去想了。你記好了，這回我和你算是兩清了，我徐水子最不願意欠別人的了。」說完翩然離去。

韋如絲望著小白鞋婀娜的背影想：「千村鎮那十八個百姓的性命算是誰欠的呢？」

每個人行事都有自己的邏輯，從自身出發，回到自身去，形成一個閉合環路，如果有錯，根源都在旁人。

鬼子的可惡是無以復加的，它們在屋子外面堆上了乾柴，還澆上了煤油。雖然下了雨，但只是雷聲大，雨點很小。鬼子在，攔住人們不讓動，鬼子一走，園子裏忙著救火，人聲鼎沸。

十太太急道：「德屹，你快找人救火啊！」磐石早已行動，人不在近前。接著十太太瞟了韋如絲一眼，哼道：「某人可真招火神啊！」

十太太歪著頭突然想起了什麼，對著宋慶祥嘶聲叫道：「慶祥，我的壽材！怕也是要燒成灰了吧？你讓我上哪兒再去找一副像樣的啊？」

宋慶祥一拍腦袋，叫道：「了不得了！可不

得了了！」轉身就往西配房跑去。韋如絲和柱子緊隨其後。

十老爺和十太太的棺材都擺放在西配房的第一趟屋子裏，兩個棺材都是五寸的幫、七寸的底，厚重無比，沒有三四個夥計，挪動不了分毫。

門前的火燒得正旺。韋如絲四下張望尋找，果然看到那隻火狐狸。它雙手抱胸端坐在高高的棗樹上，悠然四望，當他們是風景。看韋如絲盯著它看，火狐狸冷哼一聲，道：「這回可和我沒關係，別總疑心我。這麼大的場面，我沒有這能耐。」

不待韋如絲反應，火狐狸轉身躍向屋頂，很快沒了蹤影。

宋慶祥拿起鍬把門口的柴火挑到一邊，然後衝進屋裏，這時門框已然燒著了。宋慶祥嘴裏還在大聲叨念著同一句話：「了不得了，可不得了了！」

真不知宋慶祥何來神力，韋如絲眼睜睜看著他獨力把十太太的棺材拖了出來！

韋如絲被驚到，大叫：「慶祥叔，你在幹嘛？」

宋慶祥猛然意識到自己做了一件不可能的事，一下子癱軟在棺材旁邊，再也沒了氣力。這時磐石帶著幾個夥計過來了，進屋一起合力把十老爺的棺材拉了出來。

火都被撲滅了，損失在火焰中的東西比預想的少。除了一些後期建的配房因為是茅草做的屋頂，燒得只剩四壁外，院落房屋基本完整，只是石頭砌的堅實牆基被燒得崩開了許多裂紋。

鬼子趁火打劫造成的損失更大，凡是能找到的細軟錢財字畫都被鬼子搶走，還燒了許多書。

韋如絲納悶道：「園子裏的柴火也不少啊，鬼子幹嘛還費勁搬書？」

磐石歎了一口氣，道：「如絲，你太善良了，難免簡單，日本人的心思之深不是你能琢磨透的。要毀掉一個民族的未來，不是從肉體上消滅，而是在文化上截斷。延續民族生命的是文化，沒有自己文化的民族等同於消亡。日本人就是想從根兒上毀了咱們。」

韋如絲滿心驚懼，瞪大眼睛道：「日本人心腸怎麼能這麼歹毒呢？那個川合看上去還蠻斯文呢！」

「他要真是個粗人，也想不出這種點子來。」磐石接著道，「多虧這作勢要大下一場的雨嚇走了鬼子，不然還不知會怎樣呢。」

磐石話音剛落地，一聲炸雷在頭頂響起，韋如絲被嚇了一跳，雙腿猛地一蹬，一下子從夢中醒來。

窗外正下夜雨，閃電透過窗簾的縫隙射進來，把梳妝鏡照得雪亮。雷聲分外焦亮，震得韋如絲心寒膽顫，可曾羨無不為所動，安臥如常。

韋如絲躺在自家的床上，高臥於十八層樓上，身邊是曾羨無。這裏不是敦恕堂，沒有鬼子，沒有大火，也沒有磐石。

屋外風雨飄搖，屋內祥和安寧。韋如絲側轉頭看著睡夢中的曾羨無，內心竟生出別樣的感覺，好似她情願睜開眼看到的是磐石，或者說是變裝的張三，而不是羨無。

韋如絲情願在夢裏，不願意醒來。

自己這是怎麼啦？竟然為一個夢中人嫌棄起羨無來了。韋如絲內心歉疚，撫著曾羨無的臂膀輕聲道：「對不起，等天亮了，我就屬於你了。」

曾羨無忽然睜開眼，看著韋如絲「嘻嘻」笑道：「白天沒看夠嗎？夜裏還盯著看。老公我的魅力就這麼大嗎？該睡不睡的，嘮嘮叨叨在說些什麼？」

韋如絲被嚇得不輕，一旦做賊，想不心虛都難。她佯裝嗔怒，以掩飾內心的慌亂，啐道：「你想嚇死我啊？嚇死我有你什麼好？莫非想另娶佳人？」

曾羨無一把摟住韋如絲，在她耳旁膩聲道：「你就是我的佳人……」

韋如絲無力抗拒，也不忍抗拒，她在曾羨無的身下靜默無聲，緊閉雙眼承受著他的衝擊。曾羨無一如既往，竭力而為，誠盡夫職。

韋如絲內心感念：「無論怎樣，我都要為羨無維護好一個他所需要的完整世界。」

激情過後的酣眠中，曾羨無睡得很實。側耳傾聽，雨像是停了，世界一下子靜下來。韋如絲起身來到窗前，拉開窗簾尋望，卻不知道在找什麼。韋如絲只是內心不安，卻不知為何不安。

雨後初霽，對面樓頂上演彩雲追月。低頭往下看，樓下遑遑然出現一片規整的園子，十數座三進或五進的四合院排列整齊，黑瓦森森。

敦恕堂原來就在自家樓下啊。韋如絲急急從鞋架上取了雨傘，打開窗戶，也不管這把傘骨已然生銹的舊傘能否承受她的體重，御風飄落到敦恕堂的院子裏。

安全落地，韋如絲仔細收好雨傘，心道：「瘦有瘦的好處。」抬頭回望自己飄落的高度，卻看到天空中赫然掛著兩個圓圓的月亮，一個高懸在對面純恕堂的屋頂上，另一個掛在園子南牆外的夜空中。

「娘，怎麼會有兩個月亮啊？像雙胞胎似的。」

「是啊，娘也沒見過這樣的事。」

真真匪夷所思。小石頭眼尖，發現不同，他拉著韋如絲的手興奮地說：「娘，不一樣！這個月亮圍著圈圈，那個沒有。」

還真是。純恕堂屋頂上的月亮圍繞著圈圈白霧，形似海螺旋轉的尾部，乍一看像是月暈。南牆外的月亮就是尋常的月亮，亙古一態，不預備給任何人以驚喜。

那個不尋常的月亮在原點漸變漸小，以極穩定的形態向夜空縱深處行進，終於沒了蹤影。

「娘，不見了。」小石頭語露惋惜。

「脖子都酸了吧？」韋如絲伸出手輕輕按摩他細瘦的脖頸。從沒試過這麼長時間的仰望，韋如絲的脖子也酸累了。

韋如絲復又抬頭望，那一團霧氣也慢慢散開了，清朗的夜空寧靜如常，雁過不留痕。

「這真是太奇怪了，我活這麼大，還從沒有

見過兩個月亮一起出現。」錢二兩在黑暗中歎道。韋如絲循聲望過去，還好，這次二兩叔的模樣挺正常，頭好端端地在肩膀上扛著。

「這雙月奇觀恐怕史書上都沒有記載，誰曾見過？」磐石應道，「這奇異的天象不知預示著什麼。」

「少爺，我聽於縣長說，這世上沒有什麼老天爺，也沒有鬼神。天象歸天象，人世歸人世，各不相干。」

「不，我不這麼看。天地是一個整體，共生互動，天有異象，地必有異動。鬼神之說只是一種對天地萬象的解釋，信不信是另外的問題。」磐石緩緩言道。

「少爺這麼說必定有少爺的道理。」錢二兩很知進退，避免與人正面衝突，他望著磐石的臉笑道，「天道也許真的在變。去年一入秋鬼子就撤到文城了，今年年初昆崳山區也被共產黨解放了，國民縣政府沒了，抗八聯軍也奔西去了，現在整個文縣一多半的地界都是共產黨控制著。於滿江可是個能人，這麼快就當上縣長。莫非這天下最後是共產黨的了？」

「二兩叔說這話是不是有些早了？白手起家得天下的朝代也不少，但兵家所爭的不是一時一地，照我看共軍的實力是不能與國軍相比的，那是天壤之別。」

「少爺，這個誰能說得準？一朝天子一朝臣，我覺得少爺還是要做兩手準備，儘早和共產黨搞好關係，免得日後被動。少爺要是願意還可以加入他們，於縣長說，抗日民主政府是統一戰線性質的政權，只要願意抗日的都可以加入。」

「二兩叔現在滿口都是新詞啊，我都有些聽不懂了。二兩叔，凡事要隨緣，交朋友講得是性情相投。硬生生湊上去，那太難受了。加入共產黨的事就更是免談，我現在這個狀態，實在提不起興致。」

「不用去湊，現在他們正有求於咱們。」

「要幫忙嗎？那沒問題，只要是打鬼子，不管是國民黨還是共產黨，我都幫。我宋德屹與日本人不共戴天。」提起鬼子，磐石的臉色瘮得嚇人。

「是啊，日本人真把敦恕堂禍害慘啦，此仇不報非君子。於縣長找到我的時候我就打了保票，說敦恕堂的德屹少爺一定會願意的。」

「到底何事？」

「抗日民主縣政府如今缺一個合適辦公的地方，還有許多傷病員沒地方安置。一般老百姓家房小屋窄，容不下，於縣長想都搬到園子裏來。」錢二兩說畢巴巴地望著磐石的臉。

磐石沉吟了一下，道：「縣政府就搬到敦恕堂吧，客屋平時用得也不多。我回頭跟我爹商量一下，只要我爹答應了就沒有問題。傷病員搬到博愛小學比較合適，但那不是我們敦恕堂一家能做得了主的，我得跟各堂當家的好好說說。」

「那真是太好了。我也到各家去轉轉，現如今不是國民黨主政的時候了，共產黨在文縣的勢力一天大過一天，識時務者為俊傑。」

「二兩叔，我沒有作俊傑的打算，我只做我認為對的事情。」

「那一定是這樣，少爺是天生的俊傑，無須刻意做什麼就已經是了。」錢二兩「呵呵」笑起來，磐石臉上沒有絲毫笑容。

韋如絲牽著小石頭的手，走到磐石面前，她沒有和錢二兩打招呼，因為她沒有想和他說的話。韋如絲搖著磐石的胳臂，道：「磐石，小石頭困了，我先帶他回屋睡了。」

磐石臉上展開溫柔的笑：「去吧，如絲，你也早些睡。栗嫂，你幫少奶奶把炕鋪好。」

栗嫂應聲而至，牽著小石頭的另一隻手，撫著他的頭道：「小石頭真乖，栗嬸帶小石頭去睡覺。」

真有些乏累，韋如絲打著哈欠往屋裏走，聽身後錢二兩壓低聲音道：「少奶奶還沒有好轉嗎？她還總是抱著那只枕頭不撒手嗎？」

磐石沉聲道：「二兩叔，咱們不談這個。我覺得她這樣挺好的，清醒了反而痛苦。」

錢二兩歎了一句：「天可憐見！」

韋如絲心道：「鬼鬼祟祟的，不知道在說誰？近來家裏的人都喜歡壓低聲音講話，也不知怕被誰聽到。」

27 癡人本來癡

進了堂屋，韋如絲停下了腳步發愣。栗嫂好脾氣地給韋如絲搬來一張凳子，一點也不著急催她上炕睡覺。

韋如絲把小石頭交給栗嫂，叮囑道：「你伺候哥兒先睡，仔細別弄醒他，我和少爺說兩句話。」

錢二兩和磐石回屋繼續閒談，韋如絲在一旁靜靜等候。

罩子燈把二人的影子印到牆上，誇張的大。韋如絲盯著牆上的影子，心裏一直琢磨一個問題：「桌子旁邊的兩個人和牆上的兩個人是什麼關係？桌子旁的人點頭，牆上的人也點頭；牆上的人揮手，桌子旁的人也揮手，他們四個都在動，那就都是活的。這可有些不對勁兒，」韋如絲費力苦想，「多出來的兩個人是從哪兒來的？」

突然門被推開，宋德嶽失魂落魄地從外面進來，滿身煙塵，進來後就躲到門後，右手使勁拽著門扇掩住身子，臉朝門軸往裏面鑽，一句話也不說。屋裏的人都納悶極了，齊問他究竟怎麼了。

「你這一天都不見人影，茉莉到處找你，你

上哪兒去了？」磐石語氣焦燥，「外面這麼不太平，沒事兒你就別亂跑了，讓家裏人擔心。」

韋如絲連忙站起來，洗了手巾遞到宋德嶽面前，道：「德嶽，擦把臉吧？走了很遠的路是吧？」

宋德嶽轉過頭呆愣愣地看著她，喃喃道：「是很遠，差點回不來了……」

「別吞吞吐吐的，你到底幹什麼去了？」磐石追問道。

「我去文城找水子了，她一見我就攆我走，我不肯，就去拉她，讓她跟我回來，她不能總跟鬼子在一起，那不是長久之計。鬼子看見了就要放狼狗咬我，水子不讓，鬼子就朝我腳底下開槍，我拼命跑才跑回來。嚇死我了。」宋德嶽聲音顫抖。

「宋德嶽！」磐石突然提高聲音，嚇韋如絲一跳，宋德嶽又縮回門後。磐石看上去很生氣，他對著宋德嶽嚷：「算我最後一次警告你，你要再跟小白鞋有什麼瓜葛，就不要再喊我哥，我也不認你了。這個女人害得我們太慘了，雖不是她親手所為，但在我心裏沒有差別，我恨她是和恨鬼子一樣的！」

宋德嶽的身子像風中的樹葉，瑟瑟地抖，門也隨著來回顫。他真可憐，像個嚇壞了的孩子，韋如絲不由得上前抱住他。

磐石急步走過來，一把把韋如絲拉開，攬到他身側，氣道：「瞧你這點出息！你找她幹什麼？那樣一個女人，你值得為她這樣嗎？你如果因為這種事兒被鬼子打死了，還不如自己一頭撞到牆上死了算了。」

錢二兩接言道：「十三少爺，我難免也要勸上一句，小白鞋不是只跟你一個人好，連我都去找過她三兩回。她沒常性的，不過是咱爺們兒圖的個樂子，為她認真犯不上。」

宋德嶽突然把門扇推開，抬起頭，眼裏射出厭惡和仇恨的光：「你憑什麼這樣說她？你知道她多少？要不是你們這些人，水子何至於到今天？」

宋德嶽邊說邊朝錢二兩走去，伸手要去揪錢二兩胸前的衣服，磐石想要拉住他，可沒等他抓到宋德嶽的手臂，宋德嶽突然撲跌在地，沉沉睡去，發出深長的呼吸聲。

磐石蹲下身試圖搖醒他，但宋德嶽不為所動。錢二兩道：「十三少爺這是受了驚嚇，恐怕一時半會兒叫不醒，搞不好要睡上幾天。少爺，咱們把他抬到炕上去吧！」

韋如絲「嘻嘻」笑道：「我還從來沒有在地上睡過呢，我也要睡在這裏。」然後矮下身子，和宋德嶽並排躺在冰冷的青石地板上。

周圍的人馬上圍攏過來，形成了一個包圍圈，像天神一般俯瞰著他們。磐石蹲下身子抱韋如絲，柔聲道：「如絲，地上涼，我抱你到炕上去。」

「不，德嶽都睡在地上，我也要睡地上。要不你也和我們躺在一處吧，人死了都是這麼躺著，我們一起裝死，看誰會害怕。」

「娘，不要這樣，太丟人了，趕緊起來啊！」一個姑娘滿面羞急望著韋如絲，還伸出手拉她。姑娘雖然樣貌尋常，但看著很順眼，並不討人嫌。

韋如絲道：「這是誰家的姑娘啊？幹嘛喊我娘？挺好的姑娘，可惜傻了。」

姑娘眼淚一下子湧出來：「誰都認得，偏偏不認得我。可見從沒把我放在心上。」說完起身往屋外跑。

「真是瘋得越來越厲害了。」韋如絲聞聲轉頭看，十太太拄著拐立在韋如絲身側。韋如絲許久都沒見過十太太了，她好像老了十歲，面頰上的皮都皺了。

「娘，你去哪了？我有許久沒見著娘了，娘怎麼變得這樣老了？」韋如絲心裏難過，掙開磐石的懷抱，抱住十太太的腿，嗚嗚哭起來。

十太太費力彎下腰，伸出手輕撫韋如絲的頭髮，喃喃道：「如絲，不哭，娘一直在，哪兒也沒去。聽話，去炕上躺著，別讓德屹擔心了，你看他現在多瘦啊！」

韋如絲乖乖站起來，栗嫂過來攙韋如絲，韋如絲推開她，道：「我不用你攙，我自己能走。」

張茉莉接言道：「她年紀輕輕好胳臂好腿的，怎麼用攙？我也死了兒子，沒像她這樣麻煩過別人，整日瘋瘋癲癲的，我看不過是裝的。」

韋如絲停住腳步，不解地望著張茉莉，問道：「茉莉，誰死了？你是說培皓嗎？」

張茉莉面露悲苦，道：「我只有培皓一個兒子，當然說的是培皓。」

韋如絲急道：「茉莉，你八成是神經出毛病了，培皓是喜歡成天呆在我屋裏，可你也不能咒他死啊！他就是願意和小石頭一塊兒玩，小孩子哪有不貪玩的？」

張茉莉張嘴還要說什麼，磐石走到她面前，長揖一躬，道：「弟妹啊，哥求你，別跟她計較了，如絲現在狀況不好，你就讓讓她吧。」

張茉莉沉著臉不再說話，伸手去拉地上的宋德嶽。磐石道：「弟妹就歇歇吧，你整日也挺辛苦，如絲這個樣子，大小廚房的事都是你張羅了。栗嫂，叫兩個夥計來。」

韋如絲看夥計們把宋德嶽抬走了，拍手笑道：「哈哈，我在地上睡不成，你也睡不成。」韋如絲轉身進屋睡覺。

朦朧中她聽見十太太對磐石道：「德屹啊，如絲不能總這個樣子，她這個病還得抓緊時間看，耽誤久了，恐怕更難治。」

「娘，」磐石未語先哽咽，「我不是不想給她治，我怕她萬一治好了，發現小石頭不在了，會瘋得更厲害。如絲和茉莉不一樣，她外表看著堅強，實際上分外敏感，她把小石頭看成命一樣，小石頭在的時候她什麼都不怕，什麼難關都能熬過去，小石頭不在了，她的命就等於沒了。我想如絲這病非得等我們有了另一個孩子才有救。」

韋如絲聽罷驚了一身汗，忙睜眼看向身側，小石頭正在她身旁安睡著，韋如絲拍拍胸口，長出了一口氣，心歎：「幸虧是夢！感謝老天爺！」

韋如絲俯下身，把鼻尖湊到小石頭的發梢上，深呼吸——這是小石頭的味道，沒錯，暖烘烘又特別的香氣，聞著從心裡一直到後腦勺都歡喜。

韋如絲安心睡下。再一睜眼，唬了一跳，炕前圍了一群人，磐石、德峰哥立在炕前齊望著他，十太太坐在靠牆的椅子上，茉莉立在十太太身側。栗嫂輕聲喚著她：「少奶奶，起了，十太太請了郎中給少奶奶瞧病呢。」

韋如絲臉上發熱，用被子蒙住頭道：「都快請出去，我還沒有更衣呢！我又沒有病，為什麼請郎中啊？磐石，快讓他們都出去。」

磐石忙道：「好好好，我們都出去，如絲，你梳洗好了出來。」

等他們都去堂屋了，韋如絲忙起身，半跪在炕上，拉著栗嫂的手，急問：「十太太幹嘛要為我請郎中？我身上沒有不舒服的地方啊！」

栗嫂輕輕掙脫韋如絲的手，眼睛並不看她，邊往銅盆裏兌熱水邊道：「少奶奶最近犯了昏睡的毛病，少奶奶自己沒有察覺吧？看這日頭多老高了，都該吃午飯了少奶奶還不醒，怎麼叫都不醒。總這樣下去身子就睡虛了。」

韋如絲不能置信，可看向窗外，太陽確實望不到了，已升至屋頂上方。韋如絲心裏慌亂起來，道：「栗嫂，我是不是好久沒去給十太太請安了？」

「可不是！少奶奶起那麼晚，吃過飯又要睡，哪有機會上前面去？」

「怨不得我覺得好久沒見過十太太了，娘一定被我氣壞了。」

「沒有，少奶奶放心吧，十太太現在跟過去不同了，很疼你，要不怎麼給你請郎中呢？」

「那咱們快洗完出去。」韋如絲忙往身上套衣服。

「好的，少奶奶，水溫正好。」

韋如絲一出現在堂屋，一個道士就望向她，他不是尋常來訪的道士，他穿著法衣。道士年紀並不老，四十來歲，但雙目深邃，已見功力。他不說話，其他的人也保持靜默。

韋如絲直瞪瞪望著他的眼睛，魂魄似被他吸住，不能移開目光。韋如絲一步步走向他，然後癱軟在椅子上。她想開口說話，但已不能言。有人扶住韋如絲的雙肩，她不能辨出是誰。

韋如絲看栗嫂端進來一個盛滿炭火的盆子，裏面放著一個長柄的熨斗。道士舉起熨斗，熨斗已燒得通紅。道士把熨斗對著自己的臉，伸出長長的舌頭，一下、兩下、三下，他一共舔了三次熨斗，老天，那「滋滋啦啦」的聲音好不嚇人！

「舌頭會燙熟的！」此人是個瘋子，韋如絲想阻止他，但她沒有行動的能力。周圍的人都心驚膽顫地看著道士，但集體不動。

道士俯下身，臉正對著韋如絲，猛地噴出一股熱烘烘的濁氣，韋如絲沒有防備，深吸了一口氣。味道太令人作嘔了，她一下子站起身來，彎下腰嘔吐不止。栗嫂忙把痰盂捧過來。

道士面露得色，道：「這就妥了。」

胃裏吐乾淨後頭卻很痛，韋如絲想出門透透氣，就自顧自走出屋。她看到張茉莉正彎腰和小石頭說話，臉上是燦爛的笑：「小石頭，菜園子有一條黑狗，和黑炭長得一模一樣，四隻爪子也是白色兒的。」

「真的嗎？嬸兒，你帶我去看。」

「好，這就跟嬸兒去吧。」

兩個人牽著手往外走，韋如絲微笑，心道：「茉莉真是越來越好脾氣了。」她也想看看跟黑碳長得像的狗究竟是啥模樣。外面的風還是有些涼，韋如絲回屋拿了小石頭的一件夾襖追出去。

天突然變得黑黢黢一片，道路難辨，韋如絲依照自己頭腦中固有的印象，深一腳，淺一腳，摸索著尋過去。以前記得該轉彎的地方卻豎著一堵牆，還那麼老高，像要向她倒下來。韋如絲心裏害怕，連忙跑開。

來到大街上，韋如絲有些迷糊，不知道這是前街、中街，還是後街。園子裏一共有七、八個菜園子，張茉莉說的是哪個啊？

突然，有人從身後拍了韋如絲肩膀一下，笑

道：「怨不得我在那邊一直都不得安寧，心裏老跟揣了隻活兔子似的。小姐這是怎麼啦？在自家園子裏都會迷路。以前小姐可不是這樣的，一顆玻璃玲瓏心，靈得像隻猴，害得我處處留神，加倍小心伺候著。」

「芳兒嗎？」韋如絲轉過身看，一個年輕的女子站在韋如絲面前，伴著滴滴答答的水聲。她的面孔在黑暗中很模糊，看不出是誰，但聲音明明就是芳兒的。

「不是我是誰？誰還會早早晚晚一直都惦記著小姐？」

韋如絲一把拉住她的胳臂，急道：「芳兒，你來得正好，我正在找小石頭，但我不知道他在哪兒，說是去了菜園子，可菜園子不在了。」

「小姐別急，跟我走吧，我知道小石頭在哪兒，我就是特意過來領小姐去找小石頭的。」

韋如絲忙跟著芳兒往前走，路過祠堂的時候，緊閉的大門後有竊竊私語聲，聽不清在說什麼，神神秘秘。

韋如絲把芳兒拽得更緊了，芳兒轉頭看了韋如絲一眼，她的眼神空洞死寂，韋如絲內心駭然，猛地停住腳步，顫聲道：「你不是芳兒！」

「到底看出來了，我就說你是裝瘋賣傻。果然！」

「你是茉莉！」

「你覺得像誰就是誰。沒關係，這不是重點。你再往前走，去敬福堂的菜園子，那裏有你想看的。」

但韋如絲不想再往前走，這個女人不好，韋如絲能清晰地感覺到她心裏的惡意。韋如絲要回家，她要找磐石。韋如絲轉身往回走。

「娘不來看我了嗎？」這是小石頭的聲音，但韋如絲知道是那個女人裝的，她不要聽，韋如絲堵上耳朵繼續往回走。

「娘，最後一面也不見嗎？小石頭就要死了，死了就再也見不到了。」小石頭嚶嚶哭起來，呻吟聲鑽入韋如絲耳中。

韋如絲淚流滿面，回轉身往菜園子跑。

28 如何都是夢

韋如絲恍然記起以前去敬福堂找芳兒的時候常路過這個菜園子，有時還進去轉轉。她喜歡土地，土地是眾生活命的根本。

蔬菜茁茁生長，蝴蝶停停飛飛，小蟲上下躥越，蜜蜂埋頭花心忙碌不歇。韋如絲喜歡用手指輕觸蜜蜂的屁股，它們從不蜇她，只是驚起，然後很快飛落到另一朵花上忙碌。她在盎然生機中尋到腳踏實地的感覺。

但這個菜園子不是園子裏的任何一個菜園子，除了中間的一口井，什麼也沒有，一片嶄新的荒涼。

井邊有兩個人，是張茉莉和小石頭。她扶著小石頭的肩膀，柔聲道：「小石頭，你往井裏看，黑炭就在裏面呢。」

小石頭急忙趴下，熱切地伸著細長的脖頸朝井裏看，道：「嬸兒啊，什麼也沒有啊？」

「你得下去，這樣是看不到的。」張茉莉桀桀怪笑，猛地掀起小石頭的雙腳，小石頭倒載著掉進井裏。

韋如絲大叫一聲想往井邊衝，但她邁不動腳步，周身似被鐵箍。可小石頭就在井裏，不趕緊把他救出來會沒命的！韋如絲使出一輩子攢下來的力氣掙扎，終於邁開腳步，她毫不遲疑，一頭紮進井裏。

「差點沒命。這是哪門子神醫啊，越治越瘋，竟然往魚缸裏紮，乾脆直接要命算了。」栗嫂在說話。

「那麼多人都拉不住，都說瘋子力氣大，還真是。這回我可信了，她真是瘋了。」這是張茉莉的聲音。

韋如絲睜開眼，看到張茉莉就在近前，她猛地撲過去，掐住她的脖子。力氣使得太大了，手指幾乎都痙攣了。

張茉莉沒有防備，掙脫不開，一個勁兒幹嘔。磐石用力扳韋如絲的手，口中大聲道：「如絲，快放手！你這樣會掐死茉莉的！」

「你不要上她的當！她不是茉莉，她是小鬼兒變的，她殺了茉莉，戴著她的臉。茉莉沒臉就進不了家，她在窗根下哭，你沒聽到嗎？」韋如絲雙手被磐石攥住不能動，對準他的左臂狠狠地咬下去。

磐石「啊」地叫了一聲，但沒有動，只是柔聲道：「如絲，你咬得我真疼，鬆開口好嗎？」

韋如絲才不會聽他的，她一鬆開，小鬼兒就戴著茉莉的臉跑了，茉莉就回不來了。那個假茉莉已經驚慌失措了，她跌坐在椅子上哭號，企圖用眼淚掩藏她的禍心。

磐石對栗嫂道：「藥熬好了嗎？德峰哥開的方子，不是那個狗屁道士的！」磐石的聲音有些發顫，似乎強忍著痛。韋如絲心裏很滿意，說明自己牙齒的力氣還夠大。

栗嫂忙道：「我這就去看看，應該差不多了。」

栗嫂端著碗進來的時候，韋如絲已經被綁到椅子上，原來小邊子連同張二也和小鬼兒是一夥兒的，他們把繩子勒得那麼緊，韋如絲連腳都不能動了。

磐石蹲在韋如絲身邊，雙手扶住她的腿痛哭，韋如絲對他道：「你快別哭了，趕緊跑吧，不然你也會被綁起來的。滿屋子都是小鬼兒，一人身上一個，只有你身上沒有，你快跑吧！」

磐石仰起滿是淚痕的臉望著韋如絲，道：「我不跑，我陪著你，如絲不要怕，多少小鬼兒都打不過我。」

韋如絲「哈哈」笑起來：這個世上自不量力的人太多，都以為自己是蓋世英雄，可以左右乾坤，其實都是風中草芥。韋如絲扭過臉不再理他。

「德峰哥為什麼也要謀害我？」宋德峰把一隻沒有瓶底的玻璃酒瓶子倒插進韋如絲口中，韋如絲大力咬，硌得牙齒生疼也咬不碎。任憑韋如絲掙扎，他們還是合夥要把一碗毒藥灌給她。

韋如絲把藥大口喝進去，看他們全部如釋重負，她冷笑連連，心道：「全都被我騙倒了，我是藥不死的，這是個秘密，不會告訴任何人，秘密一旦有第二個人知道，就不再成其為秘密。」

喝了毒藥以後韋如絲只是會困，她想睡了。迷迷糊糊中她聽到德峰哥說：「藥勁兒上來後她會睡上一覺，醒後就應該安靜下來。我先幫你處理下傷口吧，你怎麼總被女人咬啊？」

「咬得還真是挺疼的，沒想到如絲的力氣這麼大。」磐石道。

「她是使了渾身的氣力，現在也乏了。飲食上要好好調理，這種病每犯一次損耗都很大。」

醒來的時候韋如絲發現自己枕在磐石的腿上，她忙拉住磐石的手問：「小石頭呢？」

磐石扶韋如絲坐好，然後抱起小石頭遞到她懷裏，道：「這不是小石頭嗎？」

韋如絲忙把小石頭緊緊摟住，道：「嚇死我了，我剛才做了個夢，夢到小石頭掉進井裏淹死了。」

磐石身子猛地一抖，道：「淨瞎做夢，孩子不是好端端地在這兒嗎？」

韋如絲打了個哈欠，道：「我還想睡。」

「那就再睡會兒吧，我在一旁陪你。」磐石幫韋如絲拍平枕頭，韋如絲躺下接著睡。

「旦旦，你怎麼睡在地上啊？」曾羨無驚慌失措地叫著，「地上多涼啊！還離窗戶這麼近，也不怕中風！」

韋如絲睜開眼定睛看，原來她躺在自家冰冷的瓷磚地上。她忙爬起來往窗外看，樓下還是那條馬路，兩側停滿了車。穿著校服的孩子背著碩大的書包，手中拿著早點，匆匆而行。沒有宋家的園子，沒有敦恕堂。

曾羨無也探頭往下看，問：「看什麼呢？」

「什麼也沒看。地上太涼了，肩膀疼，我今天不上班了，你弄麥子上學去吧。」韋如絲往床上一躺，拉過被子蓋好自己。

曾羨無坐到床邊，望著她，面露憂色，道：「旦旦，是不是又做夢了？怎麼會睡到地上？是不是有夢遊症啊？去醫院看看吧，不然哪天真出點事兒就麻煩了。」

「我不去，我要睡覺，睡一覺就好了。」韋如絲不想多說話，她有不能與人言的心事。

麥子出門前俯到韋如絲臉上，留下一個濕濡的吻，早餐還殘留在她的唇上。韋如絲邊伸手蹭臉，邊抽出一張紙遞給她，看著麥子道：「寶貝兒，擦擦嘴。上課專心聽講。」

麥子撇嘴道：「媽媽天天都這一套，連個花樣都不肯變，真夠讓人煩的。」

「煩也得受著，天天講，月月講，終會變成真理的。」韋如絲回道。

聽到關門聲，韋如絲鬆了一口氣。終於安靜了，只剩下自己一個人了，此時此刻她渴望孤獨。太亂了，她要清理一下自己，讓心神歸位。

「自己在十八層的家睡下就會去到敦恕堂；在敦恕堂睡著了，就會回到曾羨無身邊。哪一個是夢？哪一個是自己的現實生活？以現有的歷史知識來分析，敦恕堂應存在於七八十年前，可焉知這歷史知識不是夢境賦予自己的？我以什麼來判斷真假呢？麥子的吻還是小石頭的發香？」

十八層的家有曾羨無和麥子，敦恕堂有磐石和小石頭。他們都是自己至親的人。

「可誰是韋如絲？我嗎？我是韋如絲，對的，但我是哪個韋如絲？不能兩個都是吧？」

韋如絲已不知道自己是誰，不但是情景亂，

情感亂，對自我的認知也亂了。「誰是我？他們又是誰？張三為什麼長得和磐石一模一樣？我對他們都懷著真情。但如果有一個是夢，我就已經出了問題，我把夢當真了。」

「或二者皆是夢，我另有現實生活。我在大睡中，一忽兒夢到敦恕堂，一忽兒夢到羨無和麥子，我現在正在夢中辨析另外兩個夢境。這有些玄了，玄之又玄，卻沒有一個萬妙之門。

「滅法，滅法，做滅法，滅法是損耗最小的方法，往往也是最有效的方法。

「我沒有證據證明我另有現實生活，好的，少了一個。

「在這高樓上我會感知到這裏的生活，還憶起敦恕堂的一切，那必定有一個是真，一個是假。

「我在敦恕堂只知道敦恕堂的一切，而不知羨無、麥子和這個惶惶前奔的時代。

「如此，結論應該是敦恕堂是夢。可這種推理依仗的也許只是我在此時此刻的頭腦中擁有的邏輯，不一定可靠。要知道那些夢像已有的人生一樣真實，我那撕心裂肺的痛超過此間的任何一次心痛；而我在敦恕堂的歡樂不輸給此間的任何一種。

「或者人生真的是場夢，生命結束時就是大夢初醒時。」

說也奇怪，人們明知時光有限，為什麼還嚮往永恆？或者正因為有限，才想擁有地久天長。永恆的愛情，萬代的基業，傳世之寶貝，甚至長生不死，福及雞犬……以有涯求無涯，這是人類特有的掙扎。

在有限的時光中，要緊的是曾經有過，因為沒有任何一項事物能夠永遠抓在手中。

入寶山不會空手而歸，至少已擁有一份記憶。一個當前的人，是過往記憶的累加體，愛恨情仇堆積於胸，是活過並活著的證據。失憶的人會惶恐萬分吧？陌生的世界呼嘯而來，自己卻空白一片，沒有立足的原點。

韋如絲的問題是擁有雙份記憶。「我究竟是

誰？我又應該把真情真心給誰？還有張三的一份啊！」

整理了一個上午，韋如絲還是糾結，她不想起床，也不想吃飯，就想這樣躺著。

韋如絲躺在床上想念磐石，也想念張三。韋如絲想起芳兒說的話，「頭頂三百尺陽光」。磐石不僅僅像太陽，那是太簡單的比喻了，而張三也是明晃晃的人物，他們為什麼有著相同的軀殼？

如果愛也可以設立等級，比如：甘願捨出性命就是十分的愛，願意一生相守就是八分的愛，那麼韋如絲對磐石、小石頭和麥子的愛是百分百的十分，而對羨無只能打到八分，對張三呢？他在夢裏就是磐石啊！

這是韋如絲最混亂痛苦的部分，韋如絲把真情真心給了夢中人，那麼置羨無於何地？韋如絲不是高舉貞潔牌坊的人，那東西太沉，她也舉不起來。

餓死事大，失節事小，現代人最懂得權宜之計，守貞已不是公認的美德。只是自己的胸懷就只有這麼大一塊兒地方，容了一個就容不下另一個，更何況三個？

好在磐石只是韋如絲臆造出來的夢中人，他無影無形，不會給別人造成困擾，只要自己捱過去，就萬事大吉了。張三也尋不見蹤影了，以後恐怕也是見他不到了，茫茫人海，相遇本來就是奇蹟，更何況他應該是在故意躲著她；或者說他不再刻意與她相遇。

時間催變萬物，漫說是夢，就是鋼鐵也會鏽腐。

心緒漸漸寧靜，人昏昏沉沉又要睡。如果讓韋如絲睡到自然醒，她可以睡足十個小時。韋如絲與瞌睡蟲同在。

磐石舀給韋如絲的是一瓢張三剛送來的魚蟲，水少蟲多，點點紅色在水中胡亂竄動。磐石微笑道：「如絲，你去餵金魚吧，讓小石頭再睡會兒。」

韋如絲趕緊從炕上跳下來，道：「太好了，

我最喜歡餵金魚了。」

來到客屋院子，看到宋培旭正對著魚缸哭。韋如絲忙問：「培旭，你為什麼哭？金魚死啦？」

培旭看了韋如絲一眼，抽泣道：「不是。最近縣政府響應延安的號召，開展了整風運動，同志們說我有少爺習氣，還一直不改。可我不知道哪些屬於少爺習氣，哪些不是，怎麼改啊？」

「風也可以整嗎？真有本事。有時風是太大了，能整小一點到底好些。太小了也不行，漁民出海打漁就扯不起帆了。關鍵是要整合適了。」韋如絲心裏實在是有些奇怪，風看不見抓不住，怎麼整啊？

「嬸兒什麼也不懂，跟嬸兒說不明白。」宋培旭扭過臉去不看韋如絲。

韋如絲低頭看著魚缸裏一尾尾自在遊蕩的魚，緩緩道：「白天放煙花不顯眼，煙花在夜空中炸開才好看，魚兒在水裏哭也不會有人知道。於縣長這會兒不在屋裏。」

宋培旭停止了抽泣，驚異地看著韋如絲。韋如絲問道：「嬸兒臉上抹了鍋灰是吧？」她邊說邊伸出手在臉上抹擦。

宋培旭連連搖頭，道：「不是，我只是在想嬸兒明白時是真明白。」

韋如絲冷笑道：「糊塗時是真糊塗，對吧？你嫌棄嬸兒了。」

宋培旭愣愣地看著韋如絲，不知道說啥好。這是個老實孩子，老實人難免缺乏靈動，超出他預想範圍的事他應付不了。只有君子才不欺負老實人，可惜世上君子少。

宋德峻那麼活躍跳脫，不拘形跡，生個兒子一點也不像他，既不會唱也不愛跳，但有一腔熱血。

「龍生龍，蟲生蟲，培旭也許是他爹撿來的，劉瞎子的女兒也是撿來的，可他那個女兒可是像他啊！看來培旭就是有些奇怪。怎麼會搞丟自己的孩子，讓別人撿去呢？十月懷胎，血肉相連，丟孩子跟丟命差不多。我可得把小石頭看緊了。」韋如絲在心裏對自己說。

「嬸兒又開始胡說了。」宋培旭不再理她，氣鼓鼓往屋裏走。韋如絲愕然望著他的背影，難道他能看出來自己心裏在想什麼？真是太不可思議了。

29 肉身轉眼朽

韋如絲回屋的時候，看到宋德嶽和磐石正坐在客屋說話。韋如絲問道：「德嶽，你睡醒啦？」

宋德嶽苦笑道：「嫂子每次見我都這麼問，可見上回我那一覺一睡三天三宿，給嫂子留的印象太深刻了。我那是被鬼子嚇丟了魂了，多虧娘用掃把挑著我的衣服去門後頭給我叫魂，回來後把衣服蓋到我身上。

「我聽到『砰砰砰』一陣響，以為是鬼子又放槍了，嚇得忙睜開眼，原來是茉莉放了個連環屁。哈哈哈……」

宋德嶽說著大笑，磐石和韋如絲也不由得笑起來。

磐石道：「不然還真不知道你會睡到什麼時候？娘這招還真靈。要不說上了年紀的人是家中一寶呢，經得多見得也多。」

「可減租減息這樣的事沒有誰經見過，咱們到底怎麼辦啊？」宋德嶽望著磐石的臉。

「打去年六月縣政府規定地租限額，這有整一年了，現在又要減租減息，都是在均貧富，歷史上但凡造反的都會使這招兒，遠有陳勝吳廣，近有太平天國，不然誰會冒著殺頭的風險跟他們跑？

「怎麼辦？全縣的幹部動員大會都在咱家祠堂裏開了，除了照做，我看也難有別的辦法。比起起義軍，共產黨還算講理，起碼咱們還住在自家的屋子裏，腦袋還在。」

「可我就是心疼，一下子減掉三成啊！」

「誰會心甘情願啊？形勢所迫，只能如此。宋家從咱們這輩往上一直是坐著吃，吃穿不盡。現在看來咱們能不能吃到老還真不一定，下一輩是肯定不能坐著吃了，社會變了。富不過三代，咱們已是五輩人了。」

「敦恕堂也沒下一輩了，茉莉剛生了培珞、培瑜，一胎倆丫頭，這個娘們也不給我換個花樣。你這邊也只有培珠一個，敦恕堂五個丫頭，香火眼見續不下去了。」

磐石忙丟了了眼色給宋德嶽，道：「我們不是有小石頭嗎！」

韋如絲走上前伏在磐石肩上笑道：「德嶽一貫喜歡胡說八道，他連培皓都沒算上，不用理他。」

磐石略顯尷尬地輕輕推開韋如絲，道：「德嶽還在這裏呢！」

韋如絲納悶道：「怎麼啦？」

「東家！東家！」張二在門外叫。磐石笑著對宋德嶽說：「這改了稱呼，不讓叫老爺少爺哥兒姐兒了，我一下子還不能適應，不知道在叫誰呢。」

「我看他們也不適應，亂叫一氣。」宋德嶽道。

「進來吧！」磐石大聲道。

張二進門後匆忙彎腰行了個禮，道「東家，老太太沒了。慶祥叔還在敬恕堂幫忙，派人捎信讓二位少東家過去呢。」

「呀，這麼快。老人家就是這樣，說沒就沒了。午飯後咱們馬上過去就好了。」磐石驚道。

「唉，守了這麼多天也沒趕上最後一面。婆有九十整了，壽終正寢，是喜喪，咱們不應該難過。換好衣服過去吧。」宋德嶽站起身來。

韋如絲也跟著往外走，磐石停住腳步對她道：「如絲，你在家歇著吧，這會兒敬恕堂一定亂烘烘的，你去也幫不上什麼忙。」

「我會哭。婆一定喜歡我為她哭，不然婆死得不風光。」

「那現在也不用去，等婆入殮了，你再去不遲。」

「你不要總管我，這也不讓做，那也不讓做的。婆已經在棺材裏躺好了，不信你看呀，就在院子裏。」

敬恕堂客屋院子裏擠滿了人。靈堂已經搭好，偌大的「奠」字懸垂在正中。

女人在靈堂兩側的廂房裏跪哭，似唱似泣，「啊——啊啊——啊啊啊——。」男人伏在棺材前哭，他們的聲調簡單許多，重在叩首行禮。不論男女，每個人一日要照著時辰哭三回，敬恕堂人來人往。

韋如絲沒有和那些女人在一起，婆喚她到跟前去。韋如絲到了近前，道：「婆，你怎麼這樣臭啊？」

婆歎口氣，道：「天這樣熱，我有什麼法子？你看我這身子底下，左一層布右一層布，足足幾十層，每層還都刷了漆，還不是一樣滲出棺材去？你十一叔還讓人在棺材下面鋪了草木灰，那又頂啥用啊？再不把我趕緊下葬，我就爛在這裏啦。」

「十一叔說必須過了『七七』才下葬，十一叔還說如果趕上冷天，他還想做夠百日呢。」

「我的娘啊！你去跟你十一叔說，『五七』就行了。我活著的時候他已經盡孝了，只差龍肝鳳膽沒給我整來了，這滿園子的人都知道，這會兒就不用再做給別人看了。」

「婆自己跟十一叔說吧，十一叔不會聽我這個晚輩的話的。」

「我跟他說了，可他總以為撞見鬼了，每次都嚇得不輕。我也不想再嚇他了，你十一叔現在本就心神不寧呢。」

「那婆就再堅持堅持。」

「說得輕巧，這是容易的事嗎？我這輩子最怕討人嫌了，這會兒把整個園子都熏臭啦，得落多少埋怨啊！

「我也著急去見老爺，這幾十年不見，不知老爺的脾氣好些沒有。想當年老爺對我可真夠厲害的，我盤腿坐在炕上，不小心腳尖露到裙子外面，老爺二話不說，抄起煙斗就敲過來，打得我生疼的。

「我的腳又小又尖，真的只有三寸，老爺說只能給他一個人看到，露出來一次打一次……」明明是痛苦的回憶，婆竟然羞答答起來。

「婆，真的是太臭了，我先回家喘口氣，明天再來看婆。」韋如絲堅持不住了，總憋著氣實在難受。

「去吧，反正我明天還在這裏，我現在哪兒也去不了了。」婆歎著。

韋如絲幾乎是奔逃出敬恕堂的，中街味大，前街就不怎麼臭了。韋如絲慢下腳步，調勻呼吸。一進敦恕堂大門，就看到宋德嶽和錢二兩站在客屋院子裏說話。

韋如絲笑著和兩個人打招呼，道：「二兩叔又犯煙癮了吧？看，眼淚都流出來了。快請進裏院去吧，十老爺這會兒應該在屋裏，我看見十老爺祭拜完我婆就回了。」

錢二兩乾笑兩聲，宋德嶽哼道：「還說不是，連我嫂子都看出來了，你還不承認。我告訴你不行，敦恕堂以後不供應免費的大煙了，你請回吧。」

「敦恕堂家大業大，哪在乎我抽的那一點點？」

「以前不在乎，以後不能不在乎了。減租減息，先是三七減，後又二八扣，剩下的不過一半，這些你又不是不知道。連我爹都能不抽就不抽了，那還有餘錢供不相干的人！」

「十三少爺……」錢二兩語露哀求。

「別叫我少爺，早改了稱呼了。」宋德嶽把頭別到一邊。

「嘿嘿，叫慣了，改了稱呼，改不了少爺的

尊貴。你看我這煙癮上來真的挺難受，再說這毛病還是當年十老爺給慣出來的。少爺忘了嗎？那一年我替十二少爺挨了騾子一蹶子，十老爺為了給我鎮痛就讓我抽了大煙。」

「這事兒跟我說不著，那一蹶子你又不是替我挨的，再說敦恕堂也沒少報答你，這陳年往事你總提起，有意思嗎？」

「好好好，咱們什麼都不提，我就再抽這一回，下一次再也不敢來叨擾了。」錢二兩張大嘴巴打哈欠。

「這一回也沒有！你不是和小白鞋熟嗎？你去找她啊，日本人有錢，讓日本人給你買大煙。」

這時宋培旭從院子外面走進來，手裏拿著一個信封，見了他們匆匆打了招呼就進屋了。

錢二兩問：「於縣長在屋裏啊？」

「對呀！你可以去找於縣長申訴，可照我看沒用，共產黨可沒閒錢供你耍那玩意兒。」

「我誰也不找。我只問少爺一句，郝亮在我前面進去了，他是去見德屹少爺了吧？」

「是我讓他來的，打你手裏買的牲口我總覺得比別人家貴許多，貨比三家沒有錯。」

錢二兩臉色暗下來，轉身就往院外走，再也沒有一句多餘的話。

「二兩叔好像生氣了呢。」韋如絲對宋德嶽道。

「氣死他活該！」宋德嶽「哈哈」笑起來，「這回我可算是解氣了，我也讓他難受難受。」

宋德嶽還是小孩心性兒。難受從來都是相互的，誰又肯白饒了誰？區別只在動靜兒大小。

睡醒午覺後韋如絲摟著小石頭發呆，小石頭很乖，韋如絲不說話，他也不說話，生怕吵著娘。

天空中有由遠及近的轟鳴聲，這是飛機的聲音，韋如絲趕緊跑到院子裏張望，飛機「刷」地一下從頭頂掠過，飛得真低，印在飛機上的紅日頭好像伸手就能夠到。

韋如絲伸伸舌頭，剛想對小石頭說「比鳥飛

得還快」，只覺得腳下大地震動，一顆碩大的鐵傢伙從天而降，落在院子當中，半截栽進土裏。

韋如絲好奇地繞著它轉了一圈，伸手摸了一把，自言自語道：「唉，我還以為是熱乎的呢。」

突然一聲巨響，窗玻璃應聲而裂，韋如絲跌倒在地上，耳朵嗡嗡響起來。她慌了神，忙爬起來，抱起小石頭進屋，躲到炕的盡裏邊，用被子蒙住頭。

又是一聲爆響！天啊，莫不是天崩地裂啦？園子裏哭叫聲四起。韋如絲抱著小石頭在被窩裏發抖，不知是嚇得還是熱得，整頭整臉的汗。

磐石沖進屋裏，掀開被子抱住韋如絲，道：「謝天謝地，幸虧落在咱家院子裏的是顆啞彈，不然我就見不到你了。」

磐石摟得韋如絲幾乎喘不過氣來，她大聲叫道：「快放開我！肋骨要折了！」

韋如絲鑽進磐石懷裏，問：「發生什麼事了？那麼大的動靜兒，我都震趴到地上去了。」

磐石咬牙道：「日本鬼子的飛機在園子裏丟了三顆炸彈，一顆在咱家，一顆丟在祠堂配房，一顆落在了敬恕堂。咱家的沒炸，其餘兩顆都炸了。幸虧婆今天下葬，大家都去送葬了，敬恕堂只留了兩個夥計，傷得很厲害，不知還能不能活命。博愛小學住著八路軍的傷病員，恐怕損失不小。我擔心你，趕回家來看看，現在該去祠堂那邊了，看看能幫上什麼忙。」

「那是炸彈啊，我還摸了摸呢。」

「你可再也不要挨近它了，隨時有可能炸開。敦恕堂不能留人，都去後街躲躲，敬慎堂、敬義堂都行，等我找於縣長派人拆了炸彈你們再回來。」

磐石去前院招呼其他人收拾東西，趕緊撤離敦恕堂。他又派人給西邊的純恕堂和東邊的純禮堂送信，他們都在爆炸範圍內，也得馬上撤離。

栗嫂道：「德崇少爺剛從純恕堂分出來立戶單過就碰上這事，如果屋子炸毀了，他一定心疼死了。還好純禮堂只是三進的院子。」

「就是一進的院子炸了也心疼啊！現在也沒誰家蓋得起五進的院子了。栗嫂，你趕緊帶少奶奶離開這裏。」磐石說罷匆匆離去。

韋如絲環顧四周，也沒什麼可拿的，領著小石頭就行了。錢二兩忽然苦著臉走進來，道：「少奶奶，你說上哪兒能找到後悔藥啊？如果少奶奶有就給我些，我現在腦袋割下來了，吃著方便。」

錢二兩說著用雙手托起頭讓韋如絲看他脖子上碗大的血洞。韋如絲駭然道：「二兩叔快把頭放下來吧，太嚇人了！」

「少奶奶究竟膽小。」錢二兩歎口氣把頭安回去，韋如絲鬆了口氣。

突然前院傳來哭鬧聲，韋如絲問：「是誰在哭啊？」

「我媳婦兒。」

「錢嬸兒為什麼哭？二兩叔還不快去看看？」

「少奶奶去看看不就知道了？我看已經不頂用了。」

韋如絲瞥了錢二兩一眼，不明白他話中的含義，但她覺得確實應該去看看錢嬸兒。

錢二兩到底是個男人，動作比韋如絲快多了，等韋如絲趕到客屋院子的時候，他已經在門板上躺好了。錢嬸兒伏在丈夫身上哭，邊哭邊使勁搖錢二兩的身子。誰知道錢二兩的腦袋沒和身子連好，一下子滾落到地上。

30 是非辯變辨

栗嫂遞給錢嬸兒縫被子的針線，錢嬸兒哭聲低下來，含著淚認真把錢二兩的頭縫到脖子上。錢二兩的兒子是個胖壯的青年，叫錢寶，韋如絲想起在他小的時候見過兩回，一張娃娃臉早已長開，不大能認出來了。

錢寶跪在錢二兩身側，雙手扶住他爹的頭，怕她娘縫不周正，鼻涕眼淚一起往下落也不敢騰出手去擦。

縫好後錢嬸兒低頭把線咬斷，重新伏到錢二兩身上哭。

這景象太淒慘了。韋如絲含淚上去搖著錢嬸兒的肩膀道：「二兩叔這是怎麼啦？前兩日還好好的呀？」

「前兩日你見過他？」錢嬸兒抬起頭，用淚眼望著韋如絲。

「對呀。我還和二兩叔打了招呼。前幾日二兩叔生著氣走了，我以為二兩叔不會再來了，見到他來我還挺高興的。」韋如絲回道。

「十老爺，」錢嬸兒轉過頭盯著十老爺道，「剛才你還不肯承認我當家的是在敦恕堂被帶走的，現在不能不認了吧？」

「少奶奶的話是不能作數的，她腦子不清

楚。」十老爺道。

「爹為什麼這樣說我？我腦子怎麼不清楚了？」韋如絲很是生氣。

「如絲，你不要亂講話。」十老爺厲聲道，然後對著錢嬸兒道：「你不能無憑無據到我們家裏來胡鬧。」

「我有憑據，憑我當家的說的話，他跟我說來敦恕堂找十老爺抽大煙。他煙癮犯了，不可能去別的地方。有人看到他被八路軍從敦恕堂帶走的，身上還捆著繩子。他們把他帶到亂葬崗砍了頭，第二天我們把他挖出來的時候，身子早已經涼透了。」

錢嬸兒邊說邊哭，接著道：「我們今天來就是要問問是誰陷害了他？你們到底對八路軍說了什麼他們非要殺了他？我們當家的哪裡對不起敦恕堂了？你們家老大的命還是他救的，十幾年了，他裏裏外外幫了宋家多少忙啊！他那麼厚道的人，你們怎麼就忍心害他呢？你們姓宋的人到底有沒有良心啊？」錢嬸兒嚎啕大哭起來。

「唉，你們願意鬧就鬧吧。」十老爺歎口氣轉身往裏院走。

這時錢寶站起身快速擋到十老爺身前，伸著雙臂大聲嚷道：「你不能走，事情還沒有解決。敦恕堂必須交出人來，給我爹磕頭認罪！」

十老爺試圖繞開他往裏走，錢寶出手攥住十老爺的一隻手臂。十老爺用勁掙沒掙開，羞怒上臉。

這一來張二、姜肉蛋和小邊子都不幹了，一起撲上去執住錢寶的手臂，抱住他的身腰，錢寶一掙扎幾個人就打在了一處，錢嬸兒哭喊著衝上去幫忙，亂踢亂打，沒有一點章法。一群人哭喊叫嚷，亂作一團。

這時磐石從院子外面進來，喝了一句：「都住手！」

大家停下來看著他。磐石道：「錢嬸兒，我正要去找你，你卻來了。我剛得了信，知道二兩叔沒了。」

「老的剛裝完孫子，小的又來裝，我倒要聽

聽你怎麼說！」錢嬸兒的嗓子已經啞了。

磐石皺眉道：「錢嬸兒說話怎麼這麼不中聽？」

「要聽中聽的話，就得做中看的事。你們害了我爹的命，還要我們說好聽的給你們聽，天下的道理都在你們宋家嗎？」錢寶大聲喊著。

「錢寶，你先把事情搞清楚，再說這些話也不遲。你爹的命怎麼是我們害的？本來我想去你們家裏悄悄說給你們聽，給你們活著的人留些面子，也算我和你爹相交一場。但現在看來不說不行了，你爹是從敦恕堂走的沒錯，你爹是被八路軍砍的頭也沒錯，但你爹為什麼被砍頭你們就不知道了。

「你爹跑到文城去告密，讓小白鞋跟日本人說縣政府就駐紮在敦恕堂，八路軍傷病員住在祠堂配房，結果鬼子就派了飛機來炸，炸死了七個八路軍。

「過後你爹還像個沒事人似的來我家找我爹要煙抽，八路軍得了密報就來敦恕堂把他抓走了。今天我去找於縣長為你爹說情，於縣長告訴了我原委，我也才知道你爹不在了。」

「不可能！你在騙人！我爹不是這樣的人！」錢寶臉色蒼白，明顯沒了底氣。

「謊話編得很圓，說是別人幹的，我也就信了。可我當家的究竟是什麼樣的人我最清楚，他幹不出那種缺德事來。

「當家的和你們交往了十幾年，替共產黨也做了不少事，他這輩子最重朋友，為朋友賣命都肯，到頭來你們把這麼個屎盆子扣到他頭上，我就是死也不會幹的。」

錢嬸兒邊說邊哭，說道末了幾乎倒不上氣來，她踉蹌著重新伏到錢二兩身上哭號。

宋德嶽出現在院子裏，他的臉也是蒼白的，他盯著躺在門板上的錢二兩看了一會兒，然後默默轉身往裏院走去，不打算理會這一世界的嘈雜。

韋如絲追著他問：「德嶽，你往哪裡去呀？你不喜歡看打架啊？」

宋德嶽低頭黯然道：「嫂子，小白鞋竟然讓鬼子往咱家丟炸彈，她不知道這裏是我的家嗎？她連我的死活都不顧了，我白喜歡她一場。我這輩子就想可以好好喜歡一個人，掏心扒肝地喜歡一場，結果是這個下場。

「她說她真心喜歡我，永輩子不變，還說誰造謠都不要信，她只喜歡我一個人。為著她這句話，她做的事一樁樁一件件我都原諒，認為她是有不得已的苦衷。可她什麼時候能為我想一次呢？嫂子，這世上大約是沒有真感情的，海市蜃樓而已。」

一個女人背對著德屹站著，不知面目如何，身量很是苗條，她幽幽道：「這世上，至幻至真的就是男女之情了。自我羅織，深陷其中，楞把心上人想像成天上少有、地上無的人物，其實都是凡婦俗夫。

「從沒有強迫出來的歡喜，喜歡一個人是因為自己要喜歡，成全的也是自己。不要以為喜歡別人是對別人的恩賜，對於對方來說是苦是樂、是禍是福，一時難講。

「自己都攔不住自己，怨也只能怨自己。其實只要是全情投入，就已經享受至幻之樂了，何必事後計較。」

宋德嶽繞到韋如絲面前，訝異地看著她，問道：「嫂子，這些話都是你說的呀？你怎麼比誰都明白清爽呢？」

「我什麼也沒說呀！你沒看見你身前站著個人嗎？她說的。」韋如絲抬腳往裏院走，她惦記小石頭，好半天沒看見他了。

小石頭不在屋裏，韋如絲急忙忙往前院折返，小石頭一定去十太太那兒了，十太太時常喚他過去，有稀罕物總給他留著，十太太有時候比她這個當娘的還寵他。

十太太屋裏人真不少，韋如絲找了一圈沒有小石頭就往屋外走，韋如絲心裏起急，「小石頭不會跑出去了吧？」

「你看她這個樣子，總也沒有好轉，連招呼都不會打了，更別說指著她操持一個家。培珠我一直替她帶著，這眼瞅著要出閣了，她還不認，嫁妝都是我在操辦，她算是省了心，可培珠也和她生分了。」十太太不知在說誰的故事。

一個圓臉的姑娘坐在炕沿上，就著炕桌嗑瓜子，磕出的瓜子仁放到十太太面前的一隻小碟子裏，瓜子殼堆在桌角。

姑娘聞聽十太太所言，漆黑的眼珠對牢韋如絲，冷笑道：「不是我和她生分了，是她眼中始終沒有我。早前她沒病的時候就是只對小石頭好，好吃好喝全是小石頭的，小石頭什麼也不用做，只讀書就好，我卻要和栗嫂她們學活計，繡花、縫褲子、拆棉襖，一天到晚有做不完的活兒，稍不合意就罵我，在她面前我總是膽顫心驚，生怕做錯什麼。

「那次裁牛皮鞋底子，皮子滑了刀，把我的手戳了好深一道口子，流了那麼多血，她一樣罵我，沒有一句心疼的話，說我這樣笨，嫁過去三天，人家就會送張人皮回來。」

磐石皺眉道：「培珠，女子與男子不同，男子一輩子都和自己的爹娘在一起，而女子成人後要到別人家伺候別人的爹娘，若沒有幾樣真本事，會被人瞧不起，沒有自己的地位。」

「原本我也這樣想，她始終是為我好，嚴厲就嚴厲些吧，終歸是我娘。可她一病我才知道，原來她心裏就只有小石頭，沒給我留一絲一毫的位置，誰都認得，就只不認得我了。如此偏心，我怎麼和她親近？」

「培珠，你越發沒有規矩了！什麼『她』、『她』的，那是你娘，不許你這樣說話！」磐石喝道。

「娘？」姑娘冷哼一聲，「我叫她，她答應嗎？」

「你娘生病了，你何苦和一個病人計較？」磐石氣道。

「她要是不病，我還不知道她的真心，這一病才算露出本相。」

磐石揚手一巴掌扇過去，怒道：「你這算是人話嗎？你的本相又是什麼？既然你不想認你娘，那我這個爹你也不要認了！」

姑娘捂著臉大哭，道：「認不認何曾在我？我是白用了心。穆家來催過幾回，要我嫁過去，我總說捨不得爹娘，爹娘正悽惶呢，多陪一時是一時。卻原來巴不得我趕緊離了你們的眼，我這張熱臉算是貼到了哪兒？婆，你要為我做主啊，我何苦留在這裏討人嫌？」

韋如絲上去扯磐石的衣袖，急道：「你幹嘛打人啊？多好的姑娘，人家爹娘知道會不幹的！」

姑娘的哭聲更大了，十太太蹙眉道：「亂套了！培珠，別哭了，你的事由婆把持著，不用擔心，擦把臉，去西屋歇著吧。德屹，你先別管培珠，今天叫你來是說你的事，別再岔開了。」

宋培珠抽嗒著起身往外走，磐石把目光從她的背影上轉回來，問：「娘有什麼事要說？」

「你爹在的時候，有你爹做主，他念著和如絲他爹的交情，不肯委屈如絲。如今你爹不在了，」十太太忽然停下來，掏出手絹擦擦眼淚，恨道，「你爹愣是被那混蛋婆子氣死的，她娘倆抬著錢二兩的屍身堵著敦恕堂的大門鬧了三天整啊。

「三伏天啊，那臭味我到現在都能聞著，真噁心死我了。這要擱在早前，他們也不敢，真是欺負人到家了，這日子過得真是一日比一日憋屈。他們指著共產黨給他們撐腰，最後還不是共產黨把他們轟走的？」

汪嫂接言道：「就是，共產黨說了，再鬧下去，連他們的頭也砍下來。」

磐石奇道：「我怎麼不知道有這個說法？」

十太太往被垛上倚了倚，擺擺手道：「那個事就不說了，算我們倒楣。德屹，你爹不在了，現在敦恕堂的事只能由我做主了。我不能眼睜睜看著你沒個兒子，你必須把如絲休掉，另娶一房。」

十太太看磐石沉默不語，壓抑了一下內心急躥躥的火苗，耐著性子道：「我知道如絲除了這裏沒有別的去處，我們養她一輩子就是了，也算是仁至義盡，對你爹和她爹都算有個交代。」

十太太好像在說與自己有關的事情。但韋如絲聽不大明白，腦子裏有一團霧蒙著。

磐石立在炕前，哀求道：「娘，如絲會好的，她一直在吃藥，一天比一天好，我相信她會有一天徹底好俐落的。」

「那天是哪一天？你也許可以等到，但我等不到了。自打你爹走後，我這身身子骨一日不比一日，我總說，今晚脫下的鞋不知道明早兒能不能穿上，我必須在我走之前把家裏的大事安排妥當。

「德屹，你腦瓜子靈，也很能幹，樣樣都好，就是太過兒女情長，這樣容易誤事。你想想看，你娶了新媳婦後多生幾個孩子，等到你們都老了的時候，有人伺候你們，如絲也有人照顧，多好啊。」

「娘說得都沒錯，但我就是不能丟開如絲，這件事上我不能聽娘的，娘不要生氣。」

「我不生氣，」十太太躺倒，汪嫂忙給她蓋好夾被，十太太接著道，「從現在開始，我不吃飯了，直到你答應為止。」

「娘這不是難為我嗎？」磐石急得跺腳。

「我是在難為我自己。汪嫂，你要是看我不行了，就幫我換好衣服，別讓我這麼就走了。」十太太說完閉上眼睛，汪嫂忙應著：「是，太太。」

韋如絲走到窗前往外看，院子裏有兩棵一人多高的桂花樹，種在木頭花盆裏。韋如絲支開窗戶，香氣湧過來，甜甜暖暖的，濃得像能立在面頰上，卻不令人生厭，反起貪婪之念，吸著鼻子嗅了又嗅。

這便是古人所說的天香了，只可惜花時無多。

屋裏躺著的人還是躺著，跪著的人照舊跪著。夜深了，汪嫂幾次要來關窗，韋如絲都搖頭不讓。汪嫂歎道：「少奶奶又癡了。」

韋如絲願意停留在原處，但萬物變化不止，自己能安然不動嗎？

也許自己原本就是棵樹，早已落地生根，躲不過雲起雲落。

31 舊人踏雪泥

汪嫂給磐石拿來一隻墊子，道：「少爺，地上又涼又硬，你還是墊上吧。」磐石搖頭，道：「我娘也在受罪。」

十太太有淚自眼角滾出，磐石俯到炕沿上，輕聲道：「娘，我讓人下碗麵吧，已經一天了，再不吃會餓壞的。娘的身子弱，經不起折騰。」

「除非你答應停妻再娶，否則不要多話。」十太太閉著眼睛道。

磐石靜默下來，十太太歎口氣，並不追問。

事情看似回到原點，但變化已經悄然發生。強勢的愛遠比強敵難以應付，防線模糊，戰局混亂，傷敵痛過傷己，節節敗退是必然的結局。關愛有時是劍，施方咄咄逼人，受者千瘡百孔。

太陽照樣升起，霞光似暈開的胭脂，柔豔動人。韋如絲轉過頭望著這一對母子。磐石伏在炕沿上睡著了，十太太腹中空虛，睡不踏實。她推推磐石，磐石驚醒，慌忙道：「娘是不是不舒服？」

十太太道：「我只是想問你，今天咱們娘倆還不吃飯嗎？」

「娘想吃東西了嗎？我找人給娘做飯去。」

「不，你一日不應，我一日不吃。我別的沒有，骨氣是有一點兒的。咦？你這嘴上是怎麼啦？」

一夜之間磐石嘴上燎起了一圈泡，那是心火上攻。磐石道：「沒什麼，我怎樣都沒關係，娘千萬別生病，不然我罪過就太大了。」

「你這是何苦？跪了一日一夜你也算對得起如絲了，三妻四妾本就是尋常事，你為什麼這麼較真兒？真要看娘死在你面前嗎？我捨不得你受罪，我一頭撞死算了。」十太太說著坐起身來，摸索著下炕。

磐石忙上前抱住十太太，急道：「娘！娘！我可以另娶，但我不能休掉如絲，只要娘答應如絲繼續為大，別的我都答應娘。」

「我怎麼生了你這麼個癡兒子？罷罷罷，你能應到這一步，也算你孝順娘了。汪嫂，快做飯去，餓死我了。」

汪嫂笑道：「備好了，一早就擀好麵條了。餓了一天，麵條我讓廚房多煮會兒，別傷了胃，就是這樣太太也不能一下吃多了，小心撐壞了。你們這一對真是親母子，如假包換，都犟得可以。」

「快些吧！就你廢話多，我已經餓軟了，你看，手都直抖。吃完了給我把媒婆找來，好好尋尋，一定找個十全十美的姑娘來。」十太太「呵呵」笑著，不像個餓了一天的老人。

磐石艱難地站起身，用手揉著膝蓋，道：「娘，我回自己屋吃，如絲也站了一天一夜了。」

十太太連聲道：「去吧，去吧，吃飽了，你們好好睡一覺，今天就不用過來看我了。」

磐石過來牽住韋如絲的手，道：「如絲，站累了吧？跟我回屋吧。」

韋如絲搖頭道：「我是棵樹，沒有腳，不能走，你自己回去吧。」

磐石抱起她，道：「你是種在花盆裏的樹，可以搬走。」

韋如絲笑道：「你就是比我聰明，我怎麼沒

想到這一點？」她伸出自己的枝條纏繞磐石的脖頸，鬆鬆地攏住，小心不勒疼他。

磐石抱著韋如絲，一步步往回走，他皺著眉，不說話。韋如絲惴惴地問：「是不是特別重啊？花盆一澆上水都沉著呢。」

「不，你一點兒都不沉。如絲，你太瘦了，以後要多吃點兒，鬼子再下地的時候你就能跑得快一些。」磐石頓了一下，接著道：「還有，你的膽子要大一些，以後就算沒有我睡在身邊也不要怕，我不會離你太遠的，只要你一喊我，我馬上就回來。」

韋如絲不知道怎麼接磐石的話茬，他淨說些不著邊際的話。

當務之急是填飽肚子。韋如絲讓磐石把她放下來，自顧自往小廚房走，邊走邊說道：「我想吃東西了，饅頭、包子、麵條都行，最好配上鹹魚，蝦醬、麵醬、大蔥都要。」

「好，我讓廚房給你做，最好是有現成的，我也餓壞了。」

宋慶祥也在廚房裏，這很少見，他一般都在賬房呆著。他像變戲法似的從懷裏掏出一棵約一尺半高的小樹，不是真的樹，銅鑄鑲拼，枝杈扭曲，樹上墜滿銅錢，不停搖晃著，一看就是個古物。

磐石問：「慶祥叔，你上哪兒搞來的搖錢樹？別是從誰家祖墳刨出來的吧？」

宋慶祥並不接言，又從懷裏掏出一隻鴿子放到樹上，道：「少爺，這就是鳳凰。」鴿子倒是活的，咕咕叫著。

韋如絲笑了，道：「慶祥叔，我雖然沒見過鳳凰，但我也知道這是隻鴿子。」

宋慶祥面色沉下來，道：「少奶奶，我都活這麼大年紀了，難道連鴿子都不認識啦？」

韋如絲也有些氣，道：「慶祥叔並沒有老到要靠耍糊塗混日子的程度，鴿子就是鴿子，變不成鳳凰。磐石，你說這是什麼？」

磐石沉吟片刻，道：「慶祥叔，你說說看。」

宋慶祥道：「鳳凰是我堂弟媳婦的侄女，今年滿十九了。我見過兩回，模樣挺周正，待人接物又大方。雖然是小臉尖下巴，但不是單薄相，和少奶奶還有幾分像呢。

「難得的是性情好又能幹，我堂弟媳婦說鳳凰的爹娘懦弱，她反而是家裏的主心骨，家裏的事無論大小，她爹娘都聽她的，兩個弟弟鳳凰也照顧得很好。提親的人不少，但鳳凰都沒有應，她爹娘也順著她，並沒有催，大概是一時還捨不得把這麼好的女兒嫁了。」

磐石道：「這麼說來是打著燈籠也難尋的人物了，難得聽慶祥叔誇誰，慶祥叔說好就一定是好。這件事我沒有所謂，娶誰都行，關鍵是要我娘滿意，你去跟我娘提提看。」磐石扭頭看韋如絲，道，「如絲，你慢些吃，我又不跟你搶。唉，看把你餓的。」

宋慶祥並沒有走，停了片刻又道：「只是不知道鳳凰肯不肯做小，表面上看不出，就怕也是個心高氣傲的人。」

磐石低頭吃飯，道：「不肯就算了，沒人求她。」

「知道了，我這就去請太太的示下。」宋慶祥彎腰施禮離去。

吃飽後倦乏欲睡，回屋後韋如絲就上了炕。她側身躺在枕上，用手拍著小石頭，哄他入睡。

韋如絲輕聲對磐石道：「又要下雪了，我聞到雪味兒了。」

磐石從身後摟住韋如絲，道：「這件事我最信你了，從沒有錯過。你是越來越能耐了，以前要在屋外才能聞著，現在躺在炕上也行了。」

磐石的呼吸漸漸粗重起來，一呼一吸的，弄得韋如絲脖子癢，他喃喃道：「如絲，今天你就別躲我了，咱倆多久沒親熱啦？真憋壞我了，你摸摸看，梆硬的。」磐石拽著韋如絲的手拉向他。

韋如絲心底湧起恐懼，像條逃命的蟲子一樣拼命扭動身子，道：「你幹嘛啊？我不要！我不要！我不要再生孩子了，我要是有了另外的孩子，小石頭會不高興的！」

磐石無奈放開她，韋如絲鬆了一口氣。磐石仰面朝天，對著黑沉沉的屋頂沉默下來，韋如絲以為他睡著了，忽然磐石輕歎一聲，道：「其實，娘是真的疼我。」

韋如絲應道：「那是自然，當娘的哪有不疼孩子的，不然小孩子如何長大？一個不小心就沒命了。」

睡著後韋如絲做了個夢，她夢到一個人長了兩張嘴，這個人好像是慶祥叔。多出的那張嘴在下巴正中，兩張嘴張張合合，各說各話，說個不停，都是在誇自己好。韋如絲心歎：「這可真是方便，誰也說不過他了。」

夜半夢醒，韋如絲有些奇怪，心裏發笑：「慶祥叔算是沉默是金的典範了，可見夢總是反的。」

韋如絲側轉身，忽然發現磐石並不在身邊。小解去了吧？她側耳聽，沒有聲響。韋如絲等了一會兒不見他回來，心裏開始發慌，忙下炕去尋。客屋也沒有，桌上有兩隻碩大的紅燭兀自燃著，一個雕龍，一個刻鳳，在桌子兩端搖曳相望。

韋如絲立在原地納罕：「這是誰結婚了？喜字幹嘛貼在我屋裏？」

西屋傳出女子的悶哼聲，接著是磐石壓低的聲音：「你別出聲，小心吵著如絲。」

「我很疼……」那女子道。

「疼你也得忍著。我輕一些。」

女子還是忍不住哼出聲來。

磐石在和誰說話啊？為何自己聽了會這樣不安？從來天黑以後磐石都陪在自己身邊，這會兒他陪了誰？

韋如絲一步步走過去，看著自己在燭光下的身影猶疑著前移，心跳得頭頸的血管都漲起來。韋如絲剛想伸手推開門看看西屋裏的究竟，忽然聽到小石頭在門外喚她：「娘，我去菜園子玩了，娘不來嗎？」

韋如絲一下就急了，這麼大的雪，天又黑，

怎麼能去那裏？韋如絲推開門就往外走。可門外沒有小石頭，小孩子跑得真是快。敦恕堂的大門還上了閂，韋如絲暗自慶倖：「多虧我出來了，不然小石頭就被關在門外回不來了。」

雪深至腳踝，絲質的繡鞋浸濕了沉甸甸的，還不如不穿。韋如絲甩掉鞋子，繼續往前走。風雪直往衣領子裏灌，可並不覺得如何冷。只是這路為什麼沒有盡頭？越遠的地方越黑，黑洞洞的深處不知隱藏著什麼。

韋如絲一直走，一直走，腳又疼又木，手也僵了。風雪迷眼，眼睛實在是睜不開，她靠到街邊的樹上，對自己說：「稍微歇一下，只一下，然後就去菜園子把小石頭尋回來。這回可得跟他好好說說，以後可不能這麼亂跑了。」

身體開始發熱，人也變得懶懶的，韋如絲哪兒也不想去了，就這麼好好睡一覺吧。可背後的樹幹越來越濕冷，韋如絲凍得發抖。韋如絲閉著眼喃喃道：「被子，我要被子。」

「姐已經蓋了兩床厚被了。姐發燒了才覺得冷，不是被子不夠。」一個女子的聲音，柔柔地應著。

「你是誰？」雖然頭昏沉沉的，眼皮還黏在一起，眼前的姑娘也是年輕光鮮的。

「昨天剛給姐行過大禮，姐怎麼今兒就把我忘了？」

「你是新來的丫頭？」

「姐真會說笑。姐說是丫頭就是丫頭，只要能把姐姐伺候好就行。少爺說要我拿出十二分的精神來伺候姐姐。」

「你叫什麼？」

「鳳凰。」

「聽著耳熟。」韋如絲想了一下，又不記得在哪裡聽說過，只好放棄。韋如絲不愛費力想事，想久了頭疼，也想不出個所以然來。

韋如絲望著她，道：「眼睛生得真美，可惜嘴唇太薄了。」

「我娘也嫌我嘴唇薄，說兜不住福。姐姐真好看，姐姐睡著的時候我一直在端詳，哪兒都挑不出毛病來。」鳳凰一笑眼似彎月。

「姐，」鳳凰幫韋如絲掖掖被角，「以後夜裏不要往外跑了，摔壞了就了不得了。就穿身單衣，鞋子也跑丟了，多冷啊。要不是少爺聽著風吹得門響，一路找過去，姐昨晚就沒命了。」

「你說我昨兒夜裏出去啦？還沒穿棉袍？你用腦子想想，這種事有可能嗎？黑燈瞎火的，我出去幹嘛啊？那麼大的雪，連鞋都濕透了，我才不會做那種不著調的事呢！你白生得好看了，心裏面糊塗。」

鳳凰看著韋如絲，眼睛裏是憐憫，她輕輕摸著韋如絲露在被子外面的手，道：「姐說得對，我就是糊塗，光顧著和姐姐說閒話了，姐姐還沒吃飯呢。我讓廚房熬了小米粥，放了紅糖，再剝兩個雞蛋。姐起來漱漱口，我伺候姐姐吃飯。吃飽了人就有精神了，病也好得快些。」

鳳凰扶韋如絲起來，在她身後墊好被子，讓韋如絲靠著，卻把小石頭搡到一邊。

韋如絲一把推開她，急道：「你瘋了不成？誰教你這麼伺候人的？」

栗嫂剛好進屋來，她忙把托盤放到桌上，讓小石頭也靠到被子上，然後背對著韋如絲對鳳凰道：「姨奶奶，我來就好了，哥兒的早飯我也備好了。」

鳳凰愣然望著韋如絲，不知所措。韋如絲道：「罷了，新來乍到的，什麼還都不懂。栗嫂，你好好教教她。」

磐石進來了，鳳凰連忙站起來，低聲道：「少爺回來了。」

磐石伸手到韋如絲額上，又把手伸到被子裏，摸摸她的腳，道：「好了，不怎麼燒了。」他轉頭道：「栗嫂，你伺候少奶奶用飯，我同鳳凰上前面去給太太請安。」

栗嫂應著，他二人一前一後出了屋。

32

一網空妄想

栗嫂在炕桌上擺好飯，把羹匙遞到韋如絲手上，道：「少奶奶，趁熱吃吧。」

韋如絲攥著羹匙，並不想吃飯，皺著眉苦想，腦子裏亂烘烘一片。韋如絲問栗嫂：「鳳凰是我嗎？」

栗嫂抬頭看韋如絲，輕聲道：「自然不是。」

「可我覺得是。昨晚我聽見他們在屋裏黑著燈說話，現在磐石又帶她一同去給太太請安。磐石只同我做這些事，所以她就是我。」

「少奶奶，鳳凰是少爺新娶的姨奶奶，以後他們二人會常在一起，就像和少奶奶在一起一樣。如果少奶奶同姨奶奶處得像姐妹，那兩個人就好得跟一個人似的。」

「可還不是一個人，對吧？」

「是的，少奶奶，一個人始終是一個人，誰也不能替了誰。」

「可鳳凰替了我。」

「依我看，誰也替不了少奶奶，特別是在少爺心裏。」

韋如絲「吃吃」笑起來，道：「栗嫂，我喊你娘吧？」

栗嫂慌著擺手，急道：「少奶奶，你可別折我的壽了，這話也千萬別叫十太太聽了去，我還想多伺候少奶奶幾年呢！」

這一頓飯的時間好長，好似坐在炕上吃了一整天，已分不清是早晨還是晌午。突然，街上傳來牲口的嘶鳴聲，還有人的喊叫聲，栗嫂面上變色，驚道：「好像是鬼子！」

韋如絲跳下炕就往外跑，栗嫂匆匆抓上一件斗篷，在後面追她。

韋如絲跑得急，腳步踉蹌，剛出月亮門就撞到一個人的身上，凝神一看，唬了一跳，一個滿面漆黑的女人正緊抓著她的雙臂，韋如絲尖叫一聲，轉身欲逃，女人急道：「姐，別怕！是我，鳳凰！」

確是鳳凰，韋如絲氣道：「你幹嘛把臉塗黑了嚇我？」

「姐的臉也得塗黑了，鬼子來家了，少爺讓我回來找姐趕緊藏起來，他去前面應付鬼子。」

「塗黑了不好看，我不塗！我也不要同你藏起來，我要去找磐石一起藏！」

「萬萬不行！」鳳凰和栗嫂齊聲叫道，栗嫂張臂擋住去路，鳳凰更加用力扯住韋如絲。韋如絲長歎一聲，低頭道：「好，不去就不去。」

鳳凰牽住韋如絲的手，韋如絲乖乖地隨她們往回走，鳳凰焦急地問栗嫂：「藏到哪兒鬼子找不到？」栗嫂回道：「當年建房子的時候修了個地窖，在第五趟配房的最裏面一間，你先帶少奶奶過去，我去找十太太和十三少奶奶……」

眼見她們兩個不再注意自己，韋如絲猛地抽出手，身子魚一樣滑出去，等她二人急得跺腳，韋如絲已在一丈以外。韋如絲得意之極，大笑著快速前行，心道：「如果有必要，我會像蛇一樣狡猾，誰叫你們小瞧我！」

來到客屋院子，迎面是兩個鬼子和兩匹戰馬。兩個鬼子一高一矮，兩匹馬一紅一白，各自守著一口魚缸。紅馬啃得魚缸中的冰「咯吱咯吱」響，高個鬼子把馬頭撥向一邊，槍托朝下，幾下敲碎冰面。矮個鬼子蹲在地上用匕首剖魚，手掌大的金魚沒了肚腸，兀自甩著長尾巴在雪地上蹦，白馬上前一口吞掉它。

韋如絲衝到矮個鬼子面前，急道：「你這樣會把別的魚都嚇死的！」邊說邊去抓他手中的匕首。

鬼子猛地把韋如絲搡倒在地，用槍指向她，口中「嘰裏哇啦」叫嚷著。

韋如絲聽不懂他在說什麼，氣道：「幹嘛推我？摔得很疼你知道嗎？快把我扶起來！」忽然鬼子臉上堆出笑，蹲下身子，伸出黏糊糊的手撫弄韋如絲的臉，韋如絲感覺厭惡至極，推開他的手。

高個鬼子在一旁說了幾句什麼，矮個鬼子突然沒了興致，站起身來。

磐石忽然急急跑過來，他把韋如絲扶起來，笑著對鬼子道：「她腦子不清楚，衝撞了太君，太君不要和她一般見識。」

高個的鬼子道：「知道，一個女人敢膽子大，不正常。我們徵糧徵夫徵木頭，你有力氣，跟我們走。」

磐石問：「去哪裡？多久能回來？」

「那個不知道，誰也不知道。屋裏有壯男人嗎？」

磐石答道：「沒有了，我們家只有婦女和孩子。」

矮個鬼子笑著：「花姑娘的有？」

「沒有。要牲口嗎？我有幾匹騾子。」磐石回道。

高個鬼子忙道：「好，在哪裡？多少統統都要。」

磐石向立在角落裏的栗嫂招手，栗嫂戰戰兢兢走過來，用斗篷裹住韋如絲。磐石囑咐道：「跟十太太說我去去就回。照顧好少奶奶。」

磐石說畢就往外走，鬼子跟在他身後。栗嫂看他們出了院門，哭著道：「少爺這是急著把鬼子帶出敦恕堂啊！」

「磐石是怕金魚遭殃。」韋如絲也鬆了一口氣。

栗嫂望著韋如絲歎息一聲，道：「天塌了少奶奶也不會覺察。也好，省得揪心。」

韋如絲笑道：「胡說八道，真要是塌了誰都會急。天不是好好的在頭頂上嗎？」

栗嫂沒接言，她抹了把眼淚，幫韋如絲拍掉身上的雪，擁著她往回走。

一冷一熱，人就容易犯困。韋如絲迷迷瞪瞪剛要睡著，聽著「咚咚」聲響，韋如絲睜開眼，十太太正用拐杖大力敲打炕沿。韋如絲望著她，納悶道：「我在睡覺，娘幹嘛吵我？」

「喪門星！又是你！你就不能老老實實呆著嗎？不是這事兒就是那事兒，把德屹弄得團團轉，這回又被鬼子抓走了，也不知還能不能回來。你想害死他嗎？你是成心的吧？你想霸佔他一生一世對吧？哼，只要有我在，你就休想！我不會讓我兒子活受罪的。栗嫂，你給我看住她，德屹回來之前不許她出屋！」

栗嫂面露難色，道：「十太太，少奶奶是看不住的，把不准什麼時候會幹什麼事。十二少爺及時回來還好，若幾日不回，少奶奶準得鬧著找。」

「她鬧就把她綁起來！」

「我可不敢，少爺不會饒我的。」

「她萬一跑丟了，少爺就饒你了？」

栗嫂低頭道：「知道了，太太，我照做就是了。」

韋如絲知道十太太在生她的氣，但她不知道她為什麼這麼生氣，所以愈覺驚怖。韋如絲翻身伏到枕上哭起來，直哭得上氣不接下氣。

待韋如絲把淚水哭淨，已是天昏地暗。她聽到有人不耐道：「唉，你總算是哭夠了，有那麼冤枉嗎？」

韋如絲睜眼看，是那隻火狐狸倚在窗櫺上，身上的火苗輕輕搖曳著。韋如絲沒好氣，哼道：「要你管？」

「誰又願意管？不過是看你可憐。」

「我怎麼可憐了？你不要依仗著自己不是人就隨口胡說。」

「成天嚷嚷著自己可憐的人並不真的可憐，往往不過是可厭。真正可憐的人已無餘力自憐。」

「隨你怎麼說，我好著呢。你該去哪兒就去哪兒吧，每次見你都要倒楣。就是因為你總來，十太太都不喜歡我了。」

「你不要胡亂埋怨，她又看不到我。」

「火總是你放的吧？看來狐狸同人一樣，自己從不會錯。我懶得搭理你，你快哪兒來哪兒去吧！」

「我是要走，但必得同你一起走。」

「我幹嘛要跟你走？」

「我相信你會跟我走。」狐狸抖抖身子，簇簇火苗躍起又紛紛落下，火苗與身子分離的瞬間，狐狸渾身赤裸，肌膚紅潤如初生的嬰孩。它把頭扭向窗外，道：「我每放夠九次火，就必須幫助別人一次，不然火力就會減弱一分。」

韋如絲望著它背影道：「你不能不放火嗎？」

狐狸轉過身看著韋如絲笑起來，道：「我就是做這個的，不放火就不是火狐狸了，我也就不存在了。」

「你每放一次火，都把人禍害得夠嗆，再做九次好事都難以補救。」

「我也願意那樣，只放火，別的什麼都不用管。可世上的事情哪有那麼簡單？純黑與純白都是極難的事，沒有誰能做到。你做得到嗎？」

韋如絲氣道：「既然如此，那火力減弱挺好，最好全滅掉，一顆火星都不留，灰飛煙滅。我剛才看出來了，沒了這些火苗，你身上連一根毛都沒有，難看死了。」

「哈哈哈……」狐狸大笑起來，覷眼看韋如絲，道，「今天你不會願意我火力減弱的，我帶你去找宋德屹。」

韋如絲一下子把身上的被子掀掉，急道：「現在就去嗎？」

「就現在。」

「你可不許騙人。」

「我明火執杖，從不騙人，倒是你變化得快。好在我早已料定，沒有多少人能抗拒眼前利。」

「你廢話太多，快帶我走。」韋如絲跳下炕，伸出手去揪它前爪，火狐狸就四隻爪子上沒有火。

火狐狸往後一躍，韋如絲抓了個空。它皺眉道：「你不要碰我。女人性屬陰，同火相剋，於我不利。」說完它用手指了一下四腳圓凳，道：「你騎著它跟我走。」

轉瞬間凳子不再是凳子，化身為一匹木馬。沒有韁繩可抓，但雙耳堪可以握。與火狐狸相比，韋如絲更相信這匹木馬，到底是自家的凳子。

木馬雖然四蹄固著在弧形木板上，但沒有耽誤它「呼呼」向前，穿過幽暗中的村莊田野，直奔山腳。韋如絲像坐在蹺蹺板上，身子忽高忽低。太好玩了！韋如絲「嘰嘰咕咕」笑起來。

火狐狸回過頭，皺眉道：「噤聲，小心被人聽了去。」

前面火光點點，點連成線，綿延不絕。韋如絲以為自己被木馬搖花了眼，忙揉了揉眼，火光依舊。

韋如絲叫住在前面奔跑的狐狸，冷笑道：「你這是引我去哪兒？前面是你布的火陣吧？我不過是一個小女子，你何必費這麼大的周章對付我？不嫌浪費嗎？」

狐狸愣了一下，隨即也冷笑起來，哼道：「疑心好大。我幹嘛要對付你？對付你又何須費大力氣？你以為自己是誰？女人就只有曲曲折折的心思，沒有邏輯嗎？」

「那前面是什麼？」韋如絲還是覺得疑惑。

「那是日本人布的火陣，對付中國人的。日軍從煙臺、青島、威海出發，把好燒的木頭——柴火、桌子、凳子、床板都徵集來，百八十米攏上一堆，一到天黑就燒起來，每堆火都有站崗的，火堆之間有鐵絲網，網上掛鈴鐺，以防中國軍人趁黑夜返回村裏、城裏。火陣橫貫膠東半島，一步步逼向東海。」

「那咱們怎麼辦？」韋如絲急道。

「我同你成不了『咱們』，各有屬界。你們愛咋辦就咋辦，我管不了也不會管。」

「非我族類……」韋如絲恨道。

「多謝體恤。你別扯遠了，宋德屹就在前面，你看看就回吧。」

火光熊熊，日人荷槍而立。磐石就著火光劈柴，長衫的下擺掖進褲子裏，頭髮蓬亂，表情疲憊。

韋如絲心頭大喜，扯一下馬耳，欲縱馬前行。火狐狸伸出小而短的雙臂擋在前面，道：「不能更近了。」

「到了這裏我還會聽你的嗎？你最好閃開，不然軋到你不要怪我！」

「果然翻臉無情。人類總是讓我失望。」

韋如絲冷笑，道：「是你自己胡亂希冀。我們人人都有獨立意志，這正是可貴之處。」

「善辯是人類的另一樁惡習，用言語勾勒真相，言者、聽者皆樂此不疲，以致沒有真相。」

「我真是煩死你了，廢話一籮筐。我要找磐石，你別想攔我！」韋如絲跳下馬推搡它。火狐狸卻緊緊抓住韋如絲的雙手，她只好伸出腳踢它。

「睡著覺也不老實。」這是磐石的聲音，「栗嫂，我走這十幾日，少奶奶還好吧？」

「睡得多，吃得少，也還算正常。」

韋如絲忙睜開眼，抓過磐石的手細看，問道：「你劈了那麼多柴，手不疼嗎？」

磐石訝異地看著韋如絲，道：「你怎麼知道我劈柴了？」

韋如絲回道：「火狐狸帶我去山邊，我看見你了。」

磐石輕撫韋如絲的頭髮，微笑道：「你做夢還挺靈的。」

33 惶惶分東西

宋德嶽「嘻嘻哈哈」地走進來，滿面得意之色。磐石笑著問道：「拾著金子啦？」

「差不多。」宋德嶽用腳勾過一隻凳子坐下，接著道，「郝亮就是機靈，我這次算是找對人了。鬼子從咱家帶走四匹牲口，我以為有去無回了，心疼得不行。誰想八路軍把鬼子不要的牲口都集中起來，叫人去集上認領，郝亮帶張二和兩個夥計去了，愣是領回來四頭。」

磐石喜道：「真的嗎？咱家真走運。那些牲口給鬼子運彈藥一直到了東海，竟然還能走回來。看來古話不假，老馬識途啊。」

宋德嶽哂笑道：「我的親哥哥，哪有那樣的好事？你去牲口棚看看吧，沒有一頭是咱家的。不然我怎麼會誇郝亮能幹呢？」

「把別人家的牲口給領回來啦？」磐石驚道。

「那咱家的還被別人領去了呢！」

「那倒也是。」

「反正也沒法還回去了，膠東半島那麼大呢！你就將就著使吧。」

磐石笑起來：「怎麼是將就呢？這是大好事兒，春耕不愁了。你找日子請郝亮好好喝一頓。」

「那個自然，這頓酒是少不了的。」

栗嫂端來熱茶，磐石將茶碗遞給宋德嶽，道：「弟啊，我正有件事想同你商量。」

「什麼事？哥儘管開口。」宋德嶽呷了一口茶。

「我想捐一百畝地給八路軍。」

「那怎麼行！」宋德嶽瞪大了眼。

磐石面色凝重，道：「我知道你很難答應這件事。但如果這次你同我一樣被鬼子抓了苦工，恐怕想法就會不同。」

磐石面色凝重，接著道：「我不是說因為我自己吃了苦，就要捐地給八路，我苦我還活著回來了。八路可是丟了性命啊。鬼子布下火網，把八路軍困在山裏，山裏缺吃少喝，逼急了，夜深時八路就往外衝，可每次沒有一個活著衝出來的，不是被殺就是被俘，我親手埋了十幾個八路，有的還是孩子。

「他們為什麼和鬼子打？不是為了老百姓嗎？咱保了命，捐兩個錢不應該嗎？」

宋德嶽歎了口氣，道：「八路本來就不行，他們是瞎打，雞蛋碰石頭，不吃虧才怪。捐錢給他們不是打水漂嗎？」

「可現在在咱們這邊和鬼子周旋的只有八路，國軍都轉移了，咱們只能支援八路，倚仗八路了。」

「我還是捨不得。不然少捐點，二十畝也不少了。」

「捐就多捐點，不然使不出多大力。」

「這個恐怕得娘願意才行吧？我也得再想想。你要問我的本心，我是不願意捐的，少匹騾子我心裏還嘀咕幾天呢。一百畝地，我會睡不著的。再商量吧。」宋德嶽站起身，木著臉出去了。

磐石從果盤中取了一個蘋果，用刀切成兩半，一半遞給韋如絲，另一半拿在手中。這時鳳凰掀開門簾走進來，笑著道：「少爺，姐姐，晚飯安排好了，我叫小廚房熬了鍋雞湯，給少爺補補身子。這半個月，少爺既沒吃好也沒睡好，受了不少罪。」

「不必為我特別做什麼，這一家老小都需要照顧，雞湯熬好了就給娘端去吧。」磐石說著把手中的半個蘋果遞給鳳凰。

鳳凰伸手要接，韋如絲劈手一把奪過來，道：「你不吃就給我吃。」

鳳凰愣在當場，磐石笑道：「你再拿一個吧。如絲行事越來越像個孩子，別計較。」

鳳凰微笑道：「不會不會！我就是被嚇了一跳。我也並不想吃，這會兒吃了待會兒就吃不下飯了。再說窖裏的蘋果剩得也不多了，上次鬼子來沒少糟踐，給娘和姐姐留著吧。」

磐石露出贊許的眼神，鳳凰也望著磐石，兩個人目光勾連在一處。韋如絲把蘋果一下子丟在炕上，大聲道：「我不吃了，我要睡覺。」

「姐，別睡了，我陪姐去院子裏轉轉。現在睡了晚上就睡不實了。」

「就是，鳳凰說得對。來，如絲，下炕動動，晚飯多吃些。」

磐石來掀韋如絲的被子，鳳凰彎腰低頭把鞋給她擺好，二人合力把韋如絲弄下炕。

韋如絲「嘿嘿」笑起來，道：「看你們倆一唱一和的，還真像一對夫妻，可惜不是。」

磐石和鳳凰相互看了一眼，沒說什麼，只是笑笑。

「德屹，妻妾雙全，其樂融融，滋味不錯吧？」十太太走進來，緊皺著臉，灰白的髮髻歪散著。

磐石吃了一驚，忙上前去扶十太太，口中道：「娘怎麼過來了？有事喚我過去就是了。」

「我也想這樣，可我怕來不及，我若不趕緊過來，這個家就都會被你白白送了人。」

磐石扶十太太坐好，汪嫂接過十太太的拐杖，道：「太太正在炕上歇著，聽十三少爺一說，急得頭都沒梳就往外走。」

磐石立在十太太面前，道：「娘是聽德嶽說我要捐一百畝地的事了吧？」

「看來竟是真的！德屹你告訴我，你安的是

什麼心？你是想讓我們喝西北風去嗎？這鬼子禍禍咱們還不夠嗆了，你是嫌家敗得不夠快嗎？」

「娘，不是這樣。我怎麼跟娘說呢？要是不把鬼子趕出去，咱們這家怎樣都保不住的，這是我這次被鬼子抓去以後徹底明白的一件事。鬼子太強了，不光武器厲害，鬼子兵也是訓練有素，還個個不怕死，對中國人心腸又歹毒。這中國人不幫中國人，不團結在一起，是萬萬打不過鬼子的。」

「你別跟我說大道理，我聽不懂。我只問你一句，你捐出一百畝地，這鬼子就敗了？」

「那不會，我就是把咱家的地全捐出去，鬼子也不會因此被打敗。」

「所以說你就沒必要捐，再者也不是你一家的地，你也沒權利捐。」

「娘說得沒錯，我正想跟娘商量這件事。我和德嶽都成家多年了，個人有個人的想法，也有自己想做的事，該分家了，請娘主持大局。」

十太太睜大眼睛看磐石，然後慢慢眯起，冷冷道：「確實是該分家了。縣政府住在客屋院子那半年，你沒少往裏貼補吃喝，還有為傷患送醫買藥的車馬費，徵的糧草，加起來也是不小的數目。

「茉莉跟我嘀咕了許多次，分家的心他們早有了。既然你也願意，那就這麼辦吧。以後你就是把家都送給共產黨也沒人攔你了。你爹不在了，按理說兄弟也該分家了。」

十太太頓了頓，問道：「分家後你看我跟誰過呢？」

「自然是和我們過了，我們是長房。」

「罷了，」十太太苦笑道，「你這麼一副不分裏外的心腸，屋裏頭人口又亂，我怕跟著你沒有安生日子過。我還是和德嶽他們一起過吧，你按期給足供養就是了。」

「反正還在一個院子，娘高興住哪兒就住哪兒。」

「你明天就去找三老爺，跟他說一下分家的打算，請三老爺主持分家。叫慶祥準備好帳本，清理賬目後按宋家的規矩，抓鬮決定。分家之前，你不許私自處置家產，哪些是你的，哪些不是你的，現在還說不好呢。」

韋如絲站在一旁「嘻嘻」笑道：「抓鬮？我現在就去院子裏抓，抓個大的。」

韋如絲在夕陽下尋，翻開瓦片，移開花盆，久不動的地方形成潮濕的印記，草芽細黃，趴在地上艱難地生長。多腳的爬蟲猛然間失去了庇護，不知所措，惶惶急行。

似乎沒有韋如絲要找的東西，她把瓦片復位，又費力地挪回花盆。蟲子沒有好的去處應該還會尋回來，這兒是它們的家。

聽到有人說話，韋如絲抬眼望，是茉莉和鳳凰站在西廂房和西牆的夾角處說話，茉莉手中舉著什麼。韋如絲湊過去看，是一個雞蛋。

韋如絲問道：「這裏什麼時候壘了雞窩啊？」

她二人繼續說話，並不理韋如絲。鳳凰拿過雞蛋對著太陽仔細端詳，道：「不透亮，可是在外面晾了這麼久，就是有小雞也晾死了。」

張茉莉道：「從沒見過這樣的事情，三隻雞摞在一起孵一窩蛋，可不得把蛋拱出來。這一陣兒家裏算是亂了套了，都忙著分家，沒人管事了。抱窩的雞用涼水潑一下就醒了，這麼簡單的事情也沒人做。栗嫂汪嫂是多年的老人了，她們也混過一時算一時，支一下動一下，沒個真心。」

鳳凰道：「以後就好了，各家管好各家的事。」鳳凰說著把蛋遞給張茉莉，道，「少奶奶把雞蛋磕開不就知道小雞活沒活了嗎？」

張茉莉眼睛一閃，道：「就是的。磕在哪兒呢？」

鳳凰道：「花盆裏吧，還能做肥。」

張茉莉手起蛋破，一隻剛成形的小雞，一動不動，烏青的眼睛幾乎和腦袋同大，被一層透明的眼膜覆蓋著，旁邊還有一灘化開的蛋黃，混著血跡。

張茉莉道：「死的，晾死了。」

鳳凰找來一根草棍，撥弄小雞，小雞微弱地顫動了兩下。

韋如絲大聲道：「它還活著！快救救它！」

張茉莉白了韋如絲一眼，道：「瘋話！這樣還能活嗎？」

鳳凰拍拍韋如絲的手臂，道：「姐，這雞太小了，日子不足，破了殼就活不了了。」說著找來一把小鏟，在花盆裏挖了個坑。

韋如絲一把把鳳凰推開，抓起小雞就跑。鳳凰大聲叫：「姐，你這是去哪兒？」

張茉莉道：「甭理她，瘋子！」

韋如絲要把小雞藏到一個她們找不到的地方，敦恕堂肯定不行，這裏是她們的地盤。韋如絲回頭看，還好，沒有人追來。韋如絲往大門外面跑，迎面一群人敲鑼打鼓走進來，個個喜笑顏開。

為首的是於縣長，手裏捧著一塊匾，黑底金字，韋如絲停住腳步念：「開明紳士。」

磐石快步走向前，大聲道：「於縣長幹嘛這樣客氣，兄弟我當不起啊！」

於縣長把牌匾交到磐石手上，道：「一百畝地，不是小數目，對我們的支援太大了！更重要的是宋先生的這種善舉值得嘉獎，是一面旗幟，是民心所向。我代表縣政府向你致敬！」說畢，於縣長行了一個標準的軍禮。

韋如絲在一邊也歡喜起來，拍手道：「真精神，再敬一個！」眾人哄笑。

磐石拉住韋如絲的手，道：「我送內人回屋，於縣長和兄弟們先去客屋喝杯茶。」

韋如絲隨磐石往裏院走，磐石舉起她的手細看，問道：「你這手上粘糊糊的是什麼？」

韋如絲停住腳步盯著自己的手心，蹙眉道：「不知道。我好像弄丟了什麼東西。」

磐石道：「應該不是什麼貴重物件，不用管了，回屋歇著吧。」他掏出手帕，托著韋如絲的手，細心擦拭。

鳳凰迎出來，拉住韋如絲的手，道：「我正要出去找姐姐呢，茶剛給姐沏好。姐餓不？要吃塊點心嗎？」

磐石微笑道：「鳳凰，如絲就交給你了，我去前面招待於縣長。」

鳳凰仰起臉，甜甜地笑：「少爺放心吧。記得少喝些酒。」

「不一定會喝，得看於縣長他們是否有任務在身。再說這酒現在這麼金貴，捨不得放開量喝了。」說畢磐石轉身出屋。

鳳凰盯著磐石的背影看，韋如絲看著鳳凰。

34 春打六九頭

「春打五九盡，家家都發愁；春打六九頭，捧著瓢，拖著棍……」朗朗童音在天地間飄蕩。

十太太把一個八條重重地甩出去，氣道：「誰家孩子這麼沒規矩，口彩不好，不吉利。」

磐石勸道：「小孩子不過是唱著好玩的，娘不用想太多。」

鳳凰笑道：「就是的，娘，不用理，專心玩牌，二餅娘要不要？」

「不要。」

張茉莉道：「小孩子的口彩可靈得很，從古至今，藉由孩子口一語成讖的故事可不少。」

「少奶奶學問大，好好教教我，我沒讀過書。」鳳凰伸手摸了一張牌。

「你不用讀書，紅樓夢上講，『世事洞明皆學問，人情練達即文章』，說的就是你，你早就萬事皆通了。」張茉莉回道。

「少奶奶笑話我，我啥也不懂的。」

「不懂不怕，認得一條龍就好。」張茉莉「哈哈」笑著把牌推翻，大聲道，「胡了！」

十太太也把牌一推，道：「不玩了，就茉莉贏得多。」

磐石歪頭看鳳凰的牌，然後朝她笑笑。鳳凰

也笑笑把牌按倒，同別的牌混在了一處，道：「娘知足吧，我和少爺輸得更多。」

韋如絲看他們不玩了，也沒了興頭，一個人往外走。孩子們又唱起來：「春打五九盡，家家都發愁；春打六九頭，捧著瓢，拖著棍……」

韋如絲到底要看看是誰家的孩子唱得這麼好聽，循著聲音尋出去。

前街只有一個掃街的老夥計，默默揮舞著掃把，卻不見有塵土飛起。柳絲好似細紗裁就，隨風輕揚著新綠。沒有歌者，也沒了歌聲。

韋如絲咕念了一句：「跑得真快，不是對門純恕堂的，就是西邊勤恕堂的，不然就是純禮堂，他們三家都有小孩子。」

韋如絲坐在門口的臺階上等，這大好的春日，孩子在家裏呆不住，一會兒就會跑出來的。春光暖暖的，照在身上很舒服。韋如絲臉對著太陽，閉上眼，春風立即拂到面上。

「弟妹，你怎麼在這裏坐著？春天雖然是生髮的季節，但地上濕氣大，還是小心些好。」

韋如絲睜開眼，是德峰哥。韋如絲依舊坐著，道：「一點兒也不涼，不信你坐下試試。」

宋德峰蹙眉道：「不了，我得趕緊進去。德屹剛才派人找我，說是鳳凰不太好，似乎是小產了，剛巧我不在家，回家後一得了信就趕緊來了。」

韋如絲「喃喃」道：「太小了，日子不足，破了殼就活不了了。」

宋德峰深看了韋如絲一眼，沒有接話，匆匆進了院子。

韋如絲似乎在日光下小睡了一會兒，醒後並沒見唱歌謠的孩子出來，她站起身悻悻往回走。一進客屋院子，看到於縣長的老婆抱著孩子在看金魚。孩子的褲子被他娘的手臂帶上去，露出藕節一樣的小腿。

韋如絲走過去摸摸他的小腿，然後拽住褲腳往下扥扥，笑道：「多漂亮的孩子！想你爹了吧？這回住多久啊？」

於縣長的丈母娘端著一盆要洗的衣服走過

來，插嘴道：「一直住下去了，往後這就是家了。」

韋如絲心裏一下子迷糊了，愣愣地望著她娘倆，道：「這裏不是我家嗎？」

她二人相互看看，笑了笑，沒有說話。孩子的口水流出來，他娘忙用手去擦。

小邊子擔著草木灰進了院子，老婦人攔住他，道：「今天你先收拾我們的茅廁吧。」小邊子連聲說「是」，放下了擔子。

韋如絲只得往裏院走，她必得弄明白，是自己糊塗了，還是她們糊塗了，這裏明明就是敦恕堂啊！

炕上躺著一個人，一群人圍著。韋如絲急道：「鳳凰怎樣了？真的小產了嗎？」

栗嫂過來扶住韋如絲，道：「姨奶奶不打緊，十太太不舒服了。」

韋如絲忙上前看，十太太躺在炕上，一身壽衣穿戴齊整。生死事大，如此頻繁上演，就成了兒戲。

韋如絲不耐道：「娘又唱這一出，我都不願意看了。娘每次都覺得自己要死了，可每次都沒死成，沒見過有誰像娘這樣喜歡閉眼等死的。壽衣穿了脫，脫了穿，看看，鞋尖都磨起了毛。啊呀！金棒子少了一顆。」

磐石一個勁拽韋如絲的胳臂，韋如絲閃開他，道：「你拽我幹嘛？」

十太太一下子坐起來，檢視自己的鞋子，叫道：「老天爺，真的少了一粒！快給我找找，掉哪兒去了？」說著便要起身下炕。

磐石忙把她按住，道：「娘身子不舒服，還是躺著吧，我們給娘找。就是找不到也沒關係，我找金匠再打一粒，不費事兒。」

十太太約莫是頭暈，扶著額頭，聽話地躺回去，躺好後冷哼一聲，道：「你馬上就要成窮光蛋了，金棒子？哼，銀棒子你也打不起了。獻房子獻地？共產黨怎麼想的？我自己的東西，憑什麼白白獻給他們？」

「明明姓於，卻住在宋家的宅子裏，就那麼

心安理得嗎？」宋德嶽在一邊道。

「形勢所迫，沒辦法的事。」磐石道。

「什麼沒辦法？哥你是糊塗還是膽小？人家勢力強過咱，要多少咱給多少，那是沒辦法的事。可哥幹嘛跟姓於的說把出租地全部獻給共產黨啊？」宋德嶽忿忿道。

「啊？德屹你真是這麼對他們說的嗎？」十太太緊盯著磐石，曾經的明眸沉降了歲月的霜塵，眼白與眼仁邊界交融，一片迷濛。

磐石道：「娘，德嶽，你們沒看出來這只是早晚的事嗎？晚給不如早給，我起碼爭取個主動。再說我覺得共產黨也不是完全不在理，確實我們比別人占的東西多，而且多得太多。」

「我們沒偷沒搶，祖宗留的，自己掙的，正大光明。再說宋家也沒少做善事，辦學校、賑濟災民，對得起鄉親。」宋德嶽道。

「德屹，我看你也跟你媳婦一樣患了失心瘋，這種病原來也會串，我先前還不知道，早知道我就不會由著你寵她。」十太太劇烈地咳起來，「這次我真的不要活了，我生不起這份氣。這個世道已經沒天理了，早死早安生。」

說畢十太太閉上眼不再說話。大家夥兒以為十太太睡著了，張茉莉替她掖掖被角，輕聲道：「娘好好歇息，我會在這兒一直陪著娘的。」

突然，十太太呼吸急促起來，臉也漸漸變成青色，像冬天穿少了受凍的人。張茉莉急了，用手搖著十太太的身子，哭叫道：「娘！娘！你這是怎麼啦？」

磐石對宋德嶽道：「快去找德峰哥來！」宋德嶽立時轉身往外奔。

張茉莉轉臉對磐石道：「要不要把娘扶起來？娘好像喘不過氣來！」

「扶起來吧，也許會好一些。」磐石道。

眾人扶十太太起來，磐石用身體撐住十太太。見十太太頭歪著，張茉莉伸手把十太太頭扶正，靠到磐石肩上，然後用力摩挲十太太的胸口。

十太太又咳起來，眾人道：「好啦，好啦，喘上氣啦。」

張茉莉臉對著十太太，急切地問道：「娘哪裡不舒服？這樣好些嗎？娘別著急，德峰哥馬上就來了。」

「噗」地一聲，一口痰從十太太口中噴出，周周正正地粘到張茉莉的鼻尖上，眾人驚呼，韋如絲也「哎呀」一聲。張茉莉卻毫不在意，用袖子隨便蹭掉，照舊對著十太太的臉，殷殷道：「咳出痰就好了，娘，不那麼憋氣了吧？」

假的作不成真的，關鍵時刻就見了真章，張茉莉焦灼到心無旁騖。

暮年晚景，若想逃避內心的淒涼，親情幾乎是唯一可以依靠的東西，只可惜這不是想抓就可以隨時抓在手中的東西。親情並不是天然存在然後永世不變的，這是一份功課，縱使得天獨厚，亦不能免於修煉。

十太太睜開眼，眼神迷離，喃喃道：「老爺，鞋上少了粒金榛子，我還是沒把事情做周全，不妨事吧？」說畢，頭軟軟地垂下去。

宋德峰來到時屋裏已是哭叫聲一片。韋如絲上去搖十太太的身子，道：「娘快睜開眼起來，娘不睜開眼他們就一直哭，他們再哭下去，我也要被招惹哭了。」

但十太太不理韋如絲，像個死人一樣躺著不動。韋如絲哀哀哭起來，透過淚眼看磐石，他站著，只流淚，不出聲，頻頻用袖子擦淚。

張茉莉哭軟了身子，癱在地上，吳嫂費力把她拽到椅子上，可她好像連椅子都坐不住了，直往下溜，吳嫂只得用身子擋著她。宋德嶽蹲在地上抱住膝蓋低著頭，不哭也不說話。

黑漆棺材紮好了杠子，磐石、宋德嶽和兩個夥計一人扯住一角，給棺材蓋上了一塊大大的紅色罩布，把棺材完全遮住，像馬上要出嫁的姑娘罩上了紅蓋頭，突地添了幾分喜氣。磐石對眾人道：「啟程送塋地吧。」

忽然，從院外衝進來一個小媳婦，她哭叫著撲跌到棺材跟前，險些撞到臉。她爬起來，半跪著，伸手便扯罩子，但棺材大，罩子也大，一把沒扯掉。她仰起臉，雙手胡亂抓，罩子終於滑落在地。

小媳婦臉緊貼著棺材，用手邊拍打棺材邊哭道：「婆，婆，你怎麼不等我啊？你怎麼不叫人給我捎個信啊？」

磐石抹了把眼淚，道：「培珠，婆走得突然，沒來得及告訴你。」

宋培珠猛地仰起臉，叫嚷道：「那婆要出殯為什麼也不派人帶話給我？」

磐石哀歎一聲，道：「現如今這情形，家裏只給婆做了『一七』。爹知道你女婿也病了，一直沒見好，就沒想驚動你。」

「你們總是這樣，說是為我好，卻總幹些讓我傷心難過的事。婆對我來說是比娘還親的人，爹又不是不明白，連最後一面都不讓見，真不知道你們對我究竟安的是什麼心？」宋培珠邊說邊哭，用手抓撓棺材，尖利的指甲劃過厚厚的棺材板，「嗤嗤」有聲。

「婆啊婆，你走了，培珠就沒人疼了，不如也隨婆去了！」她邊哭邊用頭撞擊棺材。

磐石、宋德嶽和張二一齊上去拉她，宋培珠還是奮力往棺材上撲，大有不死不休的架勢。可三個男人的力氣究是大過一個女子的。見不能再往前衝，宋培珠跪坐到地上，嚎啕大哭起來。

韋如絲看著忍不住心疼，上前摟住她，輕拍她的後背。宋培珠看清是自己的娘，便大力推，韋如絲向後跌坐到地上。

鳳凰趨前彎腰道：「培珠，別哭了，歇歇吧，婆不會願意你這樣的，快起來吧！」邊說邊去拉宋培珠的雙臂。

宋培珠一下閃開，嚷道：「你別碰我！」然後跪爬到韋如絲跟前，哭著道：「娘！娘！娘跌疼了吧？」

韋如絲坐起來摟住宋培珠，任她把鼻涕眼淚統統抹到自己的前襟上，心道：「不知是誰家的孩子，竟然喊我娘，定是哭昏了頭。傷心至此，到底是十太太的什麼親戚啊？」

韋如絲低頭細看，想從她的模樣上尋出個究竟，一看之下大吃一驚，叫道：「哎呀，你這臉是怎麼了？」

宋培珠滿臉湧出大大小小的紅疙瘩，手也是這樣，韋如絲忙拉開她的衣袖看，小臂上也蔓延開來。

宋慶祥「哎呀」一聲，道：「十太太這副壽材新近補了漆，二姐兒是被生漆咬著了，快去請十少爺開些解毒的藥來。唉，就算用藥及時，沒有十天半月也不會見好。」

宋培珠低頭看自己的手，又摸摸臉，意識到狀態不妙，哭聲漸止，開始在身上東抓西撓起來。

韋如絲隱約聽見十太太在棺材裏歎了口氣，幽幽道：「唉，終歸留了些想頭，『五七』是夠了。」

35 坐在城頭望

「我娘就要死了。」一個十一、二歲的少年擋在韋如絲面前，也擋住了日光，沒頭沒腦冒出這一句話。

韋如絲正蹲在院子裏看螞蟻打架，烏壓壓一片，看不出誰跟誰一夥兒。兩兩一對，掐得不可開交，已是屍骸遍地。螞蟻本來就小，死了身子蜷縮起來，更加不起眼，但堆在一起就蔚為壯觀了。

真不知道他們為何捨命血戰，這院子不夠大嗎？如果生命可以自我循環，這樣幹確實無所謂，重生後又是一隻好螞蟻，可這是誰也拿不準的事。不過螞蟻腦袋太小，這麼複雜的事恐怕難以考慮。

韋如絲抬頭看他，皺起眉頭問：「你是誰？你娘又是誰？」

少年道：「我是冬兒，我娘是冬兒的娘。」

韋如絲有些迷糊，道：「此話甚妙，只是聽上去不好明白。」

「既然聽不明白，那不如隨我去看個明白。」少年說完「噔噔」往外走。韋如絲不由追上去，遇到不明白的事她難免想弄清楚。

真不知好奇心是個什麼東西？既不屬情欲，

也不是食欲，卻教人心癢難挨，欲罷不能。其實很多時候知道了還不如不知道。

出了街門，大路拐彎處一個男人正等著，他輕撫少年的頭，少年扯住他的衣角。

「德嶽！」韋如絲輕呼，「你領著培皓去哪兒？」

宋德嶽歎口氣，道：「他並不是培皓。」

見韋如絲搖頭，宋德嶽伸手一指，道：「你見過這孩子，也認識他娘，他娘就在下面。」

韋如絲這才發現自己正坐在高高的城牆上，雙腿懸在牆外。城裏一撥人，城外一撥人，城裏的一方苦守，城外的一方猛攻。

「啊呀，差點掉下去！」韋如絲發現自己身處險境不由心悸，軟著手腳移回城牆內側，她扶著城磚站好，問宋德嶽：「文城的城牆不是早拆了嗎？」

「我們並不真的在城牆上。」宋德嶽回道。

韋如絲歪著頭費力思量，問道：「既在城牆上，又不在城牆上，何所憑依？我們不會忽然掉到地洞裏去吧？」

宋德嶽還未及回答，韋如絲的興趣就轉了方向，因為她看到了人群中的小白鞋。雖然她腳上著的是一雙黑底紅牡丹的繡鞋，韋如絲還是輕易認出了她。小白鞋依舊顯眼，隊伍裏只有她一個女人，墳起的肚子昭示著她正有孕在身。小白鞋右手還牽著一個少年，正是冬兒。

「小白鞋是你娘！你的模樣和小時候大不一樣了。蟲子變蝴蝶。」韋如絲回過頭對城上的冬兒道。

「我娘叫徐水子。」城上的冬兒冷冷道。

「徐水子就是小白鞋，真的，不騙你。」韋如絲道。

「我不認得小白鞋，我只認得我娘！你們都欺負我娘，等我長大了，一個都不放過！」冬兒叫嚷道。

韋如絲道：「如何是放過？如何又是不放過？你會在大路上設關卡嗎？我和你一起守關，好不好？」不待冬兒回答，她接著道，「首要的事是要先放我們自己過關，不然誰來守關？」

冬兒瞠目看她，急得「嗚嗚」哭起來，韋如絲立時著慌，忙從口袋裏摸出幾顆棗子遞給他，口中道：「哭啥！又不是死了娘。」

冬兒把棗子扔到城下，他轉過頭仰臉祈望著宋德嶽，道：「叔，救救我娘！」

宋德嶽仰天長歎，道：「我也很想救你娘，但我救不了她，你娘回不來了。」

冬兒聽了這話不再說什麼，很快收起眼淚。人絕望後大致分為兩類，一類人哭哭啼啼，另一類毅然決然。冬兒顯見是後者，他縱身躍下城牆，輕盈落地，急急向他娘奔去，穿過排在隊伍前列充當人牆的偽軍和挑子彈箱的民工，一直跑到鬼子的隊列裏。

小白鞋拉著冬兒的手，道：「跟緊娘，不要亂跑。」說完追隨著川合躲到一個麻袋包壘就的街壘後面。街壘不大，擠滿了日兵，一些人不得不惶惶另尋躲避之處。

一個日本軍官蹲在街壘後對著川合大叫。川合面有難色，轉頭看了看小白鞋母子。那個軍官繼續呵斥川合，川合低下頭。忽然一梭子子彈掃過來，街壘邊緣的幾個日軍應聲倒地。

川合矮著身子向後移到小白鞋身邊，道：「你快帶孩子走吧，日後我們再想辦法會面。東海地區所有的據點都沒有了，你要往西邊走。」

「不，」小白鞋急急搖頭，倉惶道：「我不能離開你們，我會被中國人殺死的，他們不會放過我，那樣咱們的孩子也保不住。」

「我是軍人，必須服從命令。吉山君此次帶隊伍來，是特意來援助我們撤離的，他要你離開。你跑不快，會影響突圍行動的。」

「你們不用管我，我跟在後面跑就是了，不會礙你們的事。你幫我求求他。」小白鞋哭出來。

川合還待要說些什麼，吉山匍匐過來，掏出手槍，抵住小白鞋的後背。小白鞋的身子軟下去，後背上的血像從泉眼中冒出來。

川合把小白鞋的身體翻過來，讓她的頭枕著

自己的腿，低聲道：「明子，對不起，我沒有保護好你，讓你再一次香消玉殞……」小白鞋隆起的肚子依稀蠕動。

突然天降大雨，雨水恣肆，兜頭蓋臉。雨水擊打之下，眼睛幾乎無法睜開。透過白茫茫的水氣，韋如絲看到川合扯直了小白鞋的一隻手臂，揮刀砍下。韋如絲驚得心「咚咚」跳，大張著嘴巴，雨水灌了滿口。

武士刀鋒利無比，小白鞋的手臂像藕節一樣斷開，一隻晶瑩翠綠的鐲子落到地上，濺起一團水花，並沒有碎，一路歪斜著滾到冬兒身側，冬兒遲疑著伸手拾起。川合把小白鞋的手臂揣到懷裏，在雨幕的遮掩下，指揮隊伍往城外衝。

你追我趕，你死我活，誓取敵方性命成最大念頭。中彈的人越來越多，有的摞在了一處。倒地的人口鼻半淹在水中，無法呼吸。軍服的顏色不同，但流淌出的血同樣鮮紅，先是彙聚一處，然後隨著汙濁的雨水散向四面八方，很快就了無蹤跡。

太陽撥開烏雲，光芒四射，吸飽了雨和血的大地乾爽潔淨。天地不曾變化，亂的只是人間。

韋如絲睜大眼往城下看，到處都是狂喜的人們，敲鑼打鼓喊著：「解放了！解放了！」鞭炮在四處炸開，衣衫襤褸的孩子鑽來鑽去，四處尋沒有被點燃的炮竹。

冬兒一隻手攥著鐲子，用另一隻手緊按在胸口上。宋德嶽道：「你娘的東西，你要仔細收好。上面好像還有血，好好擦淨。」

冬兒淡然道：「滲進去了，擦不掉。」

宋德嶽拉起冬兒的手，道：「跟叔回家吧。」

韋如絲奇道：「帶他回去？可他不是培皓呀！茉莉會看出來的。」

「唉，嫂子，這個我自然知道，我會把他交給張二的，讓他送回老家，給他媳婦帶著。再有個四、五年這孩子也就成人了。」

韋如絲央求道：「德嶽，別急著回去，這麼熱鬧，咱們也去城裏轉轉吧。」

「嫂子什麼時候都這樣開心。好吧，順便給這個孩子買些東西帶在身上。」宋德嶽道。

哪兒熱鬧往哪兒去，這是逛街的不二法門。可道路並不好走。一座拱橋橫在面前，大約是因為雨後，上面滿是泥濘，已看不出橋面原來的顏色，卻是必經之路。

韋如絲試著邁了一步，立時往下滑，另一隻腳根本跟不上來。韋如絲看了宋德嶽一眼，他矮下身子手腳並用往上爬。韋如絲跟樣學樣隨著宋德嶽往橋上爬。到了橋的最高處往下看，下面的情形更糟，一個拱橋連著一個拱橋，照樣滿是稀泥且又高又陡。到了這步田地她索性坐下來，忽而高忽而低，快速滑到了終點。

四面八方來的人都自動彙聚到了一個低窪處，正是炸毀後遭廢棄的文城中學的操場，操場上長著一叢叢茂盛的野草，人幾乎同野草一樣高，也一叢叢立著。

韋如絲左右前後張望，好傢伙，人真不少，怕是有萬把人，都竭力伸著脖子往臺上看。一隊人從臺下走到臺上，雙手反背在身後，好像煮熟的蝦子一樣，臉朝著地，深彎著腰。

天地不知何時換了季節，操場上的人大都穿著棉袍棉衣。獨韋如絲和宋德嶽的衣服沾滿泥汙，又髒又薄，周身的血液如同井水一樣冰冷，韋如絲抖著對身旁的宋德嶽道：「天好冷，咱們回家換衣服去吧？」

宋德嶽沒有應韋如絲，韋如絲扯扯他的衣袖，道：「跟你說話呢！」

身旁的人卻不是宋德嶽，他不見了。韋如絲笑道：「呀，是個大娘。」

大娘灰白的頭髮在風中顫著，她並不看韋如絲，拊手道：「臺上的這些有錢有勢的傢伙今天活不了幾個，他們斷斷想不到會有今天。」

身後有男子說話，聲音中有難以抑制的興奮：「二鬥和三鬥都在上面，我的娘啊！這回他娘在村裏再也不用那麼張狂了。」

「誰是二鬥三鬥？你認識？」

「站在中間穿黑衣服的那兩個。我們村的，

他們家統共三個兒子，除了大門在家種地外，二門三門都當了偽軍。二門還當上了中隊長，總往家捎錢，日子過得比誰家都紅火，他爹娘的氣勢比村裏最富的張財主都盛。」

「這兩個人長得可不賴，虎背熊腰，在山東漢子裏也算魁偉的，可惜了。」

「沒啥可惜的，這兩個狗東西不是玩意兒，跟著鬼子當走狗，鬼子讓咬誰他們就咬誰，一把子力氣都用來禍害中國人了，忘了自己的祖宗是誰，死上十回都應該。」

側面也有人在聊天，是兩個中年男子。聲音低沉的人說：「嘿！穆大興穆大善人也在上面。為啥抓他呀？」

亮嗓門的人回道：「為啥？這個我也不很清楚，但我知道穆大興的生意有一多半都是跟日本人做的，糧食、布匹、藥品，什麼買賣都做，沒少賺錢，發的是國難財。」

「可他也沒少做善事啊！我媳婦的命還是他佘給我藥才得救的，每逢災年穆家都搭粥棚，他可不是惡人。」低沉的聲音接著道。

「他行的那點善抵不了他犯下的罪，有罪就得罰。」

韋如絲往臺上看，不知道哪個是穆大興，正待要問身後的人，卻發現宋德嶽也在臺上，立在最右側。她拔腳就要往臺上去，這個傢伙真靠不住，也不跟自己打聲招呼就到臺上去了。

有人死死拉住韋如絲的手，道：「娘，你不能去！上去就下不來了，也得鬥你。」韋如絲回頭看，認出是宋培珠。

「姑娘，你一會兒推我，一會兒又拉我，真叫人糊塗。你在這裏等我，我去把德嶽叫下來再與你說話。」

「這會兒叔下不來，他們不會放他下來的。」宋培珠依舊不鬆手。

「為啥？」韋如絲問。

「誰讓叔不爭氣？叔和小白鞋一直不清不楚的，小白鞋住在文城的時候叔還去找過她，這事兒好多人都知道。小白鞋是文城最有名的漢奸，叔不把事說清楚他們不會放過他的。」

「他們倆的事兒我也一直想弄明白，為什麼見過小白鞋德嶽就躲到門板後面？為什麼他能一睡三天三宿？我知道了！小白鞋是瞌睡蟲，男人一遇到她就迷糊。一定是這樣，我去問個清楚。」

韋如絲想往臺上去，可宋培珠死命不撒手。她使勁甩，培珠哭起來，道：「娘，我已經夠苦了，娘不要再難為我了。」

宋培珠一哭，韋如絲就慌了神，不敢胡走亂動，立在原地看著她。

36 憂樂不相同

宋培珠身旁一直跟著一個長身玉立的青年，面容俊美異常，他一直神情漠然，更顯得與眾不同。宋培珠一哭，情形就變化了，青年拉住她的手「哇哇」大哭，明顯是駭怕，全不顧忌周圍驚詫的眼光，鼻涕眼淚一起滾落下來，像個受了委屈的孩子。

宋培珠邊掏手絹擦眼淚，邊搖著他的手臂哄他：「志和乖，志和不怕，我不會丟下你不管的。」

喚作「志和」的青年哭聲漸小，抽嗒著伸出手，用食指和中指的指肚輕觸宋培珠的面頰，然後用拇指拈弄，發現並不怎麼濕，於是似乎放了心，重又恢復了冷漠的表情，好像剛才哭得稀裏嘩啦的人根本不是他。

韋如絲「哈哈」笑起來，道：「這個夥計不賴，合我胃口。說哭就哭，說不哭就不哭，真好性情。」

韋如絲一笑，帶得周圍的人都笑起來，眾人齊道：「瘋子笑傻子，倒也有趣。」

宋培珠羞紅上臉，一手拉著志和，一手拉著韋如絲，向人群外面走。邊走邊道：「以前是我冤枉了娘，以為娘故意對我不好，等到志和發燒燒壞了腦子我才知道那不是由人的事。以後我會好好待娘的。」

韋如絲不明白培珠在嘮叨些什麼，側目看她，發現宋德嶽跟在一旁。韋如絲道：「咦？你怎麼捨得下來了？站在臺上看得遠吧？」

宋德嶽哆哆嗦嗦道：「嫂子，誰願意在斷頭臺上站著？今天我算撿了一條命。培珠，志和他爹死了，我親眼看見的，我就在旁邊陪綁。一氣兒斃了二十幾個，有好幾個都是以前認識的，嚇死我了。

「人跪在地上，槍從背後放，穆大興倒下去的時候臉朝下，那地方土鬆，都砸起了煙兒。說不定哪天也把我崩了，要是面前長些青草就好了，密實點兒就更好了，能墊著點兒。」

「叔，別想那麼多了，沒有用，走一步看一步吧。現如今我們沒地方去了，我想同志和回敦恕堂住，叔看行嗎？」

「那是不必說的，不然你帶著志和能去哪兒？」宋德嶽回道。

宋德嶽那種走法快不了，他低著頭，好像背負著千斤的重擔，每走一步都在地上留下近一寸深的坑。穆志和見著鳥蟲兔狗都要去追，宋培珠再去追他。

穆志和為了追一隻辣椒紅的蜻蜓跑進了路邊的麥地裏，突然他被什麼東西絆倒了，結結實實摔了一跤。這個小子也算皮實，一躍而起，然後彎腰拾起一個圓乎乎的東西返身走向追在他身後的宋培珠。

宋培珠尖叫一聲，大叫道：「快扔掉！扔掉！」

穆志和拾起的是一個人頭，散發著濃烈的屍臭。宋德嶽快步走上前去，從穆志和手中接過人頭放到田邊，然後找了一塊巴掌大的尖石，蹲在地上開始刨坑。穆志和蹲在一旁看，宋培珠拉韋如絲躲到遠處。

宋培珠對韋如絲道：「附近沒有發現屍體，為何獨獨出現一顆人頭？娘，你說他是別人的兒子，還是一個女人的丈夫，或者是三個孩子的父親？」

韋如絲難以回答，笑望著培珠道：「這個問題太難，你聰明，你來說。」

宋培珠歎口氣，道：「唉，這誰也不會知道。可以確定的是他家裏人只知斷了音訊，從此懷著希望經受著絕望，活在漫長的煎熬中。」

埋好這個無名的頭顱後四個人再次返回大道上。這一行人幾乎走不了直線，統共三十里的路程，回到家的時候已是八月天。

從前街的西大門進來後韋如絲就有些遲疑，這是宋家的園子嗎？路上來來往往許多人，韋如絲都不認識，背槍的、擔水的、推車的，形形色色，各操營生，都有著在自己地盤上的大方坦然。

街邊的牆壁上寫著白色大字，貼著小塊的彩紙，風吹雨打，字跡已不甚清晰，「熱烈慶祝抗戰勝利！」「不投降，不分裂！」……

客屋院子的人韋如絲不認識，都紮著腰帶，看樣子是政府的人，各忙各的事，沒人理他們，也沒見到於縣長和他的老婆、孩子。

韋如絲順著過道往裏走，瞥見左右院子裏都是滿滿的人，忙著洗菜做飯攆孩子罵老婆，地上淌著汙水，蒼蠅飛飛落落，一派生機。

他們看著韋如絲的表情是漠然的，韋如絲心裏有些發慌，硬著頭皮還要往裏走，卻發現已無路可走，通往後院的門壘死了。

一個二十幾歲的女人站在韋如絲身後道：「去後院得走後邊的門，這邊沒路了，你怎麼總是搞錯？」女人邊說邊甩甩手上的水。

「好好的門為什麼堵上？」韋如絲問。

「又不是一家人，自然要隔開來。」女人道。

「不是一家人為什麼要住在我家裏？」韋如絲問道。

「以前是你家，現在不是了。你們自己獻房子獻地獻出來了，就不是你們家了。你現在是在我家的院子裏。」女人冷冷道。

這個女人的話到底對不對？韋如絲拿不準，但心裏著實彆扭，就立在那裏梗著脖子瞪著她。

女人也擰著身子回瞪韋如絲，不再說話。

「嫂子，快回家吧，飯已經熟了。」忽然宋德嶽從牆頭上探出腦袋，「嫂子你又走錯道，下次記得從後門回家。」然後他又笑嘻嘻地對那個女人道：「春紅妹子，叨擾了，我嫂子記性不大好。」

女人笑眯眯地看著宋德嶽，道：「我送你嫂子過去吧。」

宋德嶽依舊笑著：「我就知道春紅妹子心善人好。」嘴裏像一直含著蜜。

春紅顯見是很開心，引著韋如絲往院外走。天色已晚，韋如絲的肚子也不餓了。她搬了一張圓凳坐在門口。院子裏堆滿了家什，屋裏也是滿的。桌椅板凳都有著精緻的雕花，花鳥人物就那麼裸露著，任憑風吹雨打。還有原來放在客屋院子的那一對八角大魚缸，只是缸裏已經沒有了魚，插著鐵鍬鎬頭釘耙。

韋如絲睜大眼看日光如何暗下去，直至一切都湮滅在黑暗中。

磐石和宋德嶽隔著桌子靠在堂屋的椅子上，兄弟倆相對無語。

忽然磐石笑著道：「德嶽你這是幹嘛？好端端的哭啥？」

韋如絲回頭看，宋德嶽淚盈於睫，泫然欲滴。磐石接著道：「德嶽，你不會是為房子的事難過吧？咱們兩家不是各有一正一倒加兩個廂房嗎？每家十六間房也夠住了。你說把鬼子趕出中國是多艱難的事，死了多少人，咱們這個地區同別的地區不一樣，主要靠的就是八路軍。雖然把房子和地獻出去我也有些捨不得，但咱們多少也得為抗戰做些貢獻吧？」

宋德嶽盯著磐石的眼睛道：「哥說的是真心話嗎？」

磐石道：「德嶽，遇到事情只能往寬處想，現如今的形勢下，咱們也沒得選。」

宋德嶽哀歎一聲，不再說什麼，站起身走出去。道：「我回西院了。」

磐石看著他的背影，對韋如絲歎道：「委屈

德嶽了。兩個院子結構差不多，只是主家歷來住東院，所以建得高大，取意東家大。事事求吉利，簡直錙銖必較，真有事情發生，這些把戲丁點作用都沒有。」

夜深了，韋如絲盤腿坐在炕上看著前方，磐石俯到她近前，韋如絲道：「我就要輸了。」

「什麼輸呀贏呀的？」磐石問。

「你沒看見我在和春紅玩跳房子嗎？」韋如絲奇怪地看著磐石。磐石歎口氣，緊緊把韋如絲摟進懷裏。

韋如絲忙掙開，道：「你別擋著我，我本來就快輸了，這樣就更看不清了。」

「好，我不擋你，你說說看，是什麼情形。」磐石坐到韋如絲身邊歪著頭看她。

韋如絲帶著哭腔道：「我和春紅一起玩跳房子，春紅玩得比我好，瓦片不壓線，也不會一下穿過兩格房子。春紅比我年輕，單腳站得很穩，我一隻腳站不了許久。我每次都到不了終點就敗下來。她都贏了好幾回了，贏一回就占一格房子，現在又輪到春紅跳了，所有的格子都要被她占了，那我就一個格子都沒有了。」

韋如絲開始哭起來。磐石摟住她，輕撫她的後背，道：「如絲，不難過啊，下回咱不和春紅玩了，我和你玩，你一定會贏的。」

「春紅非要和我玩怎麼辦？」韋如絲抬頭看著磐石問。

「那我就拉著你跑，讓她追不上。」磐石道。

「你跑不過她的，春紅腳下安了哪吒的風火輪。」韋如絲絕了望，磐石都沒有什麼好辦法，那就真的沒有辦法了。

韋如絲掏出手絹抹眼淚，鳳凰像一陣風從屋外跑進來，一把搶過手絹。韋如絲吃驚道：「鳳凰，你做什麼？」

鳳凰「嘻嘻」笑，舞著手絹唱到：「北風那個吹，雪花那個飄，三十那個晚上，年來到……」

唱到興起，鳳凰甩掉鞋子上了炕，旋轉身子舞著，身姿曼妙，比臺上的喜兒都不差。

韋如絲笑起來，道：「蹬鼻子上臉，脫鞋上炕。猴兒猴兒，大扒皮，抽你的筋，剝你的皮，老鼠老鼠褪一皮。好看，鳳凰你不要停，一直跳。」

鳳凰不聽韋如絲的話，她停下舞步，靠著被垛坐下來，淒然道：「我的命這樣苦，姐姐從來不知道心疼我。」

「心疼不好受。」韋如絲道。

鳳凰抱著膝蓋，自顧自說下去：「以前不知道自己苦，看了《白毛女》才知道，像是做夢被人叫醒了。我在敦恕堂就好比是喜兒在黃世仁家，受壓迫、被剝削，還得賠笑臉，小小心心，千萬別得罪了誰，連栗嫂的臉色我一天都得揣摩好幾番。

「說到底我還不如喜兒呢！喜兒還給黃世仁生了個閨女，正經算是黃家的人。我呢？沒有一兒半女，敦恕堂哪天叫我滾我就得滾。」說著，鳳凰嗚嗚咽咽哭起來，越哭越傷心，乾脆趴到了炕上。

「你是喜兒，那磐石就是黃世仁，那誰是黃世仁他娘呢？」韋如絲低頭想了想，有些為難道：「那就我來吧，我比茉莉年歲長，能扮得更像些。」

鳳凰從炕上下來，看了韋如絲一眼，邊穿鞋邊道：「姐，我嫁來敦恕堂這麼多年，姐沒有一刻是清醒的。姐，真的一刻明白的時候都沒有嗎？」

「有。」韋如絲回道。

鳳凰吃了一驚，抬頭看她，急問：「真的嗎？什麼時候？我怎麼一點也沒覺察？」

「我在抽屜裏找娘的時候就不發矇，覺得心裏沒紗也沒霧，清清亮亮的。我知道娘最愛躲在那裏，她不嫌地方窄，娘的身子也軟，折兩折就進去了。娘最樂意看磐石找不著她著急的樣子。」

鳳凰「嗤嗤」笑起來，道：「姐姐是一等一的明白。」

「劈劈啵啵」的敲門聲起，鳳凰迎出去，原來是鳳凰的大弟大龍。

韋如絲看著他，歎道：「大龍，天氣這樣

冷，你怎麼穿單衣呀？上次來你穿的棉袍不是挺好看的嗎？」

大龍笑道：「姐姐你過糊塗了，正是五月天呢！穿棉袍會悟出痱子的。」

「我怎麼不知道呢？」

「告訴多少遍也記不住，姐姐是誠心不願意有夏天的。」鳳凰回道，姐弟二人交換了一下眼色，眼神裏有韋如絲不能瞭解的內容。兄妹倆感情好，心意可以互通。

「姐夫呢？」大龍問道。

「找他做什麼？」

「我找他有事。」

「究竟什麼事？跟我說一樣。」鳳凰道。

「要土改了，縣裏成立了土改委員會，培訓了幹部，咱村的四皮子昨天剛培訓回來，他說的。我趕來就特為告訴你們這個消息的。」

「什麼是土改？」鳳凰問。

「就是地要平均分給大傢伙，不能一家占許多，像宋家這樣，多得種不了拿來收租子，那是剝削，以後不許了。」

「這幾年禍禍的，我們也沒剩多少了。」

「總比我們多。」

「淨說些沒味兒的屁話，那是一回事嗎？能比嗎？」鳳凰罵道。

「嘿嘿，」大龍笑起來，「確實不能比，宋家就算去了皮肉，骨架也比我們的大。」

「地會白給嗎？」鳳凰接著問。

「那個自然，老百姓也沒錢買啊！」

「那咱家也能分著地了？」

「那是一定的。五十畝沒有，十畝八畝總該有吧？我和二弟可盼著土改呢！能多分點就好了，那咱家也成財主了。就是你這兒難辦了，要是不分宋家的，只分別人家的就好了。」

「你既不要胡說也別張狂。依我看這種天上下雀鳥蛋的好事何朝何代也不會輕易落到窮人身上。」

「姐你別不信，這次我說話有準，不信你就看著，馬上，很快。」

37 鳳凰悄悄飛

鳳凰呆愣片刻，招手讓大龍到近前，姐弟二人把頭湊到一處，壓低聲音說起話來，「唧唧抓抓」，聽著費勁。屋外有鳥叫聲，韋如絲撇開二人，走到院子裏。

繩子上晾著兩床被子，韋如絲掀開一頭鑽進去，棉被收集了陽光的味道，好聞又安逸。韋如絲閉上眼什麼都不看，如此這裏便是她一個人的世界。但日光強烈，畢竟遮掩不住，這個處所八面透光，四處來風。

「如絲，快些出來吧！不嫌氣悶嗎？天氣這樣熱。」磐石把韋如絲拉出來，「看，頭髮都被蹭毛了。」磐石用手輕輕整理她的亂髮，韋如絲抓著他的手笑，邊笑邊晃頭，讓他不好下手。

「你倒比以前淘氣了，像換了一個人，愛玩愛笑的。是不是每個人的身體裏都裝著兩個自己，一個沒了，另一個就活了。」磐石看著韋如絲道。

「哪個都活著，只是睡著不醒，狼遇到肉、狗見著骨頭就不會再睡了。」鳳凰在屋內道，話語清晰如同耳語。

突然宋慶祥踉蹌著衝進屋，他揪住大龍的衣襟，眼珠向前躥出半尺，像戴著副望遠鏡，直伸到大龍臉上。

宋慶祥盯著大龍的眼睛問道：「你說實話，昨個夜裏放在場院的那兩車東西你真的沒見著？」

大龍冷笑著撥開宋慶祥的手，道：「慶祥叔，我們家雖然不富裕，但別人的東西我們也不稀罕。再說你們沒見著我們哥倆兒，幹嘛把東西放下就走？」

「不是說好了我們子時放在那兒，待我們離開後你們馬上拉走嗎？」宋慶祥追問。

「慶祥叔搞錯了，說好不見兔子不撒鷹，如果見不到我們就把東西拉回來。這不是慶祥叔設計的萬全之計嗎？」

「可姨奶奶不是這樣說的，她說你們怕被人撞見和敦恕堂的人在一起不好，現如今正是風頭上，不得不避。」

「哎呀！」大龍跌腳道，「誤會害死人。到底是哪個王八羔子做的缺德事？我們在場院蹲了半宿，人影都沒見到半個。後半宿天挺涼，我心裏還一直埋怨慶祥叔說話不算數。叫人知道了我們就什麼都完了，不是看在我姐的面子上我是萬萬不肯做這種事的。」

宋慶祥收回瞪出的眼睛，低著頭哀歎道：「不是個小數目啊，瓷器、字畫、布匹、細軟，還有四年前少爺『獻糧獻地』，共產黨是給了錢的，按質論價，地從三級到七級，每級地五元錢，每畝地合二三十元，五百多畝地賣了一萬多元錢，換的那些小寶兒一半放在張家埠的商號了，餘下的還有以前積攢的都在昨晚的車上。現如今就那些能動的活錢兒，這往後敦恕堂的日子怎麼過啊？」

「那還真得好好查訪查訪，我看十有八九是有家賊。慶祥叔，昨晚上的事不止是我們這幾個人知道吧？你去問問裝車、拉車的夥計，問問柱子和姜肉蛋，還有張二。那兩車東西無論如何都得想法兒追回來，不然你可對不起我姐夫，對不起敦恕堂。」大龍正色道。

磐石走上前，他不看大龍，只對著鳳凰問：

「鳳凰你怎麼看？」

鳳凰雙手掩面而泣，道：「我心裏就怕你會疑心我，唉，到最後你果真疑心我。我說我不知道，你會信嗎？我說我知道，你真的信嗎？信或者不信，全在你對我的一顆心。都說馬上就要土改了，我是想為敦恕堂留條後路，誰想好人難做，連累我們一家人都被疑作賊。」

磐石臉現愧色，忙道：「鳳凰，是我錯了。罷了，慶祥叔，此事以後不用提了，不過兩車東西，散掉的財一定不是自己命裏該有的富貴。錢不值錢，人值錢。」

鳳凰站起來，道：「那可不行，那麼多值錢的東西，還是得設法找回來。都好好想想，看看到底哪兒出了漏子。大家夥兒一整天都沒怎麼吃東西了，我去廚房看看。吃飽了好好找。」

韋如絲著實有些餓，就跟在鳳凰後面出來。哪知道廚房那麼遠，一直跑到出村的大路上。天已經黑了，鳳凰頭也不回地往前走，走得太快就跑起來，邊跑邊往外掉東西。韋如絲拾起來看，金色的小寶兒像飽滿的花生米，在暗夜中閃耀著誘人的光芒。

待韋如絲立起身，鳳凰已消失得無影無蹤，任她扯著嗓子大聲喊也不應。韋如絲氣道：「你這是想餓死我呀！」

大路中央依稀躺著一個人，韋如絲借著月亮的清輝看出是慶祥叔。她笑道：「慶祥叔學我呢吧？我現在都不睡地上了。你這樣躺在路上會被人踩扁的。」韋如絲蹲下身想拉他起來。

宋慶祥擺手道：「少奶奶的心真跟明鏡似的，確實不是鳳凰，是鴿子。鴿子就是這樣，一旦生了離心就攏不住了，怎樣都會飛走，那是它的本性。」

「沒有了梧桐樹，鳳凰也會飛走的。慶祥叔快起來吧！」

「少奶奶，我這次躺下就不起來了，沒臉活了，我這輩子沒幹過這樣的蠢事。我對不起十老爺十太太，對不起敦恕堂的大大小小，老臉實在沒處放啊！我得找個地洞鑽進去。」

「慶祥叔鑽進去還出來嗎？」

「少奶奶，一旦進去就沒有人能再出來。」

「那慶祥叔還是別鑽了，這種有去無回的事我不喜歡。」

「少奶奶，這種事從來不由人喜歡還是不喜歡。這人啊，不知哪一天就突然到了這裏，三面都是鐵牆夾著，只能朝著一個方向走，退不回去了，連轉身的餘地都沒有。」宋慶祥說著眼淚流出來。

「慶祥叔別急，我有辦法。」韋如絲從髮髻上取下一根繡花針，狠命往鐵牆上紮，「咄咄咄咄」，牆上現出許多凹下去的小洞洞，韋如絲心裏喜不自勝。但針短牆厚，這活兒得兩面開工。

韋如絲自言自語道：「我的腦筋這樣靈光，任誰也不能說我是個笨女人。」她轉到牆對面，發現慶祥叔已經不在了，轉頭尋，看他正沿著大道往遠處走去。

韋如絲叫道：「慶祥叔怎麼讓我白費力氣啊？」

宋慶祥邊走邊大聲回道：「少奶奶，這世上沒有白費的力氣，我都記在心裏了。我去李各莊祖墳，讓牟爽挖個洞，不能離十老爺和十太太遠了。狗老了更戀家，我死活都要守著敦恕堂。」

磐石披麻戴孝跟在宋慶祥身後，他邊走邊哭，直哭了三天三夜沒歇氣。韋如絲實在餓壞了，對著一桌子碗碟舉起筷子，邊吃邊看他，吃了一桌又一桌，但如何都吃不飽。

張二立在韋如絲身側道：「也幸虧慶祥叔不在了，現如今敦恕堂只剩下一頭騾子、一頭驢、三十畝地和張二，這境況慶祥叔更受不住。」

磐石聞聽張二所言，停下腳步，破泣為笑，道：「謝天謝地，還有三十畝，夠活命了。對吧，德嶽？」

宋德嶽面前攤著一個冊子，正執筆寫字，他冷哼一聲，道：「那要看怎麼個活法！這種活法，真算是再世為人了！」

韋如絲伸頭過去看他寫些什麼，宋德嶽忙用手遮住，韋如絲笑道：「你字寫得越來越差了，每個字都伸手踢腳的。」

宋德嶽有些氣，猛然將毛筆送到韋如絲鼻子下麵，韋如絲沒有防備，吸了一口臭氣。她一把奪過毛筆擲到地上，道：「墨汁臭了，和臭蝦醬一個味兒，噁心死了。」

張二道：「東家奶奶，不是墨汁臭，是豬糞臭。」

「豬糞怎麼進家來了？莫非你鞋上踩著豬糞了？」

「我沒有踩，東家在踩。」張二苦著臉回道。

韋如絲側轉頭，才發現身側是自家的豬圈，磐石赤足站在豬圈裏，微笑著看她，道：「這剛開春的風還很涼呢，如絲你回吧，在家裏等我。」邊說兩隻腳邊不停地交替踩在黑乎乎稀糊糊的豬糞上。兩頭母豬躺在向陽的地方翻著眼看他。

「不，我不回，我要試試是你冷還是我冷。」韋如絲開始脫鞋襪。

張二忙攔住韋如絲道：「東家奶奶，這個不用試，自然是東家冷，早晨起來豬糞上還結著一層薄冰呢！」

「那你快往裡加土，加了土就暖和了。」

「好的，東家奶奶，我剛拉來一車。」張二拿起鍬卸車。

宋德嶽揣著手道：「張二你快些，把和好的糞裝車，我幫你把車趕到地頭。」

「不用了，二東家還是歇著吧，這牲口不識你，我怕翻車。」

宋德嶽訕訕道：「我是好心幫你。」

「二東家，這個我知道。不如你來卸車，我去替大東家，這會兒大東家的腳怕是快凍僵了。」

「哥你也真是的，用鍬翻翻不是一樣的嗎？何苦受這個罪？」宋德嶽急道。

磐石頭上冒著熱氣，道：「這人尿和豬糞得和勻了，種莊稼是個細活，春肥頂要緊了，這時候馬虎，收成就馬虎。弟你不用慌，你家的那份地我和張二幫你種。」

韋如絲甩掉鞋子要去幫忙，她剛一有動作磐石就發覺了，他遞給韋如絲一個葫蘆瓢，道：「這活兒不是女人幹的，你撒豆種吧！」

韋如絲捧著葫蘆瓢在田壟上跑，口唸道：「豆兒豆兒，四五六，撒撒手，七八九。」大地是每個人的母親，一親近就歡喜。

撒完種韋如絲盯著空瓢問：「怎麼都是黑豆？沒有別的啦？」

「牲口吃了黑豆有勁兒。」磐石道。

「那人吃啥？」

「吃白麵啊！」

韋如絲隨磐石的手勢看過去，田野在蔥綠中透出淺淺的黃意，灌漿的麥子粒粒飽滿，磐石笑著道：「麥收的時候如果不澇，今年敦恕堂吃飽飯沒問題了，但願老天開恩。」

「吃了肥豬吃克朗，吃了克朗吃奶瓜子。吃了肥豬吃克朗，吃了克朗吃奶瓜子……」汪嫂和丈夫汪四的腦袋從地頭升起，嘴裏不停咕念著。原來兩個人一直蹲在矮處藏著，這會兒似乎下定了排除萬難的決心，向他們走過來。

汪四漲紅著臉遞給磐石一個包袱，道：「少爺，東西還是還給你吧，我們不敢替你們藏了。農救會把中農清理出去，改為貧救會了，我們家也被清理出來了，說我還有三畝地。我怕敦恕堂交給我的東西保不住不說，還背個黑鍋。」

汪嫂小聲道：「對不住了，少奶奶。大家都害怕，我們也怕啊！」

磐石接過包袱，道：「我知道，沒有人不怕。對不起，害你們擔驚受怕。」

「少爺，文城最近判了六十多個地主的死刑，都是馬上就斃掉的，還抄了家，少爺要當心呀。」

汪氏夫婦身形漸遠，磐石把包袱交給張二，道：「張二，埋到自家院子吧。」磐石轉頭看韋如絲，道：「如絲，你回去幫著培珠做飯吧，待會兒都該餓了。」

韋如絲歪著頭看他，問：「你想吃啥？」

「嫂子，想吃啥就有啥嗎？」宋德嶽笑問。

「做夢吧你！」磐石回道。

韋如絲獨自一人往回走。走到園子中街，韋如絲看到一個人雙手朝後反背著，被吊在祠堂前的旗杆上。挨著錫斗子的地方安了一個木製的滑輪。

一個男子站在旗杆下方仰望著他，熱切地問：「看見了嗎？看見你們還鄉團的人了嗎？聽說宋德嶂當上團長了，正在山東的地界上和我們幹仗呢，你有些年沒見過兒子了吧？現在特別著急見兒子吧？你睜大眼睛看，看見了你就說一聲啊！」

總拽著一個人不是件輕鬆的事，他弓著腿歪著屁股雙手往下使勁，道：「我知道你們家有錢，可有錢你也沒坐過飛機！那飛機可不是什麼人都能坐的。今天我讓你坐了，你可得謝謝我啊！飛機也不能老坐，到地方兒就得下來了！」

那人說著就鬆開了手裏的麻繩，滑輪「刷拉拉」飛轉，被吊著的男人像裝滿糧食的口袋，轟然落地。韋如絲走過去細看他倒地後抽搐的臉，認出是十一叔。

男子「哈哈」笑著，手舞足蹈，他是真的開心。韋如絲也認出了他，對著他的臉道：「你是吳八戒。」

吳八戒昂然道：「坐不改名，行不更姓。」

吳八戒本來長得就不錯，穿了身新衣服，乾乾淨淨的，整個人比以前精神多了。

吳八戒興致盎然，對韋如絲道：「坐飛機挺好玩吧？我再讓你看看坐火車。」說著他拖過來一把燒得通紅的鐵鍬，熱氣炙臉，韋如絲不由得後退兩步。

宋德植從人群走出來，雙手被縛在身後。吳八戒對著宋德植問：「聽說宋培宜幹得也不錯。也是，黃埔軍校的高材生，怎麼會差？我們分了你家的地，他肯定著急，八成也正帶著隊伍往回打呢。你坐火車去看看他吧，幫我們說說情，大家夥兒都鄉裡鄉親的，為幾畝地撕破臉就不好了。」

宋德植沒有說話，他走過去，背對著鐵鍬

把，屁股對準鐵鍬，緩緩坐下去。

突然間韋如絲覺察出不對，坐下去的人不是德植哥，而是她自己！這一坐下去，屁股肯定要被燙去一半的，韋如絲想起身逃脫，但吳八戒的一雙手卻死命按住她的頭頂，韋如絲不由得向深淵中墜去。

火紅的熔岩在身下沸騰，熱氣沖上來，皮膚膨脹欲裂。巨大的恐懼幾乎將韋如絲撕碎，她發出慘叫連連，但慘叫終止不了下落，韋如絲的腳尖已觸到翻滾的岩漿。

38 多有多盤算

腳趾感覺到尖銳的疼，腦袋還會思考：「等到全身都融化的時候會怎樣地痛啊？」

韋如絲瞪大眼看自己的腳趾，老天，一隻耗子正在啃她，趾尖冒出了血。韋如絲趕緊坐起來，發現自己人在炕上，脫離了深淵。韋如絲大口喘氣，伸手到衣服裏面，胸窩裏都是汗。

耗子看韋如絲在看它，就住了口，晶亮的黑眼睛裏甚至還有幾分羞。它急轉身跳到地上，韋如絲這才發覺不止一隻耗子，屋裏有許多耗子，它們在炕上和地下跑，亂哄哄一團，急攘攘不知所措。

磐石手拿掃把往外趕耗子，沉聲道：「家裏到處都是耗子，不是好兆頭。不過昨兒夜裏我做了個夢，那可真是個好夢。」

「你夢到什麼了？」

「我夢到一隻金色的羊，通體都是金色的，昂著頭，閃著光，真好看。」

「怎麼只有一隻啊？羊應該是成群的，一大群金羊，那樣才帶勁。」

磐石笑道：「如絲你怎麼這樣貪心呢？一隻金羊還少啊？我用巧連數算算，應該是大吉大利上上簽。」磐石丟下掃帚，拉開抽屜拿出《巧連數》和紙筆。

「金色羊，八劃，六劃，六劃，八六六，減二一五，減二一五，減二一五，再減二一五，餘六；加二一五，得二二一，再加二一五……」磐石眉頭皺起來，「不教盤算，偏要盤算，直算得三尺腸子閑著二尺半。」

磐石把卦書丟到炕上，氣道：「那樣豈不要餓死了？簡直是屁話！你們別信。」

「人人都揀好的信，那諸葛武侯神威何在？」宋培珠插言道，「爹別做那種沒用的事了，幫我修修紡車吧！轉得不大靈光了，爹幫我看看。」

宋培珠盤腿坐在炕上，身前是一部紡線車，身左側笸籮裏是棉花，右側笸籮裏是紡好的棉線。她伸直兩條腿用手捶，接著道，「爹，快些修，別耽誤了。別人一日紡八兩，我要紡一斤，一斤三毛錢，一個月下來我就能多掙一塊八。」

磐石坐到炕沿上，把紡車搬到身前，邊擺弄紡車邊道：「你使喚得太狠，這紡車是嫌累了。培珠，爹不要你多掙那一塊八，累壞了身子不值當的。有功夫多照應一下志和，別讓他覺得悽惶。」

「他沒事，他只要吃飽了就好。」

「志和沒有傻到那個份上，看他一見你就歡喜的樣子就知道了。」

宋培珠歎了口氣，道：「顧不上那麼多，爹，家裏能幹活的人手太少了。」

磐石望著窗外歎道：「是啊，平日還好，地裏活多的時候就覺察人手緊了。麥子是收回來了，可這幾日總陰著天，也不敢去曬場打麥，這個節骨眼上千萬別鬧雨，麥子要是捂出了苗，那可算是要人命了。」

宋培珠道：「所以我要多掙那一塊八，好有個防備。」

磐石笑道：「好啊，到時候一家子都吃培珠的。不過這紡車明天才能修好，今天你就好好歇著吧。」

宋培珠叫道：「爹，你不能這樣啊！」磐石

微笑不語。

穆志和忽然推門進來，以手作槍，對著宋培珠道：「今天都跟著我們走，什麼都不許帶。」

宋培珠伸手打了穆志和的手臂一下，嗔道：「花樣越來越多了，還會使槍了。」

穆志和急了，道：「走，快走，大家都走了。我不要剩在後面。」說完上去拽宋培珠。

韋如絲望著穆志和的臉，他還是那麼年輕英俊。穆志和眼裏不盛風霜，風霜無處著力，難以留下痕跡。

院子裏有喧囂的聲音，韋如絲趴在窗上看，「噗」地笑出聲來，茉莉太有趣了，她棉衣、夾衣，裏裏外外穿了五六件，像個烏龜一樣鼓著背站在院子裏，穆志和走出去，對她喝道：「只能穿兩件，多一件也不行！剩下的都脫掉！褲子也一樣。」

「我怕凍著。」張茉莉低聲道。

「別胡嘞嘞了，這是什麼天啊？能熱死個人！你別以為我傻！就算過了我這關，你也過不了轎竿河。快脫！」

張茉莉乖乖地脫下衣服，一件件仔細疊好放在臺階上。韋如絲在屋裏嗤嗤地笑起來：「茉莉原來這樣聽話。」

吆喝聲在四處響起。宋德嶽踉蹌著撲進屋，急道：「屋前屋後都有民團把守，沒辦法了。」穆志和也回了屋，重新用他的「手槍」指著培珠，培珠面若白紙。

磐石扶著韋如絲的肩膀，輕聲道：「如絲，咱們也走吧。」

前街兩側都立著人，男女老少揣著手看著他們，個個面目模糊，因為嘴巴的位置飄忽不定，所以都不開口。

忽然身後有人唱起京劇：「我本是臥龍崗散淡的人，憑陰陽如反掌保定乾坤。先帝爺下南陽御駕三請，算就了漢家的業鼎足三分……」

韋如絲回頭看，宋德峻一個亮相，英武異常，宋德嶽叫了個「好」。

宋德峰急衝出來，扯下宋德峻腰間的虎皮捂

住他的嘴，宋德峻閃著眼看看兄弟，萎頓了身形，尾隨在眾人身後往中街走。

經過祠堂時，聽到屋頂的動靜大家夥兒都停住了腳步抬頭看，祠堂屋脊上長著犄角的小獸身體都動了起來，但臀足被固著著，移動不得，它們神色不安，低聲「嘰嘰」怪叫。

韋如絲「嘻嘻」笑起來，道：「我就知道它們都是活的，果真。」

忽然火狐狸現身屋頂，它手中團著一個火球，越團越大，足夠大時它就踩在了腳下，對著韋如絲閑閑道：「不要看了，終歸要去，就快些去吧。」

學校和祠堂間的夾道，陰陰涼涼的，幾隻麻雀抖動著身體在鬆軟的沙土中臥著，受到這一隊人的驚擾，急急起身飛走。

忽然宋德崇堵住了夾道的出口，哭喊道：「培旼是抗日死的啊！兒子為革命犧牲了，老子就是烈屬，不要趕我出去啊！出了這園子我可怎麼活啊！」眼淚鼻涕糊了他一臉。

穆志和冷著面孔道：「宋培旼是宋培旼，你是你，不要扯在一處。快走！」

宋德崇沒了招數，掏出手絹擦乾淨臉，扯住宋培星的衣襟加入他們。

敬福堂的後門大開，八老爺一行最為浩蕩，高高矮矮七個女子尾隨著他出來。八老爺綢緞長褂上有蟲食出的洞，星星點點的，很容易看得出，但八老爺不在意，他只專心扶著二太太走，二太太盲了眼，沒有人扶哪裡也去不了。

後街東門有成隊兵士持槍把守，他們服裝不一，但神情一致，一致敵對的肅靜與凜然。

橋的兩側各擺七八個籮筐，盛著金銀珠玉，宋家的人無論男女，經過這裏時都立在筐前，伸手摘淨身上的首飾投入筐中，「叮叮噹噹」，煞是好聽。

有一個男人昂揚著頭從外面走進來，眾民兵忙敬禮，齊道：「曹隊長好！」

曹隊長問道：「李德東，賬目清楚了嗎？」喚作李德東的人一手托著帳本，一手把眼鏡往上支支，大聲答道：「報告隊長，有了大概數目。」

「多少？」

「莊園內宋氏共二十戶，主房六百一十四間，配房一千三百三十三間，金銀一百零四箱，另有傢俱、衣物、書籍、古字畫、古瓷器，數目不清，騾三十頭，馬四匹，牛二十頭，豬一百五十隻，羊二十隻，狗十隻，雞鴨六百餘隻。莊園外的商號、油坊、藥房大約二十餘處，本村土地四百四十九畝，外村不清，據說獻房子獻地前最多時有大約二萬八千餘畝，這還不包括山嵐、草場。」

曹隊長點頭道：「這些巨額財產都是宋氏積世累代盤剝百姓霸佔來的，勢必要徹底清算，賬目還要進一步清晰，一定要盤問清楚，這都是人民的財產，一點差錯也不能出。」

李德東大聲道：「是，保證完成任務！」

韋如絲猛然意識到這一去再不能回來，可小石頭還在屋裏。她不發一言，轉頭就往回跑。幾個年輕的民兵發力齊追，但他們追不上她，這一回韋如絲也裝了風火輪。

韋如絲回屋抱起小石頭，小石頭奄奄低語：「娘，你怎麼來得這樣遲？我以為娘不要我了。」

韋如絲把臉緊貼著他的頭髮，喘著氣道：「不會，這樣的事永不會發生，你是娘的命。」

但這世上沒有「永遠」，那只是人們遙想出來的意境。韋如絲被按在了地上，轉瞬間雙手雙腳都被捆住，然後一根木槓穿過捆好的手腳，就像是抬往集市待賣的肥豬，倒吊著被兩個人抬起。

小石頭被隨便扔在地上，他摔破了頭，蕎麥皮散了一地。

韋如絲知道小石頭沒命了，但她並沒有哭，這世界再也沒有什麼可怕的事了，她靜靜道：「小石頭，你死娘不會活，等著娘。」

韋如絲重新回到轎竿河邊，倒仰著頭看，世界大不同。宋家眾人沿著轎竿河上的小橋默默而出，連兩歲的幼兒都悄無聲息，在大人懷抱裏吮著手指警惕地看著周圍。穆志和也把手放下來，躲在了培珠的身後。

宋家一百一十口人集體靜默。

磐石不知害了什麼病，好像很痛，痛得不能言語，他使勁捂住腹部，汗珠冒出來。他看到韋如絲這樣出來，踉蹌著撲上去，伸出雙手托住她的身體，但被人吆喝著一把推開，磐石不甘心，還要近到韋如絲身前，很快被兩個精壯的士兵困住。

磐石的眼淚滾出來，哽咽道：「你們幹嘛這樣對待一個女子？她有多疼啊！」

宋德嶽剛過了橋，身後就有人喚他，他只得扭頭往回走。貧救會的幹部拿著一個冊子問他：「這是你寫的吧？」

韋如絲在高處，歪頭看過去，冊子上寫著滿篇的「打倒×××！打倒×××！」

小邊子他爹神情興奮，說道：「俺媳婦發現的，這書分給了俺家，俺媳婦要用來做鞋樣子，這才發現了這個反革命。」

宋德嶽不做任何辯解，歎了口氣，隨著他們去了。槍響過後他又回來了，子彈從左眼射進去貫穿了頭顱，前後各得一個血洞。宋德嶽睜著完好的右眼，指著臉上的洞，釋然道：「原來風涼得很。」

韋如絲反揚著頭，大聲對宋德嶽道：「原來你頭上的洞真的透亮。」

宋德嶽點頭說「不錯」，然後倒地。

張茉莉伏在宋德嶽身上哭起來，哭個不歇。韋如絲道：「你快些吧，總吊著我下不來可不行，我很是著急，小石頭等著我呢。」

張茉莉默默起身，以手掩面，淚珠從指縫往外湧。眾人繼續前行。北村的小學前後共兩趟房子，一下子就被宋氏族人填滿了，宋家就是興旺。民兵在院門口站崗，除了老鼠鳥雀誰也不能進出。

一直扛著韋如絲的年輕人迅速將韋如絲放到地上，抽走了槓子，急急離去，正是缺人手的時候，耽擱不得。

宋培珠連忙撲上前，顫著手去解韋如絲手腳上的繩索，雙手雙足都已是紫脹的。韋如絲待手腳鬆開，緩了緩，肘膝並用爬進屋裏，就近找個角落躺好。

宋培珠蹲在一旁輕輕揉弄韋如絲手腕腳腕上勒出的血痕，韋如絲躺在地上看著她，靜靜道：「小石頭死了。」

宋培珠身子一抖，盯住韋如絲道：「娘，你腦子清楚啦？」

「你沒看到小石頭是怎樣死的。」韋如絲望向牆壁繼續說到。

「是，沒有人看到，誰也不知道小石頭究竟是怎麼死的。他怎麼就掉到了井裏？當時大家都忙著救火，也有從那口井裏汲水的，可就是沒有人看到他掉下去，所以來不及救他。

「也許小石頭也想打水救火，可他力氣不夠被墜下去也說不定。還有人說是川合派人返回來，悄悄捉了小石頭丟到了井裏。到底怎樣，沒誰親眼看到。但不管怎樣這仇敦恕堂算在了鬼子頭上，還有小白鞋。」宋培珠哽咽。

韋如絲淡淡道：「你說得不對，沒看見的事不能用想像代替。我看見了，小石頭摔死了，腦瓜仁兒磕出來了，滿地都是蕎麥皮。」

宋培珠一屁股坐到地上，歎道：「娘，你還是沒醒過來。沒事，這樣也挺好的。」

「挺好就好。」韋如絲接著道，「磐石哪裡去了？我不能總等他，小石頭會著急的，他的臉都急得漲白的。」

「爹回不來，八大堂當家的都單關著，晚上開批鬥會。」

「批鬥會？人多嗎？有千村集熱鬧嗎？」

「怎麼不熱鬧？」宋培珠冷笑，「讓當家的老爺、太太們交代如何剝削。桌子上放板凳，板凳腿上繫上繩子，人站在板凳上，如果交代得讓他們不滿意，一扽繩子人就摔下來，叫做『拉地雷』，一下子就摔個鼻破臉青。」

「那樣會摔壞的，一摔壞就露出蕎麥皮

了。」

「娘啊，人不是枕頭，人摔壞了只會流血。任怎樣的男人，經過這陣仗，讓說啥就說啥了。不光是男人，女人也挨打，他們還打了敬慎堂的葛奶奶。七爺爺過世後，七奶奶不愛主事，葛奶奶一直當家，六大爺都那麼一把年紀了，還是她當家，結果打也是她挨了。」

「多做，多受，多得，不算冤枉。」韋如絲回道。

突然起了一陣騷動，有人吆喝道：「村幹部來檢查了，都快起來！」

村幹部韋如絲不認識，但她認得栗嫂，在一起十年，家人一樣親近的人。

韋如絲扶著牆站起來，眼前金星閃爍。立穩後她急急走上前，拉住栗嫂的手，滿腹委屈翻上心頭，韋如絲哭道：「栗嫂，你怎麼這麼久都不回家？我可惦記你呢。這回來了再別走了。」

栗嫂張徨起來，她望望村幹部又看看韋如絲，突然劈手給了韋如絲一個嘴巴，厲聲道：「地主婆，你不要假惺惺的，你剝削了我十年，踏踏實實讓我伺候了十年，這樣的日子以後不會再有了，除非是做夢！」

韋如絲錯愕地摸著火辣辣的面頰，宋培珠擋到韋如絲身前，哀求道：「我娘是個病人，腦子不清楚，整日胡說八道的，栗嬸你不要跟她計較。」

栗嫂看著帶頭的村幹部的臉，目光茫然，不知如何進行下去。村幹部乾脆果斷，道：「敦恕堂還有誰欺負過你？你今天什麼都不用怕，有我們給你作主，你大膽伸你的冤，報你的仇。」

「十三少奶奶張茉莉最壞，雞蛋裏挑骨頭，我總是受她的氣，我雖然不是她房頭的人，但她總吩咐我做這事做那事，看不得我歇一會兒。張茉莉壞脾氣又小氣，統共就給過我三兩件舊衣裳。」

「她打過你嗎？」

「那倒沒有。」

「張茉莉出來，別躲著了。」村幹部目光如

炬，掃過眾人。

宋培珠道：「我十三嬸死了。」

「胡說，前兩日出園子的時候還好好的，哪能死得那麼快？生了什麼病？什麼時候死的？不要跟我們耍滑頭，老實講！」村幹部道。

「今天早晨的事，十三嬸吊死在這個門板上了。」

栗嫂顫聲道：「這門這麼矮，她個頭那樣高，怎麼能吊死？」

宋培珠冷冷道：「人只要想死就能死。我叔走了，十三嬸不願意活了。」

39 灰飛餘長煙

外面有「嘩啦啦」的雨聲，一道閃電劃過，照亮漆黑的屋子，「啰啦啦」的雷聲好像就在頭上的屋頂炸開。韋如絲藉著閃電的耀眼光亮看見面前蹲著一個女人，離她那樣近，幾乎貼到鼻子。

韋如絲低呼一聲：「趙婆，你怎麼在這兒？」

趙婆盤腿坐下，道：「這幾日民兵把守得不是那麼緊了，我趁黑溜進來的。」

趙婆從懷裏摸出一個玉米餅子遞給韋如絲，道：「還溫乎呢，我這兒還有一塊牛肉。」她摸出另一個紙包，醬汁洇濕了黃色的草紙，「就著吃，姐兒說你有好幾天都沒怎麼吃東西了。」

韋如絲接過牛肉，碰到了趙婆的手，濕涼的，韋如絲摸了她身子一把，驚道：「你淋了雨，衣服都濕了。」

趙婆哼道：「不淋雨才怪，這雨下了四五天不歇，扯開了天幕一般。不是好年景，富戶被掃地出門，中等人家害怕自己很快會倒楣，窮的叮噹響的啥也不幹就等著分田分糧，沒人幹活，老天又作怪，看吧，很快就要鬧饑荒了。」

「趙婆你會算命？」韋如絲問道。

「會算就好了，少奶奶當初不如把那對翡翠墜子給了我，這可好，到了兒咱倆誰也沒落著。少奶奶，我真是太喜歡那對墜子了，夜貓子的眼睛一樣閃著亮。」

韋如絲笑道：「你總說夜貓子的事。物件比人命長，免不了要輪來輪去。不管東家西家，總有人落著，不會平白消失的。」

十一老爺的小孫子聞到了肉香，爬到韋如絲身邊，像小狗兒一樣仰著臉巴巴地看著她。黑暗中盯著牛肉的眼睛何止一雙。韋如絲把牛肉遞給他，他接過去就往嘴裏塞。

趙婆急道：「少奶奶你自己總要吃一些，你這樣下去會餓死的，你不要命了嗎？」

「趙婆淨瞎操心，我是餓不死的，我是仙不是人，除非我自己想死。你別告訴別人。」韋如絲「吃吃」笑起來。

「唉，這可怎麼好啊？少奶奶離了少爺就更糊塗了。」趙婆哀歎，轉頭對宋培珠道：「少爺一時半會兒又回不來。我聽我們家老趙說，前些日子國民黨軍帶著還鄉團，從煙臺出發分三路攻打文城，一直打到了母豬河，所以才急著把你們趕出來，防止裏應外合。宋家八大堂當家的等於給綁了人質，指揮部走到那兒，他們就得跟到那兒。

「國民黨來的時候，有錢人都跟著國民黨跑了，國民黨返回頭進攻的時候，他們又回來了，抓村幹部、報復鬥過他們的人。等到共產黨又回來的時候，沒跑出去的還鄉團被共產黨逮住後殺掉，這來來回回拉鋸，死的、活的就不一定多少了。」

韋如絲靜靜道：「等天明吧，天明的時候，國民黨就會被共產黨打回去了，一直打到膠州、即墨，再也過不了母豬河。」

趙婆笑：「我看會算命的是少奶奶。」

韋如絲忽然看到自己腦後爬上了一條白胖的蛆蟲。魂魄似已出竅，她不單單只能看到別人的後腦勺了。

韋如絲對趙婆道：「你幫我把蛆捉下來

吧。」

趙婆邊伸手邊抓，道：「雨水太大了，茅廁裏的蛆隨著雨水淌出來，到處爬。」趙婆把蛆扔到地上，伸出腳碾死，接著道，「這還不是頂要緊的，雨不會一直下，終歸會停，要緊的是屋後的碾子，我剛才是從屋後頭繞過來的，後面那戶人家的碾子緊靠著房西頭，把咱這房子壓得一頭沉，這就是凶象，這人在屋裏站不平穩就會倒下去的，宋家還要死人。」

韋如絲笑道：「你還說你不會算命，一套一套的。」

趙婆忙擺手道：「我是跟龍山的盧風婆學的。盧風婆可厲害著呢，她還跟我說那年敬恕堂的老太太請過她，盧風婆告訴十一老爺他兒子將來會被餓死，十一老爺把她罵了一頓趕出去。唉，這事擱我身上我也不信，可如今看來竟有可能是準的了。」

宋培珠瞠目道：「有這回事嗎？沒聽誰提起過。」

趙婆拍拍她的手背，道：「姐兒啊，這麼晦氣的話誰會樂意往外傳呢？」

趙婆走後韋如絲做了個夢，夢到村東頭的戲臺上一群細長的小鬼蹦來蹦去，台下沒有觀眾，它們自顧自跳得熱鬧。四個矮壯的小鬼抬著棺材跟在它們身後，棺材裏面躺著自己。

火狐狸頭伸在棺材沿上看她，兩隻小爪子扒得緊緊的。火狐狸道：「走吧，快走吧，我也要走了，但還有最後一件事要做。」

「最後一件一定是好事。」韋如絲道。

「不好說。人類趨利，所以喜歡研判好壞。我們火狐狸只是性喜放火，不問原因，也不管結局。宋家祠堂現在做了彈藥庫，不點著總讓我心癢難耐，怕哪天被別人先下了手，少了一份絕大的樂趣。」說著火狐狸向遠處拋出了它團弄了許久的火球。

轟隆一響後是連續不斷的爆炸聲，比過年的爆竹聲響許多。韋如絲懶得起身去看，閉上眼一直睡過去。小石頭的小腦袋偎在她胸口上，韋如絲迷迷糊糊睜眼看看他，拍拍他的背，繼續睡去，沉入安寧之鄉。

但安寧不屬穩態，韋如絲被一陣陣哭聲驚醒。她睜眼循著聲音看過去，原來是磐石蹲在地上哭。韋如絲實在不願起來，但稍作掙扎還是起身走到磐石身邊，伸出手輕撫他的後背，溫言道：「怎麼啦？什麼事不得意啦？」

磐石卻並不看她，只對著高高的土堆。他左手中攥著的一把香菜已經打蔫了，右手用力抵在腰間，顯然是很痛。

磐石邊哭邊說著：「如絲，如絲，我對不住你，我並未堅如磐石，見了鳳凰我就喜歡上了她，雖然心裏還記掛你，但和她在一起時歡喜多，見著你時憂愁多，有的時候我是故意躲開你啊。」

「是我負了你啊，一想起來我心裏就愧得慌。如絲，如果有下輩子，我一定好好待你。」

韋如絲打了個哈欠，她舉起雙手伸了個懶腰，道：「你講的都是無關緊要的話，我現在只想睡覺，你別吵我睡覺就好啦。」

磐石不接言，只是一個勁兒地淌眼淚。

冷成立在磐石身後，溫言道：「少爺，我猜到你又上這兒看少奶奶了，都一個時辰了還不回去，家裏等著你的香菜呢。」

「我實在是太想她了，如絲雖然整日糊糊塗塗的，但有她在，我就有個伴兒。她活著的時候還不覺著，她走了我才發覺我這心裏缺了好大一塊兒，怎麼也補不上了。」

「少爺，已然陰陽相隔，還是把心放寬一些。要緊的是顧眼前，少爺，帶上培珠、志和跟我回青島吧，在文城你再也翻不了身了，怕性命都難保。」

磐石起身，勾著腰往回走，喃喃道：「世事難料啊，當年羨人有，此時羨人無。」

韋如絲目送著他們二人的背影，心中默念著：「羨有，羨無，羨有，羨無。」然後打了一個哈欠，躺倒在床上，用鬆軟溫暖的被子裹住自己。

屋前正有一棵大槐樹，做不了南柯太守做只螞蟻也好，只要能睡個安穩覺。

「你終於醒了，謝天謝地！」曾羨無吵醒了韋如絲，韋如絲瞪眼看他，氣道：「你真討厭，總是弄醒我，老不讓我睡踏實了。」

旁邊的曾羨有也撲過來，道：「嫂子，你總算是醒了，嚇死我們哥倆了！嫂子，不帶這樣耍賴的，大夫查了一個遍，說你身體沒毛病，可竟然一睡七天七夜，怎麼叫也不醒，真個木頭人長了石頭心。」

韋如絲環視周圍，發現這是個病房，急道：「你怎麼把我弄到醫院來了？」

「任誰都會把你弄來的，以為你在窗根下跌壞著涼成了植物人。」曾羨無道。

「我真的睡了七天七夜？」

「誰還騙你？自己查日曆。」

「我覺得自己就是睡了一覺，做了些夢。」韋如絲打了個哈欠，接著道，「我還有些睏，再睡會兒。」

曾羨無抓住韋如絲的雙肩搖晃，急道：「我的姑奶奶，你別再嚇唬我了，饒了我吧，白頭髮都被你嚇出來了。我陪你遛彎，給你講故事，你就是不能再睡覺了。」

韋如絲笑道：「嚇你的，我感覺現在精神得很。就是餓，咱們出去下館子吧！」

韋如絲重新歸隊上班，對領導說：考勤既然不那麼嚴格，就繼續報全勤吧。

領導說：好吧好吧，只要你把咱們最高領導下周的講話稿弄出來就不予追究。

韋如絲笑著應了，那又有何難？只是不管領導多大多小，總用秘書的稿子確定大政方略，儼然已是秘書治國，那其中的危險性就不是她能操心的了。

從醫院回家後，韋如絲就很少做夢了，也不知大夫下了什麼狠藥。別說情節精彩複雜的夢，就是簡單的夢也很少有了，頂多在早晨醒來的時候，腦子裏模模糊糊留有點兒印象，但完整的情節完全回憶不起來，混沌一片。

獨自一人的時候韋如絲會回想以前的夢，她相信那一定不是無根無據隨意產生的夢境，如此須尾齊全，不可能是從沒有過的存在。那是與她緊密相連的世界，唯一的通道就是夜晚的夢，但這個通道又不是隨時能夠任意開啟的。

經過認真的思考，韋如絲決定不把這一切告訴任何人。任何既有的觀念都不能隨意改變，走向新的平衡是要付出代價的，且代價不可預知。

如果韋如絲說了，親人們就會送韋如絲就醫，不論是北醫六院、安定醫院，還是回龍觀醫院，任何一個大夫都會懷疑韋如絲所說的一切是幻想出來的，雖然沒有確定的依據，但他們照樣會給她用藥，治療她的精神分裂，以盡醫生天職。

韋如絲生活如常，嬉笑如故，她只是搭乘地鐵時總是伸著腦袋東張西望，像草原上站立的土撥鼠。韋如絲自問自己沒有別的企圖，她只是想當面問張三：「你究竟是不是我夢裏的磐石？」她也知道對方十有八九會把她看做精神病，但是她就是想問。可張三消失如神龍，她也就沒機會被當做精神病。

要想得到真知，還是要依靠調查研究。韋如絲開始悄悄準備一趟旅程，她用谷歌地圖查到了文城千村鎮，還查到了一個萬家。韋如絲並不吃驚，這只是印證了自己內心堅信的東西。不過八百公里，不遠，一個人獨自駕車應該沒有問題。

延延挨挨到了「十一」長假，韋如絲提前兩周就醞釀好了藉口。她對曾羨無撒了個謊，說是同學聚會，駕車出遊，不能帶家屬。心裏有歉意，但想解開心中疑惑的強大需索壓倒了一切。

韋如絲本是路癡，但現代科技昌明，手機上自帶的導航功能強大無比。路上車多但還不至於堵。韋如絲是個注意自我保護的人，為了保證安全駕駛，第一站選擇了濟南。

濟南的趵突泉早以前就去過，近幾年泉水越來越小，跟壺裏燒開的水冒的泡差不多。韋如絲在街上隨便逛逛就睡了。

第二天中午過後韋如絲就進入了千村鎮。但

這不是她夢裏的千村鎮。她在車裏仔細觀察，馬路兩側的街面房同大多數稍具規模的城鎮沒有什麼區別，不需要建築師費心的二層小樓，毫無美感的瓷磚牆，刻板簡陋的招牌。街面不算冷清，也不熱鬧。

手機一個勁提醒她：「您的目的地就在附近，請小心駕駛。」韋如絲嫌吵，關了導航功能。

沒有任何熟悉的東西，街邊的那棵楊樹是夢裏見過的嗎？這個不敢確認，那麼多年過去，縱使是樹，也該添了不少滄桑變化。

韋如絲繼續沿著大路前行，開著開著覺得不對勁，這早已超過四里地了，萬家莊應該沒有那麼遠。

韋如絲不得不下來打聽路，找了個面善的大嫂相問。大嫂急道：「姑娘你走過了，調頭回去，過了鎮子三四裏地就是。」

「沒有路牌嗎？」韋如絲有些頭大，知道自己搞錯了方向，先是萬家莊，然後才到千村鎮。對韋如絲來說把地圖和實際聯繫起來從來都是困難的事，必須把地圖的方向同實際的方向搞成一致才行，所以她有時會倒拿著地圖看，為這個常遭曾羡無恥笑。

「沒路牌。你往左瞅，有又高又舊的老房子就到了，那是過去地主蓋的房子，和現在蓋的不一樣，很容易看出來。你開慢點，邊開車邊找有些危險。」大嫂熱心道。

韋如絲心裏一暖，山東人是名不虛傳的好，這個大嫂把膠東話說得那麼溫柔順耳。

在周圍的紅瓦紅牆中，這些老房子確實很容易辨認，灰瓦灰磚，飛簷長椽，還有歷經年代獨有的古舊。承載了歲月的東西都有一種凝重的氣質，讓人油然而生敬意，縱使它們無言靜立。

但還是有大大的不同，沒有圍牆，半截都沒有，絲毫的痕跡都沒有。如果有院落也都已被瓦解，大街沒鋪花崗岩石板，一塊也沒有，三條街、六個街門也無處可尋。

韋如絲不禁疑惑了，那些夢究竟幾分是真，幾分又是自己臆造的？幾間老房子什麼也不能說明。

韋如絲繼續在莊子裏轉，一個生人的出現在這不大的村子裏還是很顯眼的，很快一個站在院門口張望的青年笑著問道：「你不是我們村的，你來做什麼？」他穿著長筒膠鞋，似在勞作，神態卻悠閒得很。

韋如絲微笑著回道：「我在找人。」

「找誰？他姓啥？」

「姓宋。」

「啊，這裏確實有過姓宋的，是個大戶人家，不過那是過去的事了，現在南村沒有姓宋的了。」

韋如絲急道：「一個也沒有嗎？」

「沒有。」

韋如絲失望但不肯放棄，繼續問道：「那有沒有人知道宋家的事，或者認識他家的人？」

「那當然有。」

「他們是誰？在哪兒？」

青年笑了，道：「你好像很急。不用急，姜伯天天都在南牆根曬太陽。你一等，我正在等人送飼料來，我進屋交代一下，然後帶你過去。」

韋如絲忙說「謝謝」。青年快步往院子裏走去。韋如絲往院裏看，這才注意到院子裏壘著一排排的籠子，走近看發現每只籠子裏都有一隻狐狸。以前在動物園也見過狐狸，但沒有這些狐狸好看，純白色的豐厚被毛配著灰藍色的眼睛。

青年出來走到韋如絲近旁，道：「我養的狐狸，賣毛皮。」

「很貴吧？」

「自然，這是藍狐。」

「一點都不藍嗎？」

「會變的，一點點藍，隨著季節變。」

韋如絲想起了夢裏的火狐狸，問道：「你不養紅狐狸嗎？」

「有一隻發紅的，雖然也是藍狐，只不過變色太厲害了，正打算處理掉。」

「在哪兒？」韋如絲問。

青年帶韋如絲往前走了幾步，指著籠子說：

「就在這裏。還生病了，大腿根長了個包，大概是瘤子。」

韋如絲蹲下身子看，籠子裏臥著的狐狸立時站起來，盯著韋如絲看了一會兒，然後不安地在狹窄的籠子裏轉圈。

韋如絲有些失望，狐狸不是火紅色的，是深棕色。韋如絲在心裏笑自己：「竟然想找出火狐狸，那真是沒影的事，純屬夢中虛構了。」

「走吧，我帶你去找姜伯。」青年示意韋如絲往院外走。

40 故人今尚在

青年帶韋如絲沿著滿是浮土的村路走，轉了兩個彎到了一個稍微空曠的地方，南牆根下有幾個曬太陽的大爺大媽，正聊得熱鬧，看二人過來就住了嘴，都盯著韋如絲看。

一個老者舉著煙鬥問：「二嘎子，你有客人啊？」

青年笑道：「不是我的客人，是姜伯你的客人。」

老者笑：「你二嘎子那張嘴就喜歡胡嘞嘞，我們姜家什麼時候有過這麼漂亮的客人？」

「說實話你從不信，就得扯謊你才信。她是來打聽宋家的人的，不找姜爺爺找誰？」

老人眼睛一閃，對著韋如絲道：「宋家大了，人口太多，你找他們家的誰？」

韋如絲一下子激動起來，難道真的這麼輕易就找到自己的夢了嗎？她急道：「我找敦恕堂的宋德屹，您認得他嗎？或者聽說過他嗎？」

「敦恕堂自然知道，我爹當年就在敦恕堂幹活。宋家有八大堂呢，北四堂——信、義、慎、福，南四堂——勤、純、敦、敬，常聽我爹嘮嘮叨叨提起來。」

韋如絲急問：「您貴姓？」

「免貴姓姜。」

「您爹叫什麼？」

「我爹的名號你一聽就忘不了，我爹叫姜肉蛋。」

韋如絲感覺心臟收縮了一下：「真的嗎？您爹真的叫姜肉蛋？」

「我就知道說出來你會笑話。咋啦？有啥可笑的？城裏人就愛大驚小怪，我爹小時候胖，叫肉蛋挺合適。」老者有些不樂意。青年和眾人在一旁哄笑。

韋如絲忙解釋，道：「大爺，我不是笑話您，我是高興。您父親我聽說過，他過去是敦恕堂的門房對吧？」

「對呀，是這麼回事，你真的知道我爹？」

「真的知道，我能見見他老人家嗎？我想打聽點事。」

姜伯點頭應允，起身預備帶韋如絲往村子深處去，韋如絲向青年招招手作別。

走到巷子裏韋如絲歎道：「您看這舊房子多結實，這下半截都是石頭壘的，嚴絲合縫，地震都不怕。」

姜伯回道：「我年紀小，好多事都是聽我爹說的，扒掉一套老房子賣料得的錢可以蓋兩套房，所以大部分的老房子都拆了。還有三條街上的花崗岩石條也都被起走了。

「宋家祠堂的匾是道光皇帝題的，卸了作了豬圈門，後來連祠堂都爆炸了。所以什麼都不剩了。唉，想想也可惜，要是保存到現在，也可以圍起來收錢了，那我們萬家莊人的日子就好過了。」

韋如絲內心也無限惋惜：「您說得對，可惜了。」

「可惜的東西多了，也不光是宋家的園子。」姜伯又接著道，「不過我們家沒拆，我爹不讓，死守著。房子舊得不像話了，你一會兒看見就知道了，等他老人家過世了，就算我不拆，我兒子也會拆的。」

忽然韋如絲瞥見路旁有一口廢井，古舊的花

崗岩井臺用石板蓋著，落滿了塵土，韋如絲心頭一顫，抬頭望著姜伯的眼睛問：「這是口老井吧？」

「可不就是，」姜伯停住腳步用煙鬥指著周圍道，「這一片地過去是菜園子，土改後蓋了房子，本來這口井應該也填上蓋房子，但沒人願要這塊地做宅基地，聽我爹說啊，這口井淹死過兩口人，村裏人嫌不吉利。」

韋如絲一時不能舉步，悄悄抖著身子追問：「淹死的是什麼人？」

姜伯竟「呵呵」笑起來，回道：「聽我爹說敬福堂的八老爺娶了八個老婆，八姨太偷人生了野種，事情被人揭穿只好投了井。」姜伯歎了口氣，接著道，「她算是自作自受，可憐的是敦恕堂的一個小小子不知怎麼也掉到井裏淹死了，這也算是樁無頭案，老人都說是八姨太給拽進去的，她一個人在井裏寂寞得慌。」

韋如絲抖得更厲害了，道：「真讓人瘆得慌。沒人知道那孩子是怎麼死的嗎？」

「沒人知道，這世上不是什麼事情都能搞得一清二楚的。姑娘膽小，我就不嚇你了。不過說也奇怪，這口井後來自己就乾了，一滴水都不出，成了廢井。」

韋如絲悄悄側臉擦掉溢出的眼淚，隨著姜伯往前走，邊走邊回頭看。恍然間似乎看到灰白的月光籠罩了四周，小石頭「咭咭」笑著繞著井臺跑，芳兒在後面含笑追趕，不慌不忙。

在外面韋如絲不好判斷，但進了院子韋如絲就知道了，姜肉蛋的家就是十太太的院子，雖然只剩一趟屋子。

韋如絲記起在夢裏的景象：火狐狸在屋頂上下跳躍，凝神看她，不知它到底懷著怎樣的心意；十太太端坐在向陽處望著小山堆似的蝦米心滿意足；日本戰機的陰影快速掠過山牆，而她牽著小石頭的手無處可逃。鼻子發酸，韋如絲忙吸吸鼻子。

「哦，姑娘，我忘了問了，你跟敦恕堂是什麼關係？我好跟我爹說，他現在耳朵不大好使了。」

韋如絲被問住，遲疑了一下回答：「我是敦郘堂的姻親，宋德屹的妻子是我姑奶奶。」

「關係還不算很遠。」

姜伯領韋如絲進了屋，韋如絲立時知道他所言半點不虛。窗戶上方隔成小小的方格，竟然還糊著窗紙，是舊報紙充的。下方的玻璃汙濁濁的，一定有些年沒擦過了，青石地板佈滿了泥垢，幾不能辨出原貌，天花板沒有了，直接露出了頂棚，人字形的屋樑倒是顯得很結實，一看就是上好的木料，不裂不歪。

整個屋子都陰沉沉的，但適應之後還是能看清楚。韋如絲看到炕上躺著一個老人，許久沒剪的頭髮和鬍子雪白雪白，深陷的眼窩卻是烏青的。縱使光線暗沉，韋如絲也認出這是十太太的炕，在她的夢裏十太太數次著了壽衣躺在這個炕上，等待死神的降臨。

「姑娘別怕，我爹沒事兒，他就是喜歡睡覺，他把覺睡顛倒了，白天睡夠了，晚上滿院子溜。我把他叫醒。」

「您別總叫我姑娘，怪不好意思的，孩子都老大了。」

「城裏人就是顯得年輕啊！爹，醒醒，有人來看你了。」

這個更老的老人起身了，原本韋如絲還暗自擔心姜肉蛋是不是已經老得糊塗了，但看他起身的姿勢和睜開的眼睛韋如絲就知道了，姜肉蛋精神還可稱得上矍鑠，她稍覺寬心。

姜肉蛋盤腿坐好，韋如絲端詳他，他也在端詳韋如絲。雖然垂垂老矣，但五官的模子還在，確實是姜肉蛋，只是多餘的肉絲毫都沒有了，像一截枯去的樹幹。但眼睛是活的，他在挖尋記憶深處的東西。

「你是十二少奶奶，難道我睡一覺就死了？可姜久你怎麼也在呢？難道是跟我一起死的？算命的可說你命長久著呢呀！」姜肉蛋怯怯地問。

「爹你不要胡說，人家姑娘是北京城來的，來咱這兒尋人的。」原來剛才領路的老人叫姜久。

「嗨，老眼昏花，認錯人了。不過，姑娘和十二少奶奶太像了。」姜肉蛋揉揉眼又盯著韋如絲看。

「爹你說的十二少奶奶大約就是這個姑娘的姑奶奶，有血緣關係，是有可能像的。」

「真的嗎？少奶奶是你的姑奶奶嗎？可我怎麼記得少奶奶家裏沒有兄弟啊？姑娘叫什麼？」姜肉蛋問，透著幾分驚喜。

「是堂姑奶奶，我叫韋如絲。」韋如絲回道，一邊滿意著自己腦子還轉得挺快。

「嗨，連名字都是一樣的，也不怕犯了忌諱。」姜肉蛋忽然捂住小肚子對姜久道，「你扶我去撒尿，憋不住了，我回來再同姑娘講話。」

韋如絲站起身在屋子裏四處看，確實是夢裏的那間屋子，但又不完全是，繁複的擺設和精緻的傢俱統統沒有了，只剩烏舊的四壁，像死馬空留了骨骸。這屋裏沉積了百餘年的氣息對著韋如絲壓迫過來，令她心志沉沉，不想言語，只想淹沒其中。

等他們二人回來，韋如絲同姜久一起扶老人上炕坐好，她坐回到凳子上，看著姜肉蛋大聲問道：「姜爺爺，您是敦恕堂的老人，敦恕堂的事一定知道不少。我想向您打聽個人，敦恕堂當家的宋德屹土改後去了哪兒？」

「你問十二少爺啊！我也不是很清楚。只聽說他帶著閨女、女婿還有十三少爺的一對雙胞胎丫頭，隨冷成逃去了青島。唉，冷成也算不錯，還念著舊主。少爺走了也少受些罪。

「逃亡地主弄不到戶口，在青島不好混，靠賣豆腐賺不了幾個錢。後來他們好像是去了察哈爾。

「再以後的事我就不知道了，但依我看啊，少爺不一定在人世啦，土改那陣少爺就鬧了肝病，疼起來就用手使勁按，那時我就擔心他活不長。」

「也許沒事呢？也許他活下來了呢？我太想找到他了，我爸爸總惦著他。」

「沒聽說誰知道。他們逃走後最怕村裏把他

們找回來改造，改造就是受罪和批鬥，他們富貴慣了，受不了那些。所以從不和村裏人聯繫，我知道的這些還是六幾年挨餓那陣冷成回來一次，他跟我說的。後來和冷成也沒聯繫了。」

姜肉蛋歎了一口氣，又道：「少爺遭罪了！聽冷成講少爺第一天挑著擔子去賣豆腐，白著一張臉吆喝了一聲『豆腐』，眼淚就『刷』地流出來，看得冷成都心酸。」

韋如絲使勁眨眼，怕眼淚掉下來，她吸吸鼻子，儘量語調平靜地問：「那宋家還有人在嗎？」

「那是一定有的，宋家本來人口就多。南村是沒有了，北村就住著敬信堂七少爺宋德植的小兒子宋培家。唉，南北掉了個個兒。

「土改時因為他哥宋培宜參加了國民黨，他爹受連累給槍斃了。那時他只有幾歲，什麼也不懂。以後也吃了不少苦，不過現在好了，縣裏還選他當了政協委員，月月有補貼，吃喝是不愁了。」

「那別的堂號的人呢？」

「都散了。土改複查的時候掃地出門，怕宋家和還鄉團勾結，就把個各堂號分散到各村，有的相隔七八十里地。後來都過得不好，吃飽飯都困難，看著灰頭土臉的，比我們過得差。

「不過也有過得好的，五少爺宋德根帶著太太和大兒子宋培寬一家逃去了臺灣，九幾年回來過一次，還是那麼富貴，精神得很。我們分了宋家的田、宋家的房，開始歡喜了一陣，誰想沒幾年地又歸了公，最終不過是場空歡喜。

「最得意的要數汪嫂了，她那個小兒子現在是省長了，可惜汪四死得早。

「我覺得最倒楣的就數牟爽了，他一家人守著墳地二十幾年，省吃儉用，好不容易攢了十幾畝山地，還沒享受幾日，土改一來，他被當做二地主鬥死了。李各莊沒幾個富戶，牟爽就算地多的了。」

姜肉蛋還真知道得不少，大概年紀大了，前事愈來愈清晰，但平時很少有人願意聽他扯這些舊事，他興趣很大，對著韋如絲一直嘮著，水都顧不上喝，自然韋如絲也沒得喝。

韋如絲最後問了他一個問題：「我姑奶奶的墳在哪兒啊？我想去祭拜一下。」

姜肉蛋瞪眼嚷道：「哪還有什麼墳啊？學大寨的時候把東崗、西崗都平掉啦。文革時破四舊，連宋家的老墳都給掘了，聽說挖出不少好東西，但我沒見著。」

韋如絲說不上歡喜還是悲傷，似乎一切都和自己密切相關，似乎一切又都無關。太陽下山，屋裏更暗了，韋如絲有些昏沉沉的，後腦勺右側有根血管一跳一跳地疼，很疼。

韋如絲起身，從錢包裏取出錢，只給自己留了二百元飯錢，過路費再取吧。韋如絲把錢放在姜肉蛋身側的炕桌上，道：「這是我孝敬您的，買些可口的東西吃。」

「姑娘，這可使不得！太多了！」姜肉蛋趕忙下炕。究竟老了，腰是駝的。

「您老收著吧，別客氣，城裏的錢好掙。」

韋如絲握住他的手，姜肉蛋黑皺的手粗拉拉的。

「真是個好姑娘，人好看，心眼又善，有空再來玩啊！」

韋如絲開車回到了文城，今晚還得留宿在這兒，天已經擦黑了，韋如絲不習慣開夜車。縣政府招待所看著乾乾淨淨的，和政府沾邊，也應該很安全，適合單身獨行的女子。

最近常常頭疼，藥就備在身邊。幾分錢一粒的止疼片見效最快，韋如絲吞了一片，然後就睡了，剛睡下就開始做夢。

「如絲，如絲，咱們再去看風景。」張三身著襯衫、牛仔褲，扶住韋如絲的肩膀輕喚著。

「我已知道你是誰，不用再費力哄我玩。你是磐石，也是張三。」韋如絲冷冷地看著他。

張三呆立當場，喃喃道：「你終於都知道了，對不起。」

「你已同我糾纏兩世，不嫌煩嗎？前世過便過了，我已有現世的生活。你何苦尋我？你究竟想怎樣？」

磐石立起身走到窗前，背對著韋如絲，緩緩道：「如絲，前世的生活痛苦多，歡樂少，忘了也就忘了。若不是因緣際會走上修行的路，這一世也許不會再想起你。雖然內心總有一份不甘，但我不能確知那是什麼。

「修行後沉睡的記憶被啟動，我看到了前世，憶起了所有的一切。我記起了對你的誓言。憶起這個誓言後我不能專心修行，你成了我最大的牽掛。

「我問師父如何化解。師父說，前世有因，後世有果，因果相連，避無可避。師父說的不錯，不然為何你還叫如絲？我還叫磐石？

「於是我開始尋你。雖然你的模樣也許會變，聲音也許不同，但靈魂不會改變。每個靈魂都有自己獨特的氣息，清濁之間有很大的分別。

「我專心打坐，搜尋你的訊息。師父找一個人只要一瞬，而我不飲不食打坐了十九天。第二十天，我感覺筋疲力盡，幾乎要放棄。猛然間看到你裹挾在地鐵的人流中走，我全身一震。

「而我不敢貿然打擾你，那一天我一直跟著你，看你上班、下班、回家。

「你的模樣變化不大，雙眼依舊靈氣閃動，但身體還是偏於單薄。你也真的還叫如絲，早知如此，我不如去搜戶籍冊。

「你不知道再見到你我有多高興，生死相隔的苦捱讓我比上一世更愛你。我渴望你，想抱住你，再也不放開。這不能遏制的思念，如雨季的野草一樣瘋長，多年修行的功力也不能消除想與你在一起的渴念。我總是悄悄來看你，人在打坐，魂魄卻飛到你身邊，你卻沒有覺察。

「一旦找到你一次，我就像得到了電話號碼，這以後再找你就是一件簡單的事，不用耗費太多心力。那一次我情不自禁，進入你的夢中。所幸，你的心還模糊地記得我，一見到我就歡喜。

「夢裏相見之後，我下決心不再來看你，你生活得很好，並不需要我，我很安心。能夠在你的夢裏親吻你，我應該心滿意足，在我也就算是有了了結。

「我要專心於修行，我不甘心生生世世不能逃脫輪迴。我能明白佛祖當年出家的心境，人世間有太多的悲苦。

「但看到你在夢裏陷入險境，那麼無助，我忍不住出手相救。因為兩情相悅的誘惑，我一次又一次進入你的夢裏。我甚至不滿足夢裏的相見，我想感受你活生生的氣息，所以頻繁地在地鐵出現。

「後來我想也許這就是前世因緣的延續，也許這就是了結我們因緣的最佳方式。不過也許都是自己在騙自己。

「師父看我越走越遠，就讓師姊陪我同你見了一面。絕了你的望，也斷了我的念。」

磐石停下來，轉過頭看著韋如絲，抬手想撫摸她的頭髮，但對著那雙淒苦的眸子，又猶疑著放下來。

「你既然不是一個虛妄的魂魄，活生生在這個世上，那你現身好了，你現在就把我叫醒啊！快叫醒我啊！你幹嘛總鬼鬼祟祟，讓我日夜不得安寧！」韋如絲心裏悲苦，以怨喊冤。

「我真的不能，如絲，還請你原諒，我不想再白活一世，修行是我選定的道路，不會改變。」磐石緊緊抓住韋如絲的手，攥得她生疼。

韋如絲並不掙扎，她沒有氣力。她低頭看著自己的雙膝，悄悄打著寒顫，什麼話也不想說。自己何嘗不是兩難的境地，他真個要現身，又能如何？清楚明白的兩個人對著清楚明白的情形，什麼話都是多餘。

清晨醒來，頭倒是不怎麼疼了，但也不想立刻起床。躺在床上回想起夜裏的夢，滿心淒涼到無力。連續劇收場了，卻是個蒼涼的結尾。韋如絲並沒有感受到要倒地不起的錐心之痛。就算一切都是真的，那她已經挨過兩遍。當痛苦真個劈頭砸下，人們常常會比自己想像的堅強。

更重要的是她實沒有辦法弄清張三和磐石是不是一回事，夢裏的清楚能算清楚嗎？除非把張三拘到面前，而且他能重述韋如絲夢中的故事，這才有信真的可能。但張三消失得徹底，一個連真實姓名都不知道的人，尋無可尋。單論磐石，則完全有可能是自己臆造的人物，只是湊巧萬家莊有相似的人和事存在過而已。

沒有確鑿的事實，韋如絲傷心都不敢認真。自萬家莊歸來後，韋如絲很想在某個夜晚能夠在夢裏重回敦恕堂，再見見那些夢裏的人，就算只有一次也好，自己同他們也許真的曾經血肉相連、魂魄相依。可不論她睡前如何凝神聚氣、遍禱諸神，宋家的人、宋家的宅子再也沒有出現在她的夢中，邊角都沒有。

韋如絲的心常常會毫無預兆地漫起哀愁，有時還會覺得很痛。她會在雙眼剛浮起霧水時轉身，避開別人注視的眼睛。

二零一二年已近尾聲，第二場雪也已經下過，這一年世上的災難沒有比往年多，也不比往年少，地球怕是不能夠依照預言毀滅了。

日子沒有自我了斷的跡象，也就必得進行下去，因為沒有人能夠停留在原處。

41 黃花日日落

曾羨無年輕時是個精壯的小伙子，韋如絲的身子倒是一直偏弱，雖然沒什麼大毛病，但一直精力不足。曾羨無總是力圖重塑她，但無果。無奈之下曾羨無自我安慰：「也好，這樣你就沒有氣力同我吵了。」

二人相安無事，日子也算和美。只是曾羨無走時的痛苦之狀像燒紅的烙鐵放到木板上一樣，深深留在韋如絲腦海中，再也抹滅不去，於她是漆黑深重的折磨。

曾羨無六十五歲時患了小腦萎縮症。那年秋天來得早，香山的黃櫨葉也紅得早。夫妻二人選了個乍寒返暖的日子去看紅葉。

上山的時候一切正常，在別人看來是一對健康幸福的老人，但下山時曾羨無就不對勁了，走路打晃，兩條腿往外撇。

上了年紀的曾羨無已成長為一個胖壯的老漢。韋如絲攙住他的手臂讓他慢些走，笑道：「你像隻帝王企鵝。」

曾羨無道：「沒事兒，就是太累了，到底是年紀大了，不服老不行呀。」

但打那兒以後曾羨無在家裏經常撞著桌椅門框，身上總有青紫的地方，情緒也憂鬱起來。

韋如絲讓他去醫院，他不肯，他拉著韋如絲的手道：「我是醫生，知道自己得了什麼病，這種病沒救的，像下坡的車，又沒有剎車。」

「那也得找東西擋擋吧！」韋如絲急道。

「螳臂擋車而已。」曾羨無靜靜道。

韋如絲也查了資料，還諮詢了曾羨無過去的同事，知道丈夫所言屬實。除了牽緊他的手散步，時刻小心著他的身體平衡外，韋如絲沒有別的法子。後來曾羨無坐了輪椅，再後來就臥床不起。

最後的日子曾羨無甚慘，四肢瘦弱，臉龐浮腫，涎水外流，口不能言。曾羨無大腦沒有問題，情志正常，所以他分外痛苦，只是日日望著韋如絲流淚。

韋如絲每想起他那時的樣子就心如刀絞，但沒有誰能做什麼改變這進程。再後來他就丟下韋如絲走了，哪裡也尋他不見了。開始的時候韋如絲心裏悽惶，孤單得難受，後來也漸漸習慣了，就這樣過了許多年，許多年。

人的適應力呀！

西元二〇六八年，韋如絲已經是一個很老的老太太，但她的心並沒有衰老的感覺。其實許多老去的軀殼裏裹藏的心與他們青春年少時並無二致。老人的古怪都是源於對身體驅使力降低的無奈與抗議。

麥子的兒子來看韋如絲，韋如絲一直喜歡叫他「小伙子」，從他五六歲起就這樣叫了。「小伙子」其實也不是那麼年輕了，已年近四十，但尚未婚配。雖然有穩定的戀愛對象，但他說不想結婚，也不會要孩子。

年輕時看同學的博客，上面掛了一篇文章，說黑熊雖然健碩孔武，但交配時間只有半分鐘，下面還有一個轉折——但，黑熊能很快雄起，與另一頭母熊交配，為的是最大化地播撒種子，生出屬於自己的小黑熊。

繁育後代，這是生物的本能，「小伙子」這類人定是基因發生了突變。

「小伙子」把姥姥這裏當古董店，韋如絲年

輕時日常用的電子產品常被他哂笑。

「CD，呵呵，這麼大一片，容量又小，還不能瞬間瀏覽。不過有一個好處，姥姥不用買鏡子了。姥姥，要不要放來聽聽，回味往日時光？」不等韋如絲答話，他就去儲藏室搬CD機。

韋如絲忙道：「好多年沒用了，怕是壞了。你就是小孩心性，說幹什麼非得馬上幹。趕緊給我生個重孫子，你就沒有這麼閑在了。」

「小伙子」笑道：「老說一樣的話，姥姥不煩嗎？」語氣就像當年的麥子，他接著道，「我也想聽聽老歌。」

以前的電子產品就是這樣，要隔段時間用一用，不然受潮就不能使了。現在的電子技術以幾何級數的速度發展，早已不存在這樣的麻煩。拿遊戲來說，那時的主流是體感操作，還要對著螢幕。現在是實感操作，完全身臨其境，和遊戲中的人物全接觸。

也不知在黑暗中究竟沉睡了多久
也不知要有多難才能睜開雙眼

歌聲飄出來，「啊！沒壞，能使！」

韋如絲也感覺意外，道：「北京就是乾燥。」

「小伙子」問：「誰唱的？歌名是什麼？」

韋如絲答：「樸樹，生如夏花。」韋如絲沒有再多說，她的心瞬間被歌聲攫取。「小伙子」也安靜下來。

我從遠方趕來　恰巧你們也在
癡迷流連人間　我為她而狂野
我是這耀眼的瞬間
是劃過天邊的剎那火焰
我為你來看我不顧一切
我將熄滅永不能再回來
我在這裏啊
就在這裏啊

驚鴻一般短暫
像夏花一樣絢爛
這是一個多美麗又遺憾的世界
我們就這樣抱著笑著還流著淚
……
不虛此行呀
不虛此行呀
……
我要你來愛我不顧一切
我將熄滅永不能再回來
一路春光啊
一路荊棘呀
驚鴻一般短暫
如夏花一樣絢爛
這是一個不能停留太久的世界

……「小伙子」沒有馬上開口說話，韋如絲也依舊沉默著。遙想當年的樸樹，那個充滿靈性、歌聲純淨的歌手是用靈魂在歌唱。聽他的歌，韋如絲甚至能體會他的敏感與哀痛。

樸樹從來也不是炙手可熱的明星，韋如絲想那也不是他熱衷的，他需要一片清涼才能呼吸。

「真好聽，歌詞也好，跟現在的流行歌曲太不一樣了，心靈有震撼感。」「小伙子」發表感言。

「是啊，不管是哪個時代，人們愛的情感是相通的，哪怕穿越千年。」韋如絲喃喃道。

韋如絲突然覺得沒了精神，對「小伙子」道：「你可以走了，我困了，想睡會兒。」「小伙子」幫她掖好被子，又用乾乾的嘴唇快速地在她臉上點了一下，轉身出去了。

韋如絲輕念一聲：「滅。」頂燈悄然熄掉，黑暗一直淹到心裏。

啊，生命的盡頭，是暗的還是明的？青的還是紅的？緩的還是陡的？還是以世間經驗根本無從想像的？但這一刻應該很快就到了吧？當韋如絲足夠老以後就對這件事情既恐懼又渴念。

寂靜中有細微的聲響，韋如絲凝神細聽。她

不害怕鬼神，只怕人。

有人輕喚她：「如絲，如絲。」

啊，是磐石！磐石還是那樣年輕，整個人像寶石一樣在黑夜中閃光。而自己髮稀齒疏，皮皺目昏。

韋如絲立時羞慚，把被子拉至頭頂。磐石輕輕掀開被子，把她扶起來，小心環住她的肩膊，似乎怕將她碰碎。韋如絲靠在他懷裏，心跳如擂鼓。

磐石輕聲道：「如絲，軀殼如同掛在樹枝上的蘋果，只有一季的豐潤，你不必為此難過。不朽的只有靈魂，因為靈魂能夠擺脫形態的束縛。」

「那你為何不老？」

「我落在了一個高處的谷底。」

「什麼意思？你不修行了？還是修行沒有成功？」

「還在繼續，我不會放棄。只是千年不老沒有什麼意思。」

「啊，你得到千年不老的法子了？」

「是。但我只能跟你說一點點，雖然不是什麼天機不可洩露，但修行是另外的資訊交流體系，我沒有辦法讓你明白，我只說你能夠理解的部分。

「時間，看不見，也摸不著，但人們都認為它是存在的，人們依據的是日出日落，月盈月虧，花開花謝，生生死死，世世代代。但時間真的存在嗎？時間只是人類記錄事物變化的人造物，其他物種根本不會有時間的概念。

「其實真正存在的只是從無到有、由新到舊、自生至死的規律，如果找到一個辦法，不遵從這個規律，就是長生不老。」

「你找到了？」

「找到了，但只是讓軀殼不老，這不是我修行的目的。我想擺脫軀殼，進入異維空間，逃脫輪迴，得以永生。」

韋如絲輕歎一聲，道：「我對永生沒有興趣，我只想知道下一世我們能不能在一起。」

「如絲，你我二人雖然緣分深重，但最終還是要分離。」

這個答案韋如絲不意外，她不再說話，只是望著他。

韋如絲有許多關於這個男人的回憶，都像是放老舊的片子，畫面恍惚。看的時候專心投入，有時還撕心裂肺，痛徹骨髓，但放映結束後他就消失得無影無蹤，無跡可尋。而韋如絲安靜過自己的日子，心也妥妥貼貼地在胸腔裏跳動，何曾損失什麼？

這世上沒有魔鬼，誰也拿不走誰的靈魂。

也許這個男人原本就不存在，女子愛幻想，韋如絲只不過是更極致一些，在頭腦中編些連環故事自娛自樂。有時扮演畫中人上了癮，有些不捨而已。

人性相類，如果沒有幻想，人人相似的現實生活也許就無法忍受了。

韋如絲咧嘴對磐石苦笑，她嚮往大團圓的結局，但這個結局既然是命運加諸於自己的，她伸出雙手接過。到了終極，意義都是一樣的。

磐石雙眼閃耀，他狡黠一笑，道：「如絲，不喜歡這樣的結局對吧？我們重新來過。」說著伸出左手擋在她眼前，韋如絲只好閉上了眼睛。

黑暗中磐石的面龐閃著光，他輕輕把韋如絲扶起來，小心環住韋如絲的肩膊，讓她靠在他的懷裏，柔聲道：「如絲，我來和你約下一世。」

「你不修行了？還是修行沒有成功？」

「我不想繼續了，我不能讓你獨自度過來世，我要和你在一起，不然千年不老又有什麼意思？」

「啊，你得到千年不老的法子了？」

「是。但我只能跟你說一點兒，雖然不是什麼天機不可洩露，但修行是另外的資訊交流體系，我沒有辦法讓你明白，我只說你能夠理解的部分。

「時間，看不見，也摸不著，但人們都認為它是存在的，人們依據的是日出日落，月盈月虧，花開花謝，生生死死，世世代代。但時間真的存在嗎，時間只是人類記錄事物變化的人造物，其它生物根本不會有時間的概念。

「其實真正存在的只是從無到有、由新到舊、自生至死的規律，如果找到一個辦法，不遵從這個規律，就是長生不老。」

「你找到了？」

「找到了，但只是讓軀殼不老。這不是我修行的目的，我想擺脫軀殼，然後就有足夠的能力協助你一起進入另外的空間，我們就逃脫輪迴，得以永生。但我沒有時間了，我知道你要走了，我要跟你在一起。下一世，我陪著你，我們同修。」

「你這不是新版的白娘子傳嗎？我不要，我獨自一人可以。磐石，我不要你放棄你最想要的東西，你已為之耗費一生。我過了這一世，一樣可以度過下一世。只願下一世不再憶起你。」

磐石輕吻她的面頰，聲音裡含著笑，道：「口不對心，我知道你真心想要的是什麼，從現在起我會一直和你在一起，再也不分離。」

「你確定？」韋如絲費力轉頭看向他。

「我確定。」磐石雙眼柔光閃動，籠罩她全身。

韋如絲費力辨析，想弄清楚自己到底是不是身在夢中，但究竟滿懷糊塗。她對著頂燈道：「亮！」但燈沒有亮，這世上的一切都已不再回應她。

這一夜寒流來襲，麥子把自己裹在被窩裏側耳傾聽，那一直沒有中斷的風聲像浪子隨意吹的口哨，高高低低間成了調，揪人心弦。她和著這風聲懷念著年輕時遇到的那個更年輕的愛人，他的口哨吹得正是一流的好。

窗外花圃裏盛開的菊花本是韋如絲最愛的盛景，朵朵菊花雍容中含著嬌羞，那大片的美麗簡直耀眼。如今大勢來襲，如絲一般的花瓣萎頓凋零，不能抵抗。

黃花滿地，有昨日的、今日的，還有明日的。

醸小説33　PG0985

黃花影

——李簡穿越小說

作　　者　　李　簡
責任編輯　　鄭伊庭
圖文排版　　張慧雯
封面設計　　秦禎翊

出版策劃　　釀出版
製作發行　　秀威資訊科技股份有限公司
114 台北市內湖區瑞光路76巷65號1樓
電話：+886-2-2796-3638　傳真：+886-2-2796-1377
服務信箱：service@showwe.com.tw
http://www.showwe.com.tw
郵政劃撥　　19563868　戶名：秀威資訊科技股份有限公司
展售門市　　國家書店【松江門市】
104 台北市中山區松江路209號1樓
電話：+886-2-2518-0207　傳真：+886-2-2518-0778
網路訂購　　秀威網路書店：http://www.bodbooks.com.tw
國家網路書店：http://www.govbooks.com.tw
法律顧問　　毛國樑　律師
總 經 銷　　聯合發行股份有限公司
231新北市新店區寶橋路235巷6弄6號4F
電話：+886-2-2917-8022　傳真：+886-2-2915-6275

出版日期　　2013年7月　BOD一版
定　　價　　390元

Printed in Taiwan

國家圖書館出版品預行編目

黃花影：李簡穿越小說 / 李簡著. -- 一版. -- 臺北市：
醸出版, 2013.07
面； 公分. -- (語言文學類；PG0985)
BOD版
ISBN 978-986-5871-58-1 (平裝)

857.7 102009776

讀者回函卡

感謝您購買本書，為提升服務品質，請填妥以下資料，將讀者回函卡直接寄回或傳真本公司，收到您的寶貴意見後，我們會收藏記錄及檢討，謝謝！如您需要了解本公司最新出版書目、購書優惠或企劃活動，歡迎您上網查詢或下載相關資料：http:// www.showwe.com.tw

您購買的書名：＿＿＿＿＿＿＿＿＿＿＿＿＿＿＿＿＿＿＿＿

出生日期：＿＿＿＿年＿＿＿＿月＿＿＿＿日

學歷：□高中（含）以下　□大專　□研究所（含）以上

職業：□製造業　□金融業　□資訊業　□軍警　□傳播業　□自由業

□服務業　□公務員　□教職　□學生　□家管　□其它＿＿＿

購書地點：□網路書店　□實體書店　□書展　□郵購　□贈閱　□其他

您從何得知本書的消息？

□網路書店　□實體書店　□網路搜尋　□電子報　□書訊　□雜誌

□傳播媒體　□親友推薦　□網站推薦　□部落格　□其他＿＿＿＿

您對本書的評價：（請填代號　1.非常滿意　2.滿意　3.尚可　4.再改進）

封面設計＿＿　版面編排＿＿　內容＿＿　文／譯筆＿＿　價格＿＿

讀完書後您覺得：

□很有收穫　□有收穫　□收穫不多　□沒收穫

對我們的建議：＿＿＿＿＿＿＿＿＿＿＿＿＿＿＿＿＿＿＿＿

＿＿＿＿＿＿＿＿＿＿＿＿＿＿＿＿＿＿＿＿＿＿＿＿

＿＿＿＿＿＿＿＿＿＿＿＿＿＿＿＿＿＿＿＿＿＿＿＿

＿＿＿＿＿＿＿＿＿＿＿＿＿＿＿＿＿＿＿＿＿＿＿＿

請貼
郵票

11466
台北市內湖區瑞光路 76 巷 65 號 1 樓
秀威資訊科技股份有限公司 收
BOD 數位出版事業部

（請沿線對折寄回，謝謝！）

姓　名：＿＿＿＿＿＿＿＿　年齡：＿＿＿＿　性別：□女　□男

郵遞區號：□□□□□

地　址：＿＿＿＿＿＿＿＿＿＿＿＿＿＿＿＿

聯絡電話：(日)＿＿＿＿＿＿＿＿(夜)＿＿＿＿＿＿＿＿

E-mail：＿＿＿＿＿＿＿＿＿＿＿＿＿＿＿＿